ANHELO DE SOMBRAS

NILOA GRAY

ANHELO DE SOMBRAS

REINO DE BRUJAS

LIBRO 1

ALFAGUARA

Papel certificado por el Forest Stewardship Council®

Título original: *Anhelo de sombras*
Primera edición: mayo de 2023

© 2023, Niloa Gray
© 2023, Penguin Random House Grupo Editorial, S. A. U.
Travessera de Gràcia, 47-49. 08021 Barcelona

Printed in Spain – Impreso en España

ISBN: 978-84-19366-98-6
Depósito legal: B-5.658-2023

Compuesto en Punktokomo, S. L.
Impreso en Black Print CPI Ibérica
Sant Andreu de la Barca (Barcelona)

AL66986

Para Alicia. Ya sabes por qué

**Como estipula el decreto del año 1543,
quedan establecidas las siguientes reglas y clases
para la Sociedad de Sensibles:**

La existencia de las brujas debe ser secreta. Cualquier Sensible sospechoso de haber desvelado el secreto será interrogado por los Sensibles Videntes, pudiendo ser revocado su derecho a permanecer en la Sociedad.

Se permitirá la relación entre un Sensible y un No Sensible si la parte no sensible realiza también el juramento de fidelidad a la Sociedad, respetándose así la regla número uno.

Los Sensibles podrán tener criados o gente No Sensible que trabaje para ellos, pero estos deben realizar también el juramento, respetándose así la regla número uno.

Cualquier tipo de magia negra está terminantemente prohibida y su uso será castigado con la hoguera. No habrá juicio previo.

Si alguien quiere abandonar la Sociedad por voluntad propia, podrá hacerlo, pero perderá el derecho a relacionarse con su familia o amigos que aún formen parte de ella. Será un Desertor.

Clases de Sensibles

Sensibles de la Noche
Aquellos cuyo poder viene de la Luna y es más poderoso por la noche. Las estrellas los guían.

Sensibles del Día
Sensibles cuyo poder viene del Sol. Son más poderosos durante el día. La luz es su aliada.

Sensibles de la Tierra
Aquellos cuyo poder proviene de la Tierra. Esta los llama.

Sensibles Videntes
Sensibles cuyo poder está relacionado con la mente. Dominan por completo la visión.

Sensibles Grises
Sensibles mestizos, nacidos de la unión entre un Sensible y un No Sensible. Adoptan el poder de su progenitor sensible, adhiriéndose así a esta clase.

Firma este acuerdo, y lo decreta como oficial:

Augusta Florence Newbourne
Líder y representante de la Sociedad Sensible
31 de octubre de 1543

Prólogo

Noviembre de 1838. Winchester, Inglaterra

El silencio que la recibió al volver a casa fue el golpe de realidad definitivo. Sintió como su doncella la ayudaba a quitarse el abrigo, empapado por la incesante tormenta otoñal, mientras oía como su padre pagaba al cochero por haberlos traído de vuelta.

La doncella le preguntó algo. No supo qué era.

Subió las escaleras hacia su habitación, dejando a la mujer y a su progenitor en el piso de abajo.

Al llegar al último escalón, se quedó petrificada, aferrada al pasamanos de la escalera mientras se prohibía a sí misma volver la cabeza, en dirección al dormitorio de sus padres.

Porque, esta vez, ella no estaría allí.

Arrastró los pies sobre la moqueta, sin soltarse un instante de la barandilla.

La familiar puerta ahora le pareció extraña, sin color. La abrió despacio, y el chirrido le provocó escalofríos. La habitación se encontraba casi a oscuras, tan solo iluminada por la luz grisácea que entraba por la ventana.

La muchacha tragó saliva mientras las lágrimas le caían por el rostro.

El olor de su difunta madre impregnó sus fosas nasales.

Tuvo que sujetarse a la cómoda más cercana mientras su mente, todo su ser, todavía procesaba el hecho de que ella no volvería.

Cayó desplomada en el suelo y se abrazó a sí misma. El llanto era tal que ni las lágrimas lograban salir.

Pasó unos minutos así, permitiéndose sentir todo mientras murmuraba «mamá» una y otra vez en la intimidad de aquel lugar.

De repente, sintió que el dolor se mezclaba con el temblor de su cuerpo, y cómo algo tiraba de su corazón. Como si un hilo tratara de abrirse paso a través de su pecho.

Consiguió arrastrarse hasta los pies de la cama y apoyar la cabeza en el borde, pensando en nada y todo a la vez. Cerró los ojos e intentó dibujar el recuerdo de su madre, su sonrisa, su voz. Lo último que le había dicho, tan solo dos días antes.

Antes del fatídico suceso.

«Un Sensible puede perderlo todo, mi amor. Puede perder su hogar, sus amigos, su familia, todo aquello que le importa. Pero su magia siempre estará ahí. Pase lo que pase. Y cuando la tuya cobre vida, tendrás algo que jamás te abandonará».

Palpó con la mano la cama, como si buscase un atisbo del calor que su madre podría haber dejado allí la última noche que durmió en este mundo. La joven se estremeció cuando sintió un terrible frío en la punta de los dedos al tocar la colcha.

Ovidia tenía la mirada fija en sus dedos, cubiertos por el encaje negro de sus guantes. Toda ella era una sombra más de las muchas que decoraban aquella habitación. Cerró los ojos, permitiéndose un segundo más de soledad antes de tener que volver junto a su padre y la doncella.

Y en ese momento, algo le agarró una mano.

Abrió los ojos y vio frente a ella una figura hecha de sombras con ojos dorados.

Cogió aire con fuerza, pero no se apartó.

La figura, en cambio, corrió a esconderse. Pero Ovidia no pudo ver dónde, pues las lágrimas todavía entorpecían su visión. Se limpió los ojos con el reverso de las manos, y el rasposo encaje se llevó las aguas de la tristeza.

Recorrió toda la habitación y, por un momento, se permitió cierta esperanza:

—¿Mamá?

Nada.

La aflicción la había llevado a creer que esa sombra era su madre. Pero algo dentro de ella le decía que no era posible.

—Si sigues ahí —se atrevió a decir, en un murmullo apenas audible—, muéstrate.

Durante unos segundos no pasó nada.

Ovidia se dijo que lo que había visto era una mera ilusión creada por el luto más absoluto.

Hasta que, de detrás del espejo, unas garras asomaron por el borde, y unos ojos dorados se encontraron con los de ella.

Lo primero que pensó Ovidia fue que se estaba volviendo loca, pues debería haber sentido puro terror al ver tan escalofriante ser a tan solo unos metros de ella, que debería haberse recogido las faldas, bajar las escaleras como un rayo, alertar a su padre y la criada y abandonar aquel lugar al instante.

Estaba loca, seguro.

La sombra se dejó ver un poco más, y a Ovidia le pareció la figura de un niño de no más de ocho o nueve años.

Pero aquella criatura no tenía nada humano.

La sombría figura se acercó a ella, y Ovidia se quedó muy quieta. Pero lo que inundaba sus ojos no era miedo, sino más bien curiosidad.

Cuando ambas estuvieron la una frente a la otra, y tan solo unos centímetros las separaban, la sobrenatural criatura dijo:

Al fin puedo conocerte.

La joven dio un respingo cuando oyó aquella extraña voz en su cabeza.

—¿Qué eres?

Las esferas doradas que la criatura tenía por ojos parecieron mirar el pecho de la muchacha y luego volvieron a fijarse en su rostro.

Siento tu dolor.

¿Se refería a que lamentaba el dolor que Ovidia sentía, o que *también* lo sentía?

—¿De dónde has salido? —se atrevió a preguntarle.

Lo que parecía uno de sus brazos se elevó y, en el extremo, cuatro garras la señalaron.

De ti.

La chica miró la garra y, con cuidado, puso una mano sobre esta y la apretó con firmeza. Era extraño. Sentía cómo vibraba la criatura, y habría podido jurar que tocaba una mano gigantesca, solo que fría y extremadamente afilada.

El anhelo te consume.

Ovidia apretó los labios, luchando contra sus lágrimas. La sombra pareció darse cuenta y se acercó más a ella.

Pero la voz de su padre subiendo las escaleras rompió el momento:

—¡Ovidia!

Joven y sombra interrumpieron el contacto, y esta vez, la muchacha sí que se asustó. ¿Qué ocurriría si su padre la veía allí con… lo que fuera que tenía frente a ella?

Tras girarse abruptamente, musitó:

—Has de irte. ¡Ahora!

Los pasos se acercaban cada vez más.

Gracias, hermana, dijo la sombra, y apoyó su extraña garra en el pecho de la joven. Una vibración recorrió el cuerpo de la muchacha y la obligó a sujetarse al poste de la cama.

Ovidia se atrevió a preguntar:

—¿Gracias por qué?

Los ojos de la pequeña sombra parecieron brillar más, y con una sonrisa afilada murmuró en la cabeza de la chica antes de desvanecerse:

Por despertar.

PRIMERA PARTE

Polvo y sombras

1

23 de septiembre de 1843. Winchester, Inglaterra

Las sombras siempre la acompañaban.

Por raro que pudiera parecer, no le había costado acostumbrarse a ellas. Al fin y al cabo, formaban parte de su ser. *Nacían* de ella.

Eran extrañas y fascinantes a su modo. Siempre habían sido tres, y aunque al principio había querido evitarlo para no cogerles más cariño del que debería, les había puesto nombre.

A la primera sombra, que apareció aquella fatídica noche de noviembre de 1838, decidió llamarla Feste, su personaje favorito de la famosa comedia de Shakespeare. Era una criatura *muy* inquieta.

La segunda sombra llegó hacía ya casi cuatro años, durante la primavera. Su estatura era más similar a la de Ovidia, y siempre aparecía lentamente. Le gustaba exhibirse. Había decidido llamarla Vane.

La tercera apareció la noche de su decimonoveno cumpleaños. Y en ninguna de las tres ocasiones Ovidia había sentido miedo. Eso era lo que le preocupaba.

Esta última sombra, las más grande de las tres con diferencia, solo se había manifestado en contadas ocasiones. Lo hacía siempre en un rincón de la estancia donde se encontrara. Cada vez que la veía, vigilándola, se sentía… tranquila. Protegida.

Le puso el nombre de Albion.

Pero ahora, en su tan familiar y acogedora habitación, Ovidia Winterson se encontraba sola, con la cabeza apoyada tranquilamente en la repisa de la ventana y los ojos cerrados. Fuera ya se podían apreciar los primeros cambios de estación. Cómo el verde intenso daba paso a un tono más amarillo, pero no del todo anaranjado. No como el que da la bienvenida a octubre y muestra la rojez que reinará en noviembre, cuyos colores se perderán completamente en la oscuridad de diciembre.

Aún quedaba para que aquello sucediese.

Ovidia abrió un poco la ventana, tan solo una rendija, y un escalofrío la recorrió al sentir la brisa de la tarde de aquel 23 de septiembre.

Ese día era una de las fechas más importantes para los suyos: el equinoccio de otoño. El anuncio de que los días serían más cortos y la oscuridad se iría abriendo paso poco a poco.

A Ovidia le agradaba el frío. Cómo hacía que el vello se le erizase. Contempló la primera tarde de otoño y los rayos del sol esconderse entre las casas de Winchester. La vela que la había acompañado casi toda la tarde, ahora reposando en una silla junto a la ventana, se apagó finalmente con la suave brisa, y el humo le cubrió el rostro a la chica, que pareció no inmutarse.

Al verse reflejada con más claridad en el cristal de la ventana, y al oír dos carruajes que avanzaban calle arriba, supo que su pequeño momento de paz había terminado.

Ovidia cerró la ventana, justo cuando llamaban a la puerta de su habitación.

—Bajo enseguida. Un momento.

Respiró hondo, sintiendo como su corazón latía desbocado, y fue al espejo que había junto a su armario para comprobar que todo estaba en su sitio. Su vestido era amarillo pastel y estaba adornado con un tono anaranjado parecido al de un atardecer de otoño. Las mangas le llegaban justo por encima de los codos, con encajes bordeados en dorado. El corpiño estaba cubierto de flores de un amarillo más oscuro que el resto, y las faldas, que le caían hasta los pies, estaban bordadas con el mismo florido patrón, pero en dorado y naranja. Llevaba el pelo recogido en un moño rodeado por dos gruesas trenzas, y varios tirabuzones le enmarcaban el rostro.

Siempre le había gustado el estilo desenfadado para su melena, pero era una ceremonia importante y debía seguir la etiqueta.

Llamaron a la puerta de la estancia una vez más, y antes de que pudiese hablar, sintió como la pequeña sombra, Feste, aparecía frente a ella, sus ojos brillando como dos pequeños y relucientes topacios.

Déjame que la asuste. Por favor, hermana.

Ovidia negó con la cabeza.

De algún modo, sintió como Feste gruñía y, tan rápido como había aparecido, se esfumó. Escuchó pasos tras ella y, frustrada, dio media vuelta, a punto de reprender a su doncella.

Se detuvo en seco al ver que, en lugar de la criada, una sonriente Charlotte la miraba de arriba abajo.

—Lottie.

—Es de mala educación hacer esperar a los demás.

Ovidia gruñó, exasperada, y detrás de su amiga vio a las tres sombras en un rincón, observándolas con curiosidad. Lottie siguió la mirada de Ovidia, y al ver a las sombras, se acercó más a su amiga, tal vez inconscientemente, pero Ovidia se percató.

—Estás nerviosa —claudicó Charlotte.

—¿Acaso tú no lo estarías?

—Por supuesto. —Lottie se giró hacia Ovidia y le cogió las manos, cubiertas por unos guantes dorados de encaje—. Pero no puedes esconderte aquí para siempre.

—¿Y si pierdo el control? ¿Y si hiero a alguien? Es la primera vez que acudo a un acto público desde que apareció Albion.

23

Ambas se giraron para mirar a la más grande de las sombras, la cual se había manifestado en el decimonoveno cumpleaños de Ovidia. Hacía exactamente dos meses.

—Ovidia. —Charlotte la obligó a mirarla—. No vas a perder el control y tampoco harás daño a nadie. Va a ser una celebración preciosa, y bailaremos y disfrutaremos de esto como merecemos. Estaré contigo durante toda la tarde.

—Eso ya lo sabía —musitó Ovidia, haciendo una mueca.

—Entonces ¿qué tienes que temer?

—Me temo a mí misma.

Hubo algo en el rostro de Lottie que mostró cuánto le afectaban aquellas palabras. El dolor que le provocaban. Ovidia estaba cansada de provocar aquella angustia en su amiga.

—Tampoco es tu responsabilidad tener que lidiar con mi inseguridad.

—No digas eso jamás. —Charlotte recolocó los rizos que caían por el rostro de Ovidia, y con un movimiento rápido puso unas flores blancas en el escote de la joven—. Así mejor. ¿Lista?

Charlotte era una Bruja de la Tierra, y siempre que podía invocaba su poder, de un tono azulado, para añadir decoraciones florales en los vestidos de ambas chicas.

Ovidia miró a sus sombras y extendió una mano.

—Volved a mí —les susurró.

Fue inmediato. Las dos fueron desvaneciéndose poco a poco, Albion el primero, y por último Vane, que le ofreció una media sonrisa antes de desvanecerse por completo.

Ovidia cerró los ojos un instante y respiró hondo, sintiendo como ese vacío se llenaba de nuevo dentro de ella. Al volver a abrirlos, Charlotte la miraba con aquellos ojos azules que tanto conocía y su característico hoyuelo en la mejilla izquierda.

—Ahora sí. Lista —le aseguró Ovidia.

Ambas salieron de la habitación, no sin apagar de un rápido chasquido todas las velas que pudieran quedar encendidas. A medida que descendían las escaleras, una agradable y animada charla llegaba a los oídos de Ovidia.

Reconoció las voces de los padres de Charlotte y la de su propio progenitor.

Nada más llegar al pie de las escaleras, su doncella corrió hacia ella.

—¡Señorita, déjeme ver cómo ha quedado!

Ovidia mantuvo la mirada de Jeanette, tan pálida como un día gris, y no pudo evitar romper a reír al cabo de unos segundos.

Las hábiles manos de la criada terminaron de arreglar una falda que realmente no necesitaba arreglo y la mujer se quedó sorprendida ante las flores de su pecho. Era algo más mayor que su padre, cerca de los cincuenta, pero aun así trabajaba con efectividad. No se había casado ni tenido hijos, por lo que haber encontrado trabajo como sirvienta en una casa fue un salvavidas.

Jeanette siempre había cuidado de ella. Sobre todo, desde la muerte de su madre, hacía ya cuatro años.

Una de las ventajas de que un humano trabaje para ti a sabiendas de que tu familia pertenece a las comúnmente conocidas como «brujas» es que, una vez que prometen servirte, reciben un hechizo que no les permite decir nada acerca de la sociedad secreta.

—Cortesía de Charlotte —explicó Ovidia rápidamente. Jeanette se apartó sin quitarle ojo al vestido, y la muchacha fue a recibir a los Woodbreath como era debido.

—Señor y señora Woodbreath, feliz tarde.

Los padres de Charlotte le sonrieron. A diferencia de su amiga, ambos desconocían por completo el poder de la joven, así que sus esfuerzos por ocultarlos empezaban ya.

—Ovidia, ¡estás espléndida! —dijo Marianne, que se acercó para inspeccionar a la joven—. El amarillo te sienta de maravilla.

—Concuerdo con mi esposa —declaró Phillip. Ovidia siempre había pensado que Lottie era la viva imagen de su padre, con ese mismo cabello castaño y ojos azules.

Theodore, que había escogido un traje parecido al de su hija, en tonos amarillos y con camisa blanca, abrazó a Ovidia.

—Estás espléndida —musitó con orgullo.

Ella sonrió a su padre, sus ojos pardos rodeados de arrugas.

—Gracias, papá.

—Será mejor que partamos ya. Nos esperan los carruajes en la puerta —anunció Phillip—. Son casi las cinco y media, y los tentempiés desaparecen más rápido que el dinero que le doy a mi mujer.

—¡Papá! —le recriminó Lottie.

Marianne lo fulminó con la mirada, y el señor Woodbreath se encogió de hombros, musitando «Es verdad» mientras todos salían de la casa de los Winterson.

Jeanette se despidió de todos en la puerta, y cada familia subió a un carruaje. Theodore ayudó a su hija a subir primero.

—¿Le concederás un baile a tu querido y anciano padre? —preguntó Theodore una vez sentado junto a su hija, mientras daba dos golpes al techo del carruaje.

Este empezó a moverse despacio, y Ovidia, encogiéndose de hombros, dijo:

—Siempre tendré un baile reservado para ti, papá. Siempre.

Ovidia respiró profundamente, sintiendo cómo sus sombras se movían inquietas dentro de ella. Miró a través de la ventana, y vio cómo el atardecer decoraba las calles de Winchester mientras caía la noche sobre la ciudad.

Toda la Sociedad Sensible estaría allí aquella velada.

El carruaje giró bruscamente y Ovidia supo que estaban internándose en el camino que llevaba a la entrada de la Academia.

El camino que llevaba hasta allí se encontraba decorado con acierto con farolillos, sin duda creados por los Brujos del Día. Cientos de hojas, ya caídas de aquellos centenarios árboles, pintaban el suelo de un tono anaranjado.

El inicio del otoño.

La celebración de los equinoccios y los solsticios dentro de la Sociedad eran fechas sagradas, y cada detalle se preparaba minuciosamente para que todo el mundo pudiese regocijarse y celebrar el calendario de la Rueda del Año como se merecía.

Ovidia respiró hondo, tenía el cuello algo rojo debido a los nervios. Theodore, que se encontraba a su izquierda, le ofreció una mano y la muchacha la cogió sin dudar.

—¿Cielo?

Ella se removió en su asiento, claramente incómoda.

—¿No estás emocionada? —preguntó su padre.

—Me anima pensar que al menos habrá alguna bebida cálida que podrá distraerme de las múltiples miradas que recibiré esta noche —respondió sin poder mirar a su progenitor.

—No serías mi Ovidia sin ese dramatismo tuyo.

Finalmente, la muchacha miró a su padre. El rostro del señor Winterson se cubrió de preocupación al ver la angustia de su hija.

Él y Jeannette sabían lo de las sombras. No las había podido ocultar por mucho tiempo. Eran inestables, al menos durante los primeros meses después de su aparición.

Theodore y ella había entrenado e investigado acerca de ellas, pero no encontraron ninguna información sobre qué podría haber causado su aparición. Habían asumido que sería parte de su poder, y Ovidia se prometió que no habría ninguna sombra más en su vida.

En el fondo, los tres sabían que esas criaturas no eran amenazantes.

No si Ovidia no se convertía en una amenaza ella misma, pues su poder era diferente, extraño, y podría tornarse peligroso. *Muy peligroso.*

Pero la joven bruja había aprendido a controlarlo. Se había obligado a sí misma a hacerlo.

—Todo va a ir bien —volvió a decir el hombre ante el pesado silencio de su hija.

—No me reconfortan tus palabras, papá. No cuando tengo tres sombras que controlar. Delante de cientos de personas.

—Lo único que tienes que hacer hoy es disfrutar. Bailar con tu padre, con Charlotte, comer y beber… ¡con moderación! —recalcó Theodore en gesto cómico—. Y celebrar el equinoccio como todos lo harán. No pienses en lo que pueda pasar. Disfrútalo.

—Pero ¿y si…?

—Si te ves en la necesidad de marchar, lo haremos de inmediato —claudicó el señor Winterson, sus ojos mostrando calidez y un amor incondicional hacia su hija—. Nos subiremos a este carruaje, daremos media vuelta y volveremos a casa con Jeanette, donde tus sombras podrán pasearse con total libertad.

—Lamento que Jeanette y tú tengáis que vivir con esto, papá. —Se le hizo un nudo en la garganta, y la joven tuvo que luchar contra las lágrimas. La culpabilidad era un sentimiento que jamás la abandonaba.

—Me apena tanto que tengas que estar disculpándote siempre, mi pequeña. Este es tu poder. Sí, algo… tenebroso, pero la magia a veces es impredecible. Sea cual sea tu poder, eres mi hija. Y eso no cambia absolutamente nada.

El carruaje se detuvo y el cochero les avisó de que habían llegado a su destino.

La Academia.

Ovidia respiró hondo y antes de salir, musitó:

—Te quiero, papá.

—Y yo a ti, cielo. Ahora, disfrutemos de la velada.

El cochero les abrió la puerta y Ovidia salió primero, sujetándose las faldas cuidadosamente.

Frente a la joven, la Academia se alzaba casi intimidante y le daba la bienvenida después de un largo verano.

Se trataba de un edificio alargado, de tres plantas de alto y dos alas gigantescas, rodeado de unos jardines sencillos y bien cuidados.

Lo impresionante los esperaba en el otro lado.

La Academia era el punto de reunión de la Sociedad, y donde se celebraban todo tipo de ceremonias: desde cumpleaños hasta bailes y bodas. Y, por supuesto, su gran salón de baile y sus amplios terrenos traseros, que se fundían con la campiña inglesa, la convertían en el lugar ideal donde reunir a todos los brujos y brujas para celebrar los equinoccios, solsticios y demás celebraciones paganas, como el Imbolc o el Ostara, entre otras.

Y, por si esto fuera poco, el equinoccio de otoño siempre acarreaba consigo una sorpresa más. El acontecimiento estrella de la noche. Los representantes de la Sociedad escogerían a un Sensible menor de veinte años para realizar el discurso de Samhain el próximo 31 de octubre. Era una oportunidad para dar paso a las nuevas generaciones y para que la Sociedad Sensible viese a los ponentes de cada celebración como nuevos posibles representantes.

Quien lideraba la Sociedad no era alguien escogido al azar, sino que cada diez años se realizaba una votación para que hubiese un representante de cada tipo de brujo: de la Noche, del Día, de la Tierra, Gris y Vidente. Y después, una vez escogidos los representantes, entre estos se decidía cuál de ellos sería el líder.

Y aun siendo una posible candidata, lo que seguía llenando de preocupación a Ovidia era no poder controlarse a sí misma.

En ese momento, el carruaje de los Woodbreath llegó a la entrada de la Academia, y Charlotte salió a toda prisa para reunirse con Ovidia.

La Bruja de la Tierra era de una elegancia que a su mejor amiga siempre le había parecido innata, natural. Todo lo que hacía Lottie lo hacía siempre de forma elegante.

Una vez que ambas familias se reunieron, Marianne Woodbreath entró escoltada tanto por su marido como por Theodore, los tres hablando animadamente.

Lottie y Ovidia iban tras ellos, sus brazos entrelazados mientras subían con cuidado las escaleras.

—Mi último año aquí —musitó Charlotte, sus ojos azules iluminados por los cientos de luces que decoraban el exterior del majestuoso edificio—. No puedo creer cómo pasa el tiempo.

—Lo que no puedo creer yo es que vayas a abandonarme cuando podrías repetir curso para acompañar a tu mejor amiga. —Charlotte era un año más mayor que Ovidia, pero eso no había repercutido en su amistad.

—Tengo planes, ya lo sabes —se defendió la Bruja de la Tierra, guiñándole el ojo.

Oh, sí. Los planes de Charlotte. Esos que sus padres no sabrían hasta que la joven estuviese saliendo de casa maleta en mano.

Pero no era momento de pensar en ello.

Una vez que llegaron a la entrada principal de la Academia, ambas familias siguieron las indicaciones de los camareros y sirvientes hasta una de las últimas salas que había a la izquierda y que daba directamente a los jardines traseros: el salón de baile.

Ovidia tomó el brazo de Charlotte, y ambas se irguieron y trataron de esbozar la mejor de sus sonrisas.

«Disfruta de la noche», se ordenó Ovidia a sí misma.

Los Winterson y los Woodbreath entraron en el gran salón de baile, y varios de los Sensibles que se encontraban cerca de la entrada se giraron para saludarlos cordialmente. Ovidia reconoció todas las caras. Era difícil no hacerlo cuando se habían reunido en celebraciones como esa año tras año desde que la joven tenía uso de razón. Y también era difícil ignorar la expresión que siempre asomaba a sus rostros cada vez que la veían pasar: la pena, mezclada con un leve temor.

Ovidia no era la única Bruja Gris.

Los Sensibles de ese clan eran algo cada vez más común dentro de la Sociedad, y normalmente heredaban el poder de su progenitor Sensible, que manifestaban a la misma edad que el resto de los brujos, alrededor de los ocho o nueve años.

Sin embargo, para los ojos de la Sociedad, Ovidia todavía carecía de poder alguno si no se tenía en cuenta su magia común, la cual habitaba en todos los Sensibles sin excepción. La capacidad de hacer levitar algo o de encender una vela, entre otras habilidades igual de sencillas, eran las que definían la magia común desde los inicios de la Sociedad.

La joven se recompuso, centrándose en la celebración y fijándose en cómo habían decorado el lugar. Las velas de los candelabros tenían fuegos de diferentes colores, y en la pared opuesta a los jardines había una larga mesa con tentempiés y bebidas. Varios camareros se movían por la sala, con copas llenas de champán, burbujeante y fresco.

El brillante suelo reflejaba levemente los vestidos de las personas que se movían de aquí para allá, y en las paredes, guirnaldas hechas de hojas secas hacían que el lugar pareciese rodeado de árboles. Ovidia y Charlotte siguieron a sus padres hasta la otra punta de la sala, mientras en la pista algunas personas bailaban al son de la música, que tocaba una pequeña orquesta que había junto a la puerta de entrada.

Un camarero se acercó a ellos y los cinco se sirvieron una copa de champán, los adultos hablando entre sí mientras Ovidia y Charlotte se apartaban apenas un poco para observar con curiosidad la sala.

La Bruja Gris se preguntó quién sería el escogido esa noche.

La celebración de Samhain, junto con la de Yule, eran de las más importantes dentro de la Sociedad, y también las favoritas de Ovidia. Su madre, una No Sensible, había celebrado siempre la Navidad, y aunque las brujas no tenían las mismas razones para celebrar aquel día igual que los No Sensibles, su padre siempre había procurado que Ovidia viviese un poco de ambas sociedades.

La de los Sensibles y los No Sensibles.

La de las brujas y los humanos.

No era algo en lo que pensase últimamente. A sus diecinueve años se había acostumbrado a las miradas, a los susurros, a la pena en los ojos de algunas brujas tras la muerte de su madre.

Algunos fueron al funeral, otros no.

Aun así, Ovidia iba cada mes a dejar flores en la tumba. Y no había nada de mágico en aquel ritual.

Quería respetar la memoria de su madre, y lo hacía a la forma de los No Sensibles. Iba a la floristería más cercana a su hogar y se dirigía al cementerio temprano por la mañana, para compartir el amanecer con su madre. Hablaba con ella, le contaba cómo iban las cosas por casa.

Theodore la echaba de menos, y no había ninguna otra mujer que ocupara su corazón.

Ovidia se había preguntado más de una vez si, tal vez, su padre reharía su vida. Podría casarse de nuevo y tener más hijos. Era joven, así que la chica había asumido que esa posibilidad aún existía.

Cómo lo afrontaría ella era algo que todavía no había acabado de resolver.

—He oído —musitó Charlotte muy cerca de Ovidia, sacándola de sus propios pensamientos— que la mayor de los Thomson fue vista en paños menores con un No Sensible hace unas semanas.

Ovidia se giró, encarando a su amiga por completo.

—¿Cómo lo sabes?

—Solo hay que prestar algo de atención a tu alrededor, Ovi. Además, se nota cuando una mujer ha dejado de ser una niña. Lo noté contigo en cuanto te vi.

Ovidia dirigió su mirada a la joven Rhoda, que estaba junto a la mesa de los aperitivos. Iba ataviada con un vestido rosado, y por su forma de desenvolverse en aquella inmensa sala, Ovidia entendió las palabras de Lottie.

Algo había cambiado en la joven Bruja del Día. Su pelo, rubio platino, brillaba más y su extremadamente largo cuello parecía ser aún más esbelto que antes.

No resultaba escandaloso para Ovidia que la joven Rhoda hubiese compartido lecho con alguien. Cualquiera de los presentes en la sala que no hubiera contraído matrimonio podía hacerlo.

Esa era una de las pocas cosas que Ovidia agradecía de la Sociedad: el voto de castidad parecía no tener cabida, a menos que tú lo quisieras así. La joven Bruja Gris siempre había agradecido a sus padres la libertad que le habían dado para decidir sobre su propia castidad, la cual perdió hacía casi un año.

Ovidia suspiró, recordando aquella noche. No había estado mal. El No Sensible la había tratado con cuidado. Era algo mayor que ella. Tal vez estuviera en mitad de la veintena. Se llamaba Tobias. Ella había tomado la poción para evitar sustos. Y todo había ido bien.

El No Sensible había ido a la ciudad unos días a visitar a unos familiares. Cuando se marchó, jamás volvieron a verse. Fin de la historia.

Con aquellos recuerdos en mente, dio un largo trago a su copa hasta que se la terminó.

—Siento mucha curiosidad por saber cómo se llevará a cabo el discurso este año —comentó Charlotte, con la mirada perdida en el centro de la pista—. Y sobre todo...

—¿Quién lo presentará? —terminó la frase Ovidia, dejando su copa en la bandeja de un camarero que pasaba junto a ella.

—No me digas que no... —Charlotte se detuvo a media frase, con los ojos como platos.

La música paró de repente, y la gente que se encontraba bailando se apartó de la pista, sorprendidos ante la llegada de alguien.

—¿Qué ocurre? ¿Los representantes ya están aquí? —Ovidia no podía ver de quién se trataba, pero supo que Lottie ya lo había visto.

—Ovidia —le advirtió su mejor amiga, sin apartar la vista de su objetivo.

La muchacha se dio cuenta de que su padre se había puesto tras ella. Incluso los Woodbreath se habían acercado, Marianne y Phillip hablando disimuladamente entre ellos, fingiendo normalidad.

Parecía como si el tiempo se hubiese detenido para todos en aquella sala.

Y justo en la entrada del gran salón, ataviado con un opulento traje y seguido por su progenitor, el chico que le había roto el corazón apareció frente a todos con aquel familiar andar.

Ovidia se quedó petrificada, el viejo dolor volviendo a asfixiarla desde lo más profundo.

Y un instante después, sintió aquella mirada de tonos miel absorbiéndola.

La mirada de Noam Clearheart.

Remembranza I

15 de mayo de 1839. Winchester, Inglaterra

Ovidia Winterson aprendió algo aquella fría tarde de primavera, algo que la acompañaría durante mucho tiempo y que repercutiría en todos los aspectos de su vida.

El enfado, la ira, la rabia son sentimientos efímeros, que desaparecen.

Pero la decepción, en cambio, se aferra a ti y te envuelve el corazón hasta cambiar sus tonalidades, su ritmo, y la forma en la que percibe las cosas.

Aquella tarde, las palabras del chico del cual Ovidia llevaba enamorada más tiempo del que le gustaría admitir provocaron que algo oscuro cobrase vida dentro de ella, fruto del peor dolor que puede portar un ser humano. Un corazón roto.

—Lo nuestro… No puedo hacerlo. Hemos de dejarlo.

—¿Qué hay de lo que prometimos? —había dicho ella—. ¿De mi reputación?

—Es complicado de explicar. Lo lamento.

Tras la partida del chico, la joven se tuvo que apoyar en la pared de la casa que tenía al lado, mientras notaba cómo el corsé la ahogaba, el labio inferior comenzaba a temblarle, y el calor y el entusiasmo que la habían acompañado desde que había salido de casa se esfumaban como el humo de una vela recién apagada. Y con las pocas fuerzas que le quedaban, la chica volvió sobre sus pies, con la mirada fija en ninguna parte.

Cuando regresó a casa, el sol se estaba poniendo en el horizonte. No había nadie, y en el fondo agradeció que fuera así.

Sin saber cómo, llegó a su habitación, y cerró la puerta despacio, aún ida.

Jamás había llegado tan lejos con un chico.

Aunque, a decir verdad, era el primero que había mostrado ese tipo de intenciones con ella.

Por un momento pensó en echarse la culpa. Pero toda la culpa la tenía él. Por haberla usado y engañado de esa manera. Por haber jugado con su confianza.

Algo captó su atención. Sobre su tocador, descansaba un solo guante blanco; tuvo que apartar la mirada y apoyarse en el borde de la cama hasta caer de rodillas al suelo.

Se llevó ambas manos al pecho, mientras su respiración se tornaba más acelerada.

Los llantos no tardaron en llegar.

Aún no se había acostumbrado al dolor del llanto. A esas constantes punzadas en el pecho, que se abrían paso desesperadamente en ella, intentando romper las capas de un escudo invisible que poco a poco se iba resquebrajando.

Ahora más que nunca deseaba poder tener a su madre allí.

«No pasa nada, mi niña», la imaginaba decir. «Pronto sanará. El tuyo no es el primer corazón roto».

Pero ahora el único recuerdo que tenía de su madre estaba en su memoria. Habían pasado casi seis meses desde su muerte, y Ovidia se había prometido seguir adelante con su vida de la forma más normal posible.

Había decidido intentarlo *con él* porque sabía que era lo que su madre habría querido para ella.

Y Ovidia en el fondo también lo quería.

Pero era difícil.

Y lo que acababa de vivir acabó con ella.

Feste apareció, sus garras intentando agarrar el rostro de Ovidia. *Ovidia...*

La joven cogió el objeto que encontró más cerca, y lo lanzó con fuerza contra la pared, respirando agitadamente.

La pequeña sombra se apartó, algo sorprendida, y después dio media vuelta, siseando.

Entre el dolor, la pena y la rabia, Ovidia pudo sentir como en la parte más profunda y oscura de su ser algo se removía.

Pasaron los minutos, y se percató de que aquella sensación no desaparecía. Es más, crecía por momentos, hasta que sintió que la inundaba por completo y vibraba en sus venas.

Levantó el rostro, la familiar habitación sumida en la misma oscuridad que la había envuelto cuando ocultó la cabeza entre las piernas. Y al ver lo que tenía frente a ella, se le paró el corazón.

Y su cuerpo vibró aún más.

La muchacha fue a reprocharle algo a Feste, cuando lo que vio delante de sí la dejó estupefacta.

A poco más de dos metros, una especie de sombra había aparecido en el centro de la estancia, entre Ovidia y su tocador, en la pared frente a su cama.

«Está volviendo a pasar», pensó.

—Feste... ¿Qué es eso?

La pequeña sombra no se volvió, pero Ovidia pudo sentir en su mente:

Sabes lo que es, hermana.

La sombra empezó a tomar forma hasta parecer casi humana, como un hombre de la edad de Ovidia, no más de quince o dieciséis años. Era igual que su otra compañera, toda negra, con los bordes indefinidos y dos brillantes esferas amarillas en lo que a Ovidia le pareció el rostro.

Hermana. Un placer conocerla.

Los ojos de Ovidia se abrieron exageradamente, pero no se movió. La vibración de su cuerpo parecía ir en concordancia con la voz de aquella sombra, que parecía más un leve eco dentro de la estancia.

Puedo acabar con el causante de este dolor, hermana.

Es cierto, contestó Feste por ella, y dio media vuelta, sus dorados ojos brillando con el mismo tono que los de la nueva sombra. *Podemos hacer lo que nos pidas.*

Ovidia se incorporó, dejando caer los brazos a ambos costados y mirando a la nueva sombra con ojos amenazantes.

Soy tú, hermana. Provengo de ti.

Ovidia escuchó como el carruaje de su padre llegaba y miró el reloj de la estancia. Era casi la hora de la cena y pronto la llamarían.

—¿De dónde vienes? —susurró Ovidia, levantándose, y la sombra la imitó—. ¿Por qué apareces justo ahora?

Tu dolor me ha despertado. Me has llamado. Y aquí estoy.

Escuchó las voces de su padre y de Jeanette, y se limpió el rostro con un pañuelo que tenía en el bolsillo. Feste se sujetó a las faldas de Ovidia, que sentía las garras sobre su piel.

La nueva sombra no se movió.

¿Prefieres la soledad a nuestra compañía, hermana?

No le tengas miedo, hermana Ovidia. Es como yo. No te hará ningún daño, intervino Feste.

—No le tengo miedo —declaró la Sensible, dando un paso hacia delante—. Pero he de decir que no es el mejor momento para una revelación como esta. Y sobre todo porque no sé cuándo apareceréis ni de dónde salís.

Ya te lo he dicho, hermana. Soy tú y vengo de ti.

—¡Ovidia! —escuchó que la llamaba su padre desde el piso de abajo—. ¿Estás en casa?

Hay anhelo en ti, hermana Ovidia, repitió la nueva sombra. La joven no apartó la mirada. No pudo. Eran casi las mismas palabras que Feste le dijo la primera vez que apareció. *Cuando estés lista para usarlo, estaré aquí.*

—Idos. Ahora —ordenó con una voz que hasta a ella le sorprendió.

Ambas sombras, Feste y aquella nueva compañera, se miraron entre sí, y lo último que quedó antes de que se desvanecieran por completo fueron aquellos brillantes ojos dorados.

Y aquella noche, Ovidia se hizo una promesa.

Cerró su corazón al chico de ojos como la miel.

A todos los chicos.

Y dejó que la noche fuese la única testigo de aquel sombrío acontecimiento.

23 de septiembre de 1843. Winchester, Inglaterra

Ninguno de los apartó la mirada del otro durante varios segundos.

Hasta que Francis Clearheart, su padre, le dio un golpe en el hombro y devolvió al chico a la realidad.

La joven Bruja Gris siguió los movimientos de Noam, que saludaba al resto de los Sensibles, los cuales se acercaban a los Clearheart como si de imanes se tratasen.

Su familia había sido siempre una de las más prestigiosas y adineradas de la Sociedad Sensible. La renuncia de la madre de Noam a formar parte de esta, hacía unos años, fue un total escándalo para la familia, y muchos se preguntaron si Francis Clearheart volvería a tomar a una mujer en matrimonio.

Y mientras los hombres se acercaban al padre, varias de las Sensibles buscaron la atención de Noam, que las recibió con una sonrisa cordial.

La música volvió a sonar y Ovidia finalmente parpadeó, consciente de que varios de los presentes la estaban mirando.

Aire. Necesitaba aire.

—Vaya carga ha de soportar el pobre —exclamó Marianne, mirando al joven Clearheart tras su copa—. Una muy pesada.

—Mamá, basta —pidió Charlotte, avergonzada.

Theodore miró de reojo a su hija, la cual parecía petrificada.

—¿Qué ocurre exactamente? —preguntó Phillip Woodbreath con una ceja enarcada.

—Francis Clearheart partirá en unos días al continente —explicó Marianne en voz baja—. El negocio les va muy bien, al parecer. He oído que estará un año fuera y dejará a Noam a solas para que se vaya preparando como heredero.

Ovidia recordó repentinamente coger aire y, buscando su voz, logró musitar:

—Si me disculpáis —empezó a decir, sujetándose las faldas—, creo que saldré a tomar el aire.

—¿Quieres…?

—No —interrumpió rápidamente a Lottie—. Dadme solo un minuto. Por favor.

Moviéndose entre la multitud, Ovidia consiguió llegar hasta una de las puertas que daban acceso a la terraza.

El frío viento le dio la bienvenida y se abrazó a sí misma, respirando profundamente. Algunos de los otros Sensibles que estaban en la misma terraza se apartaron al verla, si fue por sorpresa, miedo o desprecio poco le importaba a Ovidia.

Necesitaba estar a solas un momento.

Se acercó al muro que rodeaba la terraza, aferrándose a él con fuerza, pues sentía que en cualquier momento podría perder el equilibrio. Debía encontrar una distracción.

Frente a ella, los jardines traseros de la Academia se encontraban decorados con los mismos farolillos que adornaban el camino de entrada, y había tres grandes hogueras aún por encender alrededor de las cuales bailarían todos los Sensibles, dando comienzo a la celebración del equinoccio.

Aquello fue suficiente para recordar por qué estaba en la Academia. Para disfrutar de la velada.

Y un hombre no le arruinaría la noche.

Respiró hondo de nuevo, la piel erizada por la brisa que la envolvía. Los rizos que le enmarcaban el rostro le taparon la visión por un instante, y se los apartó con ambas manos. Fue al tenerlas tan cerca cuando apreció que le temblaban.

Se las llevó al pecho, la derecha sobre la izquierda, y empezó a tararear al son de la música que había en el interior de la Academia.

Estuvo varios minutos allí, con los ojos cerrados mientras murmuraba sin cesar la familiar melodía, a la vez que controlaba a sus sombras.

Había notado que querían salir. Nada más ver a Noam, se habían removido dentro de ella, listas para rodearla.

Ahora, con el corazón algo más en calma, las pudo mantener en su interior.

«¿Aceptarías mi humilde invitación?».

El recuerdo de aquellas palabras la sobresaltó, y actuó casi por instinto. Se quitó el guante de la mano izquierda, y se miró fijamente la ahora desnuda extremidad.

Un escalofrío le recorrió la espalda, como si la hubiesen acariciado entre los omóplatos. Se dio la vuelta, sorprendida, la mano sin guante aún apoyada en el pecho mientras la otra se aferraba a la gruesa barandilla.

Pero no había nadie. Estaba sola allí fuera.

—No más champán —dijo para sí misma, y sujetándose las faldas, volvió hacia el salón de baile.

El calor de la gran estancia fue como un abrazo de bienvenida, y volvió junto a Charlotte, que la miraba con profunda preocupación.

—¿Te encuentras bien? —Rodeó el rostro de su amiga con sus manos.

—Mejor. Algo mejor —asintió Ovidia.

—Cómo le gusta acaparar siempre toda la atención —exclamó con rabia la Bruja de la Tierra—. Siempre le ha gustado.

—Lottie...

—Es la verdad —dijo esta, cogiendo las manos de la chica—. Siempre se ha regocijado con la atención de los demás. Adora que le observen. Vanidad debería ser su apellido. —Charlotte vio cómo su amiga analizaba la sala, como si buscase a Noam por doquier, y añadió—: Y un cobarde también. Mira cómo ha huido en cuanto...

—Creo que iré con mi padre —la interrumpió Ovidia, suspirando y esperando que el cambio de tema calmase a su amiga. Charlotte siempre se mostraba muy protectora cuando se trataba de Ovidia—. Le he prometido un baile.

Charlotte la miró entonces y asintió, haciendo una mueca. Todavía estaba molesta.

—Haces bien. Al menos hasta que lleguen los representantes. Vamos, están donde los dejamos.

Se cogieron del brazo y, dirigiéndose hacia sus padres, se detuvieron ante la escena que había frente a ellos.

Hablando con Theodore Winterson y los Woodbreath, se hallaba un sonriente y carismático Francis Clearheart.

—¿Qué...?

—Vamos —la apremió Ovidia—. Ya he llamado bastante la atención.

No se detuvieron y se dirigieron con paso firme hacia el cuarteto.

Ovidia vio como Francis y su padre comentaban algo en voz baja, a lo que este último asintió. La bruja frunció el ceño. Aquello no le daba buena espina.

¿Qué tendrían que hablar su padre y el señor Clearheart con lo que parecía ser tanto secretismo?

Sus ojos se posaron sobre los Woodbreath, justo enfrente de ambos hombres, y vio que los padres de Charlotte estaban mirando seriamente a sus acompañantes, asintiendo.

Los cuatro se recompusieron a la vez, riendo y brindando con sus copas.

¿Qué demonios acababa de pasar?

—Ya he vuelto —anunció Ovidia nada más llegar—. Disculpadme. Necesitaba algo de aire fresco.

—Señorita Winterson. —Todos miraron al señor Clearheart, que tenía toda su atención puesta en ella—. Al fin nos conocemos.

—Señor —Ovidia se inclinó, mostrando sus respetos—. Un placer conocerle.

Francis Clearheart era completamente opuesto a su hijo, con su oscuro cabello cubierto de canas y sus cristalinos ojos azules. Sin duda, Noam, que parecía haber desaparecido, lo cual agradeció Ovidia, había heredado el apellido, pero no el físico de los Clearheart.

—Mi hijo me ha hablado mucho de usted. Tanto que creía que la conocía desde hacía años, aunque nunca llegué a tener la oportunidad de hacerlo en persona. Henos aquí ahora.

—Me alegra saber que al fin ha podido hacerlo, señor. Si me disculpa, venía a pedirle a mi padre que…

—Caballeros, señora, señoritas —los interrumpió uno de los criados—. Por favor, han de salir al jardín. Los representantes están a punto de llegar.

No era la excusa que esperaba, pero a Ovidia le sirvió.

—He de reunirme con mi hijo —anunció Francis—. Los veré más tarde en los bailes.

Y sin mediar más palabra, desapareció entre la multitud.

Ovidia miró a su padre con incredulidad y antes de que pudiera hablar, este dijo:

—Recuerda lo que siempre te he dicho, cielo, la educación, ante todo. Espero que no te haya dolido.

—Me ha sorprendido —confesó la joven—. No pensaba que fueses tan cercano al señor Clearheart.

Theodore se encogió de hombros, restándole importancia al asunto, y le ofreció el brazo a su hija mientras se unían a la multitud para salir del salón de baile.

—Los de mi generación y la de los Woodbreath asistimos juntos a la Academia. La charla ha sido por mera cortesía, cielo. A veces, hay que mantener a ciertas personas contentas. Mejor no buscar enemistades.

Ambos, seguidos por los Woodbreath, salieron del salón de baile por las escaleras que terminaban en el jardín trasero.

—Lo entiendo —claudicó Ovidia—. Solo me ha pillado desprevenida. Discúlpame, papá.

Theodore le dedicó una media sonrisa.

—Entiendo tu sorpresa. Y el que te pide perdón soy yo. No había sopesado que tal escena podría descolocarte tanto.

Una vez que encontraron un rincón cómodo en el jardín, Ovidia suspiró.

—Solo tengo ganas de que acabe el anuncio del elegido y poder bailar alrededor de las hogueras.

Su padre la besó en la frente, y le pasó un brazo por los hombros con cariño.

Los Woodbreath se unieron a ellos un momento después, y Charlotte corrió al lado derecho de Ovidia.

Unas trompetas empezaron a sonar y todos los Sensibles dirigieron su mirada hacia el balcón donde, minutos antes, Ovidia se había tomado un momento a solas.

La música se intensificó, los violines se unieron a las trompetas y, finalmente, las puertas del balcón se abrieron. Los cinco representantes, con su líder a la cabeza, se asomaron, y todos aplaudieron, dándoles la bienvenida.

La Sociedad Sensible se dividía en cinco tipos de brujas. Por un lado, las Brujas de la Tierra, cuyo líder era Galus, el tío de Charlotte. Este, de estatura baja y algo regordete, se encontraba a la derecha del todo. Con el paso de los años, Ovidia había notado que la calvicie había ganado la batalla, y alrededor de sus azules ojos asomaba una gran cantidad de arrugas. Galus era el hermano mayor de Phillip, el padre de Lottie, y su máxima aspiración en la vida había sido llegar a ser el líder de la Sociedad.

Aunque nunca lo había conseguido.

En el otro extremo, y con una elegancia que siempre cautivaba a Ovidia, se encontraba Alazne Sharppelt, líder de las Brujas Videntes. Estas eran capaces de acceder a la mente de las personas, de modificar, inventar o eliminar recuerdos. Su poder estaba muy limitado, pero aun así habían salvado la vida de más de una bruja borrando la memoria de muchos —muchísimos— No Sensibles. La mujer tenía una larga cabellera gris, y llevaba un vestido del mismo color, con un corpiño que acentuaba su delgadez. Tenía una nariz pronunciada y los ojos grises, y aunque pareciese amenazante, Ovidia siempre la había encontrado la más simpática de todos ellos. Los Sensibles Videntes eran escasos y poderosos. Siempre se había intentado que estuvieran dentro de la Sociedad.

Esta era una institución extensa. Se encontraba en todos los países donde había un número significativo de Sensibles, como en Inglaterra, y en cada uno había cinco representantes distintos.

Aun así, había algo que no cambiaba: el temor y la pena hacia los extraños mestizos Grises, y el aumento de los Desertores.

Se trataba de Sensibles que no estaban de acuerdo con la filosofía de la Sociedad y que decidían ir por su cuenta. Si finalmente abandonaban la comunidad, tenían que hacer un pacto de silencio, por el bien común, y el propio. El único inconveniente era que, una vez que salías, no había posibilidad de volver a entrar.

Y hoy en día había muchísimos Desertores. Estaban estrictamente controlados, puesto que, si revelaban el secreto, el protocolo que había que seguir era inflexible: interrogar al Sensible que había roto el pacto de silencio e ir en busca del No Sensible que había recibido dicha información.

¿Cómo acababa todo? Muy sencillo: en muerte.

No se podían correr riesgos. No con eso.

Ovidia siempre había creído que todos los Sensibles podrían intentar convivir en armonía, pero la Sociedad no opinaba lo mismo.

Volviendo a la realidad, la joven vio que junto a Alazne se encontraba Eleonora Dankworth, la más joven y representante de las Brujas del Día. Tenía el cabello largo y de un color castaño rojizo, ojos pardos y un cuello largo, donde se le marcaban los huesos. Era de complexión delgada y algo más baja que Alazne. Se rumoreaba que había rechazado al menos tres ofertas de matrimonio para poder llegar adonde estaba ahora.

Al lado de Galus, un hombre alto, con el cabello castaño y los ojos claros saludaba a los Sensibles reunidos con una mueca cordial en el rostro. Benjamin Culpepper, el representante de los Grises.

De los de Ovidia.

Llevaba un sencillo traje de color negro y el cabello inmaculadamente peinado hacia atrás. Su madre había sido la Sensible, mientras que su padre, un No Sensible, los abandonó poco después de saber que la mujer estaba embarazada. Fue criado por su madre con el apoyo del resto de la Sociedad. Tras la muerte de esta, y sin intención alguna de formar una familia, Benjamin no tenía parientes en una de las partes más castigadas de la Sociedad.

Finalmente, y ocupando el lugar central, el líder y representante de las Brujas de la Noche, Elijah Moorhill, salió al balcón, saludando con una sonrisa. Sus ojos, de color claro, mostraban la habitual expresión abierta y de bienvenida que siempre acompañaba al hombre. Su mujer y sus dos hijos estaban en las primeras filas de la multitud, el niño y la niña saludándolo con fervor.

Ovidia sonrió ante la imagen. Ante el cariño que los niños sentían hacia su padre.

Como portavoz, y una vez que los aplausos hubieron acabado, el líder habló:

—Un año más, nos reunimos para celebrar una de las más importantes festividades de nuestra comunidad. En la noche de hoy, nos regocijamos en festejar el inicio de días más cortos y noches más largas, donde la luna nos hará más compañía y el sol desaparecerá antes de nuestro cielo.

»Pero, sobre todo, celebramos las cosechas que hemos recibido durante estos largos meses de verano. Agradecemos las horas de luz que nos han deleitado, los días de calor y los paseos, las tartas de melocotón y manzana, y los baños en el río. Porque sé que muchos de los presentes se han dado algún que otro chapuzón en los ríos y lagos de los alrededores de nuestra querida ciudad. No lo nieguen.

Una ola de risas se expandió entre la multitud, incluida la de Ovidia.

Esta era una de las razones por las cuales Elijah había sido escogido hacía ocho años, por el carisma tan natural que portaba.

El líder prosiguió con sus palabras:

—En esta noche, bailaremos alrededor de los fuegos, y despediremos el verano para dar paso al otoño. Y, una vez más, yo y el resto de los representantes damos las gracias por la confianza que depositáis en nosotros.

»Pero, antes de que empiecen las celebraciones, hemos de anunciar al elegido de este año para dar el discurso de Samhain, el cual iniciará nuestro nuevo año.

La Sociedad había seguido siempre la Rueda del Año para sus celebraciones, y el fin del año para los Sensibles era el 31 de octubre, durante Samhain.

Ese era el momento más emocionante de la noche. Ovidia miró a su alrededor y casi pudo sentir el nerviosismo de aquellos de su generación, cómo sus progenitores les agarraban la mano. Había muchos que se preparaban para ese momento durante años, pues ser elegido para el discurso no era una circunstancia de poca importancia.

Elijah hizo un gesto hacia su derecha y todos miraron a Alazne. Aparte de poder meterse en la mente de las personas, los Videntes eran capaces de crear ilusiones visuales, figuras que parecían tan reales como la vida misma. Ovidia sintió que el lugar vibraba con emoción. Era una sensación palpable. Sobre todo, desde que sus sombras estaban con ella. Sintió como unos grupos estaban más entusiasmados que otros, y algunos demostraban cierta indiferencia, como si, al no poder ser elegidos, tan solo esperasen a que acabase todo y pudiesen al fin empezar las hogueras y los bailes.

Alazne movió las manos elegantemente y una figura empezó a tomar forma frente a ella.

—Hemos decidido… —dijo Benjamin.

—… que el discurso… —prosiguió Eleonora.

—… sea dado por… —Galus fue el siguiente en hablar.

Alazne hizo un último movimiento y una neblina inundó el espacio que había frente al balcón, justo por encima de los Sensibles allí reunidos. Una figura, más parecida a un fantasma esta vez que a una persona real, apareció sobre todos ellos y los primeros en avistarla no pudieron contener su sorpresa.

Ovidia intentó ver de quién se trataba, por lo que no vio como decenas de rostros se giraban para mirarla. Hasta que, al fin, lo vio.

«No».

Sí, escuchó el ronroneo de la voz de Feste y Vane en su cabeza.

Ovidia se percató de que los líderes la miraban, Elijah el que más, con una sonrisa de oreja a oreja.

—Ovidia Winterson.

La joven sintió la mirada de Charlotte, sorprendida, sus ojos azules abiertos como platos. Theodore, justo a su izquierda, musitó el nombre de la joven, puro regocijo en la voz, pero la Bruja Gris seguía mirando a la figura que pendía del aire. A la ilusión de Alazne.

Escuchó las palabras de enfado de muchos de los Sensibles, otros más bien sorprendidos, incluso para bien.

Pero Ovidia no podía moverse. Entonces Charlotte la empujó y los Sensibles se apartaron de ella para abrirle camino hasta la entrada trasera de la Academia.

Debía subir al balcón, junto a los representantes.

«Respira. Respira. Respira».

—¿Una gris?

—Es la única sin poder. La habrán escogido por eso.

—Mírala, ni se lo cree.

—Qué envidia me da. Ojalá fuese yo.

Ovidia subió los escalones hacia la entrada de la Academia sujetándose las faldas con manos temblorosas, giró a la derecha para entrar en el salón de baile y se dirigió hacia el balcón. Allí, Elijah la recibió ofreciéndole el brazo.

—Enhorabuena, señorita Winterson.

Esta asintió, esbozando la mejor sonrisa que pudo, aunque solo fue una mueca.

Una vez que salieron al exterior, un aplauso estalló entre los Sensibles, pero no tan vívido como el anterior. Vio como decenas de caras se extendían frente a ella, y buscó a su padre y los Woodbreath entre la multitud. Pero su mirada se detuvo unos pocos metros más allá, donde se encontraban los Clearheart. Noam, aplaudiendo como los demás, tenía la mirada fija en ella. ¿Tanto disfrutaba viéndola en aquella situación tan incómoda? ¿Seguía enamorado de ella?

Y entonces, mientras se acercaba a la barandilla para quedar frente a la figura exacta a ella, levantó una mano tímidamente, saludando a las decenas de Sensibles que había en aquel jardín.

Elijah se puso a su lado y, con voz autoritaria, anunció:

—¡Que empiecen las festividades del equinoccio de otoño!

Las hogueras del jardín se encendieron a la vez, y todos se giraron sorprendidos ante el espectáculo.

Ovidia siguió aferrándose con fuerza a la barandilla, sus ojos perdidos en la noche y el corazón latiendo desbocado por las fuertes vibraciones que sintió cuando el *enfado* de la gente explotó, inundándole las venas.

3

30 de septiembre de 1843. Winchester, Inglaterra

—Deseo romper nuestra amistad. Se acabó.

Ovidia suspiró por enésima vez aquella tarde.

—Lottie, no seas dramática. Ese papel me toca a mí.

—Si de ese modo consigo que entres en razón, ¡que así sea! Pásame el romero molido.

Ovidia obedeció y le entregó el recipiente de cristal que contenía tal ingrediente.

Ambas se encontraban en el porche de Charlotte que llevaba a los jardines, mientras la joven Bruja de la Tierra preparaba unos elixires que le habían mandado como tarea en la Academia.

—Creo que deberías concentrarte en hacer el elixir tal como… —empezó a decir Ovidia, intentando cambiar de tema.

—He hecho esto más veces de las que te puedas imaginar, querida amiga. Y no, no cambiaré de tema. ¡Te han escogido! ¿Qué más da lo que piensen?

Charlotte estaba desbordante ante tal noticia desde la fiesta de hacía unos días. Cada vez que mencionaba lo ocurrido, sus ojos brillaban con más intensidad y flores crecían a su alrededor a pesar de que era pleno otoño y todo estaba en gran decadencia.

Todo estaba muriendo. Y Ovidia, en parte, también.

—¿Sabes lo que significa esto? —volvió a decir Charlotte, moviendo con energía el recipiente de cristal que tenía en la mano.

—No empieces de nuevo, por favor —rogó Ovidia, volviendo a abrir las páginas de su libro.

—No me ignore, señorita Winterson. Soy un año mayor que usted y ha de respetar mis deseos de hablar de dicho tema.

—Sé muy bien lo que significa. Y te he hecho saber ya en varias ocasiones que no me agrada en absoluto.

—¡Esto podría llevarte a ser representante de los Grises!

—¡No quiero tal cosa! —replicó Ovidia, levantando el rostro al fin. Charlotte vio como sus ojos estaban llenos de miedo—. Benjamin ha sido un buen líder para los míos. Sé que aún lo es, y me ha ayudado durante muchos años a descubrir la capacidad de mis poderes. Pero ¿sustituirlo? ¿Yo?

—Sería dentro de muchos años. Además, no pierdes nada por probarlo.

La sustancia que preparaba Lottie soltó una pequeña explosión, y la bruja sonrió mientras cerraba el frasco con un tapón hecho de corcho.

—Listo. Venga, pásame el aceite de lavanda.

Ovidia no supo qué responder. Sin embargo, Feste apareció repentinamente frente a Charlotte, quien se apartó soltando un pequeño grito.

Deja de presionar a mi hermana, Bruja de la Tierra.

—¡Feste! ¡AQUÍ NO! —exclamó Ovidia acercándose a él. La sombra desapareció entre risas—. Lo siento, Charlotte.

Recuperando la respiración, la Bruja de la Tierra negó con la cabeza.

—Muy a mi pesar, ya me he acostumbrado a las apariciones de tus compañeras. —Charlotte dejó todo lo que estaba haciendo y rompió la distancia entre ellas, cogiendo las manos de Ovidia con firmeza—. Olvida lo de ser representante. Esto puede hacer que la gente te vea con otros ojos, que empiecen a verte de manera más amable.

»Pero entiendo tu congoja. A veces solo veo mi propio entusiasmo y olvido que, en estas cosas, somos totalmente opuestas.

—No has sido más que un apoyo constante, amiga —respondió Ovidia en un murmullo apenas audible.

—Y lo seguiré siendo. Pero en este menester, eres tú quien tiene la última palabra.

La Bruja Gris hizo una mueca, y sin atreverse a mirar a su amiga, dijo:

—Es solo que… no termino de creérmelo. Sabes que prefiero pasar desapercibida.

Charlotte suspiró profundamente.

—¿Cuándo te darás cuenta, Ovidia Winterson, de que nunca has pasado desapercibida?

En ese instante, la campana de la iglesia de Winchester anunció que ya casi eran las cinco de la tarde. Ovidia respiró hondo, y arreglándose el vestido, se levantó.

—Gracias por este rato, Lottie, pero he de volver a casa.

—Te acompaño. Llévate el carruaje, ahora se hace de noche enseguida. Piensa que queda un mes para Samhain. Todavía tienes tiempo para prepararlo bien.

Lottie acompañó a Ovidia hasta la puerta y mandó a una de las criadas a que fueran a preparar el carruaje.

El hogar de Lottie se encontraba a las afueras de Winchester, y sus jardines eran la envidia de muchos de los vecinos. Los árboles que decoraban el camino que iba desde la puerta principal hasta la verja tenían cada vez menos hojas, que convertían la tierra donde se posaban en un paisaje de color marrón.

—¿Qué tal tu nueva lectura?

—Bien. Voy justo por la escena donde se confiesan amor incondicional.

Lottie soltó una risa suave y delicada

—Eres una romántica empedernida.

El carruaje llegó en ese instante y se detuvo frente a ambas chicas, que se abrazaron con fuerza.

—Nos vemos mañana. ¡Ya me contarás qué pasa tras la declaración de amor!

El cochero cerró la puerta del carruaje y lo puso en marcha. Ovidia se hundió en el cómodo sillón mientras veía cómo la luz del sol se iba desvaneciendo cada vez más y más.

Era casi medianoche cuando Ovidia terminó de leer la novela que la había tenido ensimismada esos últimos dos días. Se la llevó al pecho una vez que la hubo terminado, descolocada por la sensación de todo lector cuando su mente pasa de la ficción a la realidad.

Sus sombras se encontraban esparcidas por la habitación, observando a la bruja leer. Estaba acostumbrada a que la mirasen, por lo que hacía tiempo que había aprendido a vivir con su curiosidad.

¿Has terminado el libro, hermana?, musitó Vane en su cabeza.

Ovidia asintió, abandonando el alféizar de la ventana y yendo hacia su tocador, suspirando.

—Al menos ha conseguido distraerme un poco de la realidad, lo cual necesitaba, la verdad.

Feste se sentó en su regazo, cogiendo el libro de entre sus manos y curioseándolo ávidamente.

La joven aprovechó para deshacerse el peinado y cepillarse la larga melena, de un castaño oscuro. Le llegaba casi hasta las caderas, y si quería que por las mañanas Jeanette pudiera peinarla con facilidad y rapidez, Ovidia sabía que debía trenzarse el cabello todas las noches sin falta.

Feste, aún con el libro en sus manos, se esfumó y apareció de nuevo sobre la cama, sus ojos curioseando las páginas.

Albion se encontraba en el rincón que había tras la puerta, inmóvil, y la bruja tan solo podía sentir la gran vibración que provenía de él. Nada más.

Mientras se cepillaba la larga melena, Vane se puso tras ella, cogió un mechón de pelo de la joven y lo movió entre sus intimidantes garras.

—No me olvido de lo que ha sucedido esta tarde. Aparecer de manera tan inesperada… y a plena luz.

Ha sido culpa de Feste, hermana, se defendió Vane, casi siseando.

—Debéis hacerme más caso cuando estemos fuera de casa —les riñó Ovidia, procurando no hacer ruido, pues todos en la casa ya dormían—. No he entrenado con la intención de protegeros como para que os mostréis a plena luz a la primera de cambio. Incluso si es en casa de Charlotte. Es peligroso.

Lo lamento, hermana, la voz de Feste le llegó desde la cama. *Pero la Bruja de la Tierra no paraba de insistirte. Podía sentir la molestia que había dentro de tu corazón.*

—Agradezco vuestra preocupación. —Ovidia se giró para encarar a sus sombras, ahora casi inmóviles mientras la miraban—. Pero con la intención de defenderme, podéis llegar a ponerme en una situación peligrosa. Y no solo a mí, sino a aquellos que estén a mi alrededor.

»Charlotte sabe este secreto. Confío en ella, y vosotros también deberíais.

La joven se levantó, y cogió el libro que Feste había dejado sobre la cama. Fue a devolverlo a la pequeña estantería repleta de libros que había junto a esta.

—¿Acaso no recordáis los entrenamientos con los representantes? ¿Lo que tuve que esforzarme para que no os descubriesen? —Una intensa vibración fue respuesta suficiente para ella—. ¿Queréis echar todo ese esfuerzo por la borda?

Volvió a sentarse en el tocador, empezando a separar su cabello en secciones para al fin trenzarlo.

Lleva razón. Feste apareció flotando a su izquierda sobre el tocador. *Pero solo queremos protegerla.*

—Ahora mismo, la que tiene que protegeros de lo que hay ahí fuera soy yo. Esa responsabilidad recae sobre mí.

Protejámonos los unos a los otros entonces, propuso Vane girando ligeramente la cabeza. *Somos un equipo. Somos hermanas.*

Ovidia terminó de trenzarse el cabello, atando una cinta blanca al final, y se lo dejó caer por la espalda.

—Las hermanas confían las unas en las otras. Tenéis que confiar en mí.

Lo hacemos, dijeron al unísono Vane y Feste.

Ovidia se giró para mirar a Albion, que gruñó, inclinando levemente la cabeza.

—Pues empezad a demostrarlo. Sobre todo, ahora que sois tres. Pude controlaros a vosotros dos en su momento, pero ahora nos acompaña uno más.

»El cual es más que bienvenido. No es nada personal, Albion —añadió dirigiéndose a la gran sombra.

Esta soltó un sutil bufido, como si le restase importancia.

Ovidia se levantó, apagó las velas de un chasquido y se metió bajo las sábanas.

Feste y Vane intercambiaron una mirada, para finalmente mirar a Albion, cuyos ojos parecieron brillar con más fuerza.

Lo haremos. Que descanses, hermana.

Las tres sombras se desvanecieron, y Ovidia inhaló profundamente, volviendo a sentir como ese rincón dentro de ella se llenaba cuando sus compañeras volvían a ella y ese vacío ya no lo era tanto.

—Eso espero —musitó para sí misma poco antes de que el sueño la venciese.

Remembranza II

22 de julio de 1843. Winchester, Inglaterra

Los sábados eran el día favorito de Ovidia. Era el día en que ella y su padre, junto con Jeanette, iban al campo a comer y pasaban la mañana al aire libre. Habían estado en un pequeño parque de Winchester donde decenas de personas habían salido a disfrutar del buen tiempo. Los tres hablaron animadamente, Ovidia saludó a algunos No Sensibles amigos de su padre y a muchos Sensibles de la Sociedad. Mostraban más respeto a su padre que a ella.

Pero ese día era mucho más especial, era su decimonoveno aniversario, el cual, dentro de la Sociedad Sensible, marcaba su edad adulta y el comienzo de sus últimos dos años de formación. Habían tomado tarta, y su padre le había regalado un par de libros junto a una pulsera sencilla de plata.

Empezó a caer la tarde, el sol los abandonaba, y para cuando la noche había envuelto Winchester de nuevo, los Winterson ya habían vuelto a casa, cuyas ventanas estaban abiertas para que entrase la brisa veraniega.

Ovidia se encontraba en su habitación, a punto de apagar la vela de su mesita de noche, cuando escuchó un golpe suave en la ventana. Se giró, asombrada, y Feste y Vane corrieron a asomarse, ambos murmurando a la vez.

Es la Bruja de la Tierra, hermana.

«Charlotte».

Ovidia corrió a asomarse, y vio que su amiga la esperaba oculta bajo una capa en el jardín.

—¿Cómo demonios has podido salir de casa? ¡Es casi medianoche!

—¡Baja la voz! ¡Coge tu capa y baja, vamos!

Ovidia no pudo evitar mirar a sus sombras.

Sus sonrisas se lo dijeron todo.

La joven corrió a por su capa, que colgaba de un perchero tras la puerta. Con la vela en una mano, sintió que Vane y Feste la seguían escaleras abajo.

Abrió la puerta con un giro de muñeca usando su magia común, y el frío nocturno de otoño envolvió a Charlotte y a Ovidia.

—¿Qué haces aquí?

—¡Feliz cumpleaños! —susurró Charlotte, pero lo hizo como si fuese el grito más agudo escuchado nunca—. ¿Ritual nocturno?

A Ovidia se le iluminó la cara, y sintió como Feste se agarraba a su pierna, entusiasmado.

—Por favor —respondió con una sonrisa de oreja a oreja—. Volved a mí, ahora.

Sí, hermana, dijeron Vane y Feste. Ovidia y Charlotte salieron del jardín y se adentraron en las calles de Winchester agarradas de la mano, aguantándose la risa.

Se alejaron de la ciudad y salieron a los grandiosos campos del Oeste, donde se encontraba la Academia. Aun así, fueron en dirección contraria, guiándose por la luz de la luna.

Y por Charlotte, cuya conexión con la naturaleza hacía que caminar de noche con ella no resultase peligroso.

Las copas de los árboles las cubrían, y llegaron al pequeño prado donde siempre habían realizado ese tipo de rituales.

En el centro había una hoguera, ahora apagada.

Charlotte y Ovidia intercambiaron una rápida mirada y, sonriéndose la una a la otra, fueron a posicionarse cada una al lado opuesto de la hoguera. Elevaron las manos y murmuraron:

—*Ignis, veni ad nos.*

De sus manos salió una leve luz anaranjada que fue hacia la hoguera y esta empezó a arder con fuerza al instante, aportando un calor que hizo que Ovidia se quitase la capa y se quedase en camisón, con la trenza colgando por la espalda.

Charlotte hizo lo mismo, su largo pelo negro suelto por completo.

Y tras unos segundos, ambas asintieron, levantaron los brazos y, mirando hacia el cielo, gritaron a la vez:

—¡Oh, madre tierra, energías del mundo que fluyen entre nosotras, te damos las gracias por hacernos sentir vivas! ¡Oh, madre tierra, concédenos tu bendición una vez más! ¡Te veneramos por otorgarnos este don!

Ovidia se liberó. Dejó de retener a sus sombras, que se pusieron tras ella, salvaguardándola. Vio como el poder de Charlotte aumentaba, y el prado se llenaba de relucientes flores blancas.

Ambas empezaron a moverse hacia la izquierda, bailando y cantando mientras la noche las envolvía y el fuego de la hoguera les daba calor.

Estos rituales siempre habían calmado a Ovidia. Le encantaba dejarse llevar, apartar todo aquello que la angustiaba, todas las inquietudes que la preocupaban, y saltar, bailar y gritar hasta quedarse sin voz.

Vane y Feste estuvieron a plena vista durante todo el ritual. Era extraño bailar con tus propias sombras, pero Ovidia se sentía en paz con ellas. Y Charlotte le confesó hacía tiempo que ella también se sentía así.

Al cabo de un rato ambas se sentaron una al lado de la otra, respirando agitadamente y con la frente sudorosa de tanto bailar.

—¿Sabes? —empezó Ovidia, con el cabello pegado a las sienes—. Siempre me he preguntado qué tipo de poder tienen los fuegos.

Charlotte la miró con el ceño fruncido y, soltando una pequeña risa, preguntó:

—¿A qué te refieres?

Ovidia la miró, pasándose una mano por la larga melena, ahora cayéndole en ondas castañas por la espalda. La trenza había desaparecido.

—Tengo la sensación de que cada vez que me siento con alguien frente a una hoguera o chimenea, puedo hablar de lo que sea sin ser juzgada —explicó con voz melancólica, casi como en un susurro.

Charlotte pasó un brazo por los hombros de su amiga y apoyó la cabeza en ellos.

—Entiendo lo que dices. ¿Es por algo en concreto?

Ovidia se tomó un tiempo para pensar en cómo empezar aquella conversación.

—He estado dándole muchas vueltas a cómo funciona mi poder desde que aparecieron ellas. —Ambas miraron a las sombras, que murmuraban algo entre ellas en un idioma que ni Ovidia podía entender. A veces se preguntaba si venían de otra dimensión, de otro mundo—. Y yo jamás he oído hablar de un poder parecido al mío. ¿Crees que algo está cambiando?

Charlotte se apartó de ella, reincorporándose para mirarla bien.

—Si te lo preguntas, es porque crees que es así —declaró la Bruja de la Tierra, sus ojos brillando con intensidad.

—¿Recuerdas lo que te dije la primera vez que te las mostré? Charlotte asintió.

—Que eran muy oscuras. Que en cierta manera no lo veías… normal.

—Exacto —afirmó Ovidia, girándose para estar cara a cara con su amiga—. Siguen siendo oscuras, pero eso no significa que sean malas. Aun así, siento que… —Ovidia hizo una pausa, respiró hondo y prosiguió—: ¿Y si son la prueba de que mi poder está roto?

Charlotte la miró aún más confundida que antes.

—No te entiendo, Ovidia. ¿Roto?

—¿Y si realmente ellas solo existen para protegerme porque no tengo poder alguno?

Charlotte abrió los ojos, sorprendida. El fuego crepitó con más fuerza.

—No es una mala teoría. Pero ¿qué tendría de malo que fuera así?

Ovidia apartó la mirada, sus oscuros ojos perdiéndose en el llameante fuego.

—Quiero más. *Anhelo* más.

—¿Acaso has intentado explorar más tu poder? Cuando no haya nadie a tu alrededor. Ni los representantes, ni tu familia. Solo tú y tus sombras.

Ovidia negó con la cabeza y Charlotte ladeó la suya al ver que sus palabras habían dado en el clavo.

—Quizá no es que tu poder sea raro o limitado. Puede que… no lo hayas explorado en su totalidad.

—¿Y si es peligroso? —Al fin se atrevió a pronunciar aquellas palabras en voz alta.

Feste apareció de repente frente a ellas y se tumbó sobre el regazo de Ovidia sin decir nada.

Charlotte la miró, miró a Feste y cogió aire profundamente.

—No creo que ellas sean peligrosas. No lo han sido hasta ahora y, como tú siempre dices, ellas mismas te dicen que provienen de ti. Tal vez tu poder no sea peligroso, Ovidia. Simplemente diferente. Y no por ello ha de ser malo.

»Aunque reconozco que el grandullón da escalofríos, allí quieto observándonos sin parar.

—Feste a veces puede ser un poco intenso.

Ovidia vio como el rostro de Charlotte mostraba confusión, y la muchacha volvió a mirar rápidamente a sus sombras.

—No, Feste no. El otro —se explicó.

Intentó girar la cabeza hacia donde miraba su mejor amiga, pero no pudo. Aquella sensación, aquella que solo había sentido otras dos veces, la invadió y tuvo que cerrar los ojos, respirando profundamente.

—¿Ovi?

Esta levantó la mano, pidiéndole un momento a su amiga. De repente, fue demasiado consciente del sudor de su cuerpo, que pasaba del calor al frío en apenas un instante. Tomó aire una vez más al sentir una opresión en el pecho que, cuando se le pasó, le hizo abrir los ojos.

Las vibraciones eran tan fuertes que Ovidia sintió que las podría tocar. Siguió aquella sensación hasta encontrarse con lo que Charlotte había visto hacía unos instantes.

Otra sombra. La más grande hasta ahora.

Era extremadamente grande. De al menos casi tres metros de altura, muy ancha y con aquellas esferas doradas mirándola directamente.

Feste y Vane se habían quedado quietas, mirando a la que parecía ser su nueva compañera. Se giraron para observar a Ovidia, que se había puesto de pie poco a poco, sus ojos fijos en aquella nueva manifestación. De nuevo, aquella falta de miedo la hizo preocuparse.

—Quédate aquí —le dijo a Charlotte, que la vigilaba con extremo cuidado.

—¿Estás segura?

—Esto es cosa mía.

Lottie asintió, y la Bruja Gris rodeó la hoguera para acercarse poco a poco a sus sombras.

A las tres.

Hermana, escuchó que le dijo Vane en su mente. *¿Quieres…?*

—No os mováis —les susurró, y Vane y Feste se quedaron en su sitio, flanqueando a Ovidia. Vane a la derecha y Feste a su izquierda.

Enfrente de ella ahora solo estaba aquella inmensa figura.

—¿Vienes del mismo lugar que ellas? —preguntó Ovidia, con la cabeza alta.

La gran sombra no respondió, solo pareció inclinarse, curiosa ante el coraje de la joven.

Finalmente, asintió, mostrando una sonrisa espeluznante, llena de dientes afilados.

Ovidia no se apartó.

—¿Por qué estás aquí?

La sombra pareció agacharse aún más y poco a poco acercó lo que parecía ser uno de sus brazos, las garras que había al final de la extremidad brillaron a la luz de la hoguera.

Ovidia sintió fascinación ante aquella imagen.

Provengo de ti, hermana. Como mis compañeras.

La voz en su cabeza era profunda, mucho más que la de Vane o Feste. Le reverberaba en el pecho, y Ovidia respiró hondo, recuperándose de la sorpresa.

—Voy a haceros una pregunta. A las tres. —Pasó la mirada por cada una de sus sombras, y finalmente se dirigió a la recién llegada—. ¿Hay más como vosotras? ¿He de esperar que aparezca alguna más en un momento donde me pille desprevenida?

No, hermana. No hay más, siseó Feste corriendo hacia su pierna.

Solo nosotras, interrumpió la gigantesca figura frente a ella. *No hay más. De donde provenimos, no queda más que la nada.*

Ovidia se giró hacia Charlotte, que la miraba estupefacta al otro lado de la hoguera.

—No nos hará daño. Viene del mismo lugar que ellas, no…

Lottie asintió y comprendió lo que su amiga decía. Finalmente, la Bruja de la Tierra se atrevió a decir:

—Eso sí que es un regalo de cumpleaños, ¿no crees?

Ovidia asintió, y Charlotte no pudo olvidar la imagen de aquella noche: un fuego crepitante, su mejor amiga con la trenza deshecha y un camisón blanco, mientras tres figuras sombrías y amenazantes la rodeaban, con los ojos fijos en la Bruja Gris. Y en esa escena, Ovidia parecía haberse perdido entre sus propios pensamientos, las llamas de la fogata reflejándose en sus oscuras y dilatadas pupilas.

4

25 de octubre de 1843. Seis días para Samhain. Winchester, Inglaterra

Las semanas pasaron, y el otoño ya se había instalado por completo en Winchester. El nuevo curso también había empezado, y con él, las prácticas de magia, las clases interminables y las miradas.

Siempre las miradas.

No todos los Sensibles despreciaban a Ovidia, pero los que parecían más molestos eran los propios Grises. Era la única que no había manifestado su poder delante de todos, y eso había provocado una avalancha de reacciones que la muchacha intentó ignorar lo mejor que pudo.

Además, advirtió que las palabras de Marianne Woodbreath en la fiesta del equinoccio habían sido ciertas: Noam Clearheart había retrasado su último año tras la partida de su padre al continente para encargarse del negocio familiar.

En el fondo, Ovidia agradecía su ausencia. Hacía que el dolor que traían consigo aquellos recuerdos fuera más tolerable.

Habían pasado años, pero la herida seguía fresca.

Desde el primer día de vuelta a la Academia, se centró en la rutina: clases por la mañana, regresar a casa con Charlotte, esperar a que su padre volviese de la imprenta que regentaba mientras tomaban el té y estudiar hasta la hora de la cena.

Y, durante la última semana, también había empezado la tarea de preparar el discurso.

Se centró en escribirlo de manera cuidadosa, anotando ideas que a los pocos días cambiaba por otras. Era complicado escoger las palabras adecuadas cuando eras consciente de que las críticas que ibas a recibir iban a ser mayores que las que hubiese recibido cualquier otro Sensible.

Así, llena de dudas, había decidido contactar con el señor Moorhill, quien también residía en Winchester, y pedir un encuentro para que le ayudara a determinar cuál sería el tema ideal para el discurso.

Aquella tarde de octubre, todas las chimeneas del hogar de los Winterson estaban encendidas, y el olor a calabaza y especias inundaba la cocina, donde ella y Jeanette se encontraban ultimando un bizcocho que llevarían a los Moorhill como muestra de agradecimiento. Mientras lo preparaban, Ovidia rememoraba una y otra vez en su cabeza la conversación que tuvo con su padre días atrás.

4 días antes

—Esto es una oportunidad para que vean que las Brujas Grises sois más que simples mestizas.

Se hallaban en la sala de estar, frente a la chimenea, Jeanette ya descansando en sus aposentos. Muchas noches, padre e hija se quedaban hasta tarde conversando, con el crepitar de la madera mientras el fuego se abría paso entre sus vetas.

—No estoy especialmente entusiasmada —confesó Ovidia dando un sorbo a su leche caliente—. Podría darlo otra persona.

—Si te han escogido a ti, habrán tenido un buen motivo, cariño.

Ovidia había apartado la mirada del fuego para observar a su padre con los ojos entrecerrados.

—¿Has tenido algo que ver con esto, papá?

La pregunta que había temido realizar en voz alta salió al fin de sus labios.

Theodore Winterson miró a su hija durante un instante y luego soltó una sonora carcajada. Ovidia arqueó una ceja, expectante.

—Si lo hubiese hecho, te lo hubiese contado de inmediato. Incluso antes de proponerles la idea. Pero no. Yo no he tenido nada que ver con esto. Aunque, ciertamente, me alegró ver las caras de rabia de ciertas personas.

—Ahora sé de dónde me viene esa naturaleza tan antisocial —bromeó Ovidia, dando otro sorbo a su leche.

Theodore le sonrió, mirando a su hija con un orgullo que a veces ponía nerviosa a la joven.

—Temo que esto aumentará las tensiones.

—¿Qué tensiones?

Theodore se tomó unos momentos para responder. Dudó si hacerlo siquiera, pero sería inútil ocultar algo así a una Ovidia de casi veinte años.

—Desde hace años, la Sociedad… no es lo que era. He comprobado como, desde mi juventud, ha sido cada vez más estricta con los Desertores. Incluso sus miembros, los Grises o cualquiera que no encaje en sus ideales, caerá en la terrible consecuencia de ser juzgado por aquellos que no quieren ver más allá de sus propios miedos y preocupaciones.

»Siento que Elijah es el líder que llevábamos buscando hace tiempo. Y que te haya escogido a ti, pues la última palabra la tiene el líder, calma mi ya viejo corazón.

»Tal vez tú seas la chispa de esperanza que falta, Ovidia. Tal vez tú y los que te sigan conseguirán que la Sociedad vuelva a ser lo que era.

Ovidia no respondió ante eso, pero sí que cogió la mano de su padre y se la estrechó fuertemente mientras sus ojos se perdían en la hipnotizante vista del fuego frente a ellos, mucho más intenso que antes.

Presente

Eran las cuatro de la tarde pasadas cuando Ovidia salió de casa para dirigirse al hogar de los Moorhill.

Serpenteó por las calles de Winchester hacia el sur, el sol poniéndose en el horizonte. Debía reconocer que estaba bastante nerviosa ante lo que se pudiese encontrar al llegar a la casa del líder de la Sociedad Sensible, puesto que no todo el mundo era recibido allí. Aun así, confió en sí misma, y si la habían escogido, sería por un buen motivo.

O al menos se intentaba convencer de ello.

Cuanto más se acercaba al hogar de los Moorhill, más sentía la inquietud de sus sombras.

Hermana. Hermana, escúchanos.

Se aseguró de que no hubiese nadie en la calle que la estuviera mirando. Por suerte, las personas que había se encontraban bastante lejos como para que pudieran oírla.

—Os pido, por favor, que os calméis. Ahora no es momento de que montéis un espectáculo.

Hermana, hermana, insistió Feste. Ovidia siguió caminando, intentando mantener la compostura. *¿Podremos inspeccionar la casa cuando lleguemos?*

—¡Por supuesto que no! —bramó, deteniéndose bruscamente, y los tirabuzones que adornaban su inmaculado peinado le rebotaron en la cara—. Quiero que, durante las próximas horas y hasta que volvamos a casa, os quedéis quietas. Nada de juegos. ¿Entendido?

Sí, sí, sí, sí, oyó murmurar a Feste y Vane. Albion gruñó muy dentro de ella.

—Pues quietas. Esta reunión es muy importante.

Tras aquellas palabras, Ovidia sintió que volvían a calmarse dentro de ella, a aquel lugar donde parecía que descansaban cuando no querían hacer de las suyas o, en la mayoría de los casos, defenderla.

Finalmente llegó al extremo de la calle y giró a la izquierda, donde un vecindario de mucha más clase se abrió paso ante sus ojos. Las casas, con pequeños jardines delanteros, eran preciosas y las calles estaban más limpias y cuidadas que aquellas por las que había venido.

La casa de los Moorhill era la última del vecindario y, al hacer esquina, tenía los jardines más grandes. En su vida No Sensible, Elijah era el dueño de una de las fábricas más importantes de la zona, y su fortuna, que había conseguido exportando al extranjero, había aumentado considerablemente.

Fue metros antes de llegar a la puerta principal cuando vio como alguien salía de la casa, lo que hizo que Ovidia aminorara el paso. Colocándose un sombrero que le refinaba las facciones, Noam Clearheart salió del hogar de los Moorhill.

Ovidia se detuvo en seco, y sus zapatos repiquetearon con estruendo sobre el pavimento de piedra.

En ese momento no supo qué hacer. Si se escondía, sus modales quedarían expuestos y, de todas formas, ya era demasiado tarde. Vio como Noam y Elijah se estrechaban las manos y, tras bajar los escalones que llevaban a la calle, el joven se encontró con ella de cara.

Ovidia inclinó la cabeza, saludando respetuosamente.

—Buenas tardes —dijo.

—Buenas tardes, señorita Winterson —respondió Noam, sin parpadear, sin dejar de mirarla.

Ovidia respiró hondo, sintiendo como las sombras empezaban a agitarse.

—¡Ovidia Winterson! —exclamó Elijah, haciendo que tanto ella como Noam rompiesen el contacto visual—. Puntual, como siempre. Mil gracias por venir.

—Es un placer, señor Moorhill —dijo esta, haciendo una pequeña inclinación de cabeza.

—El señor Clearheart pasaba por aquí y ha sido muy amable al pararse a saludar.

—He de marchar ya. Tengo asuntos que atender. Un placer verla, señorita Winterson.

Ovidia asintió en agradecimiento, alargando sus miradas un segundo de más. Entonces Elijah la invitó a pasar y Noam desapareció calle abajo mientras Ovidia subía las escaleras, sujetándose la falda para no tropezar.

Si se hubiese girado, tal vez habría visto como Noam Clearheart se había detenido para mirarla.

Pero Ovidia entró en la casa, ajena a tal circunstancia.

El hogar de los Moorhill era mucho más austero de lo que había imaginado. Teniendo en cuenta la fortuna de la familia, la joven había esperado encontrarse con grandes salones llenos de pinturas, estatuas, y muchos sirvientes yendo arriba y abajo por toda la casa.

Pero no. La casa era cálida y acogedora, y Ovidia oyó voces que provenían del fondo, de una sala bastante grande que había al final del pasillo. De una puerta lateral apareció una criada, que la ayudó con su abrigo y sus guantes. Se fijó en la cesta y se volvió hacia Elijah esperando órdenes. Este, con sus cálidos ojos azules, miró a Ovidia, sorprendido.

—¿Ha traído algo?

—Mi criada, Jeanette, y yo hicimos un bizcocho de calabaza para agradecerle la confianza que ha puesto en mí. Hacía tiempo que no me ponía manos a la obra con la repostería, pero... espero sea comestible.

70

—¡No tenías por qué! —exclamó una mujer detrás de Elijah. Ovidia se dio cuenta de que era su esposa, Nathalie, que llevaba un vestido verde, a juego con sus ojos. Ovidia le sonrió, y esta cogió la cesta—. Pasa, por favor. Mis hijos están haciendo su tarea, así que disponéis del salón por entero.

Elijah sonrió ampliamente a su mujer y con un gesto abrió paso a Ovidia, que agradeció la invitación con una inclinación de cabeza.

El salón se encontraba al final del pasillo y ocupaba gran parte de la casa. Estaba iluminado por dos grandes candelabros que colgaban del techo con decenas de velas, además de por muchas otras que había esparcidas por la habitación y que ofrecían una luz agradable al lugar. Tenía dos grandes ventanales que daban a los jardines traseros y enmarcaban una puerta de madera que Ovidia supuso daría acceso a los mismos. A la derecha había un piano, y al lado de este descansaban un violonchelo y dos violines.

A la izquierda, justo frente a la chimenea, había tres sofás con una mesita en el centro que tenía té recién preparado, además de unos cuadernos, algunos folios, tinta y pluma. Ovidia siguió hasta allí a Nathalie Moorhill, la cual le ofreció asiento en el sofá de la izquierda, mientras su marido se sentaba en el del medio y ella salía de la sala hablando con uno de los criados.

—Muchas gracias por venir a mi casa, señorita Winterson.

—Oh, por favor, solo Ovidia. Me sentiré mucho más cómoda si me tutea.

—Que sea así entonces —dijo Elijah, sonriendo—. ¿Nerviosa?

—Negarlo sería mentir, y la mentira es algo que evitamos en mi familia.

—Sabias palabras. —Elijah se inclinó para coger su taza de té y dio un largo sorbo.

Detrás de Ovidia apareció la doncella que la había atendido en la entrada y le sirvió el té tras dejar su bizcocho, ya cortado en varias porciones, junto a la tetera.

71

—¿Leche, señorita?

—Una pizca. Y miel, si es tan amable. —La mujer asintió, y Ovidia notó la diferencia entre ese tipo de servicio y el de Jeanette.

La sirvienta de su casa no era tan… distante.

—Verás, Ovidia, voy a serte sincero. Teníamos a otras personas en mente para el discurso de este año, pero estaba convencido, y Alazne también, de que tú serías una buena candidata.

—¿La líder Alazne estuvo de acuerdo? —Ovidia se sorprendió de que la representante de los Videntes no estuviese en contra.

Era una mujer de mucho carácter. O al menos eso había oído de bocas ajenas.

—Éramos los únicos a favor de escogerte. Pero al final Galus, Eleonora y Benjamin también accedieron.

—Me sorprende que Benjamin no quisiese que diese el discurso, ambos siendo los únicos Sensibles Grises —comentó con gran honestidad Ovidia, y dio un sorbo a su té.

—No fue por tu naturaleza —se apresuró a responder Elijah—. Él quería que alguien del último año diese el discurso. Alguien con más experiencia. Le dije que, a pesar de que te quedan dos años para poder graduarte y entrar en el mundo laboral No Sensible o bien encontrar un buen esposo, podrías dar un discurso digno de ser recordado.

Dentro de la Sociedad, todos los Sensibles estudiaban en aquella casa de campo que para los No Sensibles era una simple academia prestigiosa y privada para la clase alta. Una gran mentira divulgada durante generaciones. Los estudiantes de la Academia se formaban, desde los seis hasta los veinte años, en cultura tanto no sensible como sensible para poder especializarse en lo que quisieran. Los maestros eran Sensibles que enseñaban prácticas de todo tipo, y aunque la mayoría de las mujeres Sensibles acababan casadas al poco tiempo de graduarse, Ovidia siempre había querido poder tener un trabajo. Vivir más. No sentir que su juventud se terminase cuando cumpliese veintiún años.

En esos momentos, con diecinueve, no se veía casada. Y menos aún con hijos.

—¿Y cómo quiere que enfoquemos el discurso, señor Moorhill?

—Siempre otorgamos cierta libertad al Sensible escogido, pero este año será bastante especial. Se cumplen tres siglos desde que se creó la Sociedad. Trescientos años desde que Augusta Winterbourne la fundó. Tal vez podrías enfocarte en los orígenes de nuestra naturaleza, cómo nos unimos y cómo, a pesar de que muchos ya no estén en la Sociedad...

«Desertores», pensó Ovidia.

—... nos unen muchas más cosas. Nos une un regalo único. ¿No crees?

—Sin duda alguna.

—Me he encargado de que tengas papel, pluma y tinta en caso de querer apuntar alguna idea. —Elijah le acercó a Ovidia los materiales y le ofreció un gran libro donde poder apoyarse, y ella aceptó agradecida.

—No se preocupe, señor...

—Elijah. Solo Elijah.

—Está bien. Con esto bastará, Elijah. Me apuntaré algunas ideas... —empezó a decir Ovidia mientras mojaba la pluma en la tinta y comenzaba a escribir.

Enfocarse en los orígenes
Hablar de lo que nos une
Empezar el discurso con...

—¿Sería adecuado mencionar a los Desertores como tal? —preguntó Ovidia levantando la mirada.

—A nivel personal, te animaría a que lo hicieses —explicó Elijah dejando la taza sobre la mesita tras dar un largo sorbo a su té—. Siempre he considerado que los Desertores han tenido un punto de vista diferente al resto de los miembros de la Sociedad, pero no por ello creo que sea algo negativo.

»En los tratados iniciales, Augusta permitió marcharse, buscar un hogar, a aquellos Sensibles que no quisiesen formar parte de la Sociedad. Pero el contacto después estaba prohibido.

Ovidia sabía de qué hablaba. Era la regla número cinco, la última de todas.

«Si alguien quiere abandonar la Sociedad por voluntad propia, podrá hacerlo, pero perderá el derecho a relacionarse con su familia o amigos que aún formen parte de ella. Será un Desertor».

—No he conocido a ningún desertor, Elijah —respondió Ovidia, dejando reposar la pluma sobre el papel con anotaciones—. Pero estoy segura de que muchos desearían seguir en contacto con sus familiares después de decidir ir por caminos distintos.

—Y por esto sabía que elegirte candidata para el discurso era lo correcto, Ovidia. —Elijah se acercó más ella, ambos aún sentados en sofás distintos, pero la joven notó que iba ganando confianza o, al menos, que estaban entrando en un territorio de mutua opinión—. Eso es lo que quiero para las futuras generaciones. Quiero…

—¿Quiere cambiar la regla número cinco?

Elijah se quedó en silencio unos instantes y, ante la expresión pasmada de Ovidia, dijo:

—Así es.

—No voy a negar que lo que pretende es realmente atrevido, Elijah. Pero sigo sin entenderlo. ¿Por qué yo?

—Tal vez lo que te voy a decir no te sorprenda, puede incluso que llegue a… molestarte, pero la verdad a veces tiene el poder de herirnos, pues no la podemos cambiar.

Ovidia respiró hondo y asintió, esperando las palabras del líder de la Sociedad.

—Eres diferente, Ovidia. No es que sea nada malo, no creo que lo sea. Pero eres distinta. Los poderes de Benjamin se parecen a los de su madre, que era Sensible, pero siguen siendo una variación interesante.

»Aun así, estos se presentaron a una edad temprana. De ahí que empezáramos hace unos años con aquellas sesiones prácticas. Para ver si tu poder despertaba de una forma conocida o no.

Las sombras se removieron dentro de ella, pero logró disimular su preocupación.

—Sirvieron para confirmar que mi naturaleza no se acerca a la de mi padre —dijo Ovidia con toda la calma posible—. No tengo el poder del Sol dentro de mí, así que puede que mi poder sea otro. Quién sabe, tal vez en unos meses se confirme que soy una casi Bruja de la Tierra o de la Noche.

Elijah sonrió ante la mención de los suyos.

—Sería ciertamente interesante. Aun así, seguirías siendo Gris.

—Soy consciente de mi naturaleza mestiza. Y de lo improbable que esta puede llegar a ser a veces.

—Me complace ver que eres consciente de tu situación y que estás preparada para lo que venga. —Elijah cogió un trozo de bizcocho y lo saboreó con ganas—. Está delicioso, Ovidia. Dale mis felicitaciones a tu doncella.

—Así lo haré.

—¿Así que aún no sabes nada sobre tus poderes? —Ovidia negó con la cabeza—. Entiendo. Mi consejo es que no te fuerces. Tómatelo con calma. Aparecerán cuando menos te lo esperes.

«Y que lo digas», pensó, recordando el día que Feste apareció frente a ella.

—¿Qué hay de sus hijos? —preguntó la joven cambiando de tema—. ¿Han salido a la madre o al padre?

Elijah soltó una risa muy especial, esa risa única que tienen los padres cuando sus hijos son el tema de conversación principal.

—El mayor, Henry, ha salido a su madre. Brujo de la Tierra —explicó Elijah. Ovidia aprovechó para beber de su té—. Pero la pequeña Dorothea… nos ha sorprendido.

Ovidia frunció el ceño con curiosidad.

—¿En qué sentido?

—Es una Bruja Vidente. La primera de la familia.

Ovidia mostró una gran sorpresa. Era extraño que los hijos de los Sensibles tuviesen un poder que no fuera el de la madre o el padre. Siendo Nathalie una Bruja de la Tierra, y Elijah un Brujo de la Noche, lo más lógico es que Dorothea hubiese sido uno de los dos.

Pero que fuese Bruja Vidente…

—Son dones realmente únicos. —Elijah asintió ante las palabras de la joven—. Es extraño. ¿Cuándo ocurrió?

—Hace unas semanas, en su duodécimo cumpleaños. Estamos muy contentos, aunque ya hemos convocado reuniones con Alazne para que la ayude a controlar sus pensamientos, y seguramente llamaremos al joven Clearheart para que nos asista.

Ovidia no pudo evitar sobresaltarse ante el nombramiento de Noam.

—¿Por eso se encontraba con usted cuando he llegado?

—¡En absoluto! —explicó con gran tranquilidad, aunque una sonrisa asomaba por su rostro—. Ha sido pura casualidad su presencia, pero he aprovechado la ocasión para hacerle saber mi preocupación sobre la inesperada naturaleza de mi pequeña. Ha aceptado ayudarnos encantados. Es un buen muchacho.

Ovidia forzó una sonrisa, intentando obviar el repentino dolor en el pecho que amenazaba con dejarla sin respiración.

—Quería preguntarte algo, pero, honestamente, mis modales me dicen que tal vez no sería muy educado —dijo Elijah, entrelazando las manos sobre su regazo.

Ovidia se inclinó hacia delante, dejando con cuidado los papeles sobre la mesa junto a su té.

—¿De qué se trata?

—Quería hacerte saber que tanto mi mujer como yo creemos que Minerva era una mujer extraordinaria.

Ovidia se quedó inmóvil, el corazón le dio un salto que no pudo controlar. Dentro de ella, pudo sentir las sombras en alerta. Sintió la vibración de Albion en lo más profundo de ella. Siempre ocurría cuando nombraban a su madre.

Ovidia forzó una sonrisa.

—Agradezco sus palabras, Elijah. Lo era.

—¿Hay algo que podamos hacer? ¿Algún familiar…?

—No había nadie. Mi madre era huérfana —explicó, juntando las manos en su regazo. Habían empezado a temblarle—. Mis abuelos fallecieron en un accidente cuando ella tenía poco más de diez años. Cuando llegó a la mayoría de edad, empezó a trabajar como vendedora de ropa en una de las tiendas más importantes de Oxford. Allí conoció a mi padre. Y… el resto es historia.

El fuego de la chimenea crepitó, y Ovidia se percató de que eran más de las siete.

—Lamento mucho importunarle, Elijah, pero debería irme. Mi padre me espera para cenar con él.

—Por supuesto. Haré que preparen un sobre para que se lleve los papeles.

Ovidia sonrió en agradecimiento, alisándose la falda del vestido tras levantarse. Elijah llamó a otra criada, que se llevó los papeles para prepararlos. Luego acompañó a la joven bruja hacia la entrada de la casa.

—Si tienes cualquier duda o pregunta con el discurso, puedes pasarte después de las clases en la Academia y te ayudaré encantado. Suelo estar aquí sobre las cuatro de la tarde.

—Gracias, Elijah. Significa mucho para mí su ayuda y su confianza. —Ovidia se giró para mirarle, sus palabras eran sinceras, como sus ojos.

En ese momento, por las escaleras que había a su izquierda, Henry y Dorothea bajaron corriendo, mientras Nathalie iba tras ellos, regañándoles.

—¡Volved aquí! Vuestro padre…

—¡Papá! —gritó la pequeña Dorothea, abrazándole. El joven Henry, tan solo un par de años más mayor que su hermana, y un calco idéntico a su padre, se apoyó en la barandilla de la escalera sin bajar el último escalón.

—Sobre lo de Minerva… —musitó Elijah mirando a Nathalie. Esta comprendió al instante la situación—. ¿Hay algo que podamos hacer? Lo que sea.

Ovidia sabía a qué se refería. Y agradeció la caridad. No todo el mundo la había mostrado. Tanto Elijah como su familia estuvieron junto a ella y su padre durante todo el entierro.

—Cada mes, el mismo día que falleció, voy a dejarle flores frescas al cementerio. Le cuento cómo va todo. Es… curativo.

Nathalie cogió a Henry por la cintura, obligándole a bajar el último escalón y acercándolo a ella. En ese momento, los cuatro la miraron con pena y dulzura al mismo tiempo.

—Entonces, si lo apruebas y Theodore también, nosotros también iremos a visitar a Minerva —musitó Nathalie con voz suave.

Ovidia se conmovió ante tales palabras, y apretó los labios cuando los ojos se le empezaron a inundar de lágrimas.

—¿Alguna flor en particular? —preguntó Elijah.

En ese momento, la sirvienta volvió con los papeles y ayudó a Ovidia a ponerse el abrigo.

—Le gustaban todas. Cada mes le llevo una distinta. —Ya con el abrigo, Ovidia cogió sus apuntes, dándole las gracias al servicio.

—Lo tendremos en cuenta —expresó Nathalie—. Ahora, jovencitos, venid conmigo. Vamos a leer las reglas de la Sociedad antes de cenar…

—¡Menudo aburrimiento! —dijo Henry desapareciendo por el pasillo hacia el salón donde Ovidia y Elijah habían estado minutos antes.

En ese momento, la joven notó como Dorothea no dejaba de mirarla, con unos ojos azules llenos de curiosidad. Nathalie la atrajo hacia ella, y los tirabuzones cobrizos de la mujercita rebotaron por el movimiento. Elijah se percató de la atención de su hija sobre la Bruja Gris.

—¿Qué ocurre, Dory? ¿A que Ovidia es encantadora?

Un silencio los envolvió hasta que la pequeña habló.

—No se puede ir —dijo en un susurro cansado. Sus ojos seguían en Ovidia—. La necesitamos.

Ovidia frunció el ceño, extrañada. Y, por un instante, sus temores la envolvieron. Recordó los poderes de la niña. Vidente. Sus sombras se agitaron dentro de ella.

No. No era posible que pudiese verlas.

—¿Dorothea que…?

—Mamá, tengo hambre —musitó esta, ahora ignorando a Ovidia y girándose para seguir a Henry.

El matrimonio Moorhill se miró entre sí ante tal extraño suceso y carraspearon con incomodidad.

—Preadolescentes —dijo Nathalie disculpándose por su hija—. Vuelve cuando quieras, Ovidia. Eres bienvenida siempre.

—Gracias, señora Moorhill.

Esta asintió y desapareció hacia el salón con sus hijos.

—Disculpa a mi hija —se apresuró a decir Elijah—. Está en una edad… complicada. Es algo tarde ya. Puedes volver en uno de mis carruajes, Ovidia.

—No es necesario, de verdad.

—Ya es de noche, y tardarás menos. Insisto. —Ovidia asintió y Elijah llamó a la criada para que trajeran el carruaje.

En unos minutos este la esperaba a las puertas del hogar de los Moorhill. Elijah la ayudó a subir y cerró la puerta. Ovidia abrió la ventana para despedirse.

—Gracias por confiar en mí, Elijah. Lo agradezco de corazón.

—Estoy impaciente por escuchar tu discurso. La celebración empezará a las ocho de la tarde, así que, si te parece bien, podríamos vernos allí media hora antes y me lees el discurso. Me encantaría ser el primero en escucharlo.

—Sin duda alguna. Allí estaré.

El hombre asintió y, dando una señal al cochero, el carruaje empezó a moverse. Ovidia cerró la ventana y la cortina, reclinándose sobre el suave asiento de cuero verde.

Mientras se adentraban por las callejuelas de Winchester de camino a casa, con los papeles en su regazo, no podía olvidar las palabras de Dorothea. Aquellos ojos mirándola atentamente.

«La necesitamos».

Ovidia estaba segura de algo: lo que sí necesitaba ella en ese preciso momento era un baño caliente.

Y una buena novela de romance. Sin duda alguna.

Remembranza III

3 de abril de 1839, Winchester, Inglaterra

—No ha parado de mirarte en toda la clase.

Ovidia sonrió. Le dolían las mejillas de tanto hacerlo.

—Lo sé.

Había notado hacía días que Noam Clearheart no dejaba de lanzarle miradas, así que hoy se había puesto uno de sus mejores vestidos.

El verano pasado el joven había vuelto de su viaje por Europa, el cual había iniciado un año atrás, y el chico de quince años que había regresado era un poco más alto, robusto, educado y detallista que el niño rebelde que se marchó de Inglaterra.

En el riachuelo que rodeaba la Academia, Ovidia sonrió para sí misma, mientras Charlotte relataba el modo en que él la miraba y la reacción de su amiga como si fuera la narradora de su pequeña historia.

A Ovidia le sorprendía pensar que Noam y ella compartían una historia. Pero, técnicamente, era cierto.

Ante el repentino silencio de Charlotte, Ovidia levantó el rostro para ver qué había ocurrido. Su amiga, con una expresión de sorpresa, miraba algo detrás de Ovidia, y esta se giró.

Su corazón empezó a latir con fuerza y se sonrojó al ver, a pocos metros de ellas, a Noam de pie, como si quisiera hablar, pero no supiese cómo, mirándola con los ojos fijos y la boca entreabierta.

«Es guapísimo» fue lo primero que pensó la joven.

Ambas se levantaron del suelo, limpiándose las faldas mientras Charlotte empujaba ligeramente a Ovidia para que se acercase.

—Clearheart —dijo la Sensible de la Tierra, saludándole sonriente—. ¿Qué te trae por aquí?

Charlotte era del mismo año que Noam, y siempre se habían tuteado con naturalidad. Pero Ovidia no. Ovidia siempre había mostrado sus respetos.

—Me gustaría hablar con la señorita Winterson. A solas. Si a ella no le importa.

—Que un joven y una joven hablen a solas es algo bastante inapropiado. E indica segundas intenciones —dijo Ovidia con la barbilla en alto, pero sin poder mirarle a los ojos.

Entonces, el joven sonrió y, sacando pecho, declaró:

—Es que vengo con segundas intenciones, por si mis modales no lo habían mostrado ya.

Ovidia se quedó sin habla. Esta vez sí le miró, y vio algo en aquellos ojos miel que no pudo descifrar. Eran un laberinto de preguntas, y ella deseaba perderse en sus respuestas. Se fijó en su fina cara, en su marcada mandíbula. No era fuerte como muchos otros Sensibles. Noam siempre había sido alto y delgado, pero con un carácter y una educación que la habían dejado más de una vez sin aliento.

Girándose hacia Charlotte, asintió con la cabeza, y la Bruja de la Tierra desapareció hacia los jardines principales de la Academia, pero sin irse muy lejos para vigilar al chico.

—Si te hace algo, ¡avísame! —gritó ya a lo lejos.

Ovidia puso los ojos en blanco y Noam se acercó a ella un poco más. Estaba a menos de dos metros.

Estaban muy cerca.

Fue entonces cuando Noam buscó algo en el bolsillo interior de su chaqué marrón, y extrajo una pequeña nota, cuadrada y perfectamente doblada. Con mano firme se la entregó a Ovidia, que la cogió con curiosidad, con las manos cubiertas por unos guantes de encaje blanco.

—Quiero invitarla a dar un paseo por los alrededores de Winchester y, si lo desea, tomar el té conmigo.

«Esto va en serio».

Ovidia respiró hondo. Era algo normal que a su edad las chicas empezasen a tener pretendientes. ¿O no? Había cumplido los dieciséis hacía apenas un mes.

Y aunque Noam tuviese un año más, sabía que los hombres esperaban un poco más para conseguir las más jovencitas, por intereses que a Ovidia le repugnaban.

—¿En la nota está la invitación?

—No —respondió de inmediato el chico—. En la nota le he escrito un poema. Puede leerlo o no, pero creo que expresa mucho mejor lo que vuestra belleza me inspira que mi propia voz.

La sorpresa la invadió. Y la ternura. Un poema, el lenguaje del amor. Ni en sus delirios más románticos habría imaginado que le pasaría algo así. Sobre todo, siendo una Bruja Gris, a la que todos despreciaban.

—Sabe lo que opinarán los demás si le ven conmigo. Ya ha afectado a la reputación de Charlotte. No puedo permitir que afecte a otros. Por usted, y por la culpa que yo misma sentiría, si os he de ser honesta.

—La única opinión que me importa sobre mi persona es la suya, señorita Winterson. Los demás pueden murmurar o gritar a los cuatro vientos su odio hacia mí, pero... —Cogió aire, nervioso. Ovidia le ponía nervioso—. Pero un suspiro suyo quebrará mi compostura por completo.

«Sigue. Sigue, no te detengas», pensó desesperadamente. Quiso gritárselo, pero en su lugar, Ovidia dijo, sonriente:

—Puede llamarme Ovidia. Y tutearme. Nos conocemos desde siempre, señorito Clearheart.

Él asintió y, mirándola de nuevo a los ojos, dio un paso adelante, a la vez que hablaba.

—Ovidia. —Pronunció su nombre como una promesa prohibida—. ¿Pasearías conmigo?

La joven sonrió, y en un simple murmullo, respondió:

—Me encantaría.

5

31 de octubre de 1843. Noche de Samhain. Winchester, Inglaterra

Jeanette llevaba toda la tarde preparándola. La ayudó a darse un largo baño y la vistió minuciosamente. El vestido era de un tono verde claro con detalles dorados por el cuerpo y la voluminosa falda. Y sobre el escote, justo en la parte del pecho, tenía un bordado también dorado en forma de flores, lo que le daba a la indumentaria un toque bastante delicado.

Aquel vestido había sido un regalo de su padre para la ocasión. En cuanto al pelo, la moda era recogerlo de manera que los tirabuzones llegasen, como mucho, a los hombros. Pero se trataba de una celebración de la Sociedad Sensible, así que Ovidia le pidió a Jeanette que le permitiese que se los dejase más largos, casi hasta la mitad de la espalda. La joven tenía el pelo realmente largo, y aprovechó la ocasión para lucir melena. Jeanette le colocó una sencilla gargantilla de plata, y se dispuso a maquillarla. Por toda la cara, el cuello y la parte superior del pecho le aplicó unos polvos algo más claros que su color de piel, de manera que su tono fuera lo más uniforme posible. Luego le puso una leve sombra marrón oscuro, colorete rosa y un pintalabios de igual tono, pero más claro. Lo último fueron los zapatos. Ovidia se miró en el espejo de su habitación mientras Jeanette le arreglaba la falda y le ponía el chal a juego que llevaría atado a la cintura.

—Está preciosa, señorita Ovidia —susurró, mirándola en el espejo.

—Con los bailes, el peinado se deshará y la falda se arrugará —lamentó Ovidia—. Pero sí, la verdad es que estoy guapa. Y todo gracias a ti, Jeanette.

—Vamos, no hay tiempo. Es casi la hora.

Jeanette fue corriendo a por los zapatos y ayudó a Ovidia a ponérselos. Finalmente, le entregó el pequeño bolso que venía a juego con vestido. Dentro, Ovidia se guardó, meticulosamente doblado, el discurso que daría en aquella velada. Había tardado varios días en escribirlo, pero lo pudo acabar la noche anterior sin la ayuda de nadie.

Su padre había querido ayudarla, pero Ovidia insistió en que no era necesario.

Era algo que sentía que debía hacer ella sola.

Con la ayuda de Jeanette, bajaron al salón, donde Theodore Winterson se encontraba leyendo una novela en uno de los asientos.

Nada más ver a su hija entrar en la estancia, dejo caer el libro sobre el sillón y se acercó a ella, sonriente.

—Sabía que te quedaría genial. Estás preciosa.

Ovidia pudo sentir la emoción en la voz de su padre, y sin decir más, le abrazó con fuerza. Este se lo devolvió, y rio con ganas al ver como Jeanette seguía esmerándose en corregir cualquier mínimo desarreglo en el vestido.

—Iré a por el abrigo y los guantes —anunció la sirvienta, desapareciendo de la estancia.

—Lo harás genial. Estoy tan orgulloso de ti —dijo Theodore sin poder contener su emoción y orgullo. Sus ojos brillaban más que nunca.

—Ojalá mamá pudiese verme —murmuró Ovidia con un nudo en la garganta.

Jamás desaparecería esa dificultad al mencionar a su madre.

Era un tipo de dolor, casi un esfuerzo, que la acompañaría hasta el fin de sus días.

La ausencia de su madre era algo que jamás superaría.

Y nombrarla aún se le hacía un mundo.

Theodore cogió el rostro de su hija, obligándola a mirarle.

—Está muy orgullosa. Lo sé, mi vida.

Ovidia no tuvo tiempo de responder, pues una apresurada Jeanette vino corriendo para ayudarla a ponerse el abrigo. La joven vio que el gran reloj de pie del salón estaba a punto de marcar las seis y media.

Se hace tarde, hermana, escuchó que murmuraba Vane.

Ovidia lo ignoró, pero no pudo evitar poner los ojos en blanco.

—Los guantes la protegerán del frío. No entiendo por qué tiene que ir andando cuando podría haber ido en carruaje… —murmuró gruñona Jeanette mientras estiraba la capa de Ovidia.

—Es la sangre Slora. No puedo luchar contra esa cabezonería. La heredó de su madre —añadió Theodore entre risas.

—Podría pasarle cualquier cosa —murmuró Jeanette para sí misma, y enseguida se apartó de Ovidia para echarle un último vistazo.

Su padre había intentado convencerla de que alquilara un carruaje que la llevase hasta el recinto, asegurando que sería peligroso para la joven pasear sola a esas horas de la noche.

En ese momento, Vane, Feste y Albion salieron de ella, y su presencia fue confirmación suficiente de que no necesitaría ser escoltada por ningún carruaje. En teoría, ya iba a todos lados protegida.

—Volved ahora mismo adentro —ordenó Ovidia apresuradamente.

Feste soltó una risita antes de que las tres sombras desaparecieran.

Ovidia se giró para mirar a Jeanette y su padre, y este último murmuró:

—Mantenlas bajo control, cielo. No queremos provocar ningún ataque al corazón esta noche.

—Muy gracioso, papá —exclamó Ovidia, acercándose a él con los brazos abiertos.

Se despidió de ambos, asegurándole a su padre que todo iría bien y que le vería en la celebración. Salió de casa, el frío del avanzado otoño la hizo aferrarse a su grueso abrigo, y se adentró en las calles de Winchester por el camino más rápido al recinto.

La luna la acompañaba, y aunque supo que algo más extraño que sus sombras podría estar acechando en cada esquina, Ovidia caminó tranquila, con su discurso bien doblado y a salvo en el diminuto bolso que le había comprado su padre para aquella ocasión tan única.

Minutos después de haber salido visualizó el lugar de la celebración, cuyo interior estaba ampliamente iluminado. El sitio se encontraba algo alejado de Winchester, pero a Ovidia no le importó caminar.

Le ayudaría a despejar la mente y calmarse.

Con cuidado, subió los escalones y llamó a la puerta, nerviosa.

Pasó un minuto. No hubo respuesta.

Ovidia volvió a llamar, algo preocupada.

—¿Señor Moorhill?

Nadie respondió.

Dubitativa, Ovidia abrió la puerta y encontró una recepción completamente decorada e iluminada para la ocasión.

Cientos de velas en estanterías y candelabros iluminaban el lugar de una forma cautivante.

Cerrando la puerta tras de sí, Ovidia avanzó, seguida del espeluznante eco de sus pisadas.

Antes de llegar al arco que llevaba a la sala principal, se detuvo a coger aire. Ovidia no podía ver al otro lado porque tapaba la entrada una cortina cosida con el símbolo de los paganos.

Algo no va bien, hermana, le murmuró Vane.

—Lo sé —respondió Ovidia con todos los sentidos alerta.

Con cuidado, apartó la cortina y se adentró lentamente en la imponente sala.

Más velas decoraban el lugar, cientos de butacas estaban colocadas mirando hacia el escenario donde Ovidia daría su discurso en apenas una hora… si no fuera porque Elijah Moorhill se encontraba sobre este, gimiendo de dolor y su sangre cubriendo la oscura madera.

Ovidia no lo pudo evitar.

Gritó.

Desgarradoramente.

Había sangre por todas partes. El olor hizo que Ovidia se marease, pero, para su alivio, Elijah aún seguía vivo.

Escuchó sus gemidos y fue hacia él apresuradamente y le ayudó a incorporarse.

—Oh, dioses. Oh, dioses —repitió varias veces Ovidia sin saber qué hacer—. Señor Moorhill, por favor, míreme, míre…

Antes de que el hombre tuviera la oportunidad de contestar, Ovidia escuchó un estruendo por encima de su cabeza, y vio a alguien que huía por uno de los grandes ventanales. El atacante la miró, pero la oscura capa le ocultaba el rostro. Llena de rabia, gruñó justo en el momento en que el criminal huía despavorido en la noche.

Y también lo hicieron sus sombras, Albion incluido, que la envolvieron por completo.

Podía sentir sus vibraciones resonarle en los oídos, en la cabeza. Le temblaban las venas. Toda ella temblaba.

Se le erizó el vello en respuesta a aquella situación.

Volvió a mirar a Elijah y luego a la ventana, sin saber qué hacer.

Hermana, vamos a por él, gruñó Vane.

Matémosle, añadió Feste, que estaba al lado de Ovidia junto al cuerpo de Elijah.

Pudo sentir como la conexión que tenía con sus sombras era más fuerte que nunca. Aun así, la rabia, las lágrimas, la impotencia pudieron con ella.

Mientras decidía qué hacer, no se percató del rostro de sorpresa de Elijah, de cómo observaba a las sombras, estupefacto.

Hermana, podemos acabar con él.

—¡He dicho que no! —gritó, le temblaba el labio inferior—. Volved ahora mismo adentro. *Es una orden.*

Sin más, las sombras se esfumaron y Ovidia siguió respirando con dificultad, mirando a su alrededor en busca de alguien.

—¡AYUDA! —gritó desgarradoramente. Quedaba poco rato para la celebración y aún no había llegado nadie. Volvió a gritar—: ¡POR FAVOR, ALGUIEN!

—Así que es verdad... —consiguió decir Elijah, cuya herida aún sangraba, esa misma sangre que le resbaló por la boca al decir esas palabras.

—No hable, por favor, no hable —murmuró Ovidia, con el rostro lleno de lágrimas—. Ha de aguantar. ¿Me oye, señor Moorhill? —La joven empezó a apartarse de él—. Iré a por ayuda...

—Ovidia. —Los ojos de la joven volvieron a Elijah, que con grandes dificultades le cogió una mano para que no se moviera del sitio—. No huyas. Jamás lo hagas.

La fuerza empezó a abandonar al hombre, y su mano cayó al ensangrentado escenario.

—Protégelos... A mi familia... a todos... —La voz de Elijah fue desvaneciéndose, y Ovidia corrió a aguantarle la cabeza, que cayó repentinamente.

—Señor Moorhill, escúcheme, no...

Pero cuando Ovidia vio los ojos de Elijah supo que era demasiado tarde.

Y que la muerte había ganado.

6

31 de octubre de 1843. Noche de Samhain. Winchester, Inglaterra

Ovidia no sabía cuánto rato llevaba sosteniéndolo con exactitud. Se quedó paralizada, sin saber qué hacer. Una y otra vez murmuraba el nombre de Elijah, como una plegaria, como una invocación, como esperando que un milagro se produjese.

—Vuelva por favor, vuelva, señor Moorhill…

A lo lejos, en Winchester, el campanario de la iglesia dio las ocho, pero Ovidia no lo oyó. Como tampoco oyó cuando los representantes de la Sociedad y el resto de la comunidad mágica entraron a la sala.

Ovidia sostenía el cadáver de Elijah sobre su regazo cuando la gente empezó a rodearla. Lágrimas caían por su rostro mientras susurraba sin parar:

—No, señor Moorhill, vuelva conmigo. Míreme.

Un grito desgarrador inundó la estancia y unas manos la apartaron del cuerpo. Fue entonces cuando se dio cuenta de que todos la observaban. Vio a los representantes, las caras horrorizadas del resto de los Sensibles. Escuchó los vómitos de algunos. Vio a Charlotte, que la miraba con ojos desorbitados y, tras ella, a Noam, tan sorprendido como su amiga. Y cerca de ellos vio a su padre, abriéndose paso entre la multitud gritando su nombre.

—¡Ovidia!

—¡No! —chilló la muchacha—. ¡Sálvenlo! ¡Aún pueden salvarlo!

En ese momento, la mujer de Elijah, Nathalie, se acercó a él y le cogió el rostro con manos temblorosas.

—Mi amor… mírame, por favor, mírame…

Todo el mundo rodeó el cadáver de Elijah, a su mujer y a Ovidia. Esta, todavía conmocionada, se miró a sí misma.

Su atuendo era el espejo de la muerte.

Intentó moverse, pero sintió cómo algo la sujetaba por los brazos y cayó de bruces al suelo.

—¡Basta! —oyó que gritaba su padre, que había subido al escenario.

—Winterson, apártate —amenazó Eleonora.

Ovidia estaba atada al suelo por unas enredaderas casi tan gruesas como su brazo, y no podía moverse.

Totalmente expuesta frente a los Sensibles.

—¡Es mi hija! ¡Dejadme pasar!

—¡Tu hija acaba de matar a nuestro líder! —gritó Eleonora con más fuerza.

—¡Yo no he hecho nada! —sollozó Ovidia, inmóvil y con los ojos velados por las lágrimas.

Su conciencia y su subconsciente se mezclaron haciéndola creer que se encontraba en un sueño.

Aunque en el fondo supiera que era una pesadilla. Que era la realidad.

Tras ella, escuchó como Benjamin iba a Nathalie y le susurraba algo al oído.

En ese momento, Galus y Alazne, los representantes de los Sensibles de la Tierra y los Videntes se posaron ante ella.

—Ovidia —murmuró Alazne con gran calma, sus ojos grises mirándola asertivamente—. Necesitamos saber qué ha pasado.

—Interrógala —espetó Galus, que intensificó el agarre de las enredaderas.

—¡No podéis hacer eso! —Theodore intentó acercarse a su hija, pero Noam y Charlotte habían subido al escenario para detenerle—. ¡Dejadla en paz!

Ovidia gritó de dolor.

Y gritó de rabia.

Y aquello provocó una reacción que no pudo controlar. Algo que no vino de sus sombras.

Vino de dentro de ella.

El agarre que la sujetaba se desvaneció como ceniza, y todo el mundo se apartó de ella asustado. Ovidia intentó levantarse, pero en cuanto se puso en pie se detuvo.

Y no por voluntad propia.

Lo único que podía hacer era respirar y parpadear.

Alazne se puso delante de ella, su videncia rezumaba por cada poro de su ser y era visible en sus místicos ojos.

Ovidia había perdido el control total sobre sí misma. Ahora, Alazne la controlaba.

—Ovidia Winterson, quedas bajo la custodia de la Sociedad Sensible por el asesinato de Elijah Moorhill. Serás interrogada mañana al amanecer por los Sensibles Videntes para así demostrar tu inocencia —anunció Galus mientras la sujetaba con fuerza. La muchacha quiso gritar, pero no pudo—. En caso de ser así, serás liberada. En caso de que seas culpable, decidiremos qué hacer contigo.

En ese momento, Benjamin la cogió por el otro brazo, Eleonora lideró el grupo y Alazne se puso tras ella, formando un completo muro alrededor de Ovidia.

Los cuatro representantes se la llevaron del recinto mientras cientos de pares de ojos no apartaban la mirada de ella.

Pero lo último que vio fue la mirada de Henry y Dorothea Moorhill, que esperaban fuera del recinto junto a la familia de Charlotte, sin saber qué había pasado. Sin saber que, como Ovidia, habían perdido a uno de sus progenitores.

Pero lo peor es que siempre la recordarían como la asesina.

La mirada inocente de ambos la perseguiría en sus peores pesadillas.

Y aquella noche, la muerte se ciñó sobre la Sociedad Sensible.

Y, ciertamente, el Samhain, que representa la muerte del verano, tuvo lugar con todo su significado.

7

31 de octubre de 1843. Noche de Samhain. Winchester, Inglaterra

Aun en aquella inconsciencia, en aquel estado entre la realidad y los sueños, Ovidia supo adónde iban. En su mente, el último aliento de Elijah se repetía una y otra vez, así como el modo en que sus ojos se fueron desenfocando mientras miraban un techo que jamás volverían a apreciar.

Seguía teniendo restos de sangre fresca en las manos, el rostro y en su impoluto vestido, y jamás deseó tanto un poco de agua para poder limpiarse.

Deseó poder deshacerse de todos ellos y gritar. Gritar que no era culpable, que ella no había hecho nada. Que ni siquiera había querido dar el discurso.

Mientras su rabia aumentaba, pudo sentir a Vane, Feste y Albion serpenteando dentro de ella.

Déjanos salir. DÉJANOS SALIR.

Ovidia sabía muy bien que solo querían defenderla, pero dejarlos salir, sin el total control… Aquello podría perjudicarla.

Podría darles más motivos para considerarla una asesina.

El castillo había sido un lugar de cobijo para los primeros Sensibles de Inglaterra, hacía ya casi trescientos años, y era, por así decirlo, un monumento de su secreta sociedad. Se encontraba mucho más lejos de Winchester que la Academia, y la luz de la luna lo arropaba en un manto que a Ovidia le pareció escalofriante. La maleza crecía alrededor de sus paredes, cubriendo el castillo casi por completo. Como si este desease esconderse y fundirse con la naturaleza para no salir nunca más.

Pero mientras los Sensibles lo usasen para tener las cosas «bajo control», ese castillo seguiría siendo lo que iba a ser para Ovidia: una prisión.

Los representantes obligaron a la joven a cruzar la entrada principal, que oyó el pisoteo de algunos animales, pero, sobre todo, le sorprendió el gran eco que había en el lugar. Atravesaron pasillos con huecos en el suelo hasta llegar a una puerta de madera medio derruida que Eleonora abrió de una patada. Creando una luz en su mano, hizo un gesto con la cabeza a Benjamin y Galus, mientras Alazne seguía ejerciendo el control mental sobre Ovidia.

Bajaron unas escaleras de caracol resbaladizas hasta llegar a un pasillo que se encontraba levemente iluminado por la luz que se filtraba por grietas en la pared.

Sin embargo, incluso en su estado, a Ovidia le sorprendió ver como las mazmorras del lugar se encontraban en casi perfectas condiciones. Avanzaron hasta llegar a una de las últimas celdas, y Eleonora la abrió con un hechizo que Ovidia desconocía.

La vieja puerta de hierro provocó un chirrido escalofriante al abrirse tras quién sabe cuánto tiempo, y todos entraron en la estancia. Galus y Benjamin dejaron a Ovidia en el suelo con cuidado, y salieron del calabozo, cerrándolo tras de sí.

Fue entonces cuando Alazne detuvo su juego mental.

Ovidia cogió aire repentinamente y se aferró al suelo de tal manera que sus uñas se rompieron, y comenzaron a sangrar.

—Ovidia Winterson —empezó a hablar Galus. La joven se volvió y vio como todos la miraban excepto Alazne, la cual mantenía la cabeza gacha, su expresión imposible de ver—, quedas bajo arresto por el presunto asesinato de Elijah Moorhill. Pasarás la noche aquí y al amanecer serás interrogada por los Sensibles Videntes para demostrar tu inocencia en el crimen.

—Yo no le he matado —dijo Ovidia entre sollozos—. Juro que, cuando llegué, Elijah ya estaba sangrando. Alguien...

—¿Viste a alguien, Ovidia? —preguntó Eleonora, dando un paso hacia delante, el azul de sus ojos iluminado por la luz nocturna.

—Vi a alguien escapar por uno de los ventanales superiores. Quise perseguirle, pero... intenté salvar a Elijah...

—¿Cómo podemos creerte? —dijo Galus fríamente.

—Galus, basta —musitó Benjamin, sus grisáceos ojos puestos en el Sensible de la Tierra.

—¿Ahora vas a defenderla porque es la otra Gris? Sabes que su poder es el más inestable que se ha visto en generaciones. Sabemos que es peligrosa, y aun así confiamos en ella para esto. Y mira de qué nos ha servido.

—Si es cierto —interrumpió Alazne esta vez, dando un paso hacia delante— que Ovidia vio a alguien, tal vez ese sea el asesino. Pero, antes de nada, deberás ser interrogada, Ovidia. Deberemos indagar en tus recuerdos para comprobar que dices la verdad.

—Pasarás aquí la noche. —La voz de Benjamin era suave, pero Ovidia solo podía pensar en huir. Huir de ellos, de la magia y de todo—. Y mañana a primera hora serás juzgada. Si eres inocente, podrás volverá a casa, pero deberás explicarnos todo lo que sepas de la escena del crimen...

La mirada de Ovidia se había perdido, y los representantes se dieron cuenta. Se miraron entre sí y, asintiendo, Benjamin terminó de hablar:

—No podrás usar tu magia hasta que tu inocencia haya sido demostrada. La celda está preparada para ello.

—Solo hacéis todo esto porque soy una Gris —escupió Ovidia, con la mirada aún perdida—. Si hubiese sido otra persona la que hubiese estado allí, no habríais hecho todo esto. ¿Verdad?

—Sabes que hacemos esto porque es nuestro deber, Winterson —respondió tras unos instantes Eleonora—. No intentes escapar. El castillo está custodiado por varios guardias del Clan de la Tierra. Dos de ellos vigilan la puerta que hay al final del pasillo.

Ovidia se preguntó cuándo o cómo habían llegado, pues no los había visto ni oído.

Puede que el poder de Alazne sobre ella bloquease más de lo que la joven había esperado.

—Ahora, si nos disculpas, vamos a darle un último adiós a nuestro amigo. Adiós, Ovidia.

La voz de Galus fue dura. Nunca le había hecho gracia que su sobrina Charlotte fuese tan cercana a ella, pero en aquel momento, la joven vio la verdadera repugnancia que sentía hacia su persona.

Y había algo más, Ovidia se dio cuenta de por qué habían permanecido fuera de la celda. Si la magia no funcionaba, ¿qué motivos había para no estar dentro, con ella?

Mientras se alejaban, una sola palabra se repetía en su mente. «Miedo. Te tienen miedo, Ovidia».

Y aquella idea la aterrorizaba.

Pero en el fondo, muy en el fondo, una pequeña chispa de satisfacción inundó su alma.

Los representantes llevaban razón. Ovidia no podía usar sus poderes dentro de la celda.

La joven dejó pasar unos minutos, y en cuanto se aseguró de que los representantes estaban fuera de allí, intentó activar las vibraciones. Pero antes pasaron varias cosas.

No estaba sola. Escuchó las voces, apenas un murmullo, de unos guardias hasta que estos aparecieron en la celda. Los reconocía. Sensibles de la Tierra.

«Así que han dicho la verdad. Me están vigilando», pensó Ovidia. Los guardias no dijeron nada, volvieron sobre sus pasos y empezaron a hablar en un punto en que la joven pudo oírlos. Esta vez sí.

—Pobres brujas grises. Siempre se llevan la peor parte.

—Es que son impredecibles. Mejor tenerlas bajo control.

La risa acompañó a aquellas palabras.

Más tarde, Ovidia intentó que sus sombras saliesen, pero el poder de la celda era demasiado fuerte y, agotada y sudando, la joven tuvo que sentarse, apoyada en la fría y húmeda pared.

Oía a los guardias hablando, así que se giró hacia un rincón para que su voz no se escuchase, y dijo a sus sombras:

—¿Podéis oírme?

Sí. De alguna manera, sabía que era Vane quien hablaba. *¿A por quién vamos, hermana?*

—A por nadie —respondió en el tono más bajo que pudo—. No hay forma de salir de aquí, así que no nos queda otra que aguantar. Tendremos que ir al interrogatorio de mañana.

¿Te rindes así? Ahora era Feste el que entraba en acción. Ovidia no pudo evitar sonreír fugazmente. *¡No eres una asesina!*

—Claro que no lo soy, y eso les demostraremos mañana. Ahora necesito que me dejéis descansar. No podéis salir, pero sé que estáis ahí dentro. ¿Albion?

Una vibración de gran potencia la atravesó, y Ovidia supo que era el ronroneo de la última sombra.

—Quedaos ahí. Estaré bien.

Las sombras sabían que mentía, pero Ovidia tampoco había intentado sonar convincente.

Así que se acurrucó en el rincón más oscuro de la celda, y se abrazó a sí misma después de limpiarse los últimos restos de sangre que le quedaban en las manos.

Y, con el recuerdo del cadáver de Elijah en su mente, cerró los ojos, lloró desconsoladamente y esperó.

Esperó.

Y esperó.

8

1 de noviembre de 1843. Noche de Samhain. Winchester, Inglaterra

El reflejo de la luna se había movido desde que había entrado en la celda, pero Ovidia no estaba muy segura de cuánto rato había pasado con exactitud. El frío, que se colaba a través del ventanal que daba a lo que parecía ser los jardines traseros del castillo, había empezado a calar en sus huesos e intentó abrazarse a sí misma con más fuerza.

Unas pocas horas y sería libre.

Unas pocas horas y todo iría bien.

Lo primero que haría sería abrazar a su padre y decirle a Jeanette lo mucho que la quería. Luego iría a Charlotte y le propondría cualquier plan con tal de huir de Winchester.

Luego iría a por Noam y...

Se incorporó rápidamente ante el pensamiento, el corazón latiendo con fuerza.

«No. Ni se te ocurra, señorita», se dijo a sí misma.

El eco de unas pisadas rompió el silencio. Ovidia dirigió sus ojos hacia el pasillo. Escuchó un leve murmullo y luego oyó como un cuerpo caía al suelo.

Levantándose rápidamente, casi resbalando por lo húmedo que se encontraba el lugar, Ovidia fue hacia el rincón más oscuro de la celda, ocultándose todo lo posible.

Apoyó las manos en la fría y sucia pared, y cuando sintió los pasos cada vez más cerca de su celda, contuvo la respiración.

La sombra de un hombre alto, el cual parecía llevar una larga gabardina y un sombrero que cubría parte de su rostro, se apoyó en las barras, gimiendo de dolor.

—¿Ovidia? ¿Estás ahí?

El corazón de la joven dio un vuelco al reconocer la voz.

No era que esperase que viniesen a rescatarla. ¿Quién rescataría a una asesina?

Pero esperaba menos aún que *él* estuviese allí, llamándola.

Ovidia salió a la luz y el chico, apartándose de la puerta, usó su magia para crear una pequeña llama de luz.

El rostro del joven más odioso de la comunidad mágica apareció ante ella, con aquellos ojos de color miel brillando por el fuego de las antorchas.

—Noam —susurró Ovidia, como si de un milagro se tratase.

Este sonrió con picardía.

—Jamás había visto a una chica alegrarse tanto de verme. Y menos tú, señorita Winterson.

Ovidia se acercó, y se aferró con fuerza a los barrotes de las puertas de la celda, a escasos centímetros del rostro de Noam.

—¿Has venido a reírte de mí? ¿Eso es lo que quieres?

Un gesto serio atravesó el rostro del chico, y con tono más grave dijo:

—Apártate de la puerta. Ahora.

Hubo algo en el tono de Noam que hizo que Ovidia obedeciese. Escuchó las voces de sus sombras, sobre todo la de Vane, pero las ignoró.

Toda su atención estaba centrada en Noam.

Ovidia oyó el sonido metálico de unas llaves. Fijó los ojos en la mano de Noam, que salía del bolsillo interior de su chaqueta para mostrar un juego de llaves reluciente a la luz de la luna. Con rapidez, Noam las usó para entrar en la celda, y dio unos pasos cautelosos hacia ella mientras Ovidia se apartaba de él.

No sabía qué hacía allí. Podría hacerle cualquier cosa.

Noam se guardó las llaves en el bolsillo interior de su gabardina y, con cuidado, cogió el rostro de Ovidia, la cual se sorprendió, y los ojos de ambos conectaron al instante.

Ella no se apartó, pero contuvo la respiración brevemente.

La joven vio como la examinaba, asegurándose de que estuviese bien.

Aún se preguntaba que hacía allí.

—¿Has venido para llevarme al juicio?

Noam salió de su estado de concentración y esta vez la miró de verdad. Los labios del joven se abrieron levemente para mostrar una media sonrisa mientras sus cejas se levantaban en un gesto de sorpresa.

«Siempre hacía lo mismo», pensó Ovidia. Sus cejas y boca siempre habían expresado cómo se encontraba o qué pensaba.

Aunque tampoco era que se hubiera fijado demasiado en él, claro estaba.

—No he venido a…

—Yo no lo hice —le interrumpió Ovidia, sin poder evitarlo.

Noam la volvió a mirar, en silencio.

—¿El qué, Ovi?

Ella ignoró el diminutivo, desesperada por que alguien, al fin, escuchase su versión. Que la escuchasen de verdad.

—Yo no maté a Elijah. Cuando llegué, su cadáver ya estaba allí… —Los labios de la joven temblaron, sus ojos desenfocados, como si estuviesen perdidos en la escena que su mente recreaba. Su cuerpo temblaba, y Noam se dio cuenta—. Intenté hacer algo, pero…

—Ovidia, mírame.

El tono de voz del chico hizo que volviese a mirarle.

—Sé que no fuiste tú. Pero… tenemos que irnos. No tardarán en darse cuenta de que no estás.

—Podrían echarte de la Sociedad por esto. Estás cometiendo traición.

Noam analizó rápidamente el rostro de Ovidia y, apartándose de ella pero sin dejar de mirarla, dijo:

—Lo sé. Pero también sé que no fuiste tú. Sé que eres inocente.

—¿Cómo lo sabes? Es nuestra palabra contra la suya.

—¿Podemos dejar nuestras pequeñas discusiones a un lado, y salir juntos de aquí?

Ovidia asintió, y el repentino calor de la mano de Noam en la suya la invadió, acercándola a él peligrosamente. Casi se apartó, pero el chico fue rápido en apretarla contra él.

—¿Qué pretendes hacer?

Los ojos de Noam estaban fijos en ella, sus labios formando una sonrisa.

—Voy a sacarnos de aquí. Necesito que te relajes y confíes en mí.

Salieron de la celda con paso decidido hacia el estrecho pasillo de la fortaleza. Los guardias que vigilaban los calabozos se encontraban inconscientes en el suelo, pero Noam no le ofreció a Ovidia la oportunidad de examinarlos.

Subieron las escaleras de caracol y cruzaron pasillos y puertas hasta llegar a la entrada. Ovidia vio como al menos cinco guardias más se encontraban inconscientes por el camino, y se preguntó cuándo habían mandado a todas esas personas a vigilarla.

¿Por qué tanto control? No es que tuviese modo de escapar.

Salieron del castillo, las antorchas que iluminaban la fachada quedaban cada vez más lejos. Un pequeño vaho salía de sus bocas, prueba suficiente de que el invierno se acercaba y de que el frío pronto los rodearía por completo.

Ovidia y Noam corrieron, dejando atrás aquel tenebroso lugar. Fue antes de llegar al río que rodeaba Winchester cuando la joven lo vio. Un caballo los esperaba amarrado a un árbol cercano, y Noam se dio prisa en desatarlo.

—¡Vamos, sube!

Obedeciendo, Ovidia montó mientras Noam sujetaba bien al animal. Después lo hizo él y, trotando, desaparecieron en la noche.

9

1 de noviembre de 1843. Noche de Samhain. Winchester, Inglaterra

Lo último que creyó Ovidia que estaría haciendo esa noche de Samhain era estar huyendo de un castillo montada en el caballo de Noam Clearheart con este detrás de ella.

Sentía el calor que emanaba del chico y su respiración entrecortada. El caballo corría por los alrededores de Winchester, dirigiéndose hacia la parte norte de la ciudad. Pocos minutos después ya habían dejado la campiña atrás, y el manto de la oscuridad los ocultaba tras las casas de piedra, adentrándose al fin en las callejuelas de forma sigilosa. No se lo preguntó, pero Ovidia supuso que Noam estaba usando sus poderes para ocultarlos de miradas indeseadas.

Cuando llegaron a un callejón, el caballo se detuvo y una figura encapuchada apareció ante ellos. Noam desmontó con rapidez.

—Bájate, Winterson.

La joven obedeció, sus ojos puestos en la figura encapuchada, que seguía allí parada, sin moverse. Sus sombras estaban alerta dentro de ella. Las sentía.

—¿Te ha visto alguien? —preguntó Noam a la figura.

Esta bajó su capucha y Ovidia se quedó sin aliento.

—Claro que no —aseguró Charlotte, sus azulísimos ojos ahora mirando a Ovidia—. ¿Estás bien?

Esta se lanzó a ella, abrazándola con fuerza y logrando controlar sus lágrimas.

—No le maté, Lottie. Te prometo que no fui yo, de verdad.

—Lo sé, lo sé. Jamás dudaría de ti —la tranquilizó, y rompió el abrazo. Charlotte cogió el rostro de Ovidia, cerciorándose de que estaba, dadas las circunstancias, bien. Estable. Segundos después volvió a hablar—: Tenemos cinco minutos. La manzana está limpia, pero no creo que tarden mucho en enterarse de tu huida y mandarán patrullas. Para entonces tenéis que estar fuera de la ciudad.

—¿Has traído todo lo necesario? —preguntó Noam, quitándose la gabardina y su chaqué.

Charlotte asintió, yendo hacia la pared del callejón donde una bolsa descansaba. La Bruja de la Tierra la abrió, había ropa limpia dentro. Las dos muchachas se apartaron y se dieron la vuelta para dejar a Noam algo de privacidad mientras se vestía.

—Os vais esta misma noche —le explicó Charlotte a Ovidia.

—¿Cómo que nos vamos? ¿No vienes? —exigió saber la Bruja Gris.

—Ya será lo bastante sospechoso que tú y Clearheart desaparezcáis la misma noche del asesinato. Yo me quedaré aquí, averiguando qué ha podido pasar.

—¿Qué han hecho con Elijah?

Tras la pregunta de Ovidia, la mirada de Charlotte se suavizó y el dolor inundó sus facciones.

—Han llevado el cuerpo a su hogar. Su mujer e hijos se encargarán de él.

Ovidia asintió, aún sin poder asimilar que alguien lo hubiese matado.

—Si hubiese llegado antes… —susurró, sintiéndose tremendamente culpable.

—No habrías podido hacer nada —objetó Noam con voz dura, ya vestido. Su traje era ahora de un color verde oscuro, y se había puesto un abrigo negro junto con un sombrero que cubría parte de sus facciones—. Es más, podrías haber acabado como él.

—Lleva razón. —Charlotte fue hacia la bolsa, y sacó un vestido, simple pero bonito, de un tono azul para Ovidia—. Clearheart, ve a vigilar el callejón. La ayudaré a vestirse.

Este asintió, y Charlotte y Ovidia se pusieron manos a la obra. Tras quitarle sus sucios ropajes, Charlotte ayudó a Ovidia primero con la camisola, luego con el corsé, que le ató fuertemente a la espalda. Siguieron los calcetines, cuyos lazos anudó justo en las rodillas para que se mantuvieran firmes. Luego la ayudó a ponerse dos enaguas y el vestido en sí, que tenía la cintura más alta de lo habitual y las mangas algo abullonadas, como estaba de moda en la época. Los zapatos, sencillos y con un poco de tacón, fueron lo último antes de la gran capa con capucha, que ocultaba la mayor parte de la indumentaria de Ovidia, así como su rostro.

—Listo. Noam, ven, he de explicaros un par de cosas antes de que partáis.

De su cintura, una bandolera de color marrón salió a la luz. Charlotte empezó a sacar varios frascos con hierbas, algunas secas y otras frescas, y se las dio a Noam, que las fue guardando en la bolsa que había colgada en su caballo.

—He cogido varias medicinas que había preparado estas semanas. Para el dolor de cabeza, la menstruación, la espalda… También hay lavanda, menta, camomila y belladona. Espero que esta última no la tengáis que usar. Algunos aceites para que podáis preparar los ungüentos vosotros mismos. No tendrán mi magia, pero lo importante es que surtan efecto. Os he dejado algunas anotaciones en una pequeña libreta, aunque espero que prestaseis atención en clase y que no os hagan falta.

»Además, tenéis el ungüento anticonceptivo, aunque dudo que lo vayáis a necesitar, pero también alivia el dolor del periodo. No sé cuánto tiempo vais a estar fuera, pero... más vale que tengáis las suficientes provisiones.

—Esto es demasiado, Charlotte —dijo Noam, casi sin palabras.

—Aún hay más. También hay romero, ortiga y canela. Todo está explicado en las anotaciones. Hay una botella de alcohol puro para que podáis limpiaros las heridas con facilidad. Aunque eso es lo más fácil que podréis encontrar en Londres.

«Londres».

—Tenéis gasas, tijeras e hilo y aguja en caso de que los necesitéis. —Noam lo guardó todo, y Charlotte se dirigió corriendo hacia la bolsa donde habían estado los ropajes—. También te he preparado un fardo para tu aseo personal, Ovidia. Hay toallas, un peine, lazos y algo de maquillaje. Tu padre y Jeannette me han ayudado.

Ante la mención de su familia, Ovidia se acercó a su mejor amiga.

—¿Saben que me voy?

—Por supuesto, están al corriente. No han venido por precaución. A mí me ha costado bastante escaparme de casa, pero Noam me ha proporcionado un escudo visual. Te lo agradezco, Clearheart. —Este inclinó brevemente la cabeza restándole importancia—. Creen en tu inocencia, y tu padre te ha escrito una carta que encontrarás dentro de la libreta con mis anotaciones. Ha sido todo muy apresurado. No hemos tenido más de una hora para poder prepararlo todo, pero...

Ovidia abrazó a Charlotte con fuerza, y esta le devolvió el abrazo con la misma intensidad. Sintió el calor de su amiga, su respiración, y se aferró a ese momento cuanto pudo, grabándolo en su mente. Escuchó unas pisadas que se acercaban a ellas, pero Ovidia no se movió. No podía.

—Lamento interrumpir el momento, pero debemos irnos. Nos espera un tren.

Ovidia se giró para mirar a Noam, ahora más confusa que antes. Si es que podía estarlo más después de tal avalancha de emociones en tan pocas horas. Y un asesinato incluido.

—¿No iremos a caballo?

—¿Hasta Londres? Ni por asomo —dijo mientras descolgaba la bolsa de su caballo, a la vez que cogía también la que contenía sus ropas sucias.

Si no iban a caballo, eso significaba...

El tren.

—Os avisaré de cualquier cosa —les aseguró Charlotte, y Ovidia, con el labio inferior temblando, volvió a mirar a su amiga.

—¿Cómo? —le preguntó mientras Noam le acercaba el caballo a Charlotte y esta cogía las riendas.

Ella sonrió con expresión triste.

—Lo sabrás. Te lo aseguro.

Un nudo se formó en la garganta de Ovidia al pensar que tal vez aquella sería la última vez que viese a su amiga.

—Dile a mi padre que estoy bien. Y a Jeanette. Diles que volveré. Y que los quiero.

Charlotte asintió y, subiéndose al caballo, huyó hacia las afueras de Winchester, fundiéndose con la oscuridad y desapareciendo de la vista de todos.

Ovidia se giró hacia Noam, que la esperaba a resguardo en la sombra de una de las farolas que iluminaban las calles de la sureña ciudad. Se acercó a él, y sintió que los dedos del chico rozaban los suyos hasta fundirse en un fuerte apretón.

Un momento después, estaban corriendo.

No se detuvieron mientras serpenteaban las calles de Winchester, escondiéndose de cualquier posible persona que pudiese verlos. Sus manos seguían entrelazadas, y aunque no podía ver el rostro de Noam debido a la falta de luz y a que se encontraba tras él,

Ovidia se permitió sentir seguridad en aquellos momentos de angustia.

Unas pequeñas nubes cubrían la luna en un cielo extrañamente claro aquella noche.

Algo se removió en el pecho de Ovidia al recordar que era Samhain. Que tan solo habían pasado unas horas desde que se la habían llevado. Que habría cientos de brujas como ella en todo el mundo celebrando aquella noche como se merecía.

Miró adelante, y giró hacia la izquierda junto a Noam, percatándose entonces de hacia dónde se dirigían.

Iban a la estación de tren.

Cuando llegaron, Noam se detuvo de golpe, haciendo que Ovidia casi chocase con él. El joven la acercó a él, apretándola contra su pecho mientras inspeccionaba que no hubiera nadie en la calle.

Noam la cogió de nuevo de la mano, y Ovidia volvió a sentir aquella extraña calidez que provenía de él. Antes de que diese el primer paso, cogió del brazo al chico, obligándole a girarse.

—¿Qué ocurre? —preguntó extrañado.

—No podemos huir de la ciudad. Eso aumentaría las sospechas, Noam. Debe haber alguna otra forma. Sé que suena insensato, pero…

—¿Y qué sugieres hacer? Nos buscarán. Nos encontrarán antes del alba si nos quedamos en Winchester. Charlotte y tu familia se han arriesgado mucho ayudándonos, Winterson. Debemos irnos. Y aunque no me agrada la idea de huir contigo a Londres, es la única opción que nos queda.

—Estamos de acuerdo en que *esta situación* —Ovidia enfatizó las palabras mientras se señalaba a ella y a Noam— es un desagrado mutuo.

—Como usted diga, señorita Winterson.

Ovidia sintió como le subía la rabia por el cuerpo hasta llegarle al rostro, que se tornó de un rojo que casi provoca la risa en Noam.

Sin poder evitarlo, la joven dijo:

—Entonces ¿qué haces aquí? ¿Por qué molestarte?

—No soporto las injusticias. Y lo que ha tenido lugar esta noche lo ha sido, Ovidia. —La forma en la que pronunciaba su nombre, como si fuese un valioso tesoro, la distrajo durante un instante. Pero se obligó a volver a la realidad—. Así que si queremos ganar el suficiente tiempo para pensar en un plan para defenderte que no implique el interrogatorio por parte de un Vidente, huiremos a Londres si es necesario.

—Podría soportar el interrogatorio. Descubrirían que soy inocente...

—No podrías —la interrumpió Noam, su tono ahora más grave, más serio.

Sus manos seguían unidas, y Ovidia notó como el chico las había apretado al mismo tiempo que pronunciaba aquellas palabras. Sus ojos, ahora más oscuros debido a la falta de luz, parecían casi negros, y la observaban, analizándola. Como si...

—¿No osarás entrar en mi mente?

Noam acercó su rostro a ella, su seriedad aún palpable. Ovidia tragó saliva, levantando levemente la cabeza para encararlo.

—¿Por quién me tomas, Ovidia?

Usando su silencio como arma, la chica no respondió. Noam no pareció tomar aquella respuesta como algo positivo y, asintiendo para sí mismo, dijo al cabo de unos instantes:

—He oído hablar de alguien que nos podría ayudar en Londres. Pero debemos partir ya. El tren nocturno sale en los próximos minutos.

—¿Has oído hablar? —soltó incrédula la chica—. ¿Y cómo pretendes que sobrevivamos allí? No tenemos ni un penique.

—En ese caso tendrás que hacer algo que odiarás con toda tu alma y puede que vaya contra tus más firmes principios, y es confiar en mí. —Hizo una breve pausa antes de seguir—: ¿Lo harás, Ovidia?

La chica escuchó las pisadas de unos caballos unas calles más allá y, mirando hacia allí alarmada, se acercó instintivamente más a Noam, que la rodeó con su brazo libre, mientras las manos de ambos seguían entrelazadas.

El miedo pudo con Ovidia. La desesperación. La noche.

Todo fue demasiado. Y en aquel momento, Noam Clearheart era su única esperanza.

—Sí —respondió levantando ligeramente el rostro—. Confío en ti.

Con una sonrisa que dejaba entrever suficiencia, Noam asintió.

—Vamos.

Entonces hizo que Ovidia entrelazara un brazo con el suyo y, con algo más de disimulo, caminaron con paso ligero hacia la estación del teleférico, donde el único viaje nocturno tendría lugar en unos minutos.

No había nadie más que un guardia y el vendedor de billetes. El primero miró extrañado a ambos, y Ovidia intentó mantener la vista al frente.

Noam la llevó hacia la taquilla y pidió dos billetes para Londres. Pagó con el dinero que había sacado de uno de sus bolsillos y, cogiéndolos, dio las gracias al vendedor y se dirigieron hacia el andén. Allí, junto a unos cuantos pasajeros más, esperaron a que las puertas del teleférico se abriesen.

Ovidia miró a su izquierda, Noam era alto y le tapaba parte de la vista, pero vio la pequeña maleza que rodeaba la estación y los tejados de las casas de la avenida que acababan de recorrer asomándose tímidamente. Por un momento, las ventanas de los edificios le parecieron ojos vigilantes que les delatarían en cualquier momento.

El revisor los acompañó a la puerta del vagón, y entraron con cuidado, subiendo los escalones que llevaban al acceso a los compartimentos privados.

Noam estaba delante de ella, pero cuando llegaron al tercer compartimento, abrió la puerta y la dejó pasar primero. Su pequeño refugio durante las próximas horas consistía en dos sillones de pared enfrentados, con unos estantes superiores para poder colocar el equipaje. En medio había una mesa anclada a la base de la ventana con una lámpara cuya vela iluminaba levemente la estancia.

El convoy arrancó, sacando de su ensueño a Ovidia, que se giró para mirar a Noam al mismo tiempo que este cerraba la puerta del compartimento privado.

—Siéntate, Ovidia. Será mejor que descansemos cuanto podamos. Mañana será un largo día.

En ese momento, Noam se apartó de ella, claramente sorprendido. Por un instante Ovidia no entendió qué ocurría, pero, antes de que pudiese preguntar, sintió como una sombra le asomaba por los hombros.

—Qué es… —comenzó a decir el joven.

Yo que tú cerraría las cortinas del compartimento, Clearheart.

—Feste, escóndete ahora mismo.

No confío en él, hermana.

Ovidia miró a Noam, cuya momentánea impresión había desaparecido y, para sorpresa de todos, obedeció a Feste y cerró las cortinas que daban al pasillo.

—¿Siempre la has tenido? —preguntó Noam en voz baja, acercándose a ella. Los ojos de Feste centellearon y el chico se detuvo a una distancia prudente.

—No siempre. Apareció hace unos años. Supongo que este es mi poder como Bruja Gris. —Tras aquellas palabras, Ovidia añadió rápidamente, casi con miedo—: Pero no fui yo. Ellas, mis sombras, no mataron a Elijah.

—¿Sombras? —Noam parpadeó, como si estuviese asimilando el significado de sus propias palabras, lo que implicaban—. ¿Quieres decir que aparte de esta hay más?

Ovidia se limitó a asentir.

Noam asintió a su vez y fue a sentarse sin dejar de mirar a Feste, que no se apartaba de la joven.

—Te he dicho que creo en tu inocencia, Ovidia. —La normalidad con la que dijo aquellas palabras, como si no hubiese ningún atisbo de duda en su afirmación, la dejó desconcertada durante un segundo—. Sentémonos. Hemos de descansar.

La joven asintió, y se acomodó con cuidado en el asiento que había a su derecha. Winchester fue quedando atrás y Ovidia sintió como la inundaba una impotencia devastadora. No tenía ni idea de por dónde empezar para poder probar su inocencia. Noam le había dado a entender que la torturarían mentalmente hasta sacarle toda la información posible. Algunos Sensibles Videntes lo habían hecho en otras ocasiones.

Le daba algo de calma a su agitado corazón pensar que Noam tenía un plan en mente. Aunque ya era bastante duro huir por ser culpada de algo que no había cometido y, aún peor, que uno de los pocos que la creían fuese el chico que hacía cuatro años le había roto el corazón.

Ovidia se apoyó contra la ventana y Feste bajó de sus hombros para levitar entre ella y Noam, vigilando al chico.

Las luces de la ciudad y la claridad de la luna desaparecieron cuando entraron en un túnel, haciendo que Winchester quedase definitivamente atrás. Vio con el rabillo del ojo como Noam sacaba una manta y se la tendía. Ovidia la aceptó murmurando un «gracias» y se tapó mientras Noam vigilaba la puerta, con rostro serio. Miró al chico un instante, preguntándose si realmente no estaría yendo directa a una muerte segura.

«No. Charlotte ha confiado en él. Y papá y Jeanette también. Todos...».

Un escalofrío le recorrió el cuerpo, y el corazón le dio un vuelco cuando su padre y Jeanette le vinieron a la cabeza de nuevo. La tumba de su madre, cuyas flores estarían ahora secas sobre la fría piedra. Se dio la vuelta en el asiento y su cara quedó frente al oscuro material. Le pareció sentir que Noam la seguía con la mirada, cuando escuchó que le susurraba:

—Llegaremos en unas horas. Duerme. Yo vigilaré.

Como si la voz le hubiese invocado, Vane apareció al lado de Ovidia, lo que pilló desprevenido al joven.

Creo que yo me encargaré de la vigilancia.

—¿Qué...? —empezó a decir Noam con expresión perpleja mientras observaba a la sombra.

La joven bruja paseó la mirada del chico a su sombra, con el corazón latiendo desbocado.

¿Cómo no había podido controlarlas?

—¡Vane! ¡Vuelve adentro ahora mismo!

Ignorándola por completo, la sombra susurró amenazante a Noam:

Cuidado, Clearheart. Una palabra de mi hermana y estás muerto.

Aquello pilló a ambos Sensibles desprevenidos. Ovidia jamás había oído tal amenaza venir de sus sombras.

Noam pasó la mirada de Vane a Ovidia, pero esta no respondió. La chica esperó una reacción histérica por parte del joven, pero este se limitó a inclinarse hacia delante, mirando a la sombra con curiosidad.

Aquella vez, Feste apareció en el regazo de la joven, y Noam dio un respingo, sorprendido.

Ovidia intentó atrapar a su sombra, pero esta se movió rápidamente, y fue a parar a un rincón de la estancia riendo con malicia.

—¡Volved, ahora mismo! —ordenó ella con el corazón desbocado.

—Fascinantes. ¿De dónde...?

La curiosidad mató al gato, jovencito, volvió a amenazar Vane, esta vez mostrando los dientes en una sonrisa cruel.

Noam se apartó lentamente con las manos arriba.

—No voy a hacerle nada a Ovidia.

Más te vale, joven Vidente. Más te vale.

La amenaza había sido suficiente. Ovidia se preguntó si Albion aparecería. No estaba segura, pero sentía a la gran sombra dentro de ella, lista para saltar cuando fuese necesario.

—Feste. Vane. Adentro. Es una orden.

Ambas figuras dirigieron su dorada mirada a la joven e inclinaron la cabeza, sus espeluznantes sonrisas decorando lo que podría haberse definido como su cara.

Sí, hermana.

Se desvanecieron al instante, aunque Vane tardó algo más en marcharse, y su mirada no se apartó de Noam. Al fin, Ovidia sintió que las sombras volvían a ella, y se encogió aún más, poniéndose una mano sobre el pecho. La presión y las lágrimas pudieron con ella.

—Ovidia…

—No preguntes —musitó esta, levantando un dedo en señal de advertencia, y el joven asintió—. Olvida que esto ha pasado, Clearheart. No has visto nada.

El muchacho se limitó a asentir.

Y Ovidia se hundió en su propio dolor.

Parecía que las injusticias la perseguirían el resto de sus días. Fue tanto el dolor que sintió mientras lloraba que no emitió sonido alguno. Su cuerpo se agitaba debido a la respiración entrecortada.

Noam lo vio, y siguió vigilando la puerta con los labios apretados.

En pocos minutos el tren abandonó Winchester mientras, en la ciudad, se desataba una caza de brujas descarnada.

SEGUNDA PARTE

Secretos y juramentos

10

1 de noviembre de 1843. Día de Samhain. Inglaterra

Ovidia se despertó por el gran ruido. Parpadeó levemente, dándose cuenta de dónde se encontraba. El compartimento seguía igual, y Noam continuaba en su sitio. ¿Acaso no habría dormido en toda la noche?

De repente notó que tenía toda la barbilla llena de babas. Se limpió rápidamente y, a través del ventanal de su compartimento, lo vio.

La estación de Waterloo de Londres.

Lo habían logrado. Habían dejado Winchester atrás.

Una opresión en el pecho hizo que le costase respirar durante unos instantes.

Frente a ella, Noam la observaba, curioso.

—¿Qué? —preguntó ella, preocupada.

El chico mantuvo su silencio durante varios segundos más. Hasta que, al fin, volvió a hablar:

—¿Sabes que roncas cuando duermes?

—¿Consideras que esa es la forma de hablarle a una dama?

—Ya hemos llegado —contestó él, ignorándola y cambiando de tema por completo—. Pronto nos avisarán de que podemos bajar del tren y necesito que me escuches bien, Ovidia.

Por un momento había olvidado el motivo por el que estaban allí, pero todos los recuerdos volvieron a ella arrollándola como una oleada de esas que llegan sin avisar y te embisten cuando crees que ya ha pasado la gran ola.

El corazón le dio un vuelco, uno de los muchos que ya había tenido en las últimas veinticuatro horas, y, asintiendo con dificultad, escuchó a Noam atentamente. Algo que jamás pensó que haría.

—Nos estarán buscando. No creo que lo hayan logrado aún, pero pronto habrán avisado a las autoridades Sensibles de lo que ha pasado. Incluso puede que esto llegue a oídos de No Sensibles. —Noam hizo una pausa, mirando a la puerta del compartimento. Ovidia deseó que sus ojos se fijasen en ella—. Conozco a alguien, pero debo anunciar mi visita antes de que podamos ir.

—¿Y ahora qué haremos?

Escucharon como el revisor empezaba a avisar al resto de los pasajeros del final del trayecto. Ovidia miró con urgencia a Noam y este, con voz queda, prosiguió:

—Saldremos de la estación con calma, y nos dirigiremos a Camden Town.

Ovidia había oído hablar del lugar. Por lo que sabía, era bastante popular entre los londinenses, aunque no se encontraba en el centro de la ciudad, sino más hacia las afueras.

—¿Sabes llegar? —preguntó con evidente preocupación en la voz.

—Por supuesto —respondió él, ahora mirándola a los ojos. A Ovidia le pareció ofendido—. Vengo a Londres todos los meses. Llegaremos en una media hora, así que actúa con normalidad y todo irá bien.

La joven asintió y ambos se levantaron justo cuando el revisor llamó a la puerta de su compartimento. Noam la abrió para Ovidia, que susurró un rápido «gracias».

—Última parada, señorita, caballero. Han de bajar del tren.

—Por supuesto —respondió Ovidia y esperó a que Noam estuviese a su lado.

Caminaron por el estrecho pasillo del vagón hasta llegar a la puerta y, con cuidado, bajaron a la ajetreada estación. El humo cubría la parte superior del tren, cientos de londinenses iban de aquí para allá buscando su tren o comprando billetes.

Durante un instante, Ovidia se sintió abrumada. Había crecido rodeada de la paz del campo, y las multitudes no era algo a lo que estuviese acostumbrada.

Y el hecho de que la estuviesen buscando por asesinato no ayudaba.

Sintió a Noam a su lado, el calor que este emanaba, y vio como le ofrecía el brazo. Sus ojos la miraban con indiferencia, como si fuese un gesto que hacía constantemente. La joven se aferró a él más fuerte de lo que le hubiese gustado aparentar, y este no pudo evitar hacer una mueca, casi una sonrisa.

Ovidia podría haberle recriminado, pero el nerviosismo que la embargaba pudo con ella. Miraba alarmada a todas partes, con los ojos abiertos como platos, temerosa de que la volviesen a encerrar. Y no solo a ella, sino a Noam, por cómplice en su huida.

Ambos se dirigieron hacia la salida de la estación. Noam aparentaba una normalidad que la inquietud de Ovidia rompía por completo.

Fue justo antes de llegar a la salida principal cuando uno de los vigilantes llamó su atención.

—¡Disculpe! ¡La señorita del vestido azul!

Ovidia se detuvo por completo, paralizada. Noam la hizo a un lado, y con una mirada de advertencia, le pidió que aparentase normalidad.

Ambos se giraron hacia el inspector, que tenía un ligero sobrepeso y llevaba un uniforme y un sombrero *tigerdoe* algo pequeño para su gran cabeza.

—Disculpe, señorita. Caballero. Lamento importunarlos, pero deben pasar el control.

La pareja se miró, confundida, sin entender la situación.

—¿Cómo dice? —se atrevió a preguntar Noam—. ¿Qué control? ¿Ha ocurrido algo?

El hombre se giró hacia una larga fila que terminaba en una mesa donde varios agentes de policía estaban llevando a cabo un control.

El vigilante, volviéndose hacia ellos, bajó la voz un poco más:

—Anoche hubo un intento de asesinato en el barrio de Notting Hill y creen que el asesino está intentando escapar a través de esta estación. Dicen haberlo visto merodeando por aquí.

Ovidia trató de ocultar su impresión ante la palabra «asesinato» y apretó el brazo de Noam. Ambos miraban al guardia sorprendidos de verdad.

—¿A quién intentó matar?

—Por lo visto, a su propia mujer. —El guardia de seguridad negó con la cabeza—. Un horror. Si lo encuentran irá de cabeza a la horca. Y luego peor: de cabeza a los brazos de Satán.

»Así que, por favor, sigan la fila, les harán el control que están haciendo a todos los pasajeros. No tardarán en salir de la estación, estoy seguro.

Ovidia oyó como Noam le preguntaba algo más al hombre, pero su mirada y su mente estaban perdidas en aquella cola, en la evidente preocupación y enfado de la gente que esperaba, y en la gran cantidad de personas que seguían recorriendo la estación de Waterloo.

Y con la posibilidad de que el asesino estuviese cerca.

La joven volvió su atención a Noam y el vigilante, justo cuando captó lo que este le decía a Noam:

—Debo decir que tiene usted mucha suerte. Su esposa es encantadora.

Y entonces la miró a ella.

A Ovidia.

Sintió la mirada de Noam en ella, y no pudo evitar devolvérsela. Ambos iban a negar tal ocurrencia, pero el guardia ya se estaba despidiendo e indicaba a más pasajeros que se dirigieran a la fila que los esperaba a ellos.

Noam se aclaró la garganta e inició el camino, y Ovidia le soltó ligeramente el brazo y se puso al final de la cola.

—Tranquila —dijo el chico al cabo de unos minutos. Unos minutos que se le hicieron interminables a la joven—. Enseguida estaremos fuera de la estación. Aunque tendremos que ir con cuidado si realmente hay un asesino…

Ovidia se limitó a asentir. No se atrevió a mirarle.

Asesinato.

Asesino.

Asesina.

Las palabras se repetían en su cabeza. Todo junto a una frase que no tenía nada que ver, pero que la había turbado por completo.

«Su esposa es encantadora».

La fila fue avanzando hasta que los dos jóvenes estuvieron frente a la mesa, donde uno de los policías de Scotland Yard los llamó.

—Buenos días —dijo con semblante serio—, por favor, necesito los billetes de su viaje, nombre, apellidos, edad y lugar de nacimiento.

Ovidia tragó con dificultad. Eso no podía estar pasando.

Justo ese día.

—Por supuesto.

El policía percibió la duda en la voz de Noam, de repente nervioso. Sacó una hoja de registro y bañó la pluma en el bote de tinta que tenía frente a él.

Entretanto, Noam aprovechó para ganar tiempo mientras buscaba los billetes. Ovidia se quedó callada, observando la situación con un nudo en la garganta y el estómago.

En todo el cuerpo.

—Aquí los tiene.

El policía revisó los billetes, apuntando rápidamente algo en el papel.

—Ambos vienen de Winchester —dijo mientras seguía apuntando—. ¿Nombres y motivo de su visita?

Noam y Ovidia intercambiaron una mirada. Debían actuar con rapidez.

Y debían actuar *ya*.

—Noah y Olivia —respondió ella, veloz—. Es mi marido. Hemos venido a Londres por nuestra luna de miel, queríamos celebrar nuestra unión visitando esta hermosa ciudad.

Esta vez Noam sí se sorprendió. Se giró poco a poco hacia ella, intentado controlar su desconcierto y arqueó una ceja. Ovidia mantuvo la mirada en el policía.

—¿Apellidos? —exigió este, sin hacer mucho caso a las explicaciones de la joven.

Noam intervino a tiempo:

—Rogers. Noah y Olivia Rogers. Ambos de Winchester. Mi esposa tiene diecinueve años y yo, veinte.

Esta vez, cuando la información vino por parte de Noam, el revisor asintió con una sonrisa.

«Imbécil», pensó Ovidia sin poder evitarlo.

—Entiendo. Eso es todo. Aquí tienen un retrato del presunto asesino. —Les enseñó un dibujo que había tras él, un hombre delgado, con barba y sombrero los miraba.

Ovidia se preguntó cómo alguien tan endeble había podido intentar asesinar a nadie.

Y durante un segundo se le pasó por la cabeza si no sería el mismo que había matado a Elijah.

Pero era imposible. Los crímenes habían tenido lugar con apenas unas horas de diferencia.

Y llegar de Winchester a Londres en tren les había llevado toda la noche.

Ovidia sintió como Noam tiraba de ella, al fin alejándose de la mesa del control, y se dirigieron a la salida. Al fin respiró aliviada.

—¿Tu esposo? —soltó Noam.

«Oh, no. Ahora no».

No se había preparado para hablar de esto con Noam.

—Me ha parecido lo más inteligente, ¿no crees?

Noam la miró impertérrito, lo que hizo que Ovidia volviese a hablar, ya que el chico parecía incapaz de hacerlo.

—No sonaba tan descabellado. El vigilante ha pensado que era tu esposa. Y se me ha ocurrido que, si los londinenses nos ven como un matrimonio, ambos estaremos más seguros. Sobre todo yo. Lamentablemente, entre los No Sensibles los maridos tenéis un estatus de superioridad y poder que, de alguna manera, otorga protección a sus mujeres. Y creo que es lo mejor que podemos hacer.

—Fingir que somos un matrimonio.

—Al menos hasta que todo esto acabe o encontremos a tu querido brujo misterioso.

—¿Noah y Olivia? —Había mofa en su tono.

Esta vez Ovidia lo miró, algo colorada.

—Al menos he actuado rápido. Tú te has quedado estupefacto, sin saber qué hacer ante la situación.

—Gracias por tus dulces palabras, Winterson —ronroneó, y ella tuvo que apartar la mirada, como si Londres la llamara.

—Deberíamos ponernos de acuerdo en cómo nos conocimos y cómo nos casamos. Por si se diera la circunstancia de que alguien nos preguntase —añadió la joven para no quedarse en silencio.

Ambos se habían detenido, y una ligera brisa caló los huesos de Ovidia, aunque intentó no mostrar su molestia. Noam analizaba la gente que los rodeaba mientras pensaba en las palabras de la joven.

—Es buena idea, Ovidia. Es brillante en realidad. Pero deberemos ser cuidadosos de todas formas. Y, para desgracia de ambos, deberemos mostrar cierto… cariño en público para que nuestra tapadera sea más creíble.

—Podré soportarlo, si eso me ayuda a demostrar mi inocencia.

Ante aquella palabra, algo despertó en Noam, quien se acercó a ella con una lentitud que hizo que Ovidia levantase aún más el rostro para mirarle, hasta que finalmente susurró:

—¿De qué tipo de inocencia estamos hablando?

Ovidia abrió los ojos desmesuradamente, sin poder evitar sonrojarse. No fue por el tema en sí, pues su inocencia había desaparecido hacía ya tiempo, sino por el lugar donde estaban y los oídos que pudiesen escucharlos.

Era posible que entre los Sensibles las relaciones íntimas no fueran un tema tan tabú, pero los No Sensibles se escandalizaban con el simple hecho de hablar de las relaciones conyugales.

«Una tontería», pensó la joven.

—Me preocupa que hayas pensado de forma tan perversa cuando hablo de algo tan serio, Noam.

—Demostraremos que eres inocente. —El tono del joven había cambiado a uno más serio. Ovidia también lo percibió en su semblante. El brillo de hacía un instante había desaparecido, dando paso a algo más primitivo, más urgente—. Cueste lo que cueste.

La joven seguía sin comprender por qué Noam la ayudaba de aquella manera.

¿No hubiese sido más fácil quedarse en Winchester, rodeado de lujos y de chicas locas por que les pidiesen la mano en matrimonio?

—Y aunque ahora finjamos ser marido y mujer… —prosiguió, ofreciéndole de nuevo el brazo, que Ovidia aceptó—, no creas que te daré el privilegio especial que dicha institución proporciona.

Ovidia supo de qué hablaba. Continuaron su camino y, sonriendo con suficiencia, murmuró:

—Harían falta todas las botellas del vino con más graduación de Londres para que llegase tan siquiera a planteármelo.

—Es maravilloso que coincidamos en algo, querida. Maravilloso.

Ambos se alejaron de la estación, y Ovidia no pudo evitar pensar que todos los habitantes de Londres eran espías secretos que la buscaban.

Inconscientemente, se aferró a Noam, que hizo ver que no se percataba.

Y ambos se fundieron con la gran multitud de Londres, su grisáceo ambiente y su desagradable y persistente olor.

11

1 de noviembre de 1843. Londres, Inglaterra

Sin duda, las mañanas londinenses no eran para nada parecidas a los tranquilos inicios en la campestre Winchester. Cientos de personas de diferentes clases y orígenes se movían en todas direcciones. Ovidia habría podido reconocer si había algún miembro de la Sociedad cerca o si algún Desertor se encontraba no muy lejos de ellos, pero no sintió nada durante el rato que ella y Noam pasearon hasta llegar a su destino.

Camden Town.

Noam le había explicado que su contacto se encontraba allí, pero que primero debían informarle de que deseaban visitarle, pues no recibiría invitados sin aviso previo.

—¿Le temes? —había preguntado Ovidia, observando la fuerte mandíbula del chico mientras este seguía mirando al frente, vigilante.

—Temo más a los que dejamos atrás.

Ovidia no había vuelto a hablar del tema.

Había notado el cambio en los edificios, en aquella zona más pequeños, y que la clase alta no paseaba tanto por allí.

Justo en una esquina, Noam se detuvo, y Ovidia siguió su mirada hasta que se percató que se trataba de una pensión.

—Nos hospedaremos aquí esta noche. Déjame hablar a mí y aparenta normalidad, por favor.

—Tú no eres a la que buscan por… —se detuvo antes de que alguien pudiese oírlos.

—A esto me refiero —insistió Noam—. Lo hago para protegerte, Ovidia. Parece que lo hayas olvidado.

Y sin más, la arrastró hacia las escaleras de la entrada de la pensión. Noam abrió para ella sin mirarla, y Ovidia notó la evidente molestia del joven.

Se prometió pedirle disculpas más tarde.

La pensión estaba iluminada apenas por unas pocas velas y el mobiliario era bastante oscuro. Había un señor de avanzada edad detrás del mostrador, que se encontraba a la derecha de la entrada.

A la izquierda de esta había una sala decorada con unos cuantos asientos donde varios hombres leían el periódico de la mañana, una sirvienta limpiaba las mesas del desayuno, y la chimenea se encontraba a pleno rendimiento desde primera hora.

Para ser una pensión, el ajetreo era considerable, pensó Ovidia.

—Buenos días, señor —saludó Noam con una inclinación de cabeza—. Me gustaría hospedarme aquí esta noche junto a mi mujer. ¿Tiene alguna habitación disponible?

El hombre dejó de leer un papel que parecía demasiado importante y miró a Noam y luego a Ovidia, a esta de arriba abajo.

Luego les informó de los diferentes precios por las habitaciones y Noam escogió rápidamente, sin perder el tiempo.

Ovidia estaba a su lado, sus brazos rozándose. No pudo evitar girarse y ver lo humilde que era el lugar. Se preguntó si aquel señor era el dueño o un mero trabajador. Y, en caso de ser el dueño, si había heredado el edificio o si tal vez…

—¿Querida?

Ovidia volvió a la realidad y vio como Noam intentaba llamar su atención. ¿La acababa de llamar «querida»?

—Siempre te ocurre lo mismo.

Ovidia frunció el ceño, acercándose a él.

—¿A qué te refieres?

Noam se dirigió al hombre, que le había dejado la llave de la habitación encima del mostrador.

—Se distrae con cualquier cosa —bromeó con él, y ambos se rieron.

La joven estuvo a punto de protestar, pero recordó que las damas No Sensibles permanecían calladas.

Así que así lo hizo, luchando contra sus ganas de decirles un par de cosas. Decidió que después de las disculpas que se había prometido pedirle a Noam, le cantaría las cuarenta como era debido.

—Segundo piso, tercera puerta a la derecha. Disfruten de la estancia, señor y señora Rogers.

—Gracias, señor.

Noam hizo un gesto a Ovidia para que fuese primero y, con una leve inclinación de cabeza, se despidió del recepcionista. Luego subieron con cuidado las escaleras hasta llegar a su habitación.

Cuando entraron en la estancia, Noam fue a correr las cortinas y asegurarse de que la pequeña ventana, que daba a un callejón, estuviese bien cerrada. En la pared de la izquierda, toda hecha de ladrillo, la chimenea se encontraba apagada, pero había suficiente madera para calentarlos aquella noche.

Frente a la chimenea, en la pared de enfrente, una sola cama, grande y ya hecha, les esperaba.

—No te preocupes por la cama —se apresuró a decir Noam al ver la expresión de la joven—. Como hemos dicho, no habrá ese tipo de privilegio.

Ovidia asintió, y él dejó la única maleta que llevaban a los pies de la cama. Luego se quitó el abrigo y el chaqué, para quedarse solo con su traje verde.

—Prepararé el fuego e iré a por algo para comer. Esta tarde contactaré con el brujo.

—¿Y qué ocurre si no acepta nuestra visita? —intervino Ovidia mientras Noam colocaba la leña en la chimenea—. ¿Qué haremos?

Noam se detuvo y, levantando el rostro hacia Ovidia, murmuró:

—Seguir planeando cómo demostrar tu inocencia y buscar al culpable de todo esto. —Levantándose de nuevo, Noam chasqueó los dedos y una pequeña llama prendió en la chimenea. Ovidia tuvo que alzar el rostro para poder mirarle. Y el chico añadió—: Pero lo importante ahora es que descansemos. Comeremos algo e intentaremos mantener una relación civilizada dentro de lo posible.

—Pides un gran trabajo —soltó Ovidia arqueando una ceja.

—Lo sé, Winterson. —Noam volvió a ponerse el abrigo—. Voy a ir a hacer un par de recados. No tardaré más de una hora. Quédate aquí. Por favor.

—Tampoco tengo adónde ir.

Noam asintió y fue hacia la salida, dispuesto a irse. Ovidia le siguió con la mirada, y vio que se detenía cuando agarraba el pomo de la puerta. Notó cómo se tomaba un momento para respirar, los músculos de su espalda acompañaron el movimiento y distrajeron a Ovidia durante un instante. Poco a poco, Noam se giró para mirarla de nuevo.

Algo había cambiado en su expresión. Era más suave. Más… cálida. Casi tanto como el fuego que crecía en aquella oscura chimenea.

—Sé que no soy tu compañía ideal —empezó, y Ovidia se extrañó ante tales palabras, ante el tono tan suave que Noam estaba usando—. Sé que… me odias. No soy un necio, Winterson.

Ovidia apartó la mirada, incapaz de observar aquellos ojos una vez más.

Le traían demasiados recuerdos. Demasiado dolor.

—Pero quiero dejar algo bien claro.

Ella reunió todas las fuerzas que le quedaban y volvió a mirarle, el corazón le dio un vuelco al ver la intensidad en los ojos de Noam.

—Voy a ayudarte en todo lo que pueda —prosiguió despacio, ahora con el cuerpo ligeramente hacia la joven—. Estaré ahí para lo que necesites. Si deseas insultarme, hazlo. Si no deseas dirigirme la palabra, no lo hagas. Pero yo estaré ahí. En cada momento, en cada luz que apague tu alma. No me iré, Ovidia. Tienes mi palabra.

Y sin más, desapareció, cerrando la puerta con cuidado tras de sí y dejando a una Ovidia estupefacta que respiraba entrecortadamente en la fría y oscura habitación.

En el preciso instante en el que oyó como Noam cerraba la puerta con llave, Ovidia se sentó en la cama.

Y sus sombras salieron de ella despavoridas.

Sin embargo, Ovidia tan solo pensaba en una cosa.

Al ver que empezaban a inspeccionar la habitación, les ordenó que no saliesen de esta, y que no fuesen a explorar el lugar.

Para su sorpresa, obedecieron en el acto.

Ovidia fue hacia la maleta que Noam había traído con ellos y, tras rebuscar entre la ropa y los recipientes que Charlotte les había dado, la encontró.

La carta de su padre.

El olor de su hogar le inundó las fosas nasales, y la joven apretó sus finos labios, luchando contra las inminentes lágrimas. Con cuidado, se sentó en el suelo frente a la chimenea y abrió la carta. Dentro encontró un anillo.

El corazón le dio un vuelco al ver de qué se trataba.

Era un anillo con un pequeño y delicado rubí que había pertenecido a su madre. Ovidia lo dejó en el suelo con cuidado y empezó a leer la carta de su padre.

Ovidia:

No tengo mucho tiempo. Charlotte y Jeanette están preparando todo para tu huida. No te engañaré: tengo el corazón desolado.

Lo que ha ocurrido esta noche tiene muchas lagunas, y creo en tu inocencia. Cuando supe que te interrogarían, intenté hacer algo para evitarlo, y poco después, para mi sorpresa, Noam Clearheart y Charlotte aparecieron explicándome su plan.

Sé dónde y con quién estás. Y eso calma mi ya viejo corazón.

No sé cuándo nos volveremos a ver, pero haremos lo que haga falta para demostrar que eres inocente.

Durante tu ausencia, Charlotte, sus padres y yo hemos empezado una investigación. Nos están vigilando con lupa, pero los padres de Charlotte nos están ayudando muchísimo, pues ellos también creen en tu inocencia. Galus sigue pensando que tú eres la asesina, pero ya sabemos que nunca fuiste de su agrado.

Quedaos allí el tiempo que necesitéis. Ya te dije que sentía desde hace tiempo que las cosas no iban bien en la Sociedad. Y este desafortunado suceso, que creo planeado, no ha hecho más que confirmar mis sospechas.

Te tengo en mis pensamientos, mi pequeña. Me alegra saber que esas sombras tuyas están protegiéndote. Aunque sé que serías capaz de hacerlo por ti misma.

Sobre el anillo: era de tu madre, como ya sabes. Quédatelo. Ahora es tuyo. Espero te reconforte en estos tiempos tan oscuros que vienen.

Te quiero, pequeña.

Con infinito amor,

PAPÁ

Apartó la carta antes de que una lágrima manchase el papel. La dejó en el suelo y levantó con cuidado el anillo, admirando su delicadeza y belleza a la luz de la chimenea, el fuego se reflejaba en el rubí.

135

Ovidia se lo colocó en el dedo anular de la mano izquierda, el oscuro rojo hacía un gran contraste con su blanca piel. En ese momento sintió como sus sombras la rodeaban y observaban curiosas el rubí, hasta Albion se había movido de su sitio habitual.

Cómo brilla, musitó Feste a su derecha, apoyándose en sus rodillas para ver bien el anillo. Era extraño. Podía sentir la presencia de Feste, sus vibraciones, pero no era como el peso de un humano. Era más como… una energía.

Vane, a su izquierda, fue el siguiente en hablar:

Te queda bien, hermana. Está hecho para ti.

—Era de mi madre —explicó Ovidia sin apartar la mirada del anillo—. Mi padre me lo ha regalado. La carta es suya. Sabe que estoy aquí a salvo.

Pues claro, exclamó Vane, casi enfadado. *Nosotros te vamos a proteger.*

Ya ha vuelto, dijo Feste frustrado.

En ese momento Ovidia oyó la llave de la habitación, y Noam entró con varias bolsas en las manos. La joven corrió a ayudarlo, y mientras las llevaba a la cama, el chico cerró la puerta de nuevo.

Albion había vuelto a su rincón, y Vane y Feste salvaguardaban a Ovidia, con sus brillantes ojos dorados observando con recelo a Noam.

—¿Qué has comprado? —pregunto Ovidia con curiosidad.

—Lo justo y necesario. Jabón, un par de toallas… He traído pan, queso, varias latas de conserva y chocolate para cenar y desayunar mañana. También he traído té de Fortnum & Mason, es el mejor de todo Londres. Y leche fresca.

La cama se vio cubierta rápidamente de comida. La calma y la normalidad con la que Noam había hablado de todo lo que había adquirido… ¿De dónde había sacado el dinero?

—¿Cómo has podido…? Todo esto es carísimo, Noam.

—Winterson, sabes que mi familia posee grandes riquezas.

—Soy consciente de que vuestro estatus es superior al de mi familia, pero no pensaba que... —Hizo un gesto a todo lo que los rodeaba, a la habitación, a su propio vestido— tanto.

—Tampoco es nada del otro mundo.

—¿Ahora vas a hacerte el modesto sobre tu inmensa fortuna?

Noam se detuvo a mirarla, sorprendido ante tales palabras.

—¿Quieres saber cuál es la fortuna de mi familia? Pareces tener una gran curiosidad.

—Solo dime cuánto has traído contigo ahora —especificó Ovidia sin apartar los ojos de él—. Así sabré cuál es mi deuda.

Noam soltó una risa seca, negando con la cabeza.

—No hay deuda alguna, Winterson. —El tono de su voz había cambiado y su cuerpo se había relajado. Ovidia se dio cuenta.

—Por supuesto que...

—Ovidia, ¿no pensarías que iba a dejar Winchester sin llevar un penique conmigo? —Ovidia arqueó una ceja y el joven no pudo evitar suspirar—. He traído dinero suficiente para sobrevivir unos meses. Eso es todo lo que compartiré contigo.

En aquel momento la joven sí que se sorprendió.

—¿Meses? —exclamó inclinándose hacia él. La cama hizo ruido bajo ella y los rizos le cayeron sobre el rostro.

—Rezo para que la situación no se alargue tanto. —Noam se levantó de la cama, quitándose el abrigo y el chaqué para dejarlos en la silla contigua al aguamanil que había al lado de la cama—. Deseo regresar a casa tanto como tú.

—Parece que volvemos a estar de acuerdo en algo.

Ovidia fue consciente de que Noam la estaba ignorando, pues ahora estaba ocupado sacando algo de otra bolsa. Cuando lo tuvo entre las manos, vio como la miraba y luego volvía a mirar al objeto.

Era un libro.

Noam se acercó a ella y se sentó de nuevo en la cama.

—Es para ti.

A Ovidia se le paró el corazón.

—¿Disculpa?

—Tal vez desconozcas lo que es, pero es una gran forma de entretenimiento. Se debe leer la información que hay en él para…

—Sé lo que es un libro, Noam.

—Solo por si acaso —bromeó otra vez, y Ovidia lo cogió. Él se percató del anillo que adornaba su mano, pero no mencionó nada al respecto.

Sus ojos volvieron al rostro de Ovidia casi por instinto.

Ella se sobresaltó al ver el título de la portada. Había leído aquella novela una y mil veces.

—Es para que… distraigas tu mente si lo necesitas. Siempre decías que eran tus novelas favoritas.

Ovidia recordó aquella conversación que tuvieron junto al río hacía ya cuatro años. Sin embargo, no era el momento de andar removiendo el pasado. Con precaución, abrió el libro y leyó en voz alta la primera y famosa frase de la célebre novela de Jane Austen:

—«Emma Woodhouse, bella, inteligente y rica, con un hogar agradable y un temperamento feliz, parecía reunir muchas de las mejores bendiciones de la vida; llevaba viviendo cerca de veintiún años en este mundo sin nada apenas que la agitara o la molestara».

—Cuestionable —opinó Noam, que empezó a colocar toda la comida de vuelta en las bolsas. Ovidia seguía con el libro entre las manos, y no pudo evitar sentirse mal ante la paz que le traía el hecho de que Noam estuviese allí con ella.

Aunque aquello fuese en contra del gran principio que se había prometido a sí misma mantener hacía años: no abrir su corazón a nadie.

Volvió a mirar a Noam, pero este estaba completamente concentrado en ordenar todo lo que Charlotte les había dado y leer las anotaciones que la Bruja de la Tierra les había dejado, así que Ovidia se centró de nuevo en el libro.

Pero el recuerdo del motivo por el que se encontraban en Londres la golpeó de tal manera que tuvo que dejar el libro en la cama, mirando el anillo de su madre y luchando de nuevo contra las lágrimas cuando esa presión en el pecho amenazó con acabar con el último ápice de esperanza que le quedaba.

Remembranza IV

10 de abril de 1839. Winchester, Inglaterra

Los pastos que había junto al río eran de un verde que brillaba por sí mismo, y cientos de flores decoraban los campos de los alrededores de Winchester, convirtiendo la ciudad en una paleta de colores magnífica.

Ovidia y Noam paseaban junto al río mientras hablaban animadamente. Un brillante sol decoraba el cielo, cuya calidez sentían ambos jóvenes en la piel.

Mientras conversaban, Noam le indicó a Ovidia que se desviara del camino, hacia una pequeña colina, hasta llegar a un roble grande, bajo el cual dos sirvientes preparaban lo que parecía ser un pícnic.

Ovidia se giró sorprendida hacia Noam y este, avergonzado, le sonrió.

—Pensé que estaría bien que descansásemos y comiéramos algo —murmuró.

—Esto no es… algo que se prepara de un momento para otro —exclamó Ovidia, sorprendida.

Noam se acercó a ella y le ofreció el brazo.

—No ha sido algo preparado descuidadamente —confesó el joven, que no dejaba de mirarla—. Contigo, Ovidia, me aseguro de que todo lo que hago sea perfecto. No mereces menos.

El asombro en el rostro de la joven era evidente, lo que hizo que Noam sonriese más. Era una expresión dulce, joven, llena de esperanza. Cuando terminaron de subir la colina, se sentaron sobre una manta con demasiada comida.

Sirvieron té, pastelitos, pudin y una gran variedad de frutas, y Ovidia y Noam charlaron durante toda la mañana, con los dos sirvientes vigilando de cerca.

Mucha gente se fijó en ellos y en lo que estaba teniendo lugar.

El cortejo en aquella época no era algo que la gente se tomase a la ligera.

Aunque dentro de la Sociedad Sensible fuese algo más flexible.

Ovidia terminó su té, riendo por la anécdota que Noam le estaba contando.

—¿Durante una semana entera?

—Mi padre dijo que no podía estar todo el día tocando el piano, que me distraía de mis obligaciones como futuro heredero y que le perturbaba sus horas de sueño. Siempre he sido nocturno.

—¿Y qué hiciste esos días en que te prohibió tocar? —preguntó Ovidia, dejando reposar las manos sobre el regazo.

—Toqué aún más. Le prometí que sería un buen heredero. Y no le fallé. Pero… me rebelé un poco.

—A veces es bueno rebelarse —comentó Ovidia, cuyas mejillas se tornaron aún más coloradas ante la media sonrisa de Noam—. ¿Qué ocurre?

—¿Y cuál es tu pasatiempo? ¿Violín? ¿Flauta?

Ovidia negó con la cabeza, riendo.

—La música no es lo mío —explicó, encogiéndose de hombros—. En casa siempre nos hemos inclinado más hacia el silencioso placer de la lectura. Me ha servido durante estos difíciles meses.

La expresión de Noam se volvió más dura al comprender a lo que se refería.

—Nunca… quise preguntar. Oí rumores, pero no puedes fiarte de lenguas ajenas. —Ovidia sabía lo que vendría después. *La pregunta*. Así que antes de que se la hiciera, ella se adelantó:

—Fue desafortunado que el carruaje no la viese. No pudieron hacer nada. Yo me sumergí en los libros para huir de la realidad. Ha sido terapéutico.

Noam la dejó hablar. Ovidia se encontraba extrañamente cómoda con él. Siempre había sido así. Por lo que prosiguió hablando:

—Empecé con clásicos, pero, he de ser honesta, los griegos no me apasionan. Así que busqué alternativas, y me topé con Mary Wollstonecraft y su hija, Mary Shelley, y luego leí toda la colección de Jane Austen. Ahora estoy indagando en la poesía de Edgar Allan Poe. Está teniendo mucho éxito en Estados Unidos, aunque sus historias son un tanto… oscuras.

—¿Cuál es tu favorita? —preguntó Noam con curiosidad—. De las autoras que has mencionado, me refiero. ¿Cuál es tu novela favorita?

—Consejo, joven Clearheart: jamás preguntes a una dama cuál es su novela favorita. No sabrá qué responderte.

—Disculpe mi curiosidad, señorita Winterson —bromeó el joven, inclinándose sobre la manta y apoyándose en el codo izquierdo.

—Aunque si debo escoger una… tal vez sea *Emma*, de Jane Austen. Creo que es una comedia con grandes toques humorísticos, a la vez que trata temas sociales serios. Y aunque la protagonista es a veces un poco insufrible, me sacó alguna que otra sonrisa. Y eso es justo lo que necesitaba en su momento.

Una pequeña brisa movió los perfectos tirabuzones que adornaban el pelo de Ovidia. Esta se miró las manos, cubiertas por guantes de encaje blanco.

El chico vio como un aura distinta invadía a la chica, así que dijo lo primero que se le ocurrió:

—¿De qué trata? —Ovidia levantó el rostro, mirándole con sus oscuros ojos—. *Emma*, la novela. ¿Podrías contarme de qué va?

Ovidia asintió, y mientras Noam se servía otro té y se ponía cómodo para escucharla, lo cual la hizo sonreír, la joven empezó a contar la historia de Emma Woodhouse y George Knightley.

12

1 de noviembre de 1843. Londres, Inglaterra

La noche había caído en Londres, y hacía horas que Noam había enviado la carta a su contacto en la ciudad. Había salido durante un breve rato, durante el cual Ovidia había aprovechado para cambiarse y ponerse su camisón.

El corsé la estaba matando.

Ahora se encontraban sentados frente a la chimenea comiendo pan con un poco de queso y carne en salazón. Noam también vestía su ropa de dormir, pero mantenía las botas puestas. Ovidia había optado por ir descalza. No le molestaba.

Había probado a leer algo durante la tarde, pero no había podido parar de pensar en la fatídica noche. Le dolía la cabeza de tanto recrear la escena en su cabeza, una y otra vez.

La sangre, el cuerpo de Elijah, sus últimas palabras.

«No huyas jamás».

Irónico que se encontrase a la fuga ahora.

—Cuando me sacaste del castillo, insinuaste que sabías lo que me harían —murmuró Ovidia con el té entre las manos. Noam se había molestado en comprar dos tazas. Sencillas, pero eficaces—. ¿Qué sabes, Noam?

El chico la observó durante un instante, analizándola, buscando el truco. Ovidia sabía que a veces podía ser impredecible. Noam, al ver que no había nada oculto tras su pregunta, musitó:

—¿Qué parte de mi conocimiento quieres que comparta exactamente, Winterson? Sé muchas cosas.

La chica luchó contra la furia que empezó a crecer en ella ante aquel tono de superioridad que tanto la ofuscaba. Respiró hondo y volvió a hablar:

—Quiero saber a qué me iba a enfrentar. A qué puedo tener que enfrentarme aún. Quiero estar preparada —se explicó Ovidia—. Además, merezco saberlo.

—No he dicho lo contrario —se defendió Noam, dejando su taza junto al plato con migas de pan que había frente a ellos.

—¿Y bien? —insistió Ovidia, esperando a que hablase.

Noam se tomó un momento, su mirada perdida por un instante en el llameante fuego que ardía frente a ellos.

Hasta que al final habló.

—Sé lo que te iban a hacer porque es lo mismo que hizo mi padre con un No Sensible —comenzó a explicar, y su monótono tono de voz hizo saber a Ovidia que aquello no le resultaría nada agradable. Se aferró con más fuerza a su cálida taza de té buscando algún tipo de consuelo—. Sabes que es Vidente como yo. E hizo lo que un Vidente hace en ciertas circunstancias.

El padre de Noam, Francis Clearheart, se encontraba ahora en el continente europeo aumentando su ya gran imperio. A Noam no parecía importarle la ausencia de su progenitor.

Por otro lado, su madre se convirtió en una Desertora hacía algunos años, provocando un escándalo sin precedentes para la familia. Nadie había oído hablar de ella desde entonces.

A Noam tampoco parecía importarle aquello.

Parecía.

—Un día, mi padre se enteró de que uno de sus trabajadores, otro Sensible, había compartido su secreto con un No Sensible. Este se negó a hacer el juramento con la Sociedad. Mi curiosidad con el suceso provocó que mi opinión sobre nuestra querida comunidad cambiase.

Esta vez Ovidia dejó la taza en el suelo, su atención totalmente puesta en él.

—Me había colado en uno de los pasillos secretos que hay en la parte más antigua de la casa. Lo había descubierto hacía unos meses y lo utilizaba para espiar a mi padre de vez en cuando. Ya sabes. Los cuadros tenían agujeros y yo husmeaba a través de los ojos de gente que no estaba viva.

»Había dormido al Sensible y vi cómo se metía en la mente del No Sensible, cuyos recuerdos se encargó de borrar. Sus gritos me persiguen a veces. Cuando mi padre terminó, supe lo que le había hecho. La mente de aquel hombre había sido destruida y tan solo quedaba un cuerpo sin alma alguna. Parecía un muerto en vida.

Noam levantó la mirada, sus ojos brillaban con el reflejo del fuego. Ovidia se percató de que una incipiente barba le ensombrecía el rostro.

—Puede que no llegasen a tanto contigo, Ovidia, pero no pude evitar ir a buscarte cuando tal pensamiento pasó por mi cabeza.

Ovidia respiró hondo, intentando eliminar aquella imagen de su cabeza.

A Francis Clearheart quebrantando la mente de un No Sensible hasta destruir todo lo que era.

Por eso se temía a los Videntes, porque su poder era peligroso.

Pero, irónicamente, más se había temido a los Grises.

Ovidia quiso saber más, pero Noam se adelantó.

—¿Alguna vez has intentado crear algo más? —le preguntó, evitando el tema a toda costa.

Ovidia parpadeó varias veces y le miró confusa, frunciendo el ceño.

146

—¿A qué te refieres? —quiso saber.

—Tus sombras —especificó el chico—. ¿Es lo único que puedes hacer?

«Oh, mis sombras».

Ovidia se tomó unos segundos para pensar cómo responder a aquella pregunta, la misma que incluso ella se había hecho más veces de las que admitiría.

—Algunas veces he intentado crear otra sombra —explicó la joven, con las manos sobre el regazo—. Pero me percaté de que no aparecen porque yo quiera, sino que lo hacen en momentos de desesperación. De vacío.

Y era cierto. Las sombras se habían manifestado en momentos complicados para la joven. La primera, Feste, el día del entierro de su madre.

En el que Noam Clearheart, el chico que tenía delante y que ahora era más bien un hombre, la destruyó en mil pedazos.

—¿Y si lo intentas ahora? —La voz de él era apenas un susurro en la habitación—. Crear una. Pero no exactamente como esas. Algo… distinto.

Ovidia se dio cuenta de lo que estaba haciendo Noam. Mostró una sonrisa que no se le reflejó en la mirada. Hacía años que sus ojos no brillaban cuando sonreía.

—Es una buena táctica de distracción. Te felicito, Clearheart.

—¿Y qué si lo es? Hablo en serio, Ovidia. —Noam se acercó a ella, acortando la distancia que había entre ellos—. Inténtalo. Es tu poder. Debes hacer que te obedezca.

En aquello a Noam no le faltaba razón. La intensidad en su mirada y la profunda respiración del chico provocaron algo en Ovidia. Se giró para mirar a sus sombras, que se encontraban dentro de la habitación, tal como ella les había pedido.

Si Vane, Albion y Feste actuaban bajo sus órdenes, tal vez… Tal vez podría acceder a su poder y usarlo de forma distinta.

Se puso en pie, algo nerviosa. No sabía exactamente qué era lo que trataba de hacer, pero las palabras de Noam la habían inspirado.

¿Y si había más? ¿Y si… no había límites?

Observó a sus sombras, que se encontraban esparcidas por la habitación. Feste sobre el borde de la cama, mirando con curiosidad a Ovidia. Vane tras Noam, vigilándole con los ojos fijos en él.

No le hizo falta girarse para saber que Albion estaría en el rincón que había tras ella.

—Vuestra aparición fue en momentos donde estuve rota por dentro —empezó a decir Ovidia a sus sombras, las tres alzando lo que podría describirse como sus rostros, atentas a las palabras de su hermana.

Mientras hablaba, Noam fue levantándose poco a poco sin dejar de mirarla. La comida y la bebida habían quedado en el suelo, completamente olvidadas.

La chimenea crepitaba sin cesar.

—Siempre que he preguntado de dónde venís, me respondéis lo mismo: venimos de ti —siguió hablando Ovidia, sus ojos ahora fijos en algún punto de la oscura tarima—. Voy a sumergirme en mí misma. Voy a divagar por lo más profundo de mi ser. Y no sé qué puede pasar.

Las sombras sisearon, sin dar una respuesta clara.

Ovidia cerró los ojos frunciendo el ceño, y tomó una larga bocanada de aire. Mantuvo sus labios apretados, luchando contra el repentino nerviosismo.

«Sumérgete en ti misma», se dijo. «Hay que tener valor para hacerlo, pues siempre has huido».

La joven se relajó, concentrándose en calmar su respiración. Aún con los ojos cerrados, se adentró en lo más profundo de su ser, en aquello que arraigaba más allá de su alma.

Había algo oculto que trascendía su propio ser, escondido bajo mantos y mantos de oscuridad.

Y entonces sintió un pequeño tirón. Fue leve, pero allí estaba.

Las sombras volvieron a sisear y oyó como Noam les decía que no hicieran nada.

No parecieron obedecerle.

—Quietas —fue lo único que dijo Ovidia, que seguía sintiendo aquel tirón dentro de sí misma.

No se preocupó por saber si hubo respuesta positiva o negativa.

Todo lo que le importaba era aquel repentino despertar en ella, aquello tan nuevo.

Lo que sintió no era tan potente como la conexión que tenía con sus sombras, pero, a pesar de la debilidad de aquella nueva rama que componía el árbol de su poder, quiso saber hasta dónde llegaba.

Y allí estaba de nuevo. Aquellas vibraciones volvieron a despertar en ella, y tuvo que controlar el repentino poder que la absorbía.

«Respira. Respira, Ovidia. Contrólalo, es tuyo», se repetía sin cesar a medida que las vibraciones le subían por el cuerpo.

Con los brazos en los costados y las piernas ligeramente separadas, levantó el rostro inconscientemente y le pareció sentir como el cabello le acariciaba las mejillas.

Aquella sensación le tiraba cada vez más y quiso empaparse en ella.

—Ovidia, mírame, por favor —escuchó que la llamaba Noam.

Y para su propia sorpresa, lo hizo. Detestó la repentina paz que sintió al mirarlo, y se odió a sí misma por ello; la calma que cubrió cada poro de su piel al ver que Noam no se había movido de su sitio y que Vane seguía detrás de él. El muchacho no dijo nada, pero tampoco habría hecho falta. Aquellos ojos gritaban mil palabras a la vez.

«Estoy aquí. No me iré. No te tengo miedo».

Ovidia respiró hondo y, cerrando los ojos de nuevo, se aferró a esa fuerza que había empezado a vibrar en ella.

La reconocía. Era una energía exacta a la que sentía cuando sus sombras se movían dentro de ella o cuando las acariciaba.

Era electrizante. Magnética.

Era ella.

Como si tirase aún más de su ser, Ovidia giró los brazos, dejando los antebrazos y las palmas de las manos al descubierto. Y entonces lo sintió.

Una pequeña parte de esa energía salió de ella, la cubrió entera y le acarició las manos, los brazos, el cuello. Todo su ser.

Y al fin se atrevió a abrir los ojos.

Estaba rodeada de sombras.

Ella misma era casi una sombra.

Pero aquellas eran diferentes a Vane, Albion y Feste.

Esas sombras no hablaban, eran inánimes.

Pero, aun así, las sentía. Notaba como serpenteaban sobre ella, como si fueran hiedras.

Ovidia las observó fascinada y no pudo evitar sonreír ante el poder que emanaba de ella, al reconocerlo y al sentir que lo controlaba.

Aquello le sorprendía y alegraba al mismo tiempo.

Finalmente miró a Noam, que seguía donde antes.

Sentía sus poderes en alerta. Y entendió por qué.

Aun así…

Ovidia levantó la mano derecha y visualizó que las sombras que la rodeaban acariciaban a Noam.

«Id a él. Acercaos sin tocarle», pensó.

Sintió un pequeño tirón en los brazos, y las oscuras y sombrías hiedras fueron hacia Noam, que se puso en alerta.

—No voy a hacerte nada —le aseguro la joven, su voz tan solo un murmullo.

Noam se limitó a sonreír. Una sonrisa sincera, de las que no todo el mundo está dispuesto a ofrecer.

—Lo sé, Winterson.

Poco a poco, aquellas sombras se acercaron al joven. Ovidia sentía su curiosidad por el muchacho. Se detuvieron antes de tocar a Noam, tal como ella les había ordenado.

Con una rápida exhalación, tiró el brazo hacia atrás y las hiedras se contrajeron, volviendo hacia ella. Luego se quedaron serpenteando sobre el cuerpo de Ovidia, que vio como Feste se acercaba con curiosidad.

Eres tú, hermana. Al fin empiezas a ser tú, murmuró Feste desde su hombro. Ovidia sintió la energía que la sombra emanaba cuando esta se apoyó aún más en ella. Entonces miró a Noam.

—¿Cómo te sientes? —preguntó el joven.

Ovidia tenía un brillo en los ojos que hizo que el corazón de Noam diese un vuelco.

—Viva. Me siento viva.

Pero un pensamiento le pasó por la cabeza e hizo que aquel brillo en su mirada desapareciese.

Recordó lo que había ocurrido la noche anterior, el cadáver de Elijah, el horror. ¿Y si hubiese tenido aquel poder horas antes? ¿Y si hubiese podido salvarle?

Ovidia retrajo su poder, devolviéndolo completamente a ella y, cortándole la respiración durante un instante que se le hizo eterno, las hiedras se desvanecieron del todo.

—Este poder podría haber servido en su momento —se forzó a decir, observando sus manos desnudas. Apretó los labios, sintiendo como un torrente de lágrimas se acercaba—. Sé que podría haberle salvado.

Escuchó los pasos de Noam acercándose a ella, pero se apartó, negando con la cabeza.

—No necesito tu compasión, Clearheart. Ya me ha quedado claro lo que sientes por mí —musitó sin poder mirarle.

No podía. No después de haber sentido de nuevo esa conexión, la misma que sintió hacía cuatro años, cuando le había mirado y las hiedras se le habían acercado, pero él no se había apartado.

151

Al contrario. Noam había seguido mirándola, observando en todo momento, vigilante, salvaguardándola para que estuviera bien.

¿Acaso se lo merecía?

No supo cuál era la expresión de Noam. Solo oyó sus pasos acercarse a la chimenea y que se sentó en el suelo de nuevo.

Instantes después, volvió a hablar:

—Lo que has hecho ha sido extraordinario. Algo sobre lo que no había escuchado nunca, y mucho menos visto. —Se giró parcialmente para mirarla, su expresión ilegible—. Lo has hecho bien, Ovidia. No pienses en lo que podrías haber hecho. Piensa en lo que podrás hacer.

El pesado silencio entre ellos hizo que el nudo en la garganta de Ovidia fuese a más. Noam tenía razón. La mayor parte del tiempo la tenía. Aun así, la joven no podía evitar sentirse culpable. Exigirse más.

Fue la última en estar con Elijah cuando estaba vivo. Podría haber hecho algo.

Pero ahora era demasiado tarde. Y a la que buscaban por asesinato era a ella, mientras el culpable seguía suelto.

—Creo que deberías descansar. Duerme tú. Solo te pediré prestada una almohada.

Ante tales palabras, Ovidia levantó el rostro para observarle, Feste aún en su hombro. Vio como el joven hacía levitar una de las almohadas que había sobre el lecho con un movimiento de la mano y la puso en el suelo frente a la chimenea.

—Mañana te llevaré a un lugar que creo podría venirte bien.

—No es seguro —replicó Ovidia algo cansada. El hecho de haber experimentado con su poder había sido drenante. Como poco. Y lo estaba empezando a acusar.

—¿Recuerdas lo que te he dicho esta mañana antes de entrar en la pensión? —Ovidia asintió, sabía a qué se refería—. Confía un poco más en mí, Winterson. Si no hay confianza, esta relación no va a funcionar.

—No hay relación alguna, Clearheart —se apresuró a aclarar la joven.

El chico le había dado la espalda y no parecía tener intención de enfrentarla. Ovidia se percató de que respiraba profundamente y de cómo el brillo de la chimenea frente a él dejaba entrever el perfil de sus brazos a través de la blanca tela de su camisa.

Ovidia apartó la mirada rápidamente y se metió bajo las sábanas. Estaban terriblemente frías y un escalofrío le recorrió el cuerpo un momento después. Se miró las manos, e hizo que las leves sombras que había invocado antes las cubrieran, pero sin llegar a tocarla. Sentía que su poder se encontraba a plena vista y no solo porque Vane, Albion y Feste estuvieran en la habitación.

Sus sombras eran antiguas, de eso estaba segura. Este poder que tenía no era algo nuevo. Pero jamás había habido registros de ningún Sensible que hubiese podido invocar sombras de ningún tipo.

Debería haberlas temido. A Feste, Albion y Vane, que surgieron hacía ya años, y también a las nuevas, que parecían llevar dormidas más tiempo de lo que Ovidia habría jurado.

Aun así, en su interior, sentía como aquello tan solo era una leve parte de lo que había oculto en ella.

Y ese conocimiento le fascinaba y horrorizaba al mismo tiempo.

Apartando aquellos pensamientos, decidió hacerlas desaparecer. Ya le costaba mantener bajo control a sus tres perennes acompañantes. Estas sombrías hiedras debían mantenerse ocultas a toda costa.

«Sí —pensó—, hiedras es un buen nombre».

Concentrándose, cerró los ojos, respiró varias veces y giró levemente las manos, sintiendo como aquellas sombras inánimes se contraían y volvían hacia ella, como piezas de un rompecabezas.

Cuando los volvió a abrir, habían desaparecido. Pero Feste y Vane se encontraban frente a ella, levitando sobre la cama. No se había percatado de que la pequeña sombra se había apartado de ella.

Hermana, ¿quieres que volvamos a ti?, musitó Vane.

Ovidia asintió, y pudo sentir como las tres sombras desaparecían llenando ese vacío que había en ella cuando no las llevaba dentro.

Ahora tan solo quedaban ella y Noam en la habitación.

Echó un último vistazo al chico, que seguía tumbado de cara a la chimenea. Ovidia se giró hacia la fría pared de su derecha y, cubriéndose hasta el cuello, murmuró:

—Confío en ti y lo sabes. Lo que pasa es que te cuesta creerlo.

No supo si la había escuchado o no. Tampoco se molestó en comprobarlo. Cerró los ojos, sintiendo de repente todo el cansancio sobre su cuerpo, y se hundió más en la cama. El único ruido que hubo durante el resto de la noche fue el crepitar de la madera en la chimenea. Concentrándose en aquel leve sonido, Ovidia cayó en manos de la oscuridad de los sueños.

Remembranza V

27 de septiembre de 1839. Winchester, Inglaterra

Se encontraban en una de las salas de la Academia de los Sensibles. Ovidia estaba de pie en el centro, y el representante de los Grises frente a ella.

—No sabemos qué alcance tiene tu poder. Yo tampoco lo supe hasta que tuve que averiguarlo por mi cuenta. —Benjamin se mantuvo a una distancia prudente, mientras Ovidia le escuchaba con atención.

Su padre estaba sentado a una mesa con los representantes, observando la situación.

—¿Habéis hecho esto con algún Sensible más de la Sociedad? —La pregunta de Ovidia fue directa y clara.

—No. Solo hacemos esto con los Grises. Yo incluido. Espero que lo entiendas, Ovidia.

—Lo entiendo. Aun así, no puedo evitar sentirme discriminada.

Benjamin asintió, apretando fuertemente los labios. Ovidia se giró para mirar a su padre, que tenía toda su atención puesta en ella.

Siempre había tenido muy buena relación con él, pero desde la muerte de su madre, su padre se había volcado en Ovidia de una manera que a esta le rompía el corazón. Intentaba ejercer el papel de dos progenitores, y ella lo sabía. Pero no debía de pasar mucho tiempo para que ella se fuese de casa, y entonces él se quedaría solo con Jeanette, nadie más.

Porque su padre jamás volvería a amar a otra mujer. De eso Ovidia había estado segura siempre.

Girándose de nuevo hacia Benjamin, Ovidia asintió, haciéndole saber al representante de los Grises que estaba preparada.

—En estas lecciones intentaremos averiguar qué naturaleza esconde tu poder. Puede que sea algo ya visto en otros Sensibles Grises o algo completamente nuevo.

En aquel momento, sus sombras le hablaron:

No puede vernos, hermana. Te verán a ti si nos ven a nosotras.

Ovidia mantuvo la calma a pesar de la repentina advertencia. Supo que, de alguna manera, aquellas sombras no eran algo común. Su naturaleza era todavía desconocida para Ovidia, que había investigado durante aquellos meses todo lo que había podido acerca de su posible origen, de qué se alimentaban o si algún día se irían tan rápido como habían aparecido.

Siempre que Ovidia les había preguntado a Vane, Feste y Albion por su origen, Vane era la única en responder:

Venimos de ti.

Ovidia calmó sus sentidos, y obedeció las indicaciones de Benjamin.

—Muéstranos qué magia común puedes usar.

La magia común era aquella que toda bruja podía utilizar. Ovidia la poseía desde los diez años. Tal vez algo más tarde que muchos Sensibles, pero lo importante es que lo había conseguido.

Ovidia les mostró lo que podía hacer: que los objetos levitaran, encender y apagar una vela, cerrar una puerta con el giro de una muñeca…

Los representantes se miraban mientras tanto, pero Ovidia observaba a a su padre, que le sonreía, animándola en silencio.

—Está bien. Ahora, haz que la habitación tenga más luz natural.

Ovidia miró sorprendida a Benjamin.

El poder de los Sensibles del Sol. El poder de su padre.

Esa era una de las muchas cosas que podían hacer, hacer más vívida una estancia.

—No sé si seré capaz, líder Benjamin —confesó Ovidia.

Este le sonrió y, apartándose, murmuró:

—Inténtalo. Vamos.

Ovidia quería gritarles que sería inútil. Y las decenas de sesiones que tuvieron durante las siguientes semanas, una cada domingo, no servirían de nada.

Pero se mantuvo en silencio.

Se mantuvo en la oscuridad.

Y Ovidia obedeció.

Una y otra, y otra vez.

Hasta que el recuerdo que le quedó de todas aquellas tardes fueron rostros llenos de una decepción absoluta.

13

2 de noviembre de 1843. Londres, Inglaterra

Ovidia se encontraba en lo alto de una torre, y no dentro de una habitación en una torre, como en los cuentos de hadas.

No.

Estaba sobre una torre en ruinas, en el exterior, rodeada de la más completa y vasta oscuridad.

Ovidia gritó, pero no hubo respuesta. Intentó llamar a sus sombras, invocar a sus hiedras, lo que fuera. Pero no respondieron.

Lo que respondió a su llamada fue algo más inesperado.

Un remolino de sombras sin fin empezó a girar alrededor de la torre, levantando un viento que le zarandeó el camisón e hizo que su fino y castaño cabello empezase a arremolinársele alrededor del rostro.

Sabía que era un sueño. Tenía que tratarse de uno. Si eso hubiese sido real, Vane habría salido ya en su rescate. Y Albion estaría en algún rincón, vigilándola.

Pero no pudo sentir a sus sombras, ni oírlas.

Ese lugar era… eterno. El vacío.

De repente, a lo lejos vio como una pequeña luz roja empezaba a brillar. No tenía forma, pero fue ganando fuerza a medida que el remolino alrededor de Ovidia seguía creciendo sin intención aparente de detenerse.

La luz roja aumentó y la torre comenzó a derruirse. Las rocas se iban desprendiendo y caían al vacío, tan profundo que quitaría el aliento hasta al más valeroso de los mortales.

Ovidia sabía que no le pasaría nada, que en cualquier momento podría despertar.

Fijó la mirada en aquella luz roja que no paraba de brillar, y dio un paso hacia el vacío.

Y, para su sorpresa, se encontró levitando.

La torre se esfumó como la pólvora e intentó avanzar hacia la luz, pero no pudo, ya que algo le agarraba el pie.

Miró hacia abajo y lo que vio hizo que el corazón se le subiese a la garganta.

Un Elijah cadavérico empezó a treparle por el cuerpo mientras murmuraba su nombre una y otra vez:

—Ovidia. Ovidia. Ovidia.

Se quedó paralizada y cuando volvió a levantar la mirada, la luz roja se esfumó, dejándola en completa oscuridad.

No podía ver nada a su alrededor, pero sí que sintió el aliento del demacrado cadáver de Elijah en el rostro.

—Ovidia...

Unas manos la agarraron y entonces lo supo.

Al fin despertó.

Entraba una leve luz en la habitación, cuya ventana se encontraba abierta, al igual que las cortinas. La chimenea estaba apagada.

Y Noam Clearheart la estaba sujetando entre sus brazos.

Ovidia estaba sudando y temblando, aferrándose fuertemente a la camisa del joven, ahora empapada por sus lágrimas.

Su cuerpo estaba envuelto en aquellas hiedras, que no solo la cubrían a ella, sino también a Noam.

Levantó el rostro y consiguió recuperar su voz.

—Noam…

Este la miró enseguida y, separándola un poco de él, inspeccionó su rostro.

—¿Qué ha pasado? —quiso saber inmediatamente. Su mirada era tan intensa que Ovidia tardó más tiempo del que quiso en contestar.

—Había tan solo oscuridad —empezó a murmurar la joven, con la mirada perdida. Sus hiedras abandonaron el cuerpo de Noam y volvieron a ella. Él no parecía haberse inmutado hasta aquel preciso instante, cuando las vio retroceder—. Y una pequeña luz roja apareció a lo lejos, e intenté alcanzarla, pero el cadáver de Elijah estaba trepando sobre mí y…

—Basta. Basta, Ovi. —Ella no dejaba de temblar y Noam la volvió a abrazar—. Era solo una pesadilla. No era real.

—Vane. —Ovidia se apartó de él, alterada de nuevo—. Feste. Albion. Mis sombras. —Enfatizó aquellas palabras de tal modo que Noam se inquietó—. Mis sombras, ¿dónde están…?

Noam le indicó con un gesto la zona de la estancia donde estaban las sombras, vigilando la situación.

—Supe que algo iba mal cuando salieron de ti. Ellas mismas me avisaron de que algo ocurría. —Ovidia se giró para mirarle y vio las grandes ojeras que había bajo sus ojos—. Saldremos a dar un paseo. Te vendrá bien.

Quiso decirle que era peligroso, pero se encontraba demasiado exhausta para protestar.

Feste apareció frente a ella y la observó con curiosidad.

Lo ha visto, murmuró.

Ovidia lo miró extrañada.

—¿Qué es lo que he visto? —preguntó con cierta reticencia la muchacha.

Noam, aún con las manos en los brazos de Ovidia, prestó oídos a la conversación, pasando la mirada de la chica a la tenebrosa y difusa figura.

La oscuridad, se limitó a responder Feste.

—Voy a prepararte una infusión tranquilizadora —dijo Noam, levantándose de la cama—. Ni se te ocurra moverte, Ovidia Winterson.

Esta asintió, tapándose con las sábanas de nuevo. Se le había subido el camisón hasta las caderas, dejándole las piernas al descubierto.

Pero Noam estaba tan concentrado en buscar los ingredientes y en prepararle aquella infusión para calmarla que pareció no haberse dado cuenta.

Hermana, escuchó que le decía Vane. *Todo irá bien. Cálmate.*

—Permíteme que lo dude, Vane —consiguió decir—. No has estado allí.

Eso tú no lo sabes.

Esta vez, Ovidia sí le miró, pero Vane se contrajo y desapareció al instante junto con Feste y Albion.

Se encontraba demasiado exhausta para pedir explicaciones en aquel momento. Ya las exigiría cuando hubiese descansado.

La brisa matutina entró a la habitación mientras Noam calentaba agua.

—Tienes el aguamanil preparado por si quieres asearte. Pondré el biombo si así lo deseas.

El biombo, que se encontraba doblado detrás de la puerta, era simple pero lo bastante grande para taparla. Ovidia se levantó poco a poco y fue a coger la bolsa de aseo que Charlotte le había preparado, así como una pequeña toalla.

Se giró y vio que Noam estaba abriendo el biombo para ella. Ovidia musitó un «gracias» y desapareció tras él, oyendo como los pasos de Noam volvían a la chimenea.

Había agua limpia en el aguamanil, y estuvo tentada de preguntar de dónde había salido, pero con Noam a veces era mejor no preguntar. Decidió lavarse la cara, el cuello, los brazos y las axilas. Se secó con la toalla y se peinó rápidamente, haciéndose una trenza bien ceñida y rezando para que se formasen las ondulaciones suficientes para poder peinarse luego.

Al otro lado del biombo Noam vertía el agua en las tazas. En su bolsa de aseo había un frasco de cristal con lo que parecía ser una crema. En la tapa había una nota: «Es un experimento mío. Es una crema para las axilas que controla el olor. Ya sabes de mi obsesión con los olores».

No pudo evitar imaginar a Lottie escribiéndola con rapidez, sus rizos, castaño oscuro, cayendo sobre su rostro y sus ojos fijos en la nota. Ovidia sonrió y, con cuidado, abrió el frasco. El olor era una mezcla entre lavanda y lino, y tenía un color violeta muy claro. Se aplicó una pequeña cantidad en las axilas, notando la frescura del ungüento. Volvió a cerrar el frasco y lo devolvió a su bolsa personal, sintiendo el agradable olor.

«Sin duda, un experimento útil, Charlotte», pensó.

Ovidia salió de detrás del biombo y vio que, frente a la chimenea, Noam había preparado dos tazas de té. La joven dejó la bolsa y la toalla usada sobre la cama y fue a sentarse junto a él, agradeciéndole de nuevo que se hubiese tomado las molestias.

—Sé que no aprobarás la idea, pero no harás que cambie de opinión —anunció el chico mientras Ovidia daba el primer sorbo de té.

Cerró los ojos al notar la calidez de la bebida recorrerle el cuerpo.

—Anoche dijiste que querías llevarme a un lugar. ¿Se trata de eso?

—He de salir tan solo un momento. Me vestiré tras el biombo y espero me otorgues cierta privacidad. Sé que mis encantos a veces son difíciles de resistir.

—No hay nada en ti que pudiera interesarme, Clearheart.

—Necesitas salir —insistió el chico—. Y sé que es peligroso, pero te vendrá bien. Solo serán dos horas, tres como mucho, y volveremos antes de la hora de la comida si así lo deseas.

—Con todo el caos que estamos viviendo, deberíamos estar investigando quién es el asesino de Elijah, no dar paseos por Londres como si fuéramos…

Ovidia se detuvo a tiempo. O quizá no tan a tiempo.

Noam arqueó una ceja e inclinándose hacia ella, murmuró:

—¿Como si fuéramos un matrimonio? —Su voz era ronca, pero Ovidia percibió el ansia en aquellas palabras—. Te recuerdo que técnicamente lo somos, a los ojos de los londinenses. No creo que fingir un poco más sea tan duro.

Noam se levantó, lo que permitió a Ovidia respirar tranquila de nuevo. Había sentido el aliento de él en la cara y la calidez que desprendía era cautivadora.

—Y cuando volvamos —prosiguió Noam, cogiendo sus ropas y yendo tras el biombo—, empezaremos con la investigación.

Ovidia vio como tiraba el camisón por encima del biombo y se giró hacia la chimenea, dándole la espalda al joven y centrándose en su taza de té.

—Supongo —empezó a decir, con la mirada perdida frente a la poca madera que quedaba en el hogar— que dar un paseo y tomar el aire me ayudaría a aclarar mis pensamientos.

—Al fin nos vamos entendiendo, señora Rogers.

Ovidia no pudo evitar reír.

—¿Por qué Rogers? ¿De dónde lo sacaste? —quiso saber, curiosa.

—Lo leí hace tiempo en alguna parte y me vino a la cabeza en aquel momento. —Ovidia puso los ojos en blanco ante tal declaración.

—Muy bien, señor Rogers. Volveremos antes de la comida. Sin discusión alguna.

Ovidia se levantó a por sus ropas, cuando Noam salió de detrás del biombo y fue hacia ella.

Al volverse a mirarlo, la joven se quedó quieta un instante. Sí, era el mismo traje de ayer, pero aun así…

Parecía que lo habían hecho expresamente para resaltar su ya evidente belleza.

—Así sea, pues —exclamó Noam sin percatarse del ensimismamiento de Ovidia—. Saldré a hacer un rápido recado. Vuelvo en quince minutos, prometido.

Ella asintió y mientras sacaba el corsé y demás prendas, observó como Noam salía disparado por la puerta con una elegancia que confirmaba sus sospechas: poco quedaba del niño que había llamado su atención hacía años.

Noam Clearheart era todo un hombre. Un hombre poderoso, bueno y carismático.

Y el único de toda Inglaterra que estaría dispuesto a sacrificar todo lo que tenía por ella.

Quince minutos exactos fue lo que tardó Noam en volver. Ovidia se había vestido lo más rápido que había podido, teniendo en cuenta que atarse un corsé una sola era mucho más complicado de lo que parecía en un principio. Aun así, había conseguido apañárselas.

Mientras se intentaba hacer un peinado más o menos decente frente al espejo del aguamanil, escuchó la encantadora voz de Noam en la calle, pues la ventana se encontraba abierta y dejaba entrar la ruidosa Londres.

Se había recogido el pelo en un moño alto y se dejó varios rizos sueltos al lado del rostro.

Sería mentir si hubiese afirmado que no había usado su magia para ayudarse. Había sido cauta.

Ovidia se asomó por la ventana y vio como Noam llegaba a la pensión, así que terminó de recoger todo antes de que este entrase en la habitación.

El joven llamó a la puerta y ella le indicó que pasase.

—Ya podemos irnos —le dijo en cuanto entró.

Ovidia miró que todo estuviese recogido y fue a por la bolsa cuando Noam aclaró:

—Déjala. Nos quedaremos otra noche más aquí.

Asintiendo, la muchacha se alisó la falda y abandonó la habitación. Noam cerró tras ella.

Salieron de la pensión, saludando al hombre que les había atendido la noche anterior. Este los saludó a su vez educadamente, y la pareja salió al ajetreado Londres. Para su sorpresa, hacía buen día. Había llovido toda la noche, pero al amanecer ya había despejado.

Carruajes, caballos y cientos de personas paseaban por la ciudad, mientras los mercaderes intentaban vender sus productos y varios niños repartían los periódicos del día.

Fue entonces cuando uno de esos carruajes se detuvo ante ellos. Era negro y brillante. Y bastante grande, a decir verdad. Tenía dos caballos marrones y un cochero que los dirigía.

Ovidia se giró hacia Noam, asombrada.

—Esto aumenta mi deuda contigo.

El chico se acercó a ella, acortando la ya escasa distancia que había entre ellos. Ovidia respiró con dificultad, pero no apartó los ojos de él.

—Ya te dije que no hay deuda alguna. Esto es algo que yo he querido hacer.

—Está bien, señor Rogers. —Noam le mostró una sonrisa más que brillante ante el tono con que Ovidia pronunció su falso apellido—. ¿Adónde se supone que vamos?

El cochero se bajó y se inclinó ante ambos, abriendo la puerta del carruaje.

—Señorita Rogers, si me permite…

Ovidia echó un vistazo rápido a Noam, que intentaba aguantarse la risa, y cogiéndole la mano al cochero, subió con cuidado

165

al carruaje. En el interior había unos preciosos asientos de terciopelo morado y cortinas que tapaban las ventanillas a ambos lados.

Noam subió tras ella y el cochero cerró la puerta. Momentos después, el joven Clearheart dio dos golpes en el techo del interior para avisar de que podían partir. Miró a Ovidia y, con media sonrisa, dijo:

—Tienes mejor color, querida.

—¿A dónde vamos, señor Rogers? —canturreó Ovidia, siguiendo con su tapadera matrimonial.

—A uno de mis lugares favoritos de Londres —anunció, recostándose en el asiento—. A Regent's Park.

Había oído hablar de aquel lugar. Se decía que se podía ver todo Londres desde allí.

—¿Vamos de pícnic? ¿Cuando estamos huyendo por acusación de asesinato?

—A veces hay que arriesgarse, Winterson.

—¡Y un cuerno hay que arriesgarse! —exclamó Ovidia—. A la que matarán es a mí. Pensaba que iríamos a un lugar más privado.

—¿Qué tipo de privacidad buscas conmigo, Ovidia? —Una sonrisa asomó a los labios de Noam—. Te recuerdo que compartimos habitación. No creo que haya más privacidad que esa.

—Hablo en serio, Noam —se quejó ella, y la diversión desapareció del rostro del chico al ver la seriedad que mostraba—. En un lugar tan público podrían encontrarme.

—Si te tocan, están muertos, Ovidia.

—No lo dices en serio —espetó, riendo ante la idea de Noam defendiéndola.

La seriedad no se esfumó del rostro del chico, y la risa de Ovidia se fue evaporando como el humo.

—Ponme a prueba —la retó Noam con una intensidad que obligó a Ovidia a mirar por la ventana del carruaje, nerviosa.

El resto del viaje lo hicieron en silencio, mientras avanzaban por las calles de Londres. Se fijó en el cielo, y lo soleado que estaba. Era tan extraño que hiciese sol en aquella época…

Aun así, el frío no los perdonaba, y noviembre se iba abriendo paso con sus gélidas temperaturas.

Ovidia también se percató de cuánto había progresado la sociedad No Sensible. Se veía el humo de las fábricas entremezclándose con el de las miles de chimeneas que sobresalían de los altos edificios de la capital. A través de la pequeña ventana del carruaje pudo ver monumentos a medida que se acercaban a Regent's Park, hasta que el gran parque se abrió paso frente a ellos.

No había sido un largo paseo desde donde se hospedaban, pero supuso que Noam quería tomar toda precaución posible.

Precaución que ciertamente no estaba tomando al llevarla a un lugar tan público. Pero, aun así, no quiso avivar más el debate con él.

El carruaje se detuvo y Noam miró a Ovidia.

—Voy a usar un conjuro para ocultarnos.

Ella arqueó una ceja sin poder evitarlo.

—¿Es eso posible?

Noam asintió y procedió a explicarse rápidamente:

—Voy a crear un escudo visual a nuestro alrededor. —Su voz era apenas un susurro en la pequeña cabina del carruaje. Uno de los rizos de Ovidia le cayó por la frente, pero Noam no pareció darse cuenta—. En cuanto entremos en ese parque, pronunciaré las palabras finales del conjuro y desapareceremos de la vista de todos hasta que yo lo desee. Así podremos pasear sin que nadie nos moleste.

—¿Acaso no te agotará? Usar la magia tiene su coste, Noam.

—Tal vez me deje algo más cansado de lo habitual, pero merecerá la pena. ¿Pasear por uno de los parques de Londres sin que nadie pueda verte? Yo creo que tiene sus ventajas.

Ovidia quiso advertirle de nuevo, pero justo en ese momento el cochero les abrió la puerta y Noam salió con una sonrisa triunfante dibujada en los labios.

Respirando hondo, la joven mandó una plegaria a quienquiera que la estuviese escuchando y descendió del carruaje con la ayuda del hombre. Musitó un leve «gracias» y entonces vio la magistral entrada de Regent's Park.

—Volveremos en un par de horas. Recógenos en este mismo lugar —indicó Noam al cochero mientras le pagaba.

Este asintió y el joven fue junto a Ovidia, que seguía observando el gigantesco lugar. Se encontraban en una de las entradas cuyas grandes puertas de hierro, decoradas con ornamentaciones delicadas y únicas, los invitaban a entrar.

—No pensaba que tanto verde pudiese reunirse en Londres, la verdad —musitó ella cuando sintió la presencia de Noam a su lado. Él le ofreció el brazo y Ovidia lo aceptó, y ambos empezaron a caminar entre los muchos otros visitantes del lugar. Nada más entrar, Noam guio a Ovidia a una pequeña arboleda cercana, cerciorándose de que nadie los estaba siguiendo.

A aquellas horas de la mañana había gente, pero no tanta como hacia el mediodía. Ovidia se había percatado en uno de los relojes de los múltiples monumentos que había avistado desde el carruaje que eran poco más de las diez de la mañana.

Cuando estuvieron rodeados por varios árboles, Noam se aseguró una vez más de que estaban solos, o de que al menos nadie los estaba observando.

—Bien. Será rápido, así que cógeme de las manos y mírame a los ojos, Ovidia.

La joven obedeció, y sintió sus cálidas manos a través de los delicados guantes que le cubrían las suyas. Sus oscuros ojos conectaron con los de él, de un tono más claro que el suyo, y con una dulzura que Ovidia todavía intentaba olvidar. Un escalofrío les recorrió el cuerpo cuando se tocaron, pero ella consiguió disimularlo.

Sus sombras se removieron por dentro al tiempo que Noam hablaba:

—*Oculum invoco scutum. Veni ad me.* —Los ojos de Noam empezaron a brillar ligeramente con una luz grisácea que hipnotizó a Ovidia. Repitió esas palabras varias veces hasta que cerró los ojos y murmuró—: *Factum est.*

Sus manos se soltaron y el brillo grisáceo en los ojos de Noam desapareció. Ovidia había entendido sus palabras. El latín era la lengua que les habían enseñado desde que tenía uso de razón. Y los conjuros más complicados de la magia de los Sensibles debían pronunciarse en su gran parte en latín.

«Invoco al ojo para mi protección. Ven a mí. Está hecho».

Salieron de la arboleda con los brazos entrelazados, y Noam empezó a hacer gestos exagerados.

Todos le ignoraron.

—¿Realmente ha funcionado? —musitó Ovidia, anonadada, girándose para comprobar que nadie les prestaba atención. Como si fuesen invisibles.

—Te lo dije. Funcionaría. Ahora, por favor, paseemos. Regent's Park es sin duda asombroso. Ven. Te lo enseñaré a fondo.

Y así lo hizo. Noam estuvo toda la mañana mostrándole a Ovidia los múltiples jardines que había en aquel inmenso parque, entre ellos Queen Mary's Gardens. Pasaron por un puente sobre un gran río que a la izquierda se convertía en un lago, y Ovidia deseó que pudieran volver más tarde. Pasearon tranquilamente por todo el parque, hasta llegar a una zona sin árboles, una gran explanada donde decenas de personas paseaban. Ninguna se atrevía a hacer un pícnic. No en aquella época y con el implacable frío, a pesar del inusual y soleado día.

Ovidia se dio la vuelta y se dio cuenta de que había dejado atrás a Noam, que la miraba con una sonrisa de suficiencia en el rostro. La joven cruzó las manos sobre el regazo y soltó un suspiro.

—Adelante. Regodéate. Sé que lo estás deseando.

Noam, que tenía las manos a la espalda, siguió subiendo la colina hasta estar frente a ella.

—Te has distraído. Has tomado aire fresco. Si he de regodearme por haber calmado tus nervios, lo haré.

Ovidia no había esperado aquellas palabras. Pudo sentir como sus sombras se removían dentro de ella, luchando por salir, pero las controló. Lo último que necesitaba era que sus tres acompañantes, o incluso aquellas hiedras que todavía no sabía controlar del todo, montasen un espectáculo.

—No viste lo que yo vi cuando estabas teniendo aquella pesadilla —prosiguió el joven, ahora a penas a un metro de ella. Ovidia levantó el rostro para hacer contacto visual con él, cuyos ojos se nutrían de ella—. La desesperación en tu voz era igualable a la desesperación que sentí yo en aquel momento. Si tus sombras no me hubiesen advertido…

—Pero lo hicieron. Y eso es lo importante —se excusó Ovidia, intentando evitar el recuerdo de la pesadilla. De la luz roja. Del cuerpo de Elijah.

Su respiración se volvió agitada de nuevo, y Noam la miró alarmado.

—Ovidia. Ovidia, mírame. Mírame.

Y lo hizo, como siempre había hecho. Y lo único que consiguieron aquellos ojos miel fue que su corazón pasase de latir rápido, con la respiración agitada, a que toda ella fuese la viva encarnación de excitación.

—Me gustaría ver el lago. Creo haber avistado un monóptero. ¿Podríamos ir? —dijo Ovidia rápidamente apartando los ojos de él, antes de que Noam pudiese hablar otra vez.

Él se limitó a asentir con aquella intensa mirada tan suya y, ofreciéndole el brazo, ambos bajaron la cuesta, volviendo sobre sus pasos, en dirección a la laguna.

Pocos minutos después llegaron al famoso monóptero de Regent's Park, y ambos subieron los escalones, observando la laguna que se extendía frente a ellos.

Fue en aquel momento de paz donde la mente de Ovidia se despejó y, respirando hondo, apretó las manos sobre su regazo, agarrando el vestido mientras lo hacía.

No sería fácil, pero evitar hablar de ello tampoco arreglaría el problema.

El tema prohibido.

—Gracias por traerme. Lo digo de corazón. —Pronunció aquellas palabras sin mirar a Noam. No podía. Si lo hacía, se detendría—. Dime, ¿por qué alguien querría matar a Elijah, Noam?

El joven se giró para mirarla de cara. Noam se fijó en el perfil de Ovidia; en sus oscuras pestañas; en las tenues pecas que había en sus mejillas, gruesas y llenas de vida; en su nariz, respingona, y en sus finos labios.

La voz de ella le devolvió a la realidad.

—Si el asesino llegó antes es que sabía que la celebración tendría lugar allí —dijo Ovidia, con la mirada aún perdida en la laguna que había frente a ellos—. ¿Y si... y si es alguien de la Sociedad?

Noam, al fin alejando toda distracción de su mente, sopesó la idea y Ovidia supo que no la descartaba.

—El lugar era algo que solo alguien de la Sociedad conocería. —La joven asintió y él prosiguió—: La hipótesis es buena, Ovidia. Y me temo que podría ser cierta.

—Lo que quiere decir que alguien de nuestra comunidad intentó culpabilizarme. —La realidad golpeó de tal modo a la joven que dio un leve paso hacia atrás—. Alguien a quien tal vez conozca.

—¿Y que sea el asesino? —Ovidia asintió y Noam quiso acercarse más a ella, cogerla de la mano, pero se contuvo. Con gran dificultad—. Lo mantendremos como posibilidad. Tal vez...

Ovidia sintió como sus sombras se movían dentro de ella, nerviosas.

Hermana. Hermana. Cuidado.

La voz de Vane la advirtió y Ovidia empezó a mirar a su alrededor, en alerta.

—¿Ovidia? —inquirió Noam, viendo su preocupación.

—Ocurre algo. Vane me ha advertido.

Esta vez fue el chico quien giró sobre sus pies y escaneó el lugar en busca de cualquier sospecha.

Y entonces ambos lo vieron, un hombre alto, de cabellera rubia y ojos verdes se acercaba a ellos con decisión. Su atuendo era elegante y su caminar, desenvuelto. Noam se quedó frente a Ovidia, tapándola con su cuerpo, mientras esta luchaba contra sus sombras, que se desesperaban por salir.

El extraño se detuvo a pocos metros de ellos, con una sonrisa que parecía amable. Ovidia pasó la mirada de él a Noam, fijándose en como este también le estaba mirando.

—¿Cómo puede vernos? —inquirió la joven, intentando ponerse al lado del chico. Pero Noam siguió cubriéndola.

—No puede vernos —contestó este—. Pero me siente. Es otro Vidente.

—¿Un Sensible? —aventuró ella—. ¿Tu contacto?

—No es mi contacto. Pero sí es el contacto de mi contacto.

El extraño se acercó a ellos, se detuvo un instante frente a la pequeña esfera invisible que rodeaba a Ovidia y Noam, y la atravesó con una expresión que mostraba dolor.

Parpadeó varias veces hasta enfocar la vista de nuevo y les hizo una leve inclinación.

—Buen encantamiento. Mis felicitaciones, señor Clearheart. —El extraño se llevó una mano al abrigo, y extrajo de un bolsillo interior un sobre bien doblado y con un delicado sello de color púrpura—. Traigo respuesta a su petición, señor. Es afirmativa. Los esperamos mañana al anochecer. No falten. Mi superior no se lo tomaría bien.

Ovidia mantuvo sus ojos fijos en el hombre, el cual no parecía ser mucho más mayor que ellos. ¿Tal vez estaba casi en la treintena? Tal vez fuese el leve maquillaje que llevaba, que le hacía más joven.

Entre los Sensibles, que los hombres llevasen maquillaje no era tan extraño. Aun así, Ovidia no pudo evitar sorprenderse.

Los ojos del extraño la miraron y, con una reverencia, musitó:

—Señor. Señorita. Un placer.

Y sin más desapareció, volviendo a cruzar el escudo y alejándose de ellos con paso rápido. Por suerte, en aquel momento, no había nadie más que ellos en el monóptero.

Ambos se quedaron observando la delicada carta que Noam tenía en la mano, hasta que al final intercambiaron una mirada.

—¿Cómo hemos de tomarnos eso? —preguntó Ovidia—. ¿Es algo bueno?

—Es un paso. Uno importante. Y confío en mi contacto plenamente. Si no, no le hubiese hecho saber sobre nuestra situación.

«Nuestra». A Ovidia se le encogió el corazón al ver que Noam ya se veía involucrado en toda aquella locura por cómo lo había mencionado, sin planteárselo dos veces.

Aun así, la joven tuvo que recordarse lo que le había hecho hacía cuatro años. Lo que Noam realmente escondía detrás de esas sonrisas y ese carisma.

—Le mencionaremos lo que hemos hablado a tu contacto. Seguro que nos ayudará —dijo no muy convencida Ovidia, rompiendo el silencio. Noam notó su duda, pero no comentó nada al respecto.

—Bueno, señora Rogers —musitó bromeando de nuevo y mirando a Ovidia con media sonrisa—. ¿Está usted disponible mañana al anochecer? Porque tengo un plan de lo más… pintoresco.

Ovidia respiró hondo, con el corazón en un puño mientras miraba la aún cerrada carta, donde parecía ser que su futuro aguardaba, tanto si lo quería como si no.

3 de noviembre de 1843. Londres, Inglaterra

Después de recibir la carta, el día anterior en Regent's Park, habían vuelto inmediatamente al hotel. Allí reunieron todas las preguntas que tenían para el contacto de Noam y descansaron. Durmieron como lo habían hecho la anterior noche: Noam frente a la chimenea y Ovidia en el lecho.

Por suerte, aquella noche, las pesadillas la dejaron descansar.

Cuando abandonaron el hotel, la siguiente tarde, Noam sí que se llevó la maleta con ellos y se despidieron del recepcionista. Ovidia no quiso preguntar a Noam si tenía algún plan alternativo sobre dónde iban a pasar la noche.

Confió en él.

Eran pasadas las cuatro de la tarde cuando se adentraron en las calles de Londres con un objetivo en mente: reunirse con el contacto de Noam. Y se dirigieron al corazón de Camden Town.

Ovidia se dio cuenta de algo mientras ambos se acercaban a los alrededores del famoso barrio de Londres.

A medida que caía el sol y la noche se abría paso, los miembros de la clase alta desaparecían, y ahora la ciudad se preparaba para sacar su lado oscuro.

Su cara oculta.

Ovidia había notado como la sujetaba Noam, cuya mirada inspeccionaba cualquier calle o callejón que iban a cruzar antes de hacerlo.

Se seguía preguntando por qué hacía todo eso por ella. Una cosa es que creyese en su inocencia, y otra muy diferente era esa actitud tan sobreprotectora que tenía.

En el fondo, a Ovidia, en su mar de dudas, no hacía más que confundirla aún más.

Al girar una esquina llegaron a una calle bastante más abarrotada de lo habitual. Nada más dar el primer paso, sintió una gran vibración en el cuerpo, y tuvo que luchar contra la insistencia de Feste por salir.

—Ahora no —murmuró, ocultando su rostro inclinándose hacia Noam.

Este la miró con el ceño fruncido, hasta que preguntó:

—¿Tus sombras?

Brujas. Aquí hay brujas, hermana.

—Me están hablando, como lo hicieron ayer en Regent's Park. —Ovidia miró a Noam, que esperó, paciente, a que le diese más detalles. La chica tragó saliva. Vio que habían llamado la atención de varias personas, así que empujó a Noam hacia delante, y siguieron caminando—. Dicen que hay… —no dijo la palabra, pero arqueó una ceja en su lugar— cerca.

Ovidia había supuesto que tal declaración sorprendiese a Noam. Esperaba verle alarmado.

Pero, para su sorpresa, el joven soltó una risa seca.

—Más nos vale, porque, si no, habremos caminado para nada. —Ante la expresión de pura confusión de Ovidia, Noam puso una mano sobre la de ella, que se agarraba fuertemente a su brazo—. Eso significa que a quien buscamos está cerca.

—Espera. —Ovidia estuvo a punto de detenerse de nuevo, pero supo que aquello volvería a llamar la atención. Así que, fingiendo que apreciaba el gesto de Noam y admirando su mano sobre la suya con una sonrisa, musitó—: Vamos a ver a una Desertora, ¿verdad? El chico de ayer también lo era.

La sonrisa no pudo ocultar la preocupación en la voz de la chica.

Noam no le veía el rostro, pero supo que estaría frunciendo el ceño de aquella forma suya tan particular, como hacía cada vez que le preocupaba algo.

—Perspicaz, Winterson. Sígueme. No estamos lejos.

Ovidia levantó el rostro, mirándole, efectivamente, con el ceño fruncido. El sol de la tarde se reflejaba en los ojos de Noam, haciendo que el color miel brillase como un leve fuego empezando a avivarse.

Los dos siguieron su camino, y las vibraciones en Ovidia aumentaron, sus sombras moviéndose inquietas dentro de ella. Nunca las había sentido tan alteradas y la razón, fuera la que fuese, le preocupaba sobremanera.

Al cabo de unos minutos, Noam la hizo girar hacia la izquierda. El sol ya había abandonado por completo las calles de Londres.

Llegaron a una de las vías adyacentes a la avenida principal, y aunque no se encontraba tan abarrotada como esta, había más gente de lo que Ovidia se había esperado. Continuaron caminando, y cuando llegaron hacia la mitad del pasaje, Noam se detuvo, mirando a su derecha.

Ovidia siguió la mirada del chico y vio un callejón mucho más pequeño.

También estaba abarrotado.

De prostitutas.

—Tenemos que ir por aquí —anunció con tono frío.

Noam se giró para mirarla y Ovidia asintió, decidida. No era que le molestasen las prostitutas en sí, sino los clientes.

A medida que iban avanzando por el ajetreado callejón, las risas de las mujeres, los gruñidos de los clientes borrachos y el olor a orina y alcohol se entremezclaban de una manera que casi la hizo vomitar.

Pero aún aferrada a Noam siguieron hacia delante.

Junto a una puerta, un hombre calvo y grandullón vigilaba, escaneando el callejón en busca de cualquiera que buscase más problemas de los que en un lugar como aquel se permitían.

Ambos fueron hacia él, y se quedaron al pie de los escalones.

—Vengo en busca de un contacto personal —dijo Noam, extrayendo la carta que habían recibido por parte del desconocido en Regent's Park—. Es urgente.

El grandullón abrió la carta con cuidado, y la leyó rápidamente. Volvió a mirarlos de arriba abajo y, asintiendo, abrió la puerta para dejarles pasar.

Ovidia respiró aliviada y se recogió las faldas, no sin antes echar un rápido vistazo a las chicas que se encontraban en el callejón.

—No trabajan aquí —le explicó el vigilante—. Van por su cuenta.

Un nudo se formó en la garganta de Ovidia, y luchó contra la impotencia que la inundó en ese instante.

Noam se puso a su lado y le colocó la mano en la parte baja de la espalda.

—Enseguida serán atendidos. Por favor, esperen en aquella sala.

Ambos asintieron, y siguieron el amplio pasillo que les indicaron hasta llegar a una puerta a su derecha. La sala se encontraba vacía, pero la decoración sorprendió a Ovidia.

Todo el suelo de la sala se encontraba cubierto por una cuidada alfombra de tonos cálidos. Del techo, colgaban tres candelabros con decenas de velas, la única iluminación en la sala aparte de la crepitante chimenea, a la izquierda de ellos. No había cuadros, pero en cada rincón de la estancia había una estatua de mármol, dos mujeres y dos hombres semidesnudos en posiciones ideales para ser esculpidas.

Y finalmente, en la pared del fondo, una gran cortina de color rojo parecía tapar algo detrás.

—No sé quién será tu contacto —se atrevió a decir Ovidia, corriendo levemente la cortina para ver que daba paso a otra sala con algo más de luz—. Pero sin duda le gustan las extravagancias.

Noam se limitó a esbozar una media sonrisa, siguiendo con su mirada a una curiosa Ovidia.

La joven cruzó la cortina y se encontró con una sala algo más pequeña que la anterior, iluminada por lámparas cuyos cristales hacían que una luz azulada bañase las paredes. En el suelo, las fases de la luna pintadas sobre la oscura madera le dieron la bienvenida.

Escuchó pasos tras ella, y Noam también entró en la sala, soltando un silbido de sorpresa.

—¿Habías visto una iluminación así? —preguntó Ovidia, deteniéndose y observando la estancia—. Es…

—… atrayente —finalizó la frase Noam.

La bruja entornó los ojos.

—Un adjetivo muy particular, pero… sí. Es atrayente.

De repente, se escucharon voces y la puerta de la otra sala se abrió de par en par, llenando el lugar de risas y murmullos. Noam y Ovidia corrieron a la cortina, apartándola levemente para ver qué era lo que ocurría. Un humo de color morado había empezado a inundar la primera sala, ocupando cada vez más y más el lugar. Apenas se podía ver a los recién llegados.

—¿Ves a tu contacto?

—No —murmuró Noam, sus ojos fijos en la sala contigua.

Ovidia respiró hondo y se percató de que el humo era del incienso.

Volviendo su atención a aquellas personas, vieron como la última cerraba la puerta de la sala. En realidad no hablaban, lo cual les resultó extraño. Había por lo menos diez mujeres y hombres, no mucho más mayores que ellos y con vestimentas realmente caras. El incienso, que humeaba cada vez más desde las paredes, inundó también la habitación donde se escondían Noam y Ovidia.

Ninguno de los dos se dio cuenta de que, en esa misma habitación de tenue luz azulada, el incienso también salía de las paredes.

El olor era peculiar. Una mezcla de jazmín y lavanda con algo más que la joven no pudo reconocer.

—Creo que nos hemos equivocado de sala —susurró Ovidia, sin dejar de mirar a los recién llegados.

Noam, a su lado, murmuró:

—Creo que llevas…

El chico no terminó la frase. Y Ovidia tampoco habría encontrado palabras para responderle si lo hubiese hecho. Porque lo que estaba ocurriendo en aquella sala los dejó a ambos paralizados.

No podían apartar la mirada, y el humo de color lavanda los envolvía cada vez más y más.

Ovidia tragó saliva y respiró hondo cuando aquellas personas comenzaron a besarse y desnudarse en la primera sala. Sin vergüenza, como si estuviesen hechizadas.

Por un lado, tres chicas se besaban entre sí. Por otro, dos hombres se devoraban con fiereza, uno de ellos enganchado al cuello del otro.

Los gemidos no tardaron en inundar la habitación.

Ovidia no se dio cuenta de que sus labios se abrían poco a poco y sus pupilas se dilataban. Inconscientemente, iba inhalando aquel incienso de manera incesante.

Fue durante un momento de lucidez, al percatarse de nuevo del olor de la lavanda, cuando parpadeó, consciente de sí misma.

Cogiendo aire repentinamente, se giró hacia Noam. Esperaba verle tan perdido en la escena como ella lo había estado. Pero sus ojos estaban en ella. En *toda* ella. Las pupilas de aquellos ojos miel totalmente dilatadas, su respiración agitada y parte de su camisa desabotonada.

¿Cuándo había…?

—Ovidia. —Su voz rasgada.

La joven soltó finalmente la roja cortina, y ambos quedaron ocultos por el incienso en la azulada habitación, solos. Al otro lado de la cortina, los gemidos fueron aumentando y se empezaron a escuchar sonidos mucho más indecorosos.

Quejidos.

Murmullos.

Síes y noes.

Carne contra carne.

Brutal.

Ovidia fue consciente de lo cerca que estaba de Noam. Del olor que desprendía él. Cerró los ojos, inhalándolo, queriendo cubrirse de él.

Cuando los volvió a abrir, Noam dio un paso hacia delante y la cogió por la cintura sin miramientos, pegándola a su cuerpo.

Con la mano libre tomó el rostro de la joven, que se había quedado sin palabras.

—*Noam.*

—No sabes —murmuró cerca de sus labios, su aliento fundiéndose con el de ella. El chico tragó saliva antes de hablar—: No sabes la de veces que he soñado en cómo sabrían…

Ovidia se puso de puntillas para quedar casi a la misma altura que él, se humedeció los labios y gimoteó:

—Pruébalos.

El chico se limitó a reír por lo bajo, y colocó el rostro de Ovidia a su placer, tal como había deseado tantas veces, dispuesto para él.

La joven no se resistió más.

Se pegó a él y fundió sus labios con los del chico en un gemido vasto y gutural.

Noam respondió de la misma manera, un gruñido tan profundo que hizo que las piernas de ella se juntasen al instante, buscando alivio.

El joven dio un fuerte suspiro, y Ovidia le besó muy lentamente, de una forma que hacía tiempo no hacía.

Noam la atrajo más hacia sí, y ambos se olvidaron de toda la gente que había en la sala contigua.

Se apartaron de la cortina, y se adentraron en la oculta estancia mientras se seguían devorando el uno al otro.

Porque aquello no era un simple beso.

Era mucho más.

Noam la empujó contra la pared y Ovidia sintió como el corsé se le clavaba. Le costaba respirar, pero no le importó.

Siguió besando a Noam Clearheart como si le fuera la vida en ello.

Agarró al chico por el chaqué y lo acercó más a ella, rozando la lengua con la de él, pasándosela por los dientes, dejando su rastro por toda la boca de Noam. Este respondió de la misma manera, y gruñó desde lo más profundo de su pecho. Entonces apartó levemente a Ovidia de la pared para pasarle un brazo por la cintura, en un intento de suprimir cualquier espacio entre ambos.

Ovidia pudo sentir una leve vibración en las venas. Supo que las sombras le estaban hablando, le querían decir algo. Pero no las oía.

Todo lo que sentía ahora era el calor y la necesidad de tener a Noam cerca.

Algo provocó tal estruendo en la otra sala que ambos se apartaron, sorprendidos, respirando agitadamente. Ovidia, aún de puntillas, bajó los talones al suelo, su frente ahora a la altura de la nariz de Noam.

Este se inclinó hacia delante y puso ambos brazos junto a la cabeza de Ovidia, que respiraba agitadamente, y la dejó atrapada entre él y la pared.

En los ojos de aquel hombre vio una expresión que jamás había visto. Una de pura hambre.

Sucumbiendo a la tentación, Ovidia subió una mano hasta la mandíbula del chico y, sin poder ni querer contenerse, le pasó el pulgar por los labios. Noam cerró los ojos ante el contacto, luego volvió a mirarla y le mordió levemente el dedo. Después lo lamió con esmero, moviendo la lengua de tal manera que a Ovidia le pareció que quería decirle algo.

«Oh», pensó al darse cuenta.

Y entonces la realidad la envolvió.

Ese había sido su primer beso con Noam Clearheart.

Y lo único en lo que podía pensar era en recibir un segundo.

Con la mano libre, Ovidia lo acercó de nuevo a ella, el pulgar aún en la boca de Noam. Luego lo sacó despacio, con el rastro del chico sobre él.

Sabían que era probable que algunos de los que estaban en la otra sala entrasen en cualquier momento y vieran aquella indecorosa escena.

A Ovidia no le importó lo más mínimo.

Esta vez, el beso fue más lento. La chica se inclinó hacia él y ambos cogieron aire despacio cuando se volvieron a encontrar. Movieron los labios poco a poco, saboreándose el uno al otro, dejando que sus lenguas se encontrasen, que curioseasen. Con lentitud, Ovidia subió los brazos y rodeó el cuello de Noam, notando su suave cabello.

Los labios del chico abandonaron los suyos. Ella los buscó de nuevo, pero esta vez los sintió en las mejillas, después en la mandíbula, la lengua y los dientes. Dejaron un rastro húmedo allá donde se habían posado.

Noam la empujó de nuevo contra la pared y se apretó contra ella, dejándole saber lo que había provocado en él.

Ovidia no le veía la cara, pero escuchó que gruñó de excitación.

—¿Quieres que pare, Ovi? —Le dio un beso en el cuello, y Ovidia se apretó contra él.

—No —logró articular.

Noam rio, y un leve soplido acarició la piel desnuda de la chica. Seguidamente, le besó el cuello de nuevo, succionando la piel en varias zonas. Sus manos abandonaron por fin la pared, para perderse en la cintura de Ovidia y luego, mucho más arriba, hasta quedarse en el límite de sus pechos.

«Sube más», pensó la joven, perdida en el éxtasis y el placer. «Tócame».

Noam le mordió el lóbulo y sus piernas casi le fallaron mientras soltaba un leve gemido de placer. Sin poder detenerse, Ovidia cogió el rostro del chico y, tras mirar durante un instante a un Noam lleno de pasión, le besó nuevamente, con fuerza y desesperación.

—¡Clearheart!

Aquel grito hizo que ambos interrumpieran el beso, girándose hacia la entrada de la sala. Junto al hombre calvo, una mujer semioculta por la neblina y la poca luz que había los esperaba.

—Seguidme. Vamos.

Ovidia bajó los brazos del rostro de Noam, que la miró con el pelo revuelto, las pupilas dilatadas y la boca entreabierta. Sus labios estaban hinchados y húmedos.

—Ovidia…

—Debemos ir —espetó esta de repente, arreglándose el vestido y el pelo lo mejor que pudo—. Nos están esperando.

Noam asintió, incapaz de hablar, y la siguió alisándose bien el chaqué. Esta vez no tocó a Ovidia, y mantuvo la cabeza erguida.

Ella, en cambio, caminó con la cabeza gacha, cruzando la abarrotada habitación bajo la curiosa mirada de sus ocupantes. Escuchó alguna risita y no pudo evitar sonreír también para sí misma.

No eran los únicos que lo habían estado pasando bien.

Cuando al fin salieron de allí, y fueron a parar al pasillo que llevaba a la entrada, Ovidia pudo ver bien a la mujer, que los miraba llena de diversión. Saludó con la cabeza al hombre de la puerta, que le lanzó una media sonrisa. Había visto todo lo que habían hecho.

Ovidia no sintió vergüenza alguna, para su propio asombro.

Observó a la mujer, que pasaba la mirada de ella a Noam. La puerta de la «sala especial» se cerró tras ellos y su anfitriona no pudo evitar soltar una carcajada de puro éxtasis.

Tras ella, Noam se acercó lo suficiente a Ovidia para tocarla, y le puso una mano en la cintura. Ella cogió una rápida bocanada de aire y se aproximó a él, buscando su calor, su seguridad, ante la imponente mujer que, al fin, había dejado de reír.

Frente a Noam y Ovidia, había una chica no mucho más mayor que ellos, con un pelo tan negro que de lejos parecía el azul de un profundo mar y unos cristalinos ojazos grises que les devolvían la mirada. Tenía los labios pintados de un color violeta muy oscuro, a juego con su vestido. Este, una especie de camisón ajustado, acentuaba su atrayente figura y un corsé negro, que llevaba por fuera, resaltaba sus curvas y sus senos.

Era la madame.

—Endora —la saludó Noam.

Ella sonrió, mostrando unos dientes blancos perfectos.

Ovidia reconoció el nombre.

La Desertora más famosa de Londres.

Lo que significaba…

—Tú eres la bruja que he sentido —declaró Ovidia mirándola fijamente.

Endora, algo más alta que ella, la miró de arriba abajo sin apartar los ojos de ella ni un instante.

—Vaya, vaya. La brujita Gris. Menudo pastelito. —La mano de la madame, cubierta por un guante de terciopelo color berenjena que le llegaba hasta el codo, le acarició la barbilla. Con una de las comisuras de los labios elevada, ofrecía una sonrisa realmente seductora—. Veo que habéis descubierto una de mis salas predilectas. Es… adictiva, ¿no creéis?

Ninguno de los dos respondió.

Endora sonrió aún más.

—Seguidme. Iremos a mi despacho. Allí estaremos más tranquilos.

—Y habrá menos incienso —recalcó Noam sin soltar un instante a Ovidia.

—Si cambiáis de opinión, puedo venderos algunas cajas. Vuelan.

Endora subió las escaleras que había frente a la entrada, y Noam y Ovidia la siguieron, fundiéndose con el humo del lugar y desapareciendo de la vista de todos.

15

4 de noviembre de 1843. Londres, Inglaterra

El despacho de Endora estaba decorado con esmero y dedicación. No había ninguna cama, por lo que tal vez la joven Sensible no vivía allí. Había poca luz, y Ovidia había contado al menos cuatro gatos negros dentro de la estancia: uno sobre el escritorio, otros dos descansando sobre un piano que había a la izquierda de la puerta y el cuarto encima de la chimenea, a la derecha de la estancia.

Una Bruja de la Noche.

—Os estaba esperando. Lamento la escena que habéis presenciado en la sala. Aunque por lo que veo habéis sabido aprovechar la situación apropiadamente.

La puerta se cerró tras ellos con un suave golpe. Endora rodeó su escritorio y se acomodó en la silla que había frente a él. Les hizo un gesto, y Noam y Ovidia se sentaron en sendos sillones, de un terciopelo morado que fascinó a la chica. Lo tocó, notando la suavidad y lo blandos que eran los cojines bajo ella.

—Antes que nada, felicitaciones por vuestro matrimonio. Edad correcta. Veo que os va bien. ¿Luna de miel? ¿O ya habéis pasado esa fase? ¿Vais a por el bebé?

—No —respondieron Ovidia y Noam a la vez. Endora no pudo evitar reír, y advirtió que la joven evitaba mirar al chico. La Bruja de la Noche se fijó en las marcas en el cuello de Ovidia, y sonrió.

—¿Puedo preguntarte algo? —le dijo—. Aunque, para ser honestos, lo haré de todas formas.

Ovidia asintió, inclinándose levemente hacia delante para prestar atención.

Tras una breve pausa, dio otra calada a la *shisha*.

—¿Te hace gemir? —le preguntó Endora.

Noam se atragantó con su propia saliva y tosió repentinamente. Ovidia se quedó muy quieta, con los ojos fijos en la madame.

—¿Disculpa? —inquirió, sentía el corsé demasiado apretado de repente.

—He dicho que si te hace gemir. Gemir de verdad. Hay confianza, ¿sabes, Ovidia? —Hizo una breve pausa para dar una larga calada a la *shisha*—. Sabes que los Sensibles somos más… abiertos con estos temas. Incluso los No Sensibles, aunque no lo admitan de puertas hacia fuera. Deberías escuchar ciertas conversaciones de clientes con algunas de mis chicas… y chicos.

Ovidia miró a Noam de reojo, y descubrió algo oscuro en los ojos del muchacho. Le empezó a doler el estómago, prueba de que su nerviosismo iba en aumento. Sintió a sus sombras vibrando en las venas, riéndose. Deseaban oír la respuesta, lo cual le sorprendió.

—No es asunto tuyo —se limitó a responder la joven con toda la calma y paciencia que pudo reunir.

—Querida, menudo matrimonio, entonces. Si no te hace gemir, no merece la pena.

Ovidia quiso replicar, hacerle saber que sí la había hecho gemir.

La había hecho gemir de tal manera que hasta Ovidia se había asustado de su propio placer.

Endora debió de ver algo en los ojos de la joven, porque esbozó una media sonrisa y echó un rápido vistazo a Noam. El chico se había recompuesto. Se había abierto un botón de la camisa, intentando aclarar sus pensamientos.

—Si cambias de opinión, y quieres probar lo que una mujer puede ofrecer… mi puerta está abierta, bomboncito.

—Este bomboncito —advirtió al fin Noam, con la voz grave, amenazante, inclinándose hacia delante y poniendo una mano sobre la de Ovidia, que le miró anonadada— es mi esposa. Y espero que la trates con más respeto de aquí en adelante, Endora.

—No te confundas, *Clearheart*. La respeto profundamente. Pero también le dejo saber que mis intereses para con ella van algo más allá. Está en ella aceptarlos o no.

—Gracias, pero no —respondió con rotundez Ovidia, agarrando aún más fuerte la mano de Noam.

Endora se fijó en ellos dos, dando otra larga calada a la *shisha* que había sobre su escritorio.

—¿Por qué tanta urgencia en vernos? —preguntó la madame, cambiando de tema, lo cual Ovidia agradeció.

Su mano y la de Noam seguían unidas, pues aquel gesto le proporcionaba algo de paz en aquel lugar tan impredecible.

—Ya te habrán llegado las noticias —dijo Noam, inclinándose.

—No lo dudes, tengo mis contactos. Una Bruja Gris en busca y captura por el asesinato de Elijah Moorhill, líder de los representantes Sensibles de Inglaterra. Menudo titular para los periódicos. O panfletos. O ambos. También da para una novela. Las góticas están de moda últimamente.

—¿Hasta dónde ha llegado la noticia? —inquirió Ovidia despacio. Noam la miró de reojo, y Endora vio la preocupación en los ojos del chico.

—Sucedió hace dos días —expuso la Bruja de la Noche acariciando al gato que tenía frente a ella—. Dales una semana y habrá volado a Escocia e Irlanda. Llegará al continente en un par de semanas.

—Yo no le maté —musitó Ovidia, con una pesadez en la voz imposible de ocultar.

—Te creo, bomboncito. Te creo. Pero lo que yo crea no importa. Soy una Desertora, ¿recuerdas?

—Si Noam ha venido en busca de tu ayuda, entonces tu opinión sí que nos importa. Sí que me importa. ¿Crees que tengo pinta de ser una asesina?

Endora fue a responder cuando Noam se le adelantó:

—Díselo.

Un silencio se abrió paso entre los tres, tan solo roto por el leve ronroneo del gato que había sobre el escritorio. La mirada de Ovidia fue de Noam a Endora y volvió de nuevo al chico, con el ceño fruncido.

—¿Decirme el qué?

—Querrás decir digámoselo —le corrigió Endora, cuyos ojos brillaban con esa tonalidad púrpura característica de las Brujas de la Noche, lo cual no apaciguó los nervios de Ovidia.

—Decidme qué está pasando ahora mismo antes de que me arrepienta de lo que pueda pasar —escupió la joven mirando a Noam.

—Uh, qué carácter —ronroneó la madame, arqueando una ceja—. Me gusta.

—Endora, basta —rugió Noam, perdiendo la poca paciencia que le quedaba.

Los ojos de la mujer brillaron con más intensidad. El humor de la Bruja de la Noche empezaba a desaparecer, y las miradas que ella y el Vidente intercambiaron no calmaron el acelerado corazón de Ovidia. Tomando la iniciativa, interrumpió cualquier tipo de conflicto que pudiese haber entre ellos.

Aquello era importante, sobre todo si Endora era la única que los podía ayudar a mantener la mayor discreción posible.

—Si eres capaz de llamarla por su nombre de pila tan íntimamente significa que la conoces de antes, de mucho antes.

Ovidia sabía que había acertado. La mirada que la madame y Noam intercambiaron fue prueba suficiente, pero no había sido solo eso, sino también el modo en que Endora lo había llamado por su apellido. No había sido con la formalidad que hay entre dos personas con un negocio entre manos que Ovidia había esperado.

Había intimidad en la forma en la que se hablaban, lo que despertó su curiosidad desde el primer instante.

—Así es —confirmó Endora—. Nos conocemos desde hace bastante tiempo. ¿Se lo cuentas tú o se lo cuento yo? Ya sabes que yo no soy muy delicada con las palabras.

Ovidia no pudo evitar pensar en las visitas que Noam hacía cada mes a Londres, tal como le había dicho cuando llegaron a la estación de Waterloo, hacía ya días. La experiencia con la que la había besado, como la había tocado… ¿Sería cliente del lugar? La familiaridad con la que había hablado con el portero…

«No pienses eso. Ahora no servirá de nada», se dijo a sí misma.

Girándose hacia Noam, encaró una ceja, animándole a hablar. Tanta incertidumbre la estaba matando. Y el control que estaba teniendo sobre sus sombras se haría añicos en cualquier momento.

—Esto no va a ser fácil de explicar, Ovidia. Solo espero que… que no me odies por ello.

—El odio es normal en un matrimonio —susurró Endora más para sí misma que para ellos, pero ambos la oyeron perfectamente.

—Habla de una vez —escupió Ovidia, casi perdiendo el control.

Noam cogió aire y, cruzando las manos sobre las piernas, se inclinó hacia delante y tomó el valor de explicarse.

—Mi padre y Elijah eran buenos amigos cuando eran jóvenes. —Ovidia sintió los ojos del joven fijos en ella, penetrando su piel, aquella sensación se entremezcló con la gran marea de sentimientos que le anegaban el corazón en aquel instante—. En una ocasión los oí hablar de cómo los Desertores eran tratados fuera de la Sociedad, no recibían ningún tipo de ayuda por parte de otros Sensibles. La Sociedad los trataba como marginados.

—Los trata —corrigió Endora en un tono más grave y serio. Ovidia la miró por un instante, ese brillo púrpura ahora más intenso en sus ojos.

—Mi padre y Elijah querían intentar que las relaciones entre la Sociedad y los Desertores mejorasen, al menos en Inglaterra —continuó Noam—. Empezaron a reunirse con algunos de ellos cuando yo era pequeño. Lo hacían en mi hogar. Al estar a las afueras de Winchester pero lo suficientemente cerca para que cada uno volviese a su casa por la vía que fuera necesaria, mi hogar se convirtió en una especie de guarida para lo que Elijah y mi padre estaban tramando.

»Fui creciendo con esos ideales. Cada vez me repugnaba más cómo trataba la Sociedad a aquellos que no creían en la pureza de esta. Así que, cuando llegué a una edad donde mi opinión era vista como la de un hombre y no la de un muchacho, decidí ayudar a Elijah y mi padre, así como a otros Sensibles de la Sociedad y Desertores que querían que la relación entre ambas partes no fuese tan fría.

»Fue poco tiempo después cuando me animé a pedirte una cita.

Sus palabras sorprendieron a Ovidia, que parpadeó varias veces, agarrándose la falda del vestido con fuerza, sus nudillos blancos.

—Ya sabemos cómo acaba esa historia —prosiguió el chico ante el pesado silencio de Ovidia. Mientras tanto, Endora, desde su escritorio, acarició al enorme y oscuro gato, observando la situación con curiosidad—. Con...

—No es momento para eso —escupió Ovidia, sintiendo como Vane deseaba salir de ella, la sombra moviéndose de forma desesperada. El dolor de su pecho se tornó insoportable. Cogió aire, inhalando a la vez un poco del humo de la *shisha*, que inundaba toda la habitación, al fin encontró su voz de nuevo—: Sabes lo que hiciste. Pero ya no importa. Remover el pasado no nos llevará a ninguna parte.

—Yo creo que en este caso sí —interrumpió Endora en un tono oscuro.

—Por eso salías de su casa el día que fui a pedirle ayuda con el discurso —musitó Ovidia, encajando las piezas. Noam asintió—: ¿Por eso me escogieron para darlo?

—Elijah te escogió porque yo te recomendé —confesó, algo avergonzado—. Queríamos que vieran que lo estábamos intentando y que no nos detendríamos. Que el cambio estaba aquí y que nada ni nadie podría detenerlos. Hasta que…

—… hasta que acabó muerto —terminó Ovidia por él—. Por eso creíste en mi inocencia. —Noam asintió con semblante serio—. ¿Crees que…?

—¿Que alguien de la Sociedad lo supo y se fue de la lengua? Es posible. Fuimos cuidadosos con nuestras reuniones, pero a veces tienes a los enemigos más cerca de lo que crees.

»Había visto lo mal que te habían tratado durante años. Me alegré cuando Charlotte se hizo tu amiga. Vi que sus intenciones eran puras. Quise acercarme antes, ofrecerte mi amistad, pero nunca tuve la oportunidad. O tal vez no reuní el valor suficiente hasta aquel día en que te hablé por primera vez.

»Siempre admiré tu indiferencia ante los comentarios. Cómo, a pesar de ser la única Sensible Gris de nuestra generación, el gran enigma de la Sociedad, siempre te supiste adaptar, siempre tenías una sonrisa genuina para aquel que lo necesitase. Cuando me enteré de la muerte de tu madre…

—No dejó de hablar de ti —apuntó Endora—. Estuvo meses cuestionándome cómo acercarse a ti.

Aquellas palabras acabaron de descolocar a Ovidia. Pasando la mirada del uno al otro, se aferró con firmeza a los reposabrazos de su asiento.

—¿Qué? Pero ¿cómo?

La Bruja de la Noche hizo una pequeña reverencia antes de volver a hablar:

—Endora Clearheart, querida. Un placer conocernos de forma oficial.

—Es mi prima —aclaró Noam con los ojos clavados en Ovidia—. Desertó de la Sociedad hace casi un lustro.

—De ahí la familiaridad con que os tratáis —susurró Ovidia, sorprendida. Noam asintió, esbozando una media sonrisa—. ¿Por qué no me lo dijiste antes? —exigió saber.

El chico notó la ofensa en su voz.

—Prometimos ocultar nuestro parentesco cuando la ayudé a escapar. Es por eso por lo que venía cada mes a Londres. Para ver cómo estaba.

Aquello desarmó a Ovidia durante un instante. Se arrepintió del pensamiento tan oscuro que había tenido sobre él hacía apenas unos minutos. Todos los meses había ido para ver cómo estaba ella, a pesar de que eso podría significar ser expulsado de la Sociedad.

Y ahora estaba haciendo lo mismo con ella al traerla a Londres y ayudarla a escapar de las garras de un interrogatorio por parte de los Videntes.

—Cuando vi tus sombras, las sospechas de Elijah se confirmaron.

Aquello la sacó de sus propios pensamientos. Ante el nombramiento de estas, sintió como la pequeña, Feste, se removía en su interior con una brutalidad que la hizo tener que tomarse un momento, claramente incómoda.

—¿Qué sospechas? —El repentino cambio de rumbo que la conversación había tenido devolvió la preocupación a Ovidia.

En ese momento, Endora se incorporó y la inhalación que hizo a la *shisha* fue mucho más larga.

Algo no iba bien.

—No estamos del todo seguros. Y asumir lo que eres no nos corresponde a nosotros y tampoco sería justo para ti. Jamás me he sentido del todo cómodo con todo esto, pero yo no fui quien lo inició. Esto viene de hace mucho, Ovidia.

—¿Qué se supone que viene desde hace tiempo? ¿Lo que soy? —inquirió Ovidia, más desconcertada ahora que en ningún otro momento de la conversación.

«Esto es demasiado. Todo esto… No puedo respirar», pensó para sí misma, su pecho subía y bajaba de forma acelerada.

—Tu magia es oscura, Ovidia —habló Endora. La joven reconoció la cautela en el tono de esta, como si le hablase a un gato callejero para intentar atraparlo. Como si tuviesen miedo de su reacción—. De una oscuridad que jamás había visto antes. No es como las de las Brujas de la Noche. Y los Sensibles Grises, los mestizos, no suelen acaparar tanto poder. Tienden a la magia de su creador Sensible. Si realmente fueses una Gris, habrías desarrollado la magia de tu padre. Habrías podido ser casi una Bruja del Sol.

El rumbo que había tomado aquella conversación no le gustaba nada a Ovidia. En absoluto. Pues, en parte, estarían confirmando las múltiples sospechas que había tenido desde que aparecieron las sombras, hacía ya cuatro años. Y si tenían razón, si realmente era algo diferente, sería mucho más difícil escapar de sí misma de lo que ya había sido hasta hora.

—¿Qué insinuáis? —logró musitar, su fuerza se iba desvaneciendo a cada paso.

—Creemos que tu madre era Sensible, Ovidia —reveló al fin Noam—. Pero que tuvo que ocultar su verdadera naturaleza.

Albion gruñó en ella ante la mención de su madre.

«No. No habléis de ella».

Sin poder evitarlo, Ovidia se levantó, dándoles la espalda mientras se abrazaba a sí misma, sus ojos fijos en el fuego de la chimenea. Noam y Endora intercambiaron una mirada, y la madame negó con la cabeza, indicándole al joven que se sentase. El color violeta del fuego, obra de las Brujas de la Noche, se reflejó en los oscuros ojos de Ovidia, cuyas lágrimas estaba a punto de rebosar, unas que no podría ocultar si los volvía a mirar.

—Si hubiese sido una Sensible, yo no habría salido una Bruja Gris —concluyó tras unos instantes de meditación. Una presión en el pecho había empezado a crecer en ella, y sabía que en cualquier momento estallaría—. Todos lo sabrían y mis poderes habrían aparecido a una edad más temprana...

—Tal vez no eres una Gris. —Los ojos de Endora habían dejado de brillar, ahora claramente más calmada—. Tal vez has heredado la naturaleza de tu madre.

—¿Y cuál podría ser esa naturaleza?

—La de una de las brujas originales. Sabes que es posible.

Ovidia recordó las historias. Los brujos, la estirpe de la Sociedad Sensible, procedían todos de dos hermanas. Dos gemelas. Fueron las primeras en practicar magia después de siglos. Los predecesores habían ocultado bien la llave que desataría todo poder. La hermana mayor, Augusta, aprendió a usar la magia blanca, y de ella descendían las razas de Sensibles hasta ahora conocidas.

De la hermana pequeña, Angelica, tan solo había historias de que la magia negra había nacido de ella de forma imparable. Se contaba que había provocado tal caos en el mundo que su propia hermana tuvo que acabar con su vida.

En teoría, la estirpe de Angelica estaba muerta.

Aun así...

No. No podía ser.

«O simplemente te niegas a creerlo», le dijo una voz en su interior.

—La naturaleza de la bruja original murió con ella —explicó Ovidia tras aclarar sus pensamientos—. La quemaron. Su poder era demasiado oscuro incluso para nosotros, los Sensibles.

—Había rumores entre los Desertores de aquella época que contaban que Angelica había conseguido que su linaje permaneciese intacto.

Ovidia se dio cuenta de algo en ese momento. Y fue tal la tormenta que comenzó a fraguarse dentro de ella, una tormenta que supo sería incapaz de controlar, que hizo lo que creyó mejor: dejó que el vendaval se la llevase.

Una repentina calma inundó su corazón, y al dejar de reprimirlas, sus sombras salieron a la luz.

No se giró para mirarlas, pero sintió la sorpresa de Endora. Escuchó la silla de Noam moverse, y apostó que se había levantado aunque sin alejarse.

Él nunca había temido a sus sombras.

Vane se había materializado frente a la madame, con una mirada y una sonrisa espeluznantes.

—¿Es cierto? —les preguntó a sus oscuras compañeras. Albion, en el rincón de detrás de la puerta, a su derecha, soltó un gruñido que resonó por toda la habitación. Endora se apartó, sorprendida, y fue junto a Noam.

—Ovidia… —murmuró la madame, anonadada.

La joven se giró, y los otros Sensibles no pudieron evitar su sorpresa al ver como los dulces ojos marrones de Ovidia ahora eran dorados como los de sus sombras. Un dorado que atraería al más hambriento de los dragones.

La sombra más pequeña se le subió a los hombros, mientras la mediana se ponía a su lado.

—¿Solo puedes invocarlas? —preguntó Endora.

Noam supo lo que su prima estaba haciendo. Era mejor intentar calmar a Ovidia. Aunque el chico estaba seguro de que no perdería el control.

O eso esperaba.

—Así es —respondió la chica. Entonces extendió la mano izquierda y la gran sombra se acercó levantando una garra, sobre la cual se apoyó Ovidia—. Tardé algún tiempo en controlarlas. Había veces que salía de casa sin ellas, y las dejaba encerradas en mi habitación. Hasta que supe cómo mantenerlas a raya. —Ovidia hizo una breve pausa y dio un paso hacia delante, sus ojos brillantes—. Puedo ordenarles que hagan cosas por mí. Me llaman «hermana».

—Estas sombras —Endora se acercó más a ella, Noam estaba detrás, con los ojos fijos en Ovidia, sin dejar de mirarla un instante— ¿son tuyas, Ovidia?

La bruja ladeó la cabeza, sin comprender a qué se refería.

—No entiendo tus palabras, Endora.

Algo había cambiado en Ovidia. Ahora que las sombras estaban con ella, ahora que su poder era libre, Ovidia… era por fin Ovidia.

—¿Son tuyas o provienen del linaje de Angelica? —la pregunta fue directa y sencilla.

Angelica creó la Sombra, murmuró Vane.

Ovidia se giró para mirarle, sorprendida.

—¿Qué es la Sombra? Habla. Que todos te escuchen.

Vane miró durante un instante más a Ovidia y, volviendo sus inquietantes ojos a los otros dos Sensibles de la estancia, dijo con un tono oscuro y antiguo: *Angelica creó la Sombra. Es el lugar donde morábamos hasta que tu poder nos llamó. El lugar que viste en tus sueños.*

—Entonces… es cierto. ¿Por qué no me lo habíais dicho antes?

No podíamos, hermana. Prometimos hace mucho tiempo ocultar la Sombra de cualquier posible enemigo. Además, nunca hiciste la pregunta correcta.

—¿A quién se lo prometisteis, Vane? ¿A quién prometisteis ocultar la Sombra?

Lo que ocurrió en aquel momento provocó el más grande de los escalofríos en ella.

Albion, por primera vez desde que había aparecido en su vida, habló. Y dijo una sola palabra, profunda y grave:

Angelica.

El silencio se abrió paso, y tan solo la fuerte respiración de Ovidia se oía en la oscura estancia. Esta pareció tornarse más fría, y el fuego de la chimenea titiló rápidamente.

Noam y Endora intercambiaron una rápida mirada antes de volver a posar sus ojos sobre Ovidia.

El rostro de la chica, cuyos ojos brillaban con fuerza, era pura confusión.

—¿Mi poder proviene de Angelica? ¿La primera y única Bruja Negra de la historia reciente de los Sensibles?

Única no, hermana. Ahora tú eres la última Bruja Negra. Y nadie ha de saberlo.

Y el mundo de Ovidia se tornó en caos.

16

4 de noviembre de 1843. Londres, Inglaterra

Se oían las agujas de un reloj. Ovidia no sabía exactamente dónde se encontraba en la oscura estancia, pero lo percibía. Ese sonido tan particular, prueba de que el mundo seguía adelante.

Pero el de ella parecía haberse detenido.

Una Bruja Negra.

«Tiene sentido, en realidad», se dijo. Daba sentido a todo.

Era la única manera de explicar el linaje. Theodore Winterson era un Sensible del Sol, como su madre y como su padre. Y su abuelo también lo fue.

Predominaba ese tipo de magia en su línea familiar, por lo que, cuando ella nació, esperaron que, a pesar de su naturaleza mestiza, Ovidia se inclinase más hacia el lado del Sol.

Pero cuando pasaron los años y no hubo pruebas de ningún poder en ella, hasta hacía cuatro años, Ovidia lo supo.

La cadena se había roto, y ella tenía algo diferente.

Y ahora que las respuestas se encontraban frente a ella, no sabía qué hacer ni cómo reaccionar.

¿Debería sentirse enfadada? ¿Frustrada? ¿Traicionada? Claramente, Noam y Endora sospechaban de su naturaleza hacía tiempo.

Un recuerdo vino a la cabeza de Ovidia de la noche que subieron al tren para ir a Londres. Vane salió de ella y amenazó a Noam, pero el chico apenas se había asustado. Como si… como si supiese que algo así podía pasar.

Ovidia pensó en su madre. En cómo había ocultado su verdadera naturaleza a todos.

Pero ¿por qué? ¿Quién la había obligado?

¿Qué la había obligado?

Escuchó a los Clearheart murmurar tras ella. Podía distinguir la preocupación, la curiosidad. Pero su mirada siguió fija en el violeta fuego que, con su calor, la devolvió poco a poco a la realidad.

—Teníais sospecha de todo esto. —Ovidia paseó la mirada entre los primos, que confirmaron la intuición de la chica—. Explicaos. Explicadme cómo podíais tener conocimiento de mi poder.

—Como te he dicho, convencí a Elijah de que te escogiese para el discurso. No fue algo aleatorio. Pero todo empezó mucho antes. Hace años.

Ovidia dio un paso hacia delante, sus hiedras enredándose en sus brazos como serpientes.

—¿Qué quieres decir con años?

—La relación de amistad entre mi padre y Elijah hizo que yo también fuese cercano al líder. Tenía una mentalidad, una visión respecto de los Sensibles que no había visto en nadie más. Algo totalmente innovador. Y una de sus prioridades era acabar con la discriminación hacia los Grises y los Desertores. Una tarea complicada, pero que impulsó sus largos años de liderazgo.

—Voy a pedir que hagan té. Esto va para largo —musitó Endora, con una voz que mostraba un increíble cansancio.

Fue hacia uno de los rincones de la habitación, y susurró algo al oído de uno de sus gatos, el cual, con un maullido, atravesó la puerta, desapareciendo de la habitación.

—Elijah y el resto de los líderes hablaban acerca de tus poderes. Estaban realmente preocupados de que no hubieses mostrado ningún tipo de inclinación, ni siquiera la de tu padre.

—De ahí las clases particulares, supongo —adivinó Ovidia, y sintió un escalofrío al recordar las intensas lecciones que tuvo que soportar durante interminables domingos.

—Así es. —Noam se aclaró la garganta, y prosiguió—: Los líderes insistieron, y Elijah tuvo que acceder. Pero aquello también le permitió ver la verdadera naturaleza que arraigaba en ti. Cuando pasaron las semanas y nada surgió, Elijah supo con certeza que tú ya conocías tu poder, y que tan solo lo estabas ocultando.

»Ambos habíamos oído la historia de las gemelas, y pensamos en la posibilidad de que esa magia oscura que portaba Angelica hubiese prevalecido de alguna manera.

Todo tenía demasiado sentido.

A Ovidia no le dolió que se lo hubiesen ocultado. Lo que le molestó fue que ella misma no hubiese sido capaz de llegar más allá, temerosa de su propio poder y de lo que este pudiese alcanzar.

Pero parecía ser que el tiempo de huir había terminado. Y que ahora, tanto si lo quisiese como si no, tenía que enfrentarse a la verdad.

Tenía que enfrentarse a ella misma.

—Ovidia. —La voz de Noam la sacó de sus propios pensamientos. Ella no pudo evitar mirarle, con el labio inferior temblando y la respiración entrecortada. No encontró palabras; su voz se había apagado. Todo aquello era demasiado—. Quise habértelo contado antes. —Noam se acercó a ella, como si la distancia entre ambos le doliese, como si estar alejado de ella fuera demasiado. Ovidia no se apartó. Sus hiedras se movían silenciosamente a su alrededor—. Pero aun así sentí que no era el momento. No es excusa alguna, por supuesto, pero… nuestra situación hizo que prefiriese mantenerlo en secreto.

«Nuestra situación», pensó Ovidia. Específicamente, el hecho de haberse ignorado durante años tras el cortejo.

Después de huir de alguien que podría haberla engañado con a saber cuántas personas en un matrimonio infeliz y deshonesto.

—Lo hizo para protegerte —soltó Endora en defensa de su primo—. Yo le ayudé a buscar información para ti. Para que conocieras más tu naturaleza.

»Mi ayudante, Harvey, que posee toda mi confianza, me ha ayudado durante más de dos años a recopilar datos, evidencias… lo que fuese. Y este poder que sale de ti, que está en tu interior… no debemos subestimarlo, Ovidia. Debemos averiguar de dónde proviene.

En ese preciso instante, alguien llamó a la puerta, y Ovidia se giró, alarmada.

—Tranquila —le aseguró Endora—. Es solo mi té.

Al abrir, un chico alto, de cabello rubio y ojos verdes entró con una bandeja con un conjunto de té decorado con delicadeza.

Noam y Ovidia se miraron, y el chico les sonrió de oreja a oreja.

—Tú eres el que vino a nosotros en Regent's Park —dijo Noam, poniéndose inconscientemente frente a Ovidia.

—Harvey Cox, Desertor y Brujo Vidente. —El chico fue hacia el escritorio de Endora, donde dejó la bandeja, echando un rápido vistazo a Ovidia. Esta se percató de que sus hiedras seguían a su alrededor y, guiñándole un ojo, comentó—: Hermanos de clan, ¿cierto?

El gato que había desaparecido momentos antes volvió y se subió al regazo de Endora, quien le acarició tras las orejas a modo de agradecimiento.

Fue entonces cuando la Bruja de la Noche se levantó y se dirigió hacia Ovidia con decisión. Con cuidado, se quitó sus largos guantes, desechándolos sobre la oscura alfombra que cubría casi toda la estancia.

—¿Puedo?

Ovidia vio como miraba a sus hiedras y, alargando su brazo, asintió con la cabeza.

Noam, a su lado, vigilaba a las dos brujas con lo que a Ovidia le parecieron cuatro pares de ojos.

—Relájate, querido primo. No voy a hacerle daño a tu mujer.

Así que lo creía de verdad. Endora pensaba que estaban casados.

Parecía que Noam se había tomado en serio la tapadera de su relación.

—No quiero que te reprimas —le dijo Endora, la Bruja de la Noche, mirando a la Bruja Negra a los ojos, gris y marrón oscuro, conectando—. Puede que no suceda nada. Pero si sucede, no quiero que te reprimas.

Ovidia asintió y Endora invocó su poder, una luz púrpura que a cualquier otra persona le hubiese parecido hipnótica. Sin embargo, ella se concentró en la madame, en su magia, y en la suya propia.

Sintió que vibraba, y cuando la mano de Endora agarró el antebrazo de Ovidia, esta hizo lo mismo con el de la Bruja de la Noche. De alguna manera, el brillo púrpura de la madame aumentó, rodeándola por completo, como si la propia aura de la chica hubiese cobrado vida. Tras ellas, el fuego de la chimenea se volvió más potente y las velas titilaron. Las llamas crecieron, volviéndose más potentes. En ese momento, las sombras de Ovidia salieron de ella y la rodearon, haciendo que Noam se apartase hasta donde estaba Harvey, el cual observaba la escena, anonadado.

—Si revelas algo de esto —le murmuró al chico—, me encargaré de recordarte lo que somos capaces de hacer en la Sociedad.

Este se giró para mirar al joven Clearheart, y le dedicó una media sonrisa.

—Te recuerdo que yo ayudé a tu prima con toda la investigación, así que creo que no deberías preocuparte.

—Todo lo que tenga que ver con la seguridad de mi mujer debería preocuparme.

—Vosotros dos, dejad ya la batalla de ego masculino —intervino Endora, con la mirada fija en Ovidia y en las sombras.

La Bruja Negra sintió las garras de sus sombras en el hombro, pero no fue un gesto doloroso, sino más bien una señal de seguridad. Un recordatorio de que estaban allí y que harían lo que ella necesitase.

El brillo púrpura en los ojos de Endora aumentó notablemente y Ovidia sintió un pequeño pinchazo en su interior, como si el núcleo de su poder se hubiese tambaleado.

Sus sombras sisearon y se apartaron de ella, sus ojos en alerta, clavados en Endora.

—¿Qué estás haciendo? —exigió saber Ovidia.

—No te asustes. Mantén la calma. Analiza lo que hago e intenta contraatacar.

Ovidia respiró hondo, y ordenó mentalmente a sus sombras que se acercasen.

«Venid. Ahora».

Segundos después, volvió a sentir sus garras, la silueta de Festa sobresaliendo por su izquierda.

—Bien —aprobó Endora, medio sonriendo—. Vamos, Ovidia, puedes hacerlo.

Aun así, sintió como ese pinchazo en su interior había provocado algo. Las hiedras se contrajeron y empezaron a desaparecer. Sus fuerzas comenzaron a desvanecerse, como si alguien estuviese sometiendo su poder.

Como si las mandase a una noche eterna.

Y Ovidia se dio cuenta de lo que estaba haciendo Endora.

La Bruja de la Noche vio el cambio en los de Ovidia, un color dorado los cubrió, prueba de que estaba invocando su poder.

Y no solo invocándolo. Lo estaba usando.

Las hiedras volvieron con mayor fuerza, y los ojos de Vane, Albion y Feste brillaron con intensidad. Las tres sombras sonrieron ante el despertar de Ovidia.

La joven sintió como recuperaba las fuerzas. Endora había intentado anular sus poderes, no absorberlos. Aquello habría sido imposible. Ningún Sensible podía robar el poder de otro. Pero sí podía anularlo, si sabía cómo hacerlo. Y Endora había investigado lo suficiente como para saber cómo atacar a Ovidia.

Esta exhaló profundamente y las hiedras subieron por el brazo de la madame, y empezaron a cubrirle el cuerpo entero.

Ovidia no pretendía atacarla, tan solo hacía lo mismo que había hecho Endora unos instantes antes: anular su poder.

La luz púrpura de la madame empezó a desvanecerse, y esta apretó los dientes, gruñendo e intentando contraatacar. Ovidia sonrió al ver que su táctica estaba funcionando.

Y entonces lo vio. Vio la pureza del poder de Endora.

Vio el poder de la luna y de las estrellas.

Su aura era una mezcla de luz púrpura y la blanca luz de los astros. Se reflejaba en su piel. Y Ovidia supo que ella era la única que lo podía ver, que incluso Noam y Harvey, que eran Videntes, Sensibles que podían ver cosas que otros no podían, estaban ciegos ante aquella imagen.

Ovidia estaba viendo la pureza de la magia que la naturaleza les había otorgado.

Y no pudo evitar preguntarse cómo se vería ella misma, si brillaría tanto como lo hacía Endora.

Finalmente, ambas brujas se soltaron y su luz desapareció, dejándolas en compañía tan solo de las sombras de Ovidia, que se apartaron levemente de ella.

—Bien. Lo has hecho más que bien —la felicitó Endora, y la abrazó con un brazo—. Bebe té. Es rehabilitador.

—Tenías planeado esto desde el principio —observó Ovidia, y Endora le guiñó un ojo con una seguridad en sí misma y una sensualidad que la chica deseó tener también.

—He podido sentir tu poder. —Endora se sentó, y los demás hicieron lo mismo, Harvey junto a Noam, pero más cerca de la madame que de este—. No del todo, pero sí que he sentido que era de la misma naturaleza que la nuestra. No es la oscuridad de la noche. Es algo más primitivo. Algo más prístino.

Las sombras de Ovidia no la habían abandonado, pero habían vuelto a su actitud habitual. Albion en el rincón tras la puerta, Vane de pie a su espalda, amenazante, y Feste ahora sentado sobre su regazo, mirando a uno de los gatos que intentaba olisquearle con curiosidad.

Las hiedras seguían alrededor de su cuerpo, como un escudo.

Harvey sirvió té y Endora dio una profunda calada a su *shisha*.

Entonces Noam cogió un pequeño mechón del cabello de Ovidia y se lo pasó por detrás de la oreja. Fue un gesto simple, pero tan íntimo que la chica se quedó sin habla.

—¿Necesitas algo? Lo que sea —le preguntó.

Ovidia negó, ofreciéndole una media sonrisa. Vio como desaparecía levemente la tensión en el cuerpo del chico, que, dubitativo, bajó la mano que había usado para apartarle el mechón de pelo.

Segundos después cogió la mano de la chica poco a poco, como si no estuviese seguro de que ella quisiera tal contacto.

«Estáis fingiendo. Sigue el juego, aunque no lo desees».

Era un simple juego. Una simple farsa.

¿Qué había de malo en cogerse de la mano?

¿Qué podía suceder?

Ovidia le sonrió, y cuando le apretó la mano, una increíble paz, como una chispa de electricidad, les recorrió el cuerpo a ambos.

Endora, mientras tomaba su primer sorbo de té, los miró, sonriendo para sí misma.

Ninguno de los dos se soltó del otro, y Noam acercó su silla más a la de Ovidia, de manera que sus cuerpos casi se rozaban.

El chico la miró con una intensidad que hizo que le diese un vuelco el corazón.

La voz de Harvey la obligó a apartar la mirada de Noam.

—¿Cómo le gusta el té?

—Una cucharada de azúcar con una pizca de leche.

—¿Noam?

—Él mitad de leche y sin azúcar —respondió Ovidia sin poder evitarlo.

Sintió la mirada de Noam sobre ella y tuvo que reprimir una sonrisa ante la estupefacción del chico.

¿Cómo decirle que recordaba a la perfección cómo le gustaba el té?

Ovidia removió su propio té y el gato que había estado olisqueando a Feste desapareció frente a ella, dándole más espacio. Dio un pequeño sorbo y Harvey sirvió a Noam, todos al fin con su taza preparada.

—Ahora que sabemos que tu poder puede provenir de Angelica —dijo Endora rompiendo el silencio— creo que lo mejor sería usarlo para investigar su origen. Para que puedas controlarlo. Y tal vez a través de él consigamos también pistas de lo que pasó la noche de Samhain.

—Elijah dijo algo aquella noche. Antes de… morir. —La última palabra fue difícil de pronunciar, pero Ovidia sintió la reconfortante mano de Noam y prosiguió—: Estoy segura de que sabía de la naturaleza de mi poder. Más que nadie.

»Entonces… —susurró, respirando con dificultad—. ¿Tal vez todo esto también tenga conexión con la muerte de mi madre? —Endora y Noam intercambiaron una mirada, sorprendidos—. No sabemos quién la mató. El conductor huyó antes de poder ser visto. Además, si había gente que sabía algo de las Brujas Negras, que mi madre lo fuera aunque sus poderes estuviesen anulados era motivo suficiente para acabar con ella. Tal vez su muerte no fue un accidente.

—Ovidia… —dijo Noam. La chica sintió como le apretaba la mano con más fuerza. El chico quería abrazarla. Lo sentía.

La Bruja Negra mantuvo la compostura. Con gran dificultad, pero lo hizo.

—Es posible —señaló la madame, dando una larga calada a su *shisha*. El humo los rodeó segundos después del burbujeo del agua, con un olor a flores bastante potente—. Te daré todo lo que he podido recopilar acerca de las Brujas Negras. He tenido que mover muchos hilos, pero he encontrado información que podría servirte. En este aspecto, sí que serías la única. Y tu poder…

—Ahora es cuando me dices que soy la más peligrosa de todos los Sensibles, ¿verdad?

Endora esbozó una media sonrisa.

—A mí me fascina la idea. Eres la única, Ovidia. La única de verdad. Tal vez sea una oportunidad para demostrar que este poder puede ser usado de la manera correcta si la que lo porta así lo desea.

Esa era la parte bonita. La parte esperanzadora del mensaje que quizá Ovidia podría dejar sobre su poder.

Aunque luego estaba la otra cara de la moneda.

—Pero eso también significa que, como pasó con mi madre, vendrán a por mí. —La revelación la sacudió como una tormenta de verano—. Aquello fue una trampa. Alguien quiso ir a por mí y a por Elijah en una misma noche.

—Eso parece. —Noam no apartó la mano, y Ovidia, en el fondo, lo agradeció—. No dejaré que te hagan daño. Te lo prometo.

—Creo que con estas sombras se podrá defender solita, primo.

—Tengo fe ciega en la capacidad defensora de Ovidia. Aun así, no dejaré que le hagan daño.

—Un verdadero marido, sí, señor —dijo Harvey con cierto tono de mofa.

—Quiero entrenar —profirió Ovidia—. Quiero practicar mis poderes. Todos ellos. Lo que hemos hecho antes y mucho más. Y quiero que investiguemos lo que pasó aquella noche. Quién mató a Elijah y por qué motivo. Y si ese motivo está relacionado con mi poder.

—Los siguientes a los que dará caza somos nosotros —comentó Noam, y todos asintieron ante la verdad.

—Pero ¿por qué no matarme a mí aquella noche en lugar de a Elijah?

La pregunta pendió en el aire, una realidad que no habían sopesado ninguno de los presentes.

Endora, dejando su taza, ya vacía, en el escritorio, al fin habló:

—Eso es lo que tendremos que averiguar, Ovidia, eso es lo que tendremos que averiguar…

Feste se giró para mirar a su hermana y, con un movimiento rápido, la abrazó.

Ella se quedó quieta. Nunca la había abrazado así.

Hermana. No estés nerviosa. Escuchó la voz de Feste en su cabeza. *Nosotros estamos contigo.*

Con la mano que le quedaba libre devolvió el abrazo a la pequeña figura y le murmuró un «gracias», pero el resto de los Sensibles en la habitación no llegaron a escuchar las palabras que había intercambiado la Bruja Negra con su particular compañera.

—Lo mejor será que descanséis. —Endora se levantó de su sillón, mirando a la pareja—. Harvey os ha preparado vuestros aposentos. Mañana empezaremos con el entrenamiento y la investigación. Haré que te preparen un brebaje para que caigas rendida lo más pronto posible, Ovidia. Lo necesitas.

Ella asintió, agradecida por el gesto.

—Cox, acompáñalos. Cualquier cosa, ya sabéis dónde estoy.

Harvey se levantó, pero Ovidia permaneció en su asiento, y se volvió para mirar Noam.

—Debemos informar a Charlotte. Inmediatamente.

—Entiendo tus motivos —le aseguró el joven—. Pero tal vez sea demasiado arriesgado, Ovi.

—Debe saber lo que hemos descubierto —insistió esta, ahora cogiendo las manos de Noam con las suyas—. Tal vez podrían ayudarnos. Tal vez mi padre sepa algo. Y pienso tener una conversación larga y tendida con él al respecto, pues, aunque lo entiendo, estoy muy disgustada. —Los Clearheart intercambiaron una rápida mirada de duda y Ovidia, sorprendida, les aclaró—: No os estoy pidiendo permiso. Os estoy informando.

—La carta tardará días en llegar —afirmó Endora—. Y hacerlo por la vía oficial es peligroso, Ovidia.

—Estoy segura de que tenéis algún método para que esta llegue sin problemas.

Endora mantuvo la mirada a la Bruja Negra y, tras otra larga calada a su *shisha*, asintió.

—Está bien. Escribidla y mañana por la mañana la enviaré. Nadie se enterará. Espero.

—Te lo agradezco, Endora. De corazón.

—Y ahora —la Bruja de la Noche hizo un gesto hacia la puerta—, a vuestros aposentos. Tengo un club que atender.

Noam y Ovidia se levantaron, y las sombras de esta al fin volvieron a su cuerpo, lo que le hizo sentir la calma que siempre la invadía cuando estas regresaban a ella.

A la Sombra.

Harvey abrió la puerta e hizo un gesto para que pasasen primero.

—Una cosa, parejita.

Ovidia y Noam se giraron, y este último apoyó las manos en la cintura de la joven, que intentó controlar el escalofrío que sintió ante el contacto.

—He sido previsora y os he dejado la poción anticonceptiva entre vuestras pertenencias. Sois libres de disfrutar uno del otro como buen matrimonio.

Endora les acababa de dejar claro que sabía de su atracción mutua, y que los animaba a satisfacerla.

Si tan solo supiera la farsa que había frente a sus ojos… Ovidia se preguntó cuál sería su reacción.

—Gracias, prima. Siempre tan transparente.

—Tenéis más incienso en…

—Está bien, vamos. —Ovidia salió disparada por la puerta y escuchó la leve risa de Harvey retumbar en las paredes.

Endora dijo algo más, pero la joven no alcanzó a oírlo. Tampoco quiso saberlo.

El recuerdo del beso de Noam, el fantasma de sus labios en el cuello de Ovidia, la abrazó de nuevo como una tentación demasiado peligrosa.

La puerta del despacho de Endora se cerró, y Harvey pasó delante de Ovidia, y los dirigió a su habitación.

La joven no se atrevió a mirar a Noam, que iba justo detrás de ella, observándola con un deseo que se había descontrolado y liberado hacía apenas unas horas.

A Ovidia le parecía que había sido hacía siglos, pero aún sentía el sabor de Noam en la boca.

Harvey los llevó dos plantas más arriba, a la última de todas. El alboroto del club se alejó de ellos y el silencio del hogar de Endora los abrazó.

Su habitación tenía todo lujo de detalles. Paredes con tapices llenos de flores, típico de la época, una cama de matrimonio con un cabecero precioso, y sábanas y almohadas a juego con el color de las paredes. Frente a la cama había una gran chimenea, cuya repisa decoraban varias estatuas de gatos.

En las mesitas de noche había algún que otro libro, y velas a medio derretir.

—Sentíos como en casa. Si necesitáis algo, mi habitación está justo debajo de la vuestra, en el piso de abajo.

—Gracias, Harvey —escuchó que decía Noam. La bolsa que habían llevado estaba sobre un baúl que había debajo de la gran ventana del dormitorio, que daba a los jardines traseros de la casa.

Cómo Endora se había podido comprar tal hogar, en pleno Londres y en tan poco tiempo era algo que despertaba la curiosidad de Ovidia.

La puerta de la habitación se cerró, y Noam y ella quedaron a solas.

De nuevo.

La chimenea se encendió un instante después, así como las velas de la habitación. La chica se preguntó si esa parte de la casa funcionaba con magia.

—Ovidia.

Esta se volvió al oír su nombre, y Noam se acercó a ella, humedeciéndose los labios inconscientemente.

Esa lengua.

Esa maldita y deliciosa…

—Dormiré en el sofá —musitó Noam, con los ojos brillando con fuerza—. La cama es toda tuya.

—No es justo —se quejó Ovidia, pero el chico negó rápidamente con la cabeza.

—Esta noche no, Ovi. No después de…

—¿El gran descubrimiento?

Noam reprimió una sonrisa, pero había preocupación en sus ojos.

—Exacto. Necesitas descansar. Vamos, duerme. Pondré el biombo entre la cama y el sofá.

—No hace…

Pero Noam ya estaba en movimiento, creando una separación entre ambos que a Ovidia no le gustaba.

Era cierto, no le gustaba.

Tampoco la quería.

Pero, aun así, sabía que era lo mejor.

Ovidia fue a la parte más alejada del biombo, al lado de la cama que daba a la ventana, y empezó a desvestirse para ir a dormir.

Justo antes de dejar caer la última tela, y quedarse solo con su camisón, Noam murmuró desde el otro lado del biombo:

—Descansa, mi Bruja Negra.

Ovidia se quedó parada, y escuchó como Noam se hundía en el sofá, soltando un suspiro de satisfacción tras el largo y cansado día.

La joven se metió en la cama, con toda la avalancha de recuerdos de lo que había pasado desde la noche de Samhain hasta hacía apenas unos minutos.

Pero todo lo que resonaba ahora mismo en su cabeza eran las palabras de él.

«Mi Bruja Negra».

Ovidia se prometió a sí misma que no dejaría que aquello le afectase. No cuando el beso que habían compartido había desenterrado algo que creía muerto hacía años. Aquel momento seguía repitiéndose una y otra vez en su cabeza, y supo que le costaría horrores dormir esta noche.

A pesar del cansancio, el sueño no parecía querer visitarla.

La conversación de hacía apenas unas horas se repetía constantemente en su cabeza, como la escena de una obra de teatro que no acababa nunca.

Tumbada en la cama, Ovidia volvió a girarse hacia la ventana. Una tenue luz nocturna entraba por la rendija que había entre las gruesas cortinas. Sintió como sus sombras querían salir, pero les musitó un suave «no», deteniendo la familiar vibración que la acometía justo antes de que saliesen de ella.

Usó su magia común, y de un chasquido rápido la vela que había en su mesita de noche se encendió. Tras el biombo, la profunda respiración y los leves ronquidos de Noam le hicieron saber que estaba durmiendo.

Se puso los calcetines y unos zapatos, se pasó por los hombros una de las mantas que había al borde de la cama y, cogiendo la palmatoria, se dirigió hacia la puerta. Ovidia salió de la habitación despacio, procurando hacer el menor ruido posible. Giró hacia las escaleras, cuando vio que Harvey subía a toda prisa.

La exclamación de sorpresa de Ovidia fue tal que el joven tuvo que sujetarse a la barandilla, con los ojos abiertos como platos.

—¡Ovidia! ¿Qué haces despierta tan tarde?

Esta, jadeando por la impresión, respondió:

—Lo mismo podría preguntar yo.

En las manos del brujo había una misiva a medio abrir junto con un abrecartas. Ovidia se percató de que era de plata y que tenía una decoración particular en la empuñadura, pero no alcanzó a ver exactamente el qué.

—La correspondencia no suele llegar por la mañana por aquí —explicó Harvey ante la curiosidad en los ojos de Ovidia—. Y menos si se trata de Endora.

—Por eso fuiste a Regent's Park a buscarnos. Te encargas de la correspondencia.

Harvey terminó de subir las escaleras, quedando frente a Ovidia. Su cabello estaba recogido en un desaliñado moño rubio, con algunos mechones de aquí para allá.

—Lamento no haber sido una sorpresa más gratificante para ti y tu marido. Vi que estaba interrumpiendo un momento bastante íntimo.

Ovidia se abrazó a sí misma cuando un escalofrío le recorrió la piel.

—No podía dormir —dijo, cambiando de tema—. Lo de hoy ha sido demasiado.

—Comprendo. Lo hubiera sido para cualquiera.

—Necesito salir a tomar el aire. —Harvey vio como la mano que sostenía la palmatoria temblaba ligeramente—. No te molesto…

Al ver que la bruja iba a bajar las escaleras, el brujo la detuvo:

—Yo que tú no bajaría.

Esta le miró extrañada.

—¿Por qué? ¿Ocurre algo?

—Hoy hay mucha clientela. Y podrían confundirte con una empleada. Bastante tienes encima como para añadir una experiencia así a tu larga lista.

—Muy considerado de tu parte.

Harvey miró las cartas y luego de nuevo a Ovidia, como si sopesara algo.

—¿Todo bien? —preguntó esta ante el gesto del brujo.

—Iba a proponerte algo. Pero luego he recordado que es plena madrugada, que tu marido está durmiendo en la habitación que hay detrás de mí y que, sin duda, mi propuesta es algo indecente.

—No tengo nada más que hacer que huir de mis propios pensamientos. ¿Qué has pensado?

Harvey enarcó una ceja, y dijo ante la expectación de Ovidia:

—Podríamos ir a dar un paseo. Usaría escudos visuales, por supuesto, y no estaríamos fuera más de una hora. Es lo que suelo hacer yo cuando me encuentro abrumado.

—Creo que un paseo me vendría bien, sin duda.

Harvey asintió, y añadió rápidamente:

—Dame cinco minutos.

Luego desapareció tras una puerta al final del pasillo. La bruja escuchó como se entremezclaban en los pisos de abajo las voces de decenas de personas y como la puerta por la que habían accedido ella y Noam al club se abría y cerraba constantemente.

No se movió del lugar, y justo cinco minutos después, tal como Harvey le había dicho, el chico salió de la habitación con dos capas y le tendió una a Ovidia.

—Puede que llevemos escudo visual, pero el frío nos calará igualmente.

La chica asintió y se puso la capa, atando los botones y los cordones. Tenía pelo por dentro, y la capucha le caía por la espalda elegantemente. Toda la prenda era de un tono azulado casi negro. Harvey terminó de colocarse la suya y ambos se dirigieron lentamente al piso de abajo. Aún había otro piso más, el local de Endora, pero las escaleras que llevaban a este estaban protegidas por una puerta de cristales translúcidos.

—Voy a poner el escudo ahora, así nadie podrá vernos.

Ovidia asintió. Acto seguido, Harvey se puso frente a ella, cerró los ojos y empezó a pronunciar las mismas palabras que Noam había dicho en Regent's Park. Al recordarle, una punzada de dolor la atravesó, como si lo que estuviese a punto de hacer fuese casi una traición.

Pero no lo era. Noam y ella no eran nada más que dos fugitivos en una fatídica situación donde lo único que importaba era sobrevivir.

Una vez que Harvey terminó de crear el escudo, abrió la puerta que daba a las escaleras, camino a la planta baja de la inmensa casa de Endora. El familiar incienso, las tenues luces y la mezcla de voces les dieron la bienvenida.

—Bajaremos hasta la puerta y cuando la abran, pasaremos rápidamente. Vamos.

Ovidia siguió de cerca a Harvey, con la mirada fija en el portero, el mismo que los había recibido la noche anterior. La puerta se abrió al instante para dejar entrar a varios clientes que se cubrían el rostro con la capa.

Harvey esperó un instante y, justo cuando entró el último, musitó:

—¡Ahora!

Ambos Sensibles corrieron y bajaron los escalones hasta llegar al callejón, y la puerta se cerró tras ellos.

Harvey se puso la capucha y Ovidia hizo lo mismo cuando el repentino frío de noviembre le caló los huesos. El brujo le ofreció el brazo y ella lo aceptó. Así, salieron ambos del callejón y se adentraron en las calles de Londres.

De noche la ciudad era completamente distinta. No había un alma en la calle, a excepción de aquellos que buscasen el placer en clubes como el de Endora.

Aunque en el de ella casi todo fuese una ilusión.

—¿Quieres hablar o prefieres mi silenciosa compañía?

Ovidia levantó el rostro, y se encontró con el perfil del chico. Harvey no la miraba, sus ojos estaban perdidos en algo que ella no podía ver.

—Algo de silencio estaría bien.

El brujo asintió.

—Como desees. Conozco un sitio donde podrás desconectar.

Tras un largo paseo, llegaron a su destino.

—¿Vamos a colarnos en Hyde Park? —exclamó Ovidia.

—Si así lo deseas… Voy a ver si…

—No, Harvey. Podemos sentarnos en algún banco que haya por aquí. Ya has hecho suficiente.

El chico asintió, y al cabo de unos minutos encontraron un banco que daba a la valla que rodeaba la inmensidad de uno de los parques más conocidos de todo Londres.

En el silencio de la noche, se escuchaban los graznidos de los patos que había en el lago, y Ovidia se preguntó si algún día podría pasear por los jardines de ese paraíso natural, bajo sus árboles, sin ningún escudo que la escondiese del mundo.

Solo ella y…

Detuvo su pensamiento antes de pronunciar el nombre que su mente estuvo a punto de formar, del chico que se encontraba durmiendo en la habitación donde ella debería estar.

Pero era cierto. Noam le había mostrado Regent's Park, y el entusiasmo y la distracción que le había proporcionado aquella momentánea paz fue algo que Ovidia agradeció.

Noam le había confesado, horas atrás, que le había ocultado información sobre su naturaleza, y el sentimiento de deslealtad que aquello le provocó hizo que le doliese el pecho.

Ese trágico y familiar dolor.

—¿Te encuentras algo mejor?

La voz de Harvey la sacó de sus propios pensamientos y, parpadeando, musitó en voz queda:

—Sí. Al menos un poco.

—¿En qué pensabas? —Harvey se inclinó hacia atrás, apoyándose en el banco con el brazo derecho.

—En Noam.

Las palabras salieron antes de que pudiera controlarlas. Fue a excusarse, pero el brujo habló antes que ella.

—Es un buen hombre y un excelente marido —dijo Harvey con una media sonrisa—. Te defiende como si le fuera la vida en ello. Aunque me pregunto, si te soy honesto, por qué no has querido que nos acompañe. Podríamos haberle avisado.

«Porque necesitaba un momento a solas. Porque me duele estar cerca de él y a la vez no puedo apartarme. Cuando está frente a mí siento como si me asfixiara y, al mismo tiempo, su presencia es como oxígeno para mis pulmones», pensó Ovidia, pero se limitó a decir:

—Estaba profundamente dormido. Y bastante ha hecho ya por mí, no quiero molestarle en su descanso.

—Entiendo. —Harvey asintió con un ligero movimiento de cabeza.

—¿Puedo preguntarte algo? —soltó Ovidia, cambiando de tema.

—Si me permites que yo pregunte después.

—Me parece justo. —La chica se reincorporó en el banco, encarando más a Harvey—. ¿Cómo llegaste a la vida de Endora?

La pregunta pareció sorprender a Harvey, porque Ovidia percibió como la tranquilidad de su cuerpo desaparecía, tensándose a medida que pensaba una respuesta.

La joven estuvo a punto de retirar su pregunta, pero la leve voz del brujo al fin llegó a sus oídos:

—Fue semanas después de que ella abandonase Winchester y llegase a Londres —empezó, y una suave brisa acarició su liso y rubio pelo, que ahora llevaba suelto y le llegaba hasta los hombros—. Por aquel entonces, yo hacía un tiempo que estaba aquí. Conocía a algunos Desertores y me comentaron que su situación era cada vez peor. Una noche, durante una fiesta, Endora apareció. Ambos acabamos en el jardín, borrachos y confesándonos nuestras penas. Desde entonces, no nos hemos separado. Y sé lo que pensarás. Puede parecer entrañable, pero eso solo ha sido una mínima parte de nuestra historia. Ser Desertor no es plato de buen gusto.

—¿Empezasteis el negocio juntos?

—Me toca preguntar a mí —dijo a modo de respuesta el chico, con una malicia cómica dibujada en el rostro.

Ovidia asintió, musitando un «cierto» casi inaudible. Harvey mantenía las distancias con ella, y sus ojos jamás bajaban de su rostro, aunque lo único que llevaba puesto la joven era un camisón y la capa.

Se sentía extrañamente cómoda con él.

—¿Qué opinas de los Desertores?

—Nunca he comprendido el odio que reciben por parte de la Sociedad. Todos somos brujos, todos portamos la magia en nuestro interior. Que algunos decidan dejar el estilo de vida de nuestra comunidad no significa que sean malas personas. Tal vez...

—Tal vez ¿qué?

Ovidia hizo una pausa, frunciendo el ceño, buscando las palabras correctas.

—Si tanta gente se ha ido es porque tal vez algo no funciona. Tal vez haya que cambiar...

—... la forma de liderar —acabó Harvey por ella.

—Sí. Supongo que sí. ¿Cuándo te fuiste de la Sociedad? —preguntó Ovidia rápidamente, deseando cambiar de asunto.

—Es usted rápida, señorita Ovidia. —Harvey se pasó un mechón de pelo por detrás de la oreja—. Si somos precisos, ya llegué a este mundo fuera de la Sociedad. Mis padres eran Desertores, ambos brujos Videntes, y me criaron en una pequeña casa a las afueras de Londres. Murieron un año antes de que Endora y yo nos conociéramos.

—Lamento tu pérdida. Sé lo que es.

—Lo mismo digo sobre tu…

—Mi madre —aclaró la joven, y un nudo se formó en la garganta de la bruja—. Justo a finales de este mes hará ya cuatro años. No hay un día que no la eche de menos.

—¿Y qué hay de Noam? ¿Cómo os conocisteis?

La avalancha de recuerdos ante aquella pregunta fue tal que sintió como Vane le susurraba algo, deseando salir. Cerró los ojos un momento, obligando a su sombra a estarse quieta, y tras inhalar profundamente, dijo:

—La Academia. Noam había vuelto de su viaje por Europa. Yo le recordaba como un niño algo rebelde, y nunca le había prestado demasiada atención. Hasta que me dejó saber que, tras su regreso, él sí se había fijado en mí.

»Se me acercó, me regaló un poema escrito por él y empezamos a vernos en citas supervisadas por sus criados.

—¿Y os casasteis? ¿Qué edad teníais?

—Empezamos el cortejo en la primavera de 1839. Yo tenía catorce, casi quince, y él acababa de cumplir los dieciséis. Hicimos una promesa. Las cosas se complicaron algo después y… bueno, aquí estamos.

Medias verdades. Siempre funcionaban.

—Sigo creyendo que erais muy jóvenes.

—Pasaron años desde el inicio del cortejo hasta que lo formalizamos todo. —Ovidia siguió con la farsa—. Nos tomamos nuestro tiempo.

—¿Sabes? No todo el mundo tiene al lado a una persona que te ama y se preocupa por ti de verdad. He visto a muchos matrimonios a lo largo de mi vida. Unos son puro negocio, otros viven con el miedo a enfrentarse a la soledad y prefieren conformarse con una existencia miserable, y otros, por suerte, se sustentan del amor que comparten. —Ovidia no supo qué decir, así que no dijo nada, y Harvey siguió hablando—: No sabes la suerte que tienes, Ovidia. Ese chico te respeta, te admira, te idolatra, te…

—He captado el mensaje, Harvey.

Una gota cayó en el rostro de Ovidia, sorprendiéndola.

—Creo que será mejor regresar —musitó, mirando hacia el oscuro cielo—. Parece que va a llover.

—Demos por finalizado nuestro paseo, entonces. Son casi las tres. —Harvey había sacado un reloj de bolsillo que marcaba las dos y cincuenta de la mañana—. Será mejor que volvamos para que puedas dormir abrazada a tu hombre.

Ovidia se limitó a sonreír.

Volvieron por el mismo camino, y para cuando llegaron al hogar de Endora, el local estaba ya mucho más vacío que cuando habían partido. La joven agradeció a Harvey la escapada, devolviéndole la capa, y este se inclinó cómicamente.

—A su servicio, majestad —bromeó, y desapareció piso arriba.

Con cuidado, la joven bruja entró en sus aposentos. Noam apenas se había movido de su posición, aunque roncaba algo más que antes.

Se acercó al chico y apartó un mechón ondulado que le cubría los ojos. Se quedó contemplando su relajado rostro.

—Sigo enfadada —farfulló sin apartarse de él—. Y me siento algo traicionada, pero… gracias por estar aquí.

Ovidia se apartó de él, se quitó los zapatos y en cuanto su cabeza rozó la almohada pudo dormir. La respiración de Noam fue lo último que escuchó antes de caer en los brazos de Morfeo.

Remembranza VI

4 de mayo de 1839. Winchester, Inglaterra

El reloj de la plaza mayor dio casi las seis, y el sol se estaba poniendo en el horizonte. Era principios de mayo, y se notaba en el tiempo, que era más cálido, y en que los días eran algo más largos.

La gente se giraba disimuladamente para observar con curiosidad a la joven pareja que ya no ocultaba su cortejo por las calles de Winchester.

Ovidia rio con ganas ante un comentario de Noam mientras dejaban atrás la plaza y se adentraban en la calle que llevaba al hogar de la joven.

—¡Es realmente egoísta! —exclamó Noam, sonriendo al ver a Ovidia reír—. Tan solo le preocupan sus propios intereses. ¿Cómo puede gustarte la novela?

—Los personajes no siempre deben ser perfectos. Además, ¡es muy muy cómica!

—Emma Woodhouse es tremendamente obstinada, altiva y egoísta. —Noam explicó todo aquello ante la expresión de Ovidia, que cambiaba de divertida a incrédula. Tuvo que reprimir una sonrisa para poder seguir hablando—. Entiendo los motivos que la llevan a actuar de esa manera, pero…

—«Es mejor no tener inteligencia que emplearla mal como usted hace» —citó Ovidia, apretando con fuerza los labios para no estallar en risas.

Noam se detuvo, obligando a Ovidia a hacer lo mismo, ya que sus brazos estaban entrelazados.

—¿Disculpa?

—A veces eres muy inteligente para ciertas cosas, Noam. Pero otras veces me sorprende tu carencia de sabiduría.

Ovidia no podía creer que el joven hubiera leído la novela. Días después de la cita que tuvieron al aire libre, donde le había explicado la trama, Noam se le había acercado en la Academia con un ejemplar en las manos y le había dicho: «La adquirí ayer. Esta noche la terminaré».

Ovidia había sonreído como no lo había hecho en meses.

Ahora, caminando por Winchester, llegaron a la esquina de la calle donde se encontraba el hogar de Ovidia, una casa grande con un jardín cuidado. La joven supo que Jeanette la estaría esperando, pues vio que el interior estaba empezando a ser iluminado.

Pero quería que aquella mágica tarde durase algo más, así que siguió agarrada al brazo de Noam.

—Gracias por otra gran velada. Estoy realmente agradecida.

Ninguno hizo ademán de soltarse. Tan solo se sostuvieron la mirada. Luego Ovidia se apartó lentamente para ponerse frente a él, pero mantuvo una mano en el brazo del chico.

—Quería preguntarte… —Noam hizo una pausa, apartando la mirada de Ovidia, nervioso—. ¿Querrías venir a tomar el té a casa?

—¿Cómo?

Ambos eran conscientes de lo que estaban haciendo. El cortejo, a pesar de pertenecer a la Sociedad Sensible, seguía siendo importante, y no se pasaba por alto. Casi todo Winchester había visto a Noam y Ovidia paseando con actitud de festejo por las calles de la ciudad, por los grandes parques de los alrededores, y hasta en la Academia. A pesar de estar en cursos distintos, se saludaban con frecuencia, e incluso Noam se detenía en los pasillos para hablar con ella.

La mano de Ovidia bajó más y más, hasta encontrar la del chico, que estaba temblando.

—Lo que quiero decir es que me gustaría presentarte a mi padre. De manera más formal.

«Oh».

El rostro de Ovidia tuvo que ser de tal sorpresa, de tal estupefacción, que Noam empezó a balbucear.

—Es decir, no te sientas obligada. No quiero ponerte en un compromiso, Ovidia. Eso es lo último que me gustaría —se apresuró a explicarse—. Pero… disfruto el tiempo que pasamos juntos. A veces siento que se detiene, otras veces siento que se me escapa de entre las manos. Es una sensación vertiginosa.

»¿Aceptarías mi humilde invitación?

Fue tras aquellas palabras cuando sus manos se unieron. Noam echó un rápido vistazo a su alrededor para asegurarse de que no venía nadie y lentamente fue entrelazando sus dedos con los de Ovidia, los ojos de ambos fijos en el proceso. La desnuda mano de Noam parecía morirse por saber cómo sería acariciar la de Ovidia.

La chica respiró hondo, y sintió el corsé tan apretado que le pareció que no aguantaría mucho más. Pero en aquel momento aquello era lo más insignificante.

Noam quería llevar las cosas más lejos, dar el siguiente paso en su cortejo.

Y Ovidia tenía respuesta a su proposición.

Cuando levantó el rostro, sus ojos tenían un brillo que hizo que Noam la mirase aún más expectante.

—Me gustaría mucho —respondió Ovidia con sinceridad. Y algo se le removió en el estómago, una sensación aún más fuerte que las que ya había sentido al estar con él—. Es más…

Volviendo la mirada de nuevo a sus manos, apartó la suya despacio. Noam se percató de que habían estado demasiado tiempo así, y tuvo intención de hacer lo propio.

—No. Espera —se negó Ovidia.

Se sacó uno de los guantes y, cogiendo la mano de Noam de nuevo, lo depositó en esta, despacio.

—Acéptalo como prueba de nuestra situación —explicó la joven. La luz del atardecer se reflejó en sus oscuros ojos y Noam tuvo que respirar hondo para no perderse en ellos una vez más—. De que esto no es algo que nos tomamos a la ligera.

—Jamás podría —confesó el joven abruptamente tras aceptar el delicado guante, ahora sosteniendo la mano desnuda de Ovidia entre las suyas.

La Bruja sonrió al sentir la calidez que emanaba de él.

Ninguno se apartó de aquel contacto. Una pequeña brisa les acariciaba la piel, su única compañía en aquel peculiar momento.

Y fue entonces cuando el muchacho levantó despacio la mano desnuda de Ovidia, con cuidado, y sin apartar los ojos de ella, besó el reverso.

Tan solo un leve roce de labios, pero suficiente para hacer que Ovidia dejase de respirar durante un instante.

Noam se apartó lentamente, y sin soltarle la mano, murmuró:

—¿La próxima semana lo ves oportuno?

Ovidia parpadeó un par de veces, y asintió, ligeramente sonrojada.

—Por supuesto. Allí estaré.

Desde aquel día, Noam Clearheart siempre llevó el guante de Ovidia Winterson con él.

5 de noviembre de 1843. Londres, Inglaterra

Frío y calor. Eso fue lo que la despertó aquella mañana de noviembre.

Había descansado algo mejor desde su estrepitosa huida de Winchester. Y, en el fondo, deseó que Noam hubiese sido lo suficientemente razonable y maduro como para ir con ella a la cama en lugar de dormir toda la noche en el sofá.

Pero cuando Ovidia se giró, ya despierta, y sintió el frío vacío de las sábanas, supo inmediatamente que el chico no se había acercado a ella.

Después, tras abrir los ojos y mirar a su alrededor, vio a Noam tomando té en la mesa que había a su derecha, donde la ventana daba a los jardines traseros y al extenso Londres. El fuego de la chimenea empezaba a caldear la fría estancia.

El biombo que los había separado estaba plegado y descansaba al lado del sofá, sobre el cual había una manta perfectamente doblada.

¿Cuánto tiempo llevaría despierto?

Sobre la chimenea, un reloj marcaba casi las diez de la mañana.

¿Tanto había dormido?

Ovidia se reincorporó, sentándose en las sábanas, y Noam se percató del movimiento.

El chico tenía un periódico en las manos, y parecía haber estado realmente concentrado, leyendo las noticias.

—Buenos días —dijo Ovidia aún adormecida.

Noam esbozó tal sonrisa que la joven tuvo que recordar cómo respirar.

—Buenos días. —El joven señaló la mesa y todo lo que había sobre esta—. Nos han servido el desayuno, y Endora te ha dejado tinta y papel para que escribas a Charlotte.

Ovidia se levantó de la cama, el frío suelo mordiendo su cálida piel mientras se dirigía hacia la mesa. Había fruta, té recién hecho y dulces que olían de maravilla.

Noam ya estaba vestido, con un traje distinto al que había llevado consigo. Ovidia supuso que Endora se lo había prestado.

Y no pudo evitar pensar en lo bien que le quedaba aquel chaqué de tonos cálidos con bordados dorados en contraste con el blanco de su camisa. Sus antebrazos estaban a plena vista y Ovidia se obligó a apartar la mirada, sirviéndose algo de té mientras pensaba en qué le diría a Charlotte.

Si interceptaban la carta, estaban perdidos. Debía ser ingeniosa y utilizar palabras clave. Algo que tuviese en común con la joven bruja y que esta pudiese identificar y saber que se trataba de Ovidia.

Noam siguió leyendo el periódico, lo suficientemente concentrado como para permitir a Ovidia algo de paz y silencio mientras cogía un par de hojas y mojaba la pluma en tinta.

Empezó a escribir la carta, poniendo atención a las palabras que escogía, mojando la pluma de vez en cuando y manchando el papel en el proceso.

Noam terminó de leer el periódico, pero Ovidia no se percató. Concentrada en su tarea, tan solo se detuvo para beber algo de té y mordisquear una manzana, tan roja como el anillo que le adornaba la mano.

Finalmente, Ovidia repasó la carta y, sin decir nada, se la pasó a Noam. Este, sorprendido, la leyó con detenimiento. La bruja aprovechó para terminar su té. El chico asintió, convencido.

—Dices lo necesario, pero sin revelar nada. Ahora lo mejor sería que alguien la volviese a escribir.

—Para que no reconozcan mi letra —observó Ovidia, que recibió una sonrisa aprobadora de Noam—. No te sientas superior por esa sugerencia, Clearheart.

El chico se inclinó sobre la mesa, devolviéndole las hojas a Ovidia con una expresión desconcertante. La chica las cogió con cuidado, sorprendida ante aquel gesto.

Conocía sus estrategias. Sabía que esa mirada significaba que diría algo que la descolocaría. Para bien o para mal.

—Veremos quién es superior en los entrenamientos.

—Podría practicar primero con Endora o Harvey.

—Eres mi… —Pero Noam se detuvo antes de terminar la frase.

Ovidia aguantó la respiración. Sabía cuál era la siguiente palabra.

«Mujer».

La chica salvó la situación con rapidez.

—Soy tu «compañera de mentira».

Noam se aclaró la garganta, asintiendo.

—Exacto. Y, dada la situación, es mi responsabilidad ser el primero.

—Esa responsabilidad te la has impuesto tú solito, Noam.

—Es posible.

En aquel momento alguien llamó a la puerta, y Endora entró, con su horda de gatos negros siguiéndola. Uno fue directo a Ovidia, maullando y exigiendo comida.

—Buenos días, tortolitos. —La bruja se detuvo en medio de la estancia e inhaló profundamente—. No huele a…

—No empieces —le avisó Noam, levantándose—. Ovidia aún no está arreglada. Danos unos minutos.

—¿Por qué no le llevas la carta a Harvey? —sugirió la chica. Ambos Clearheart la miraron—. Para que la reescriba, así Endora podrá mandarla esta misma mañana.

—Me gusta tu iniciativa, querida. Primo ve con él. Yo ayudaré a Ovidia a prepararse. He traído un vestido que podría quedarte bien, ¿te importa?

Endora dijo eso mientras empujaba a su primo hacia la puerta, el cual intentó resistirse.

—¡Endora!

La madame se giró cuando este ya estaba en el pasillo y, sonriendo, soltó antes de cerrar la puerta:

—Momento femenino. Ve con Harvey y mandad la carta. Él sabe cómo.

Y con esto, la Bruja de la Noche y la Bruja Negra se quedaron a solas.

Ovidia se levantó, mirando a su alrededor en busca del vestido.

Endora se percató e, invocando sus poderes, el conjunto apareció entre ellas tras un destello de luz púrpura.

—La casa está conectada a mi magia. Puedo invocar lo que quiera que haya en ella —explicó la madame, el gris de sus ojos brillando con cierto tono violeta.

Ovidia observó el vestido y se quedó sin habla.

—Bien. Al menos estarás espectacular en tus entrenamientos.

La joven volvió a mirar el vestido mientras Endora la observaba, con una confianza en sí misma que Ovidia admiró y deseo poseer algún día.

Mientras la vestía, Ovidia sintió una punzada de culpabilidad ante la mentira que le habían contado a Endora. Fue mientras la peinaba cuando se giró, obligando a la Bruja de la Noche a detenerse.

—¿Todo bien? Puedo…

—No soy una Clearheart.

Endora levantó las cejas, sorprendida, y un segundo después siguió trenzando el pelo de Ovidia.

—A diferencia de mi primo y Harvey, no puedo leer mentes, querida.

—Mi corazón no está tranquilo sabiendo que te hemos mentido —prosiguió Ovidia, girándose de nuevo y mirando a Endora a través del espejo—. Noam y yo no estamos casados. Jamás lo hemos estado.

La Bruja de la Noche terminó una de las trenzas y empezó otra, como si no hubiese oído en absoluto lo que le había dicho la joven.

—Nos has acogido en tu casa —insistió Ovidia, buscando las palabras correctas y temiendo por su cabellera—. Y es justo que sepas la verdad.

—¿Por qué habéis ido diciendo que lo estabais?

—El mundo ya es bastante peligroso para una mujer, imagina una mujer soltera. Se me ocurrió nada más llegar a Londres que si fingíamos ser un matrimonio, la gente nos tomaría más en serio y no levantaríamos sospechas.

—Pues habéis sido muy convincentes. Y más con ese anillo.

Ovidia miró el anillo de rubí que le había adjuntado su padre en la carta y lo movió lentamente en el dedo.

—Me lo dio mi padre.

—¿Noam no te dio ningún anillo? ¿A pesar de que todo era mentira?

Ovidia negó con la cabeza, y antes de que Endora volviese a hablar, dijo:

—Quiero que sepas la verdad. Las mentiras no llevan a ninguna parte.

—En eso estoy muy de acuerdo, Ovidia —respondió sonriente Endora—. Está bien. Aunque he de admitir que me parece extremadamente raro que no estéis casados… ¿Quieres explicarme esto?

—Noam ha sacrificado mucho por mí. Y agradezco todo lo que ha hecho, pero es un hombre soltero en su veintena y sé qué tipo de necesidades puede llegar a tener. Creo que merece unos aposentos para él solo…

—Las mismas necesidades que tenemos todos, dulce Ovidia. —Endora terminó la trenza y la pasó alrededor del moño que había hecho en la coronilla de la joven—. Y una necesidad que también tienes tú. No lo niegues. —Sujetando el recogido con un par de pinzas para que no se moviese, Endora enarcó una ceja, divertida—. No te viste la otra noche mientras mi primo te devoraba y gimoteabas de placer.

—Fue por culpa del incienso.

Endora rio por lo bajo y levantó a Ovidia para comprobar que cabello y atuendo estuviesen perfectos.

—Sigue intentando autoconvencerte —musitó, dándole un suave golpe con el dedo en la nariz.

Los jardines traseros de la gigantesca casa de Endora se encontraban protegidos por escudos visuales. Noam y Harvey los habían creado rápidamente, vigilando que en los edificios adyacentes nadie fuese demasiado curioso o que la casualidad los hiciese estar mirando en aquella dirección.

A ojos del mundo, ahora el jardín estaría vacío y deshabitado.

Los trabajadores de Endora descansaban en sus habitaciones. Estas se encontraban en la pequeña casa que colindaba con la principal, y era completamente para ellos.

Noam había descubierto que estos eran también Desertores, y había contado al menos unos quince. Asimismo, había averiguado que el poder de Harvey había permitido que los servicios que los clientes venían buscando nunca tuviesen lugar: el muchacho se metía en sus mentes para crear recuerdos falsos. No era la forma más ética de negocio, pero sí la más segura para todos los que vivían allí.

Endora sacaba dinero a los que querían aprovecharse de los cuerpos de los Sensibles que trabajaban en el club, tanto hombres como mujeres.

Cuando se enteró de esto, una chispa de orgullo por su prima le inundó el corazón.

Ojalá pudieran hacer lo mismo por el resto de las mujeres que se veían en aquella situación.

Ahora, y a plena luz del día, Noam salió con Harvey a los jardines y este le dio la carta para Charlotte, que se encontraba minuciosamente cerrada, a un cuervo. Un instante después alzó el brazo donde estaba posado el animal, haciendo que este alzase el vuelo con la carta en el pico.

—Justo a tiempo.

Ambos Videntes se giraron cuando Endora y Ovidia llegaban a los jardines.

Era un día gris. Nada fuera de lo común en Londres.

Pero Noam se percató de cuánto brillaba Ovidia con aquel vestido.

Harvey informó a Endora sobre los hechizos de protección, y la bruja, rodeada por sus gatos en todo momento, puso toda su atención en su mano derecha.

Noam, en cambio, tenía los ojos puestos en Ovidia, cuyas sombras ahora la cubrían. Sabía que estaba hablando con ellas, así que mantuvo las distancias.

Pero aquel vestido le llamaba con palabras que se repetían en su mente. «Mírame. Mírame».

De un tono azulado, la falda era simple, no muy voluminosa, sino más bien ajustada al cuerpo. Se unía con el corpiño, que se ceñía al generoso busto de Ovidia. Las mangas acababan justo debajo de los codos, con un ondulado ribete blanco en el puño que hacía los pálidos brazos de la joven más delicados. Su pelo estaba recogido en un impecable moño que acentuaba más sus rasgos, y en sus orejas descansaban unos pendientes de perlas, simples pero que le iluminaban el rostro.

A Noam le pareció que las mejillas de Ovidia estaban ligeramente coloreadas, y que el tono de sus labios, al que tanto estaba acostumbrado, era algo más rosado.

Endora siempre había preferido los vestidos más provocativos: con brazos, cuello y escote al descubierto; la chica era voluptuosa, virtud que había aprovechado en un mundo tan oscuro y hostil.

Y aunque a Ovidia solo se le veía el cuello, no tan largo como el de su prima, pero definitivamente esbelto, Noam volvió a los recuerdos de la primera noche allí. Al olor y al sabor de ella, al modo en que Ovidia se estremeció entre sus brazos y los suspiros de la joven inundaron sus sentidos. A ese suplicante «no» cuando le había preguntado si quería que parase.

Noam tuvo que moverse para volver al presente al sentir como su sangre empezaba a acumularse en lugares demasiado privados.

Endora se colocó a su lado y, con un gesto de la madame, el chico se apartó, sabiendo que ella sería la primera en empezar el entrenamiento con su... Con Ovidia.

Noam fue junto a Harvey, cuando este le dijo en voz baja:

—Endora no va a ser buena con ella. La va a poner a prueba, llevarla al límite, lo sabes, ¿verdad?

Noam se limitó a asentir. Conocía bien a su prima.

Y fue por eso por lo que gruñó cuando sus poderes despertaron con una vibración, preparándose para lo que pudiera ocurrir, con todos los sentidos en alerta, puestos en ella.

En su Bruja Negra.

Ovidia se replanteó lo del entrenamiento cuando Endora empezó a invocar todo su poder frente a ella.

Había hablado con sus sombras hacía apenas unos instantes, y creía que había sido clara y concisa con ellas.

Estad atentas. Obedeced mis órdenes. Si os digo que volváis a mí, volvéis. No atacaréis a nadie. Solo nos defenderemos.

Endora se vio envuelta en una luz púrpura mucho más intensa que las que Ovidia había visto antes. Esta luz empezó a ocupar todo el jardín y, a su izquierda, Noam y Harvey se apartaron levemente.

Ovidia respiró hondo y sintió como el poder de Endora llegaba a ella y la intentaba anular.

La chica invocó a sus hiedras, mucho más oscuras en contraste con el poder de la Bruja de la Noche. El poder de Ovidia aumentó por momentos y Endora lo sintió, pues un gruñido de satisfacción salió de lo más profundo de su pecho al ver como respondía la joven al ataque.

Y en ese momento, cuando Ovidia estaba consiguiendo debilitar el poder de Endora, cuya luz púrpura iba desvaneciéndose, la madame desapareció ante sus ojos.

Ovidia miró a Noam y a Harvey, que observaban la situación con atención, el último le comentaba algo a Clearheart por lo bajo.

La chica volvió su mirada al vacío que había dejado Endora, y pudo escuchar la risa de la bruja, ahora escondida, como un eco escalofriante en el lugar.

Ovidia había olvidado lo escurridizas que podían ser las Brujas de la Noche.

«Concéntrate. Sigue aquí. Concéntrate», se dijo a sí misma.

La siento, musitó Vane dentro de ella.

—Sal —le ordenó Ovidia. Su compañera obedeció inmediatamente y, flotando frente a ella, sonrió con malicia. Ovidia le sonrió de vuelta—. ¿Dónde está?

Utiliza tu poder, hermana. Solo necesitas usarlo.

Una vibración le subió desde la zona baja de la espalda hasta la nuca. Pero no la hizo estremecerse, no era como un escalofrío.

Era una energía, como las que había sentido siempre en la Academia. La energía que emiten las personas.

Y entonces lo supo.

Ovidia giró sobre sí misma al tiempo que Endora salía de entre la neblina púrpura, con los ojos brillando del mismo color, lista para volver a atacar.

La Bruja Negra se echó hacia atrás y, accediendo al centro de su poder, hizo que las hiedras crecieran en tamaño hasta formar un escudo físico a su alrededor.

Vane, que se encontraba tras Ovidia, emitió una risa de ultratumba mientras la Bruja Negra luchaba contra el poder nocturno de Endora, que intentaba romper el escudo de sombras que había alrededor de la chica.

—Bien, Ovidia. Muy muy bien —dijo Endora, pero no detuvo su ataque.

La Bruja Negra sintió como el poder de Endora aumentaba y Vane puso sus garras sobre los hombros de su hermana, haciéndole saber que estaba allí.

Aun así, el escudo empezó a tambalearse. Ovidia levantó las manos y más hiedras salieron de ella.

Gruñó entre dientes, plantando los pies sobre la piedra del jardín.

En ese momento, con los ojos fijos en su contrincante, Endora sonrió maliciosamente.

—Harvey —llamó.

Ovidia abrió los ojos alarmada, y vio que Harvey se colocaba tras ella, listo para atacarla del otro lado.

—Endora. —La voz de Noam, a su derecha, sonaba alarmada—. Esto es demasiado.

—Como tú dijiste —observó Harvey, obligando a Ovidia a girarse para vigilar sus intenciones—, tu *esposa* es capaz de defenderse a sí misma.

Ovidia se percató del tono que había usado para la palabra «esposa», pero se prohibió distraerse. Sintió como algo penetraba en su cabeza y, doblándose un poco, cerró los ojos ante el dolor. Sintió las garras de Harvey en su mente.

—Ahora, Endora —exclamó este en voz alta.

La Bruja de la Noche propinó otro ataque, más fuerte esta vez, más potente.

Ovidia, aún dolorida por la intromisión de Harvey, se tambaleó y su escudo se desvaneció un instante, dejándola desprotegida.

Pero sus sombras fueron más rápidas.

Feste y Albion salieron de ella, y antes de que el ataque de Endora al fin la alcanzase, otro escudo la envolvió. Pero esta vez no era negro, sino de un perturbador tono rojo.

Dentro del escudo, Ovidia vio como su anillo brillaba ligeramente y, respirando hondo, se puso en pie cuando la luz púrpura intentaba penetrar en el escudo rojizo de sus sombras.

—Basta —ordenó Ovidia a sus sombras—. No podremos con ellos. Dejadlo estar.

Te harán daño, hermana, dijo Feste en su mente.

—Estoy lista. Volved a mí. Estaré bien.

No. No lo estaría. Pero tampoco podía depender de sus sombras siempre. Tenía que luchar ella sola.

Tras un gruñido de desaprobación, sus sombras desaparecieron.

Y el poder de Endora la alcanzó.

Fue un dolor agudo, absorbente. Ovidia cayó de rodillas con un gemido mientras Endora seguía presionándola.

—Ovidia, ¡levántate! —le ordenó la Bruja de la Noche.

La Bruja Negra gritó, y empezó a temblar cuando sintió que el anillo vibraba con fuerza.

Lo tomó como una señal, y al abrir la mano derecha vio como una pequeña luz roja le nacía de la palma y formaba una esfera. Entonces, la luz púrpura, el poder de Endora, fue hacia ella, como si esta lo absorbiese.

Ovidia se puso en pie despacio y, levantando la mano, comenzó a absorber el poder de Endora cada vez más, y más, y más.

La madame gruñó al ver como su energía disminuía, y cuando el último rastro de luz púrpura desapareció en la palma de Ovidia, esta se tambaleó y cayó al suelo.

Pero Noam fue lo bastante rápido como para cogerla antes de que se precipitara al suelo.

—¿Qué demonios ha sido esa esfera?

Endora se acercó a ella, y se arrodilló frente a la Bruja Negra.

Harvey la imitó.

Ovidia, agarrándose al pecho de Noam, respiraba con dificultad y un sudor frío le cubría el rostro.

—No lo sé —admitió, abriendo al fin los ojos. Había un pequeño rastro de la luz roja en ellos y Endora miró a Noam, que también se había percatado de ello—. Ha aparecido de la nada.

Endora se disponía a hacer más preguntas, pero su primo fue más rápido.

—Por hoy ya está bien —claudicó Noam, que pasó un brazo por debajo de las piernas de Ovidia y la levantó. Ella se apoyó en su pecho respirando con dificultad—. Dejadla descansar. Esta tarde seguiremos con la investigación.

Endora asintió. El chico le dio un dulce beso en la frente a la joven y, segundos después, entraron en la casa con gran rapidez y ambos desaparecieron del jardín.

—¿Qué crees que ha sido eso? Has podido con las hiedras e incluso las sombras, pero ¿qué pasa con la esfera? —Había preocupación en la voz del Vidente.

La misma que había en Endora.

—No lo sé, Harvey. No lo sé —admitió con total sinceridad la bruja, sus ojos fijos en el espacio donde Ovidia había caído.

Donde había absorbido su poder como si nada.

Ovidia dejó que Noam la llevase de vuelta a su habitación. Los brazos del chico tenían una fuerza que, con honestidad, la sorprendió. Su aroma le inundó las fosas nasales, el mismo que había olido en la habitación azulada mientras se besaban desesperadamente.

Sintió la calidez de su cuerpo contra el de ella, y el latido de su corazón en la mejilla, como si este quisiera acariciarla.

Noam abrió la puerta de la habitación de una patada y fue decidido a la cama, pero Ovidia le hizo una señal antes de dejarla sobre el lecho.

Este la miró extrañado, examinando su rostro.

—¿Estás bien? ¿Te duele algo?

Ovidia negó con la cabeza e, inclinándose hacia delante, rodeó el cuello de Noam con los brazos, abrazándolo fuertemente.

El chico se quedó quieto, pues el silencio de ella le dijo lo suficiente.

Él la abrazó con más fuerza, como si no creyese que tuviera a esa mujer en sus brazos.

Ovidia se soltó, y Noam la dejó rápidamente sobre la cama. Justo en ese instante las sombras salieron de ella, y la rodearon por completo.

Nos encargamos nosotros, Clearheart, escupió Vane con ojos vigilantes.

Noam asintió, y vio como Ovidia se había dormido en el instante en que su cabeza había rozado la almohada. El anillo seguía brillando con fuerza en su mano, como si estuviese vivo.

Quiso salir de la habitación, pero no se vio capaz, así que cogió una silla y se sentó junto a la cama, sintiendo la constante mirada de las sombras juzgándola.

Pero Noam Clearheart no salió de la habitación hasta que Ovidia despertó, sino que estuvo velando por ella en todo momento.

Pasaron varios días, y no hubo respuesta de Charlotte. El cuervo de Endora había vuelto, pero con las garras vacías. Así que tocó ser pacientes y esperar.

Si es que Charlotte llegaba a leer su carta.

Ovidia siguió probando sus poderes con Noam, Endora y Harvey, y trabajando sus escudos mentales para que los Videntes no pudiesen adentrarse en su mente. Luchó contra la luz nocturna de Endora, que era diferente a la de los Sensibles del Día, como su padre, mucho más cálida. El poder de la Bruja de la Noche era frío e imperturbable, y calaba todo su ser como si la luz de las estrellas la envolviese.

Gracias a los entrenamientos, Ovidia también advirtió como la conexión con sus sombras aumentó y sus hiedras parecían encontrarse más cómodas a su alrededor.

Aquello que una vez le resultó distante y desconocido ahora se tornaba familiar, como si se estuviese encontrando a sí misma, como si se estuviese viendo por primera vez.

Era excitante y aterrador al mismo tiempo.

Las vibraciones, esa chispa que había sentido en su interior, se volvieron algo familiar y ahora la acompañaban siempre.

Y cuando los entrenamientos acababan, la investigación sobre el asesinato de Elijah se ponía en marcha. Fueron semanas de búsqueda interminable.

El primer día que Ovidia entró en la biblioteca privada de Endora no pudo evitar sonreír de oreja a oreja. La estancia se encontraba en el último piso de la casa, en el ático, y se accedía a ella a través de un pasadizo secreto tras una estatua de mármol blanca. Girando una de las manos de la figura, el pie de esta se movió y la pared se desplazó hacia un lado para mostrar un oscuro pasillo.

Los cuatro se adentraron en él, y Harvey cerró el acceso al lugar con precaución. Una puerta de madera les dio la bienvenida al otro lado, y Endora la abrió usando su magia.

Nada más entrar, decenas de velas se encendieron, así como el fuego de la chimenea, que se encontraba al otro lado de la sala.

—Perdonad el desorden. No suele entrar gente aquí, por lo que no me preocupo por ello.

Ovidia y Noam se detuvieron en la puerta, estupefactos ante lo que tenían delante.

Esto no se parecía en nada a las bibliotecas a las que estaba acostumbrada la joven Bruja Negra.

En las paredes, las estanterías llegaban hasta el inclinado techo, cuyas ventanas dejaban pasar algo de luz del encapotado cielo. Los estantes estaban repletos de libros de todos los tamaños, algunos mucho más desgastados que otros. Un pequeño número de ejemplares se encontraban en vitrinas. A Ovidia le dio la sensación de que incluso podrían estar vivos, porque estaban recubiertos por una nebulosa que apenas les permitían ver lo que escondían.

También había pergaminos doblados y amontonados junto a otros, con los bordes desiguales, como si fueran las páginas arrancadas de un libro.

Era una biblioteca de grimorios prohibidos.

Lo que Endora guardaba allí eran los secretos del mundo mágico.

—¿Vais a seguir ahí parados o vamos a empezar a buscar algún tipo de información útil?

—¿Dónde has conseguido todo esto? —A Ovidia le brillaban los ojos mientras se acercaba con curiosidad a la estantería más próxima, pero sin tocar ninguno de los volúmenes.

—Tendrás que buscarte alguna forma de convencerme para que te cuente dichas hazañas, pastelito. Ahora venid los dos. Vamos.

Ovidia carraspeó y Noam la dejó pasar primero. Ambos se dirigieron hacia el centro de la estancia, donde una mesa cuadrada con un gran montón de papeles, pergaminos y varios libros abiertos descansaban acompañados por tinteros, plumas y velas a medio derretir.

Desde que Noam había escrito a su prima, ella y Harvey se habían dedicado a investigar sobre los extraños poderes de Ovidia. Les mostraron toda la información que habían recabado al respecto y, al parecer, estos se remontaban trescientos años atrás, a los inicios de la Sociedad tal como la conocían, y a cuando Augusta había matado a su propia hermana para proteger la magia.

Ovidia se preguntó por qué, si tan peligroso era su poder, si tanta amenaza suponía, Angelica querría que perdurase. Y lo más importante, ¿cómo lo consiguió?

La joven no pudo evitar preguntarse si realmente aquella bruja original era la mala en todo eso. Si ellos, creyendo que estaban actuando como lo harían los héroes de una novela, no estarían en realidad perpetuando el plan de un enemigo que había sido aniquilado hacía tiempo.

«No», se cortó a sí misma. Algo en ella le decía que lo que estaban haciendo era lo correcto.

—¿Cómo podemos ayudar? —La voz de Ovidia era decidida, y Endora le tendió a ella y a Noam dos libros bastante pesados.

—Aquí encontraréis toda la información que hay sobre el origen de la magia en los tiempos antiguos: rituales ya prescritos, localizaciones concretas… Tal vez descubráis algo que nosotros hayamos pasado por alto. Está todo en latín y griego, pero no creo que tengáis problema.

Ambos asintieron y se sentaron a la mesa, donde abrieron con cuidado los grimorios y leyeron la información detenidamente.

Que la verdad pudiese doler era algo que Ovidia ya había sopesado. Sería una batalla a la que se tendría que enfrentar sola, pues ella era la única Bruja Negra que quedaba. La única con el poder original.

Pero Elijah merecía justicia, de eso no había duda alguna.

Necesitaban encontrar a la persona que había orquestado todo aquello y hacerle saber que estaban dispuestos a detenerle.

Costara lo que costase.

Por otro lado, si las sospechas de Endora eran ciertas y Minerva, su madre, había sido una Bruja Negra como ella… aquello significaba que Angelica había conseguido que su poder perdurase durante más de tres siglos.

Y Ovidia sintió escalofríos al imaginarse lo que pudo llegar a hacer la bruja original, hasta dónde había estado dispuesta a llegar.

Y lo que debió de sacrificar.

18

22 de noviembre de 1843. Londres, Inglaterra

Como era de esperar, la noticia de que el líder de la Sociedad Sensible de Inglaterra había sido asesinado a manos de una Bruja Gris había corrido como la pólvora.

Habían pasado ya tres semanas desde su abrupta llegada a Londres, y Ovidia todavía tenía pesadillas con aquella fatídica noche. Aun así, durante aquellas semanas, Noam, Endora, Harvey y ella habían seguido reuniéndose cada tarde para intentar averiguar cómo se correlacionaban los poderes de Ovidia con el asesinato de Elijah.

Habían sido noches de callejones sin salida, de repasar los mismos papeles una y otra vez en busca de alguna posible pista que pudiese darles respuestas.

Por un lado, los poderes de Ovidia seguían siendo en parte un misterio. Aunque ya supiese el origen de estos y se hubiese descubierto a sí misma, la magia negra, la menos deseada de todas, podía ser también peligrosa.

Y si ella era la única portadora de aquel poder, debía proceder con precaución y conocerlo primero con calma.

Aun así, dichos poderes habían incrementado, y Ovidia lo sabía, los sentía. Sin duda, haber entrenado con los demás había surtido efecto.

Pero, por otro lado, estaba la cuestión del asesinato de Elijah, y el hecho de que alguien hubiese planificado incriminar a Ovidia, tras lo cual acechaba la sospecha de que esta persona podría saber de su verdadera naturaleza.

Y si alguien más, aparte de los otros tres Sensibles que se encontraban con ella en aquella investigación, sabía que la magia negra había perdurado y que el legado de Angelica seguía entre los vivos, no tardaría en correr la voz.

Si es que no lo había hecho ya.

Desde el principio, Noam había explicado a todos su relación con Elijah, cómo su padre le había ayudado en su lucha por que, en un futuro, la Sociedad evolucionase hacia la modernidad que parecía conducir aquellos tiempos de cambio y revolución tecnológica. Noam sabía que los seguidores de Elijah se contaban por decenas, y su conocimiento de los poderes de Ovidia los convertía a todos en posibles víctimas de toda aquella estratagema que estaban intentando descifrar.

Se hicieron listas, se recopilaron nombres, y el número de personas que estaban de parte de Elijah llegó casi a las cuarenta, demasiadas para ir una a una.

Y el impedimento más grande era que no podían salir de Londres, así como tampoco del hogar de Endora, sin que fuese un riesgo.

Porque los rumores ya se habían extendido: Harvey había vuelto con noticias de que Sensibles de todo el país se habían ofrecido para encontrar a Ovidia.

Una caza de brujas como ninguna otra.

Así, durante tres semanas, aquel peculiar cuarteto fue reduciendo la lista de posibilidades.

Habían llegado a la conclusión de que alguien habría descubierto los planes más liberales de Elijah en cuanto al futuro de los Sensibles que seguían dentro de la Sociedad y los Desertores, y quiso acabar con él de la forma más rápida. Aunque no la más limpia.

Cada mañana, antes de pasar a la investigación, Ovidia abría la ventana de la habitación que compartía con Noam, esperando que hubiese noticias de Charlotte. Pero, tras dos semanas, dejó de abrir la ventana; el frío de noviembre era cada vez más insoportable.

—Temo que hayan interceptado la carta —confesó Ovidia una mañana mientras servía algo de té para ella y Noam.

Ambos desayunaban cada mañana juntos en la cómoda habitación que Endora había preparado para ellos. Se había convertido en costumbre, y era algo que le causaba sentimientos encontrados a Ovidia.

—Ese pensamiento también se me ha pasado por la cabeza. No voy a mentirte, Ovidia. —La voz de Noam sonó ronca. A pesar de compartir habitación, el joven seguía durmiendo cada noche en el sofá que había junto a la chimenea, dejando la cama completamente para Ovidia—. Nos arriesgábamos a ello.

La joven depositó el té con cuidado sobre la mesa y respiró profundamente, apretando los labios.

—No quiero poner en peligro a nadie más —sentenció, sus hiedras se retorcían a su alrededor. Desde hacía días, no la abandonaban—. Primero tú, luego Endora y Harvey, y ahora Lottie.

—Ovidia, mírame.

Y ahí estaba. La frase que hacía que Ovidia tuviese que luchar contra los impulsos más profundos. Negó con la cabeza, su mirada fija en su humeante té. Escuchó como Noam se levantaba y se agachaba frente a ella.

Un segundo después puso una mano en la barbilla de la chica y le levantó el rostro, haciendo que sus ojos al fin conectasen.

Hubo un silencio electrizante entre ambos.

Ninguno se dio cuenta de cómo, pero sus cuerpos empezaron a acercarse, como si su atracción fuese inevitable, como si el destino al fin hubiese conseguido su propósito.

Las hiedras acariciaron a Noam, pero este no parecía advertirlas siquiera.

Toda su atención estaba en Ovidia.

Tras unos segundos, finalmente, Noam parpadeó varias veces y rompió el silencio.

—Si estamos involucrados en esto es porque *nosotros* lo hemos querido así —enfatizó aquellas palabras de una manera que a Ovidia se le encogió el corazón—. Ya no se trata solo del peligro que corremos. Esto es mucho más grande. Se trata de descubrir quién mató a Elijah, quién te quiso incriminar y por qué van tras tu poder, cómo este pudo sobrevivir tras la muerte de Angelica.

—Sigue siendo egoísta —se quejó la joven, y Noam le apartó uno de los rizos que le caían por la frente y se lo colocó tras la oreja.

Un gesto tan íntimo, que la hacía sentir tan vulnerable. Un gesto tan transparente que mostraba lo mucho que se preocupaba por ella.

No era justo. No después de lo mucho que la hirió hacía ya cuatro años.

Noam se levantó, cogió su silla y se sentó frente a Ovidia entrelazando las manos con las de ella, manteniendo ese pequeño espacio que todavía no se permitían acortar.

Que no podían. Aunque hiciesen creer a todos que su relación era la de dos personas que compartirían una vida juntas, la verdad era que, una vez que todo eso acabase, Noam y Ovidia irían por diferentes caminos. Conocerían a otras personas, se casarían y formarían sus respectivas familias.

Y todo eso serían historias que contarían a sus hijos cuando tuvieran la edad para entender el peso de lo que ambos habían vivido.

—Si yo fuera Charlotte —dijo el chico ante el silencio de Ovidia—, habría hecho lo mismo. No la has involucrado con esa carta, Ovi. Ella misma formó parte de toda esta locura desde el principio. Desde el preciso momento en que ambos planeamos sacarte de Winchester y traerte a Londres.

»Tarde o temprano tendríamos que haber hecho precisamente eso. Informarla. Ponerla al día. Asegurarle tanto a ella como a tu familia que estás bien, que estás a salvo.

—No lo hace más tolerable —se lamentó Ovidia, respirando con profundidad bajo el ajustado corsé—. Nunca lo hará. Aunque vosotros hayáis escogido este camino, la culpa siempre estará en mi corazón.

—¿Recuerdas lo que te dije en el carruaje cuando fuimos a Regent's Park?

Claro que lo recordaba. Ovidia había visto por primera vez al hombre en que Noam se había transformado. En uno dispuesto a todo por defender a aquellos que le importan.

—Dijiste que, si me tocaban, estaban muertos.

—Nunca digo cosas que no voy a cumplir. —Su tono de voz era grave, y sus pupilas se habían dilatado.

El té se había enfriado, ambos lo sabían. El reloj que había encima de la chimenea pronto marcaría las nueve de la mañana, y el fuego seguía crepitando a medida que la luz empezaba a cubrir toda la estancia.

—¿Te mancharías las manos de sangre? ¿Por mí?

Fue entonces cuando Noam cogió las manos de Ovidia y se las llevó al pecho. Justo por encima del corazón.

Ella sintió los latidos en la palma de la mano, completamente desbocados.

—Mancharía mi alma de sangre por ti si eso me asegura que siempre estarás a salvo.

Por todas las brujas… Ese chico… No. Ese hombre iba a acabar con el poco juicio que le quedaba.

—No pongas palabras tan graves en tu boca, Noam.

Entonces él medio sonrió, la sombra aún en sus ojos, en su rostro. En todo él.

Y en ese momento miró los labios de Ovidia, que, de repente, oyó la voz de Noam en su cabeza: «Tengo algunas ideas sobre lo que podría poner sobre mis labios, Winterson».

Un rubor subió por las mejillas de Ovidia, que no pudo evitarlo, pero Noam no hizo ademán de acercarse. Nunca se había sobrepasado con ella. Siempre había respetado las distancias.

Sin poder articular palabra, la joven miró los labios de Noam.

Y ambos se quedaron así, mirando la boca del otro cada vez más cerca, hasta que pudieron sentir sus alientos.

«Mancharía mi alma de sangre por ti».

—Ovidia... —susurró su nombre como una plegaria, como una canción prohibida. Como si con eso sellasen un pacto.

Un pacto.

La idea la golpeó de manera sobrecogedora. Noam vio el cambio en su expresión y supo que algo había ocurrido.

Ovidia se levantó de golpe y, mirándose la mano, el anillo, sonrió de oreja a oreja.

—¡Lo teníamos en nuestras narices!

Olvidando el desayuno, Ovidia salió de la habitación corriendo, dejando tras de sí a un Noam estupefacto y a Harvey con la mano levantada, listo para llamar a la puerta.

—Qué oportuna, señorita Winterson.

—¿Se encuentra Endora ya en su despacho? —preguntó, con un brillo en los ojos que dejó a Harvey confuso. Justo en ese momento sintió que Noam estaba tras ella. Insistió—: ¿Harvey?

—Sí, ya se encuentra en su despacho, pero...

—Debemos reunirnos. Inmediatamente.

Ovidia pasó junto a Harvey y se dirigió pasillo abajo a toda prisa con Noam a su lado.

El joven Vidente siguió de cerca a la chica, que se apresuraba por los estrechos pasillos del alto edificio. Finalmente, bajaron las estrechas escaleras que llevaban al pasillo donde se encontraba el despacho de Endora.

—Yo que vosotros no iría —les advirtió Harvey justo detrás de ellos, con los ojos llenos de preocupación—. Está reunida con alguien y odia que la molesten. Deberíamos esperar...

—Esto no puede esperar, Harvey. Creo que he descubierto algo importante y debemos informarla. Podría ser la clave para resolver quién mató a Elijah y, por ende, quién ha intentado inculparme.

—Te recomiendo que ni lo intentes —musitó Noam al otro Vidente—. Cuando se decide a hacer algo, nada la para. Créeme.

—Eso lo veo. Pero seré yo quien reciba la furia de tu prima, Clearheart.

El joven tuvo que reprimir una gran sonrisa ante la idea de Endora totalmente enfurecida. Algo en lo que deleitarse si eras el espectador.

Por suerte, Noam nunca había sido la víctima.

Ovidia apresuró el paso aún más, hasta que visualizó la puerta del despacho de Endora al final del pasillo. Se le pasaron por la cabeza muchos discursos como excusa para interrumpir a la gran Desertora de Londres, pero ante la duda, decidió que improvisaría.

En ocasiones era lo mejor.

Finalmente llegó a la puerta y, respirando hondo, llamó para advertir de que estaban allí. Pero no esperó respuesta para entrar.

La situación que se encontró hizo que se quedara sin palabras.

Apoyada junto a la pared de la chimenea, que humeaba con fuego púrpura, Endora se besaba con alguien lentamente, disfrutándolo de una manera que le hizo preguntarse a Ovidia si ella se había visto así durante su beso con Noam.

Lo segundo que le sorprendió era quién estaba en los brazos de Endora.

Una mujer.

Y Ovidia se quedó paralizada al ver de quién se trataba.

—Charlotte.

19

22 de noviembre de 1843. Londres, Inglaterra

Ambas brujas se giraron hacia ellos con la respiración entrecortada, como si no hubiesen escuchado los golpes ni la puerta del despacho abrirse.

Los ojos de Charlotte, de aquel azul marino que Ovidia conocía tan bien, ahora parecían casi negros debido a sus dilatadas pupilas. Sus labios estaban hinchados.

—¡Ovidia! —gritó la chica, y apartándose de Endora se detuvo en medio de la estancia, consciente de la situación.

—Un encanto tu amiga —musitó Endora, con una sonrisa de suficiencia, mientras se apoyaba en la pared.

Charlotte intentó arreglarse el pelo.

El pintalabios de la Bruja de la Noche ahora había desaparecido casi del todo de sus labios y había dejado su morada huella en los de Charlotte, la cual empezó a musitar:

—No… No es…

—No digas que no es lo que parece —la interrumpió Endora, yendo finalmente hacia su escritorio—. Sí, nos estábamos besando. Y con ganas, he de decir.

—Endora, no hace falta ser tan explícita —habló por primera vez Noam desde la entrada de la estancia.

Ignorando a la madame, Ovidia no se contuvo más, corrió hacia su mejor amiga y la abrazó con fuerza, aferrándola a su pecho.

—¿Qué demonios haces aquí? —susurró en voz queda.

El olor de Charlotte fue como un golpe de realidad para Ovidia. La prueba definitiva de que realmente era ella.

Un aroma a flores, a los productos que usaba para realizar sus ungüentos mágicos.

Lavanda. Lino. Y un leve toque de canela.

Ovidia se impregnó de ese olor, sintiéndose, por primera vez desde que habían pisado suelo londinense, en casa.

—Recibí tu carta hace casi tres semanas —comenzó a explicar la Bruja de la Tierra—. Y creí que sería mejor venir. No ha sido fácil, pero pude llegar por carretera. He viajado toda la noche y parte de la mañana. Estoy exhausta.

—¿Seguro? —volvió a interrumpir Endora con suficiencia, dando una calada a su pipa—. Yo te he visto con muchas energías.

Ovidia se giró para mirar a Charlotte, que, para sorpresa de la Bruja Negra, no estaba avergonzada. Es más, le aguantó la mirada a la Bruja de la Noche, como si fuese una batalla de miradas.

La Bruja Negra hizo un gesto a Noam y Harvey, que seguían en el umbral de la puerta.

—Endora, tenemos noticias. Y buenas —espetó el primero.

—Más vale que lo sean, porque después de tantas semanas sin avanzar, estaba por tirarme al Támesis.

—No estropearías tus ropajes lanzándote al Támesis, prima —soltó Noam con guasa tras Ovidia.

Charlotte, con una expresión de total sorpresa, miró a ambos sin poder articular palabra.

—¿Son primos?

—Lo sé, Lottie —musitó la Bruja Negra con comprensión en los ojos—. Tuve la misma reacción.

Harvey cerró la puerta del despacho tras ellos y todos se sentaron en los asientos frente al escritorio de Endora. Esta echó un último vistazo a Charlotte, que cogía la mano de Ovidia, sonriéndole con dulzura.

La Bruja de la Noche tuvo que luchar contra el repentino calor que sintió en el pecho ante la sonrisa de la Bruja de la Tierra, ante el rápido latir de su corazón.

«Solo ha sido un beso, Endora, por la Luna, céntrate».

—El escenario es tuyo, dulce Ovidia —anunció Endora con autoridad—. Ilumínanos.

La chica respiró hondo, y empezó a hablar con una voz firme y segura.

—No creo que sea casualidad que mi padre precisamente me diese el anillo de mi madre cuando partí de Winchester —comenzó a explicar Ovidia, que acaparaba toda la atención de los demás—. Noam me ha asegurado que no tenía constancia de él, pero tal vez mi padre también formaba parte de ese pequeño grupo secreto de Elijah y, por ende, tal vez este le pidió que fuera cauto con cómo me informaba acerca de mi magia, de mi propia naturaleza.

—Si eso es cierto —se atrevió a intervenir Charlotte—, ¿no sería todo muy rebuscado? ¿Por qué no decirte directamente lo que eres para evitar cualquier problema?

En ese momento, Ovidia levantó la mano donde llevaba el anillo de rubí, que emitía un leve brillo en la oscura estancia.

—Lo ha hecho. A su manera.

—Sigo sin ver la conexión—dijo con franqueza Endora enarcando las cejas.

Ovidia esperó a ver si alguno encontraba la respuesta, pero vio la confusión en el rostro de sus compañeros.

—Recordad las clases de la Academia. ¿Cuál era una de las principales advertencias de nuestros profesores? ¿Un hechizo demasiado peligroso y que para nada debíamos usar si no queríamos problemas, no solo para nosotros, sino también para el futuro?

Noam palideció ante lo que Ovidia estaba sugiriendo. Ella le miró, y sus oscuros ojos conectaron con los del chico, claros y dulces.

—Un pacto de sangre —dijo finalmente Noam.

—Exacto.

—¿Sabes las implicaciones que tiene un pacto de sangre? —musitó Harvey. Todos pusieron su atención en él—. Es una condena peor que la muerte, Ovidia.

—«Y con el pacto de sangre, las almas implicadas estarán condenadas a vagar en el limbo entre los vivos y los muertos hasta el fin de los tiempos» —recitó en un susurro Charlotte, con la mirada perdida en la nada, el azul desprovisto de todo color.

—Esto es una locura —sentenció Noam, pasándose una mano por su cabello castaño.

—Creo que en el anillo se encuentra la sangre de Angelica —anunció al fin Ovidia, sacándoselo con cuidado y sosteniéndolo frente a ella para que todos lo viesen. La calma que mostraba la chica descolocaba a todos los presentes—. Por eso su poder ha perdurado.

—Pero un pacto de sangre requiere a más de una persona. Incluso a varias —comenzó a decir Charlotte, pensativa, su mirada perdida en el anillo—. Se supone que su propia hermana la mató, así que ella no pudo formar parte del pacto.

—¿Cuántos hijos tuvo? —preguntó Noam, a la izquierda de Ovidia.

Con la ayuda de Harvey, Endora empezó a mirar la lista de sospechosos que habían confeccionado. Buscaron los primeros nombres en ella y fueron relacionándolos con los árboles genealógicos que habían reunido durante tanto tiempo. Unos linajes que habían revisado durante semanas, que habían mirado sin parar.

Pero entonces no sabían lo que estaban buscando realmente.

—Esto tiene que ser una broma —dijo Endora, dando una larga calada a su *shisha*.

—¿Qué ocurre? —preguntó Ovidia, curiosa más que preocupada.

La Bruja de la Noche dio la vuelta a los papeles para que los demás pudiesen ver con sus propios ojos la información que había.

—Tres hijos —murmuró Ovidia para sí misma—. Tal vez uno de ellos hizo el pacto con su madre y su poder ha llegado hasta mí.

—Está claro —dijo Harvey cruzándose de brazos— que provienes de uno de ellos.

—Lo que sigo sin comprender —interrumpió Endora a su mano derecha—. Es qué tiene que ver tu anillo con el asesinato de Elijah.

—Quienes sean los implicados en todo esto sabían acerca de mi poder. O al menos sospechaban de su naturaleza —explicó Ovidia, y empezó a caminar por la habitación, gesticulando con las manos—. Si mi padre me dio esto justo cuando Noam y yo escapamos de Winchester y no antes, es porque claramente sabía acerca del poder y la valía del anillo.

Ovidia se quedó pensativa durante un instante, con la mirada perdida en el fuego de la chimenea.

—Tal vez… —empezó, y clavó los ojos en los dos Videntes.

Una idea pasó por su cabeza. Tal vez fuese una locura, pero valía la pena intentarlo.

Podría funcionar. Tenía que funcionar.

—¿Cómo he podido ser tan ingenua? —exclamó—. Sois Videntes.

—Querida, no te sigo —musitó Noam, fingiendo su papel de marido.

Durante un segundo, el cariñoso calificativo la distrajo lo suficiente para que sus tres sombras saliesen disparadas de ella, rodeándola por completo.

Los cuatro brujos dieron un respingo, y Ovidia se giró, sorprendida.

No puedes, hermana. No puedes hacer eso.

Había desesperación, miedo, en la voz de Vane. Sus ojos brillaban con fuerza en aquella oscuridad.

—Por supuesto que puedo. Y lo haré.

Hicimos un pacto, volvió a hablar la sombra. Feste estaba detrás de Vane, medio oculto, como si tuviese miedo. Albion estaba en el rincón habitual, sus ojos brillaban con una intensidad dorada que sorprendió a Ovidia.

Ella se acercó a las tres sombras, que retrocedieron levemente.

—¿Qué clase de pacto?

La muchacha sintió los cuatro pares de ojos tras ella clavados en su espalda, pero no le importó. Ovidia dio otro paso y sus hiedras salieron de ella.

En ese momento, sintió como sus sombras querían volver a aquel limbo, a eso que llamaban la Sombra. Ansiaban volver a ella.

Aun así, Ovidia estiró un brazo y las retuvo, como si tirara de una especie de cuerda invisible, obligándolas a quedarse.

Hermana, por favor, musitó Feste apartándose ligeramente de Vane. *No podemos. Se lo prometimos.*

—A Angelica, ¿verdad? —Las sombras no respondieron y el tono de Ovidia fue más duro—: Puede que ella fuera vuestra hermana hace mucho tiempo, pero ahora lo soy yo. Respondéis ante mí. Y si no queréis desaparecer, necesito saber la forma en la que el anillo conecta con el poder. ¿Quién hizo el pacto?

Los cuatro Sensibles tan solo escuchaban la voz de Ovidia, pues las palabras de las sombras únicamente llegaban a la mente de la Bruja Negra. Y expectantes, observaron la escena, entre la curiosidad, el asombro y un ligero miedo.

De repente, el anillo, que descansaba sobre la mesa, empezó a brillar con fuerza.

Y, segundos después, comenzó a moverse, acercándose peligrosamente al borde del escritorio de Endora.

Noam fue a interceptarlo, pero la madame se interpuso, negando con la cabeza.

—No lo toques. —Hizo un gesto con su cabeza hacia Ovidia—. No ahora. Ni se te ocurra.

Noam volvió su mirada, frustrado, hacia Ovidia y no la apartó de ella, atento a cada movimiento, preparado para lo que pudiera pasar.

Preparado para defenderla.

Ovidia exigió de nuevo respuestas. Sus hiedras le envolvían ahora todo el cuerpo, y comenzaron a expandirse de una forma que preocupó a los otros Sensibles.

—¿Quién hizo el pacto con Angelica? —repitió Ovidia con un tono más duro y su oscuro poder brillando en los ojos.

Vane y Feste se mantuvieron en silencio, incapaces de irse ante el poder de Ovidia.

Fue entonces cuando Albion salió de su casi perpetuo silencio y habló desde aquel lúgubre rincón.

Tres descendientes. Tres gotas. Tres tesoros. Tres sombras.

Vane y Feste se giraron hacia Albion y sus voces se entremezclaron en la cabeza de Ovidia formando un gran alboroto.

¡No digas nada! ¡Angelica nos ordenó que no dijésemos nada! ¡Cállate!

¡No puede saberlo! ¡Hermana, Ovidia no puede saberlo!

Albion pareció ignorarlos, se acercó a la Bruja Negra y se inclinó como si se apoyase en una rodilla invisible.

Sujetó la mano de Ovidia con una garra, cuyos largos dedos y oscuras y afiladas uñas eran capaces de desgarrar una garganta en un suspiro.

En ese momento la joven se dio cuenta de lo fuerte y lo peligroso que era Albion. Y agradeció que este se mantuviese al margen. Casi todo el tiempo.

Tres descendientes. Tres gotas. Tres tesoros. Tres sombras.

La gran sombra repitió aquellas palabras, y Ovidia las dijo en voz alta, pues sabía que sus compañeros no escuchaban a Albion.

—Tres descendientes. Tres gotas. Tres tesoros. Tres sombras.

—Escríbelo —musitó Endora—. Noam, escríbelo, vamos.

—Lo haré yo —se ofreció Charlotte, y cogiendo pluma, tinta y un trozo de pergamino escribió rápidamente las palabras.

Ovidia no apartó los ojos de Albion. El frío tacto de la sombra en su mano era, por algún motivo que no pudo explicar, reconfortante.

Este señaló hacia el anillo, que vibraba con mucha más fuerza. *Una gota. Tesoro.*

—El anillo es uno de los tres tesoros —musitó Ovidia, y Albion gruñó en respuesta.

La bruja se giró hacia Vane y Feste, que evitaron mirarla. Pero ante la revelación por parte de su hermana, la sombra mediana habló.

Tres sombras. Aquí nos tienes. No podemos decirte nada más. El resto se encuentra en las palabras de nuestra hermana.

Ovidia asintió y soltó a sus dos sombras más pequeñas.

Esperaba que desapareciesen en el preciso instante en que dejase ir aquella invisible cuerda, pero las tres sombras permanecieron allí, observándola.

—Gracias. Lo digo de corazón. —Las sombras no dijeron nada, así que Ovidia añadió—: Seré digna del poder. Lo prometo.

Ya lo eres, hermana, dijo Feste, ahora a los pies de Ovidia. *Siempre lo has sido.*

Ten cuidado, le pidió Vane inmediatamente después. *Estaremos para lo que necesites.*

—No más secretos —musitó Ovidia con cierto dolor en la voz.

Las tres sombras se inclinaron ante ella y, un instante después, volvieron a la Sombra.

Ovidia se giró poco a poco hacia el resto de los Sensibles, y vio que el anillo se había quedado justo en el borde del gran escritorio de Endora. Con cuidado, lo cogió y, cuando se lo puso, sintió una pequeña vibración salir de él.

Noam se acercó a ella y le levantó el rostro, haciendo que los oscuros ojos de la chica miraran los suyos. Sus manos eran cálidas en las mejillas de Ovidia. Entonces la examinó de arriba abajo, asegurándose de que estaba bien.

Pudo sentir sus vibraciones, el latido de su corazón, la preocupación en su mirada.

—¿Cómo te encuentras?

El pulgar de Noam acarició la mejilla de Ovidia, y esta supo que Charlotte se estaría haciendo muchas preguntas.

Pero no era el momento para preocuparse por eso.

—Bien estoy bien.

Y decía la verdad. Al fin, tras semanas, habían conseguido algo. Una pista que tal vez les otorgaría respuestas.

Noam sonrió, y sin querer ni poder evitarlo, se inclinó hacia ella y rozó sus labios con los de Ovidia brevemente. Ella no se apartó. No quiso hacerlo.

La joven mantuvo la compostura. Estaban fingiendo. Debían fingir delante de ellos.

Y agradeció la astucia de Charlotte al no intervenir.

—Tres descendientes. Tres gotas. Tres tesoros. Tres sombras —leyó Endora en voz alta—. ¿Estás lista para enfrentarte a lo que sea que es eso?

—Preparada para descubrir qué demonios significa lo que mis queridas sombras nos han ofrecido. Sí.

Noam sonrió ante las palabras de Ovidia.

—Tenemos trabajo entonces —dijo guiñándole un ojo.

—Parece ser que las respuestas residen en la oscuridad —musitó Ovidia dirigiéndose a todos—. Y ahora, pasemos a lo que mis sombras querían impedir: Harvey, Noam, necesito vuestros poderes.

Estos se miraron entre sí, sin entender muy bien las palabras de la joven.

Las manos de Noam ahora descansaban en las caderas de Ovidia, que casi se estremeció ante la intimidad del contacto. El chico no había dejado de acariciarla ni un instante, como si temiese que, al dejar de hacerlo, se desvaneciese.

—Esto no va a acabar bien —musitó Endora, volviendo a inhalar de su *shisha*.

—Tres tesoros. Uno de ellos es el anillo, lo que significa que hay otros dos más. Tal vez Angelica dio un tesoro a cada uno de sus tres hijos —dijo con convicción mientras enseñaba el anillo.

—Lo que significa que los tres hicieron el pacto —siguió Noam—. No solo fue uno de ellos. Los tres hicieron un pacto de sangre con su madre para proteger el linaje de la magia negra.

—Por la madre Tierra —exclamó Charlotte, con los ojos abiertos como platos.

—Qué bonitos son los lazos familiares —bromeó Endora llenando la estancia de un humo claro.

—Hay dos gotas de sangre más y, por lo tanto, dos tesoros más —concluyó Ovidia, ignorando la conversación de las otras dos brujas—. Y con vuestro poder…

—No —exclamó Noam de repente, alejándose de ella—. No pienso meterme en tu mente. No, Ovidia.

—¿Eso es lo que pretendes? —preguntó con asombro Harvey—. Va en contra de mis principios, señora Clearheart.

—No tendréis que meteros en mi mente —explicó ella con calma—. Quiero que rastreéis los otros objetos a través del anillo.

20

25 de noviembre de 1843. Londres, Inglaterra

Estaban en el sótano de Endora. Más bien, en el sótano del sótano.

La casa tenía más habitaciones ocultas que públicas, pero Ovidia no hizo preguntas.

—Esto no es buena idea. No lo es —musitó Endora mientras preparaba todo.

No todos los días se realizaba un rastreo.

De hecho, era una táctica que no se había realizado durante décadas, pues estaba prohibida.

Ovidia y Charlotte vieron como Noam y Harvey se ponían el uno frente a otro en la oscura estancia, mientras Endora seguía moviendo objetos, posicionándolos estratégicamente.

—Tenemos que hablar —dijo Charlotte sin mirarla.

Ovidia enarcó una ceja. Conocía el tono. Algo pasaba.

—¿Estas enfadada?

—Estoy anonadada. —La Bruja de la Tierra hizo un gesto hacia Noam–. ¿Y ese beso? ¡Ovidia!

—Charlotte. —El tono de la Bruja Negra era bajo, pero una clara advertencia. Debía calmarse. El poder de su amiga se había activado, y un azul claro había empezado a iluminar sus ojos, dándoles un aspecto aterrador.

Ovidia echó un rápido vistazo a Endora, que estaba hablando con Noam y Harvey. Ellos tampoco parecieron prestar atención a las dos muchachas. Entonces apartó algo más a Charlotte de los demás y, en apenas un murmullo, dijo:

—Es mentira. Tuvimos que fingirlo desde que llegamos. Le dije personalmente a Endora que era mentira, ya que Noam no se lo contó a su prima porque…

—Porque se está aprovechando de la situación —la interrumpió su amiga, que ya tenía la piel del cuello ligeramente colorada por los nervios—. Se está aprovechando de ti. No quiero que te haga sufrir.

Ovidia sonrió con tristeza. Vio como Charlotte la miraba, preocupada. La bruja de Tierra había estado con ella desde siempre. Y mucho más aún desde el día que Ovidia volvió a casa tras aquel horrible momento.

Charlotte había llegado a odiar a Noam más incluso que Ovidia. Y parecía que algo de ese odio seguía ahí, aunque la Bruja Negra lo identificaba más como su preocupación por ella.

—¿Y quién dice que yo no me estoy aprovechando también?

Charlotte frunció el ceño, pero antes de que pudiese hablar, Endora les hizo saber que estaba todo listo.

Las tres se giraron hacia los dos chicos, que estaban preparados para empezar el rastreo, ya situados dentro del círculo de invocación que había preparado Endora. Este se encontraba rodeado de sal, un ingrediente altamente protector.

Ovidia se acercó a ellos y, con cuidado, dejó el anillo en el espacio que la separaba de los Videntes. La joya, roja y brillante, se quedó flotando en el aire.

Antes de apartarse, echó un rápido vistazo a Noam, que tenía los ojos puestos en ella.

—Nada de que preocuparse, Ovi. Estaré bien —le dijo el chico sonriendo.

Ella asintió con dificultad y volvió con las otras dos brujas. Ambos chicos se miraron, juntaron las manos palma con palma y entrelazaron los dedos.

Luego cerraron los ojos, que se abrieron un instante después y los dos brujos empezaron a brillar con aquella aura blanca que caracterizaba a los suyos.

Endora abrió los brazos, empujando a Ovidia y Charlotte hacia atrás.

—A la mínima señal de que algo va mal —la voz de Ovidia era alta, autoritaria— volved.

Los Videntes no respondieron, tan solo asintieron con la cabeza.

Y cuando la luz se volvió más blanca, Ovidia lo supo: ya no estaban con ellas.

Sus mentes se habían perdido en la del otro, en la conciencia del anillo.

Así, pacientemente, la Bruja de la Tierra, la Bruja de la Noche y la Bruja Negra esperaron.

Y esperaron.

—Han pasado más de quince minutos. —Los nervios podían con Ovidia, que no paraba de moverse de un lado a otro—. Y siguen igual.

—Tal vez ya hayan encontrado algo y estén indagando más —aventuró Charlotte, fingiendo calma, aunque sus ojos iban de su amiga a los Videntes, cuya luz blanca no había perdido fiereza—. Paciencia.

Fue entonces cuando Ovidia lo sintió. Como una gran vibración venía del centro de la sala y, apartando a Charlotte, miró alarmada a Harvey y Noam.

—Algo va mal.

—¿Cómo lo sabes? —quiso saber Endora, que activó su magia y sus ojos se tornaron púrpura.

—Lo siento. Sus energías son más fuertes.

Las hiedras de Ovidia, así como sus tres sombras, salieron disparadas de ella, dispuestas a protegerlas. Albion, Feste y Vane empujaron a las tres chicas contra la pared de una manera tan rápida que no tuvieron tiempo de entender qué ocurría hasta que Ovidia vio a Albion protegerla por completo con su cuerpo.

Hermana, ¡cuidado!

—¿Qué ocurre? —le preguntó.

Vane, que estaba frente a Endora, se giró para mirarla.

Se han acercado demasiado.

Fue entonces cuando tanto Noam como Harvey empezaron a temblar, y el anillo brilló con gran fuerza, llenando la habitación de una luz roja cegadora.

Charlotte se ocultó tras Feste, cerrando los ojos y tapándose los oídos ante tal abrumadora escena. Endora la abrazó, utilizando su cuerpo como escudo.

Entonces los Videntes gritaron desgarradoramente.

—¡Noam! —bramó Ovidia, apartándose de sus sombras.

La energía que había en la estancia la golpeó, amenazando con lanzarla contra la pared.

Sintió las garras de Albion manteniéndola en su sitio.

E instantes después los gritos cesaron, la luz blanca se desvaneció, Noam y Harvey se soltaron a la vez y cayeron de espaldas. El anillo dejó de brillar, pero aún flotaba en el mismo lugar.

Ovidia quiso ir hacia Noam, pero Endora la detuvo.

—No. El círculo de protección sigue activo.

Fue la Bruja de la Noche quien se dirigió hacia los Videntes y, pronunciando las mismas palabras que había usado para crear el escudo protector, este cayó y la sal que había empleado para dibujar el círculo de protección se desvaneció al instante.

Charlotte fue a ayudar a Harvey, y Ovidia, tras ponerse el anillo de nuevo, se inclinó hacia Noam.

—¿Estás bien? ¿Qué ha ocurrido?

—Nada —explicó Harvey, ya de pie con la ayuda de las otras Sensibles—. No ha pasado nada.

—No es lo que parecía desde fuera —exclamó Charlotte.

Ovidia ayudó a Noam a levantarse. El chico estaba realmente pálido, y no se soltó de la bruja ni siquiera cuando ya estuvo de pie y empezó a hablar.

—Harvey y yo nos encontramos en nuestro espacio mental y sentimos la presencia del anillo. Pero el pacto de sangre es demasiado fuerte. No ha habido manera de penetrar en el objeto. No hemos tenido oportunidad alguna.

Ovidia dirigió su mirada al anillo, ahora una simple joya descansando sobre su mano derecha.

—Aun así —siguió contando Harvey—, hicimos un último intento. Ambos dirigimos todo nuestro poder contra el escudo del anillo. Y por un momento creímos haberlo roto, pero después una gran fuerza nos expulsó y lo siguiente que recuerdo son los brazos de Charlotte ayudándome.

—El anillo no nos ha dado muy buena bienvenida, la verdad —musitó Noam, acercando más a Ovidia hacia él. Esta no se apartó del chico.

—Tenemos que buscar alguna alternativa…

Las voces de todos empezaron a entremezclarse mientras buscaban otras maneras. Había dos tesoros enlazados a Angelica perdidos por el mundo, y cuanto más tiempo pasaba, más peligro corrían de ser descubiertos por las manos equivocadas.

Como si despertase de un leve sueño, Ovidia volvió a mirar el anillo. Una idea nació en su interior.

Una peligrosa.

—¿Y si en lugar de buscar a través del anillo… ¿lo usamos como origen?

Todos se callaron y se giraron para mirarla, expectantes.

—Explícate —exigió Endora, apoyando un brazo en la cadera.

Ovidia vio como Charlotte miraba a la Bruja de la Noche y se sonrojaba.

Reprimiendo una sonrisa, dijo:

—Habéis intentado buscar algún tipo de recuerdo, pero el anillo ha demostrado claramente que contiene más hechizos de los que creíamos.

»Debemos realizar un ritual más poderoso. Una invocación.

—No —dijo inmediatamente Noam, y Ovidia esta vez sí que se apartó de él.

—No te estoy pidiendo permiso, Noam.

—Estamos hablando de magia negra, Ovidia. —La voz de Charlotte era una gran advertencia.

—Creo que de eso no nos va a faltar —dijo la Bruja Negra señalándose a sí misma.

—En parte. Pero eso son palabras mayores. Charlotte lleva razón —terció Endora, dando un paso hacia delante—. De todos modos… —La Bruja de la Noche hizo una breve pausa y volvió a poner los ojos en Ovidia—. Necesitaré unos días para reunir ciertos ingredientes. No son fáciles de conseguir, pero me haré con ellos.

Ovidia asintió, se miró el anillo y se llevó la mano al pecho con un profundo suspiro.

—Tendrás que hacerlo sola. —Harvey se cruzó de brazos mientras insistía—: Lo sabes, ¿verdad?

Ovidia asintió, y dirigió la mirada a Endora, cuya negra mata de pelo le caía hipnóticamente en cascada por el hombro.

—Asegúrate de conseguir los ingredientes, Bruja de la Noche.

Esta respondió ante el desafío con una media sonrisa que prometía que así sería.

Aquella noche, Noam y Ovidia estaban preparándose para ir a descansar, con el crepitar de la chimenea como único ruido, cuando la bruja decidió romper el silencio.

—Charlotte me ha abordado con ciertas preguntas —explicó Ovidia mientras se hacía su trenza para dormir.

Noam estaba preparando el sofá.

—¿Qué clase de preguntas? —dijo dejando la almohada.

Ovidia se giró con una expresión que mostraba que el tema que habían abordado era evidente.

—¿Esto? —preguntó Noam, señalándose a sí mismo y a la chica. Ovidia asintió y el chico sonrió—. ¿Y qué le has explicado?

—La verdad, obviamente. No voy a mentir a mi mejor amiga. —Ovidia dejó su cepillo sobre el tocador, sorprendida por la poca seriedad de Noam ante el asunto—. Además, el único lugar donde Charlotte nos imaginaría a ambos casados es en sus más oscuras pesadillas.

—Siempre te había creído la más melodramática de las dos y… —Noam detuvo su discurso al ver como las hiedras de Ovidia salían de repente, retorciéndose a su alrededor. Una clara prueba de su estado de ánimo—. Está bien. No he dicho nada. Prosigue.

Ovidia enarcó una ceja ante aquella respuesta. Obviamente las hiedras esta vez sí habían sorprendido a Noam, pero no pensaba que se rendiría con tanta facilidad.

El chico se volvió para colocar las mantas que usaba para dormir sobre el amplio sofá.

Y, medio sonriendo, Ovidia prosiguió.

—Además, Endora ya sabe la verdad. Harvey es el único que sigue creyendo esta estratagema —musitó Ovidia, girándose para mirarlo. Noam también se volvió, y sus ojos reflejaban el púrpura del fuego de la chimenea—. ¿Por qué no decirle también la verdad? Creo que, llegados a este punto, podríamos simplemente ser honestos.

»Y, lo mejor —añadió la chica tras pensarlo unos instantes—, podrías tener una habitación para ti solo.

Ante aquellas palabras, Noam, que ahora se encontraba echando más leña a la chimenea, se detuvo y se giró lentamente para mirarla. Ovidia frunció el ceño, notando el cambio en todo él.

—¿Por qué dices eso?

—¿No es evidente? —Tragó saliva antes de continuar, extrañamente nerviosa por tener que decir todo aquello en alto—. Ha sido algo que hemos hecho por precaución. Pero aquí estamos a salvo. Y sería una mejora para ambos. Es más, Charlotte podría compartir la habitación conmigo, y tú podrías tener la tuya propia.

—¿Eso es lo que quieres?

La pregunta la pilló desprevenida. Los dedos de los pies se le curvaron ante la imponente mirada de Noam, que ahora se estaba acercando a ella, y las hiedras empezaron a desvanecerse. Ambos se dieron cuenta.

La habitación pareció hacerse más pequeña y la presencia de Noam, más palpable. La pregunta pendió en el aire, a la espera de una respuesta que Ovidia no estaba dispuesta a dar, que no estaba dispuesta a mostrar.

—¿Qué? —dijo con un hilo de voz como último recurso.

—¿Es lo que deseas? —repitió él, deteniéndose frente a ella. Ovidia, aún sentada en el taburete del tocador, tuvo que levantar la cabeza—. ¿Quieres que dejemos de compartir habitación?

—¿No sería lo mejor? —Se defendió con otra pregunta, incapaz de ofrecer una respuesta, de admitir la verdad o de pronunciar una mentira.

—¿Acaso no he sido un buen compañero? —Había dolor en aquellas palabras. Realmente le había sorprendido la propuesta de Ovidia.

La chica se levantó y se acercó a él, pero Noam se apartó para apoyarse en una de las sillas de la mesa.

—Noam…

—¿He hecho algo para incomodarte? —espetó el chico, girando la cabeza para no mirarla—. Tan solo dímelo y veré...

—Noam, mírame. —Y él lo hizo de inmediato, como si estuviese deseando que Ovidia pronunciase aquellas palabras.

—No has hecho nada malo en absoluto. Al contrario, todo esto... —La Bruja Negra respiró hondo y prosiguió—: Has sacrificado tanto por mí... Esto lo hago por ti.

—¿Por mí? —enfatizó Noam, señalándose a sí mismo.

—¿Por quién si no? Lo que has hecho desde aquella noche... Protegerme, ayudarme. Sé que lo has hecho de corazón, y jamás tendré palabras suficientes para agradecértelo. Pero no me parece justo que, pudiendo tener una alcoba para ti solo, con total intimidad para hacer...

—¿Para hacer qué?

Ovidia no respondió, incapaz de mirarle.

—Serías libre de hacer lo que quisieras. De...

—¿De qué?

Esta vez sí le miró, sin parpadear un instante.

—Podrías hacer lo que haríamos si estuviésemos realmente casados.

Algo oscuro se posó en los ojos del chico.

—¿Y qué hay del beso?

Ovidia respiró hondo. Tenía razón. Por supuesto que la tenía.

—Siento...

—No. —Noam recorrió la distancia que lo separaba de ella, y sus pies le llevaron hasta la muchacha con una rapidez que obligó a Ovidia a apoyarse en la cama—. No lo sientes. Mírame a los ojos y dime que te arrepientes de lo que pasó.

—Aquello fue por el incienso —se justificó ella, sin fijar la vista en ninguna parte. Ahora que las hiedras se habían ido, se encontraba casi desnuda.

—Pero aun así... no pude creer que te tenía entre mis brazos de aquella manera.

»Y menos ahora, cuando llevo desde entonces soñando que cada vez que te acercas a mí, volverás a besarme como lo hiciste aquella noche.

Esta vez Ovidia sí que le miró, y se percató de lo cerca que estaba de él.

O él de ella.

¿Acaso importaba?

Podía sentir el aliento de Noam en su rostro, las profundas respiraciones del chico. Aquellos familiares y cálidos ojos escanearon su rostro hasta posarse en sus labios. Noam empezó a inclinarse y ella cerró los ojos y aceptó su gesto.

El chico lanzó un gruñido de satisfacción y sus labios empezaron a rozar los de ella, cálidos, suaves, húmedos.

Deseaba saborearla.

Pero los recuerdos de hacía cuatro años la invadieron sin remedio.

Una cosa era fingir ante los demás. Pero ahora, a solas, la tapadera no tenía sentido alguno.

—No puedo, Noam —murmuró sobre los labios del chico, con los ojos aún cerrados.

—Ovidia…

—No. —Ella se apartó, guardando silencio, temerosa de lo que pudiese decir.

Con rapidez, se dirigió a la cama y se metió en ella.

—No puedo —repitió sin poder mirarle, dándole la espalda por completo.

Aquel familiar y desafortunado dolor que la había acompañado desde hacía cuatro años volvió a su pecho y tuvo que reprimir las lágrimas.

Jamás olvidaría lo que la actitud de Noam provocó en ella.

Sí, aún sentía cosas por él.

Sí, besarle había sido medicinal.

Pero aquel dolor traía consigo una chispa peligrosa.

El recuerdo de lo que podía pasar otra vez.

Y un corazón roto dos veces por la misma persona jamás vuelve a ser el mismo.

—Jamás haría nada que no quisieras, Ovidia.

Escuchó lo grave y rasgada que sonaba su voz, pero no respondió. Se acurrucó más bajo las sábanas y, segundos después, oyó como la puerta de la habitación se cerraba con fuerza.

Y Ovidia se quedó sola.

12 de diciembre de 1843. Londres, Inglaterra

Sin apenas darse cuenta, habían pasado cuarenta y dos días desde que habían huido de Winchester. Ovidia llevaba la cuenta. Cuarenta y dos días desde que habían huido como criminales por las familiares calles del lugar que todavía consideraba su hogar. Londres aún era un gran desconocido para Ovidia, pero podía considerarlo su refugio.

Al menos ese cándido adjetivo le hacía justicia.

Habían sido semanas donde Ovidia y Noam habían compartido habitación, y no habían cejado en su investigación sobre las Brujas Negras, el asesinato de Elijah y, ahora, los dos tesoros restantes a juego con el anillo de Ovidia.

Pero, aun así, durante aquellas dos últimas semanas, la relación entre ambos no había sido igual. No desde que Ovidia le había confesado que quería que él tuviese un espacio para sí mismo.

Noam había vuelto al día siguiente, y le había dicho que no deseaba marcharse, que prefería quedarse cerca de ella, temeroso de que le pudiese pasar algo.

Fue tan convincente y, a pesar de lo frío que sonaba, había tal seguridad en la voz del chico que Ovidia no objetó nada. Pero no podía evitar darse cuenta de lo distante que estaba el brujo.

No era el Noam que ella conocía.

Y ese día, el cuarenta y tres, iban a realizar algo que los suyos no habían hecho desde los primeros tiempos, desde el descubrimiento de la magia: una invocación.

Otro día nublado daba la bienvenida a Londres. Desde su habitación, Charlotte no atisbaba ni un solo rayo de luz, y se fijó en que las pocas plantas que había podido llevar a su dormitorio estaban algo desanimadas.

—Lo sé, corazones —murmuró terminando de colocarse su abultada trenza—. Veré si alguno de los trabajadores de Endora es un Brujo del Día para que os proporcione algo de luz, ¿sí?

Las plantas parecieron responderle, pues todas hicieron un leve movimiento ante la suave voz de Charlotte. Suspirando, esta se miró en el espejo del tocador y se aplicó un poco de crema hecha con zanahoria y lavanda para suavizar la textura de la piel. Charlotte siempre había sido muy escrupulosa con su cuidado personal, y sus cremas y perfume eran algo de lo que nunca prescindía.

Ni siquiera cuando ayudaba a huir a su mejor amiga.

Finalmente, embelleció sus orejas con dos pendientes sencillos de plata y se mojó las muñecas con un delicado perfume, pasándoselo luego por el cuello y el vestido, de tono verde bosque. En ese momento, algo captó su atención al otro lado de la ventana. La habitación de Charlotte se encontraba en el mismo piso que la de Noam y Ovidia, justo al final del pasillo, por lo que su ventana daba a los grandes patios traseros del hogar de Endora. Allí fue donde vio a la bruja pasándose una mano por el pelo, que llevaba despeinado. Tras ella apareció Harvey comentándole algo apresuradamente. En las manos del Vidente descansaban varias cartas, y Endora las cogió, pareció leer de un vistazo los destinatarios y asintió. Y entonces Harvey desapareció de nuevo en la casa. La madame se sacó algo del bolsillo del vestido, de color azul, sin corpiño y bastante sencillo, se encendió un cigarro y dio una larga calada.

La curiosidad pudo con Charlotte, que salió de su dormitorio, bajó las escaleras y llegó al jardín en apenas un minuto.

Endora, perdida en sus propios pensamientos, no se percató de su presencia. Dos de sus gatos aparecieron repentinamente a sus pies. Maullaban y ronroneaban. Uno de ellos vio a Charlotte y se acercó a ella para ofrecerle la barriga en muestra de confianza.

La madame siguió con la mirada al gato y dio un respingo al encontrarse a la Bruja de la Tierra tras él.

—Charlotte.

—Lamento el susto. —La muchacha tuvo que reprimir una leve sonrisa y se agachó para acariciar al gato, que no paró de ronronear en ningún momento—. Te he visto salir desde mi habitación y parecías…

—¿Agobiada?

—Frustrada. —Charlotte se acercó poco a poco a Endora mientras esta volvía a dar otra calada al cigarro—. ¿Puedo?

La Bruja de la Noche enarcó una ceja y, asintiendo, le tendió el cigarrillo a Charlotte, la cual dio una larga y pausada calada.

—¿Charlotte Woodbreath, fumadora?

Esta soltó el humo, encogiéndose de hombros.

—Nunca juzgues a nadie por sus apariencias, Clearheart. —Lottie fue a devolverle el cigarrillo, pero Endora lo rechazó. Se sacó otro y lo encendió delante de ella—. ¿Por qué estás frustrada?

—Por lo de esta noche. —Endora empezó a pasearse de un lado a otro, los huesos del cuello se le marcaron tras una inspiración larga y pesada—. Estoy tratando de buscar un hechizo de protección más potente para el círculo de invocación. Uno potente de verdad. Pero no encuentro nada en mis grimorios y…

—Espera. —Charlotte dio un paso adelante, casi tropezando con el gato, que no se había apartado de sus pies—. ¿Grimorios?

Endora asintió con orgullo.

—Ovidia ya intentó sonsacarme de dónde salieron. Hay información que es mejor no saber, florecilla.

—Como he dicho, no juzgues antes de tiempo. No me interesa de dónde los conseguiste, pero quizá pueda ayudarte. Bueno, quiero ayudarte.

Endora miró a Charlotte de arriba abajo, como si la estuviese analizando. Finalmente asintió, dio otra calada al cigarro y se dirigió hacia las escaleras que llevaban a la casa.

—Sígueme entonces. No perdamos más tiempo.

Charlotte tiró el cigarro al suelo y lo apagó, se recogió las faldas y siguió a la bruja hacia la casa.

Subieron hasta el ático, y tras activar la estatua griega, ambas entraron al pasadizo que llevaba a la biblioteca particular de Endora. Nada más llegar, Charlotte vio que era una sala bastante grande, y la manera en la que estaba decorada fue algo por lo que felicitó a la Bruja de la Noche. Tras estas alabanzas, no pudo evitar murmurar:

—Tu obsesión con el violeta me fascina y a la vez me preocupa.

Endora cogió un libro de un tamaño considerable y lo dejó junto al montón de papeles que había sobre la mesa, en el centro de la estancia.

—Si con eso consigo que cada vez que veas el color te acuerdes de mí, es que mi obsesión ha funcionado —dijo Endora mientras bajaba a uno de los gatos que las habían seguido y que se había subido a la mesa con curiosidad—. Te he dicho mil veces que no te subas a la mesa, gato cotilla.

—¿En qué necesitas ayuda? —Charlotte rodeó la mesa y empezó a hojear lo que tenía delante de ella.

—Un círculo de invocación más potente o directamente un hechizo más poderoso. Tengo más de treinta grimorios prohibidos, y uno de ellos es una réplica del original, aunque algunas páginas se han perdido. Pero ese lo tengo bajo llave. Y sí, ya le he echado un vistazo. No he encontrado nada.

—¿Temes que pueda pasar lo de la última vez? —la pregunta de Charlotte fue un susurro.

Los nudillos de Endora, que estaba apoyada en una de las sillas, se volvieron blancos.

—Temo que pueda pasar algo peor.

Charlotte frunció el ceño con una mueca de preocupación en el rostro. Intentó no pensar en el peligro al que Ovidia se expondría aquella noche.

—Somos brujas poderosas —exclamó con convicción Charlotte, apretando el brazo de Endora. Esta reparó en el gesto, y dirigió la mirada a la Bruja de la Tierra—. Estoy segura de que tu fascinación por estos grimorios nos llevará a una solución útil. ¿No hay nada que recuerdes? ¿Cualquier cosa que pueda ayudarnos a lograr una mayor protección para Ovidia?

—No se trata de proteger a Ovidia —explicó Endora, girándose y cogiendo la mano de Charlotte. Ante el gesto, esta sintió como el corazón le daba un vuelco, y la voz de la Bruja de la Noche la envolvió—. Cuando abres un círculo, es como si abrieses una gran puerta por la cual puede entrar cualquier cosa. Los pentagramas en general son peligrosos, y han de realizarse con gran meticulosidad.

—Y estoy segura de que tuviste mucho cuidado la última vez, con Noam y Harvey. Solo tenemos que mejorarlo esta noche.

—Eres demasiado buena, Charlotte. Demasiado compasiva.

Esta sonrió, y se le formó su característico hoyuelo en la mejilla izquierda. Un detalle que hizo que las pupilas de Endora se dilatasen levemente.

—No creas todo lo que ven tus ojos, Endora. —Ambas se separaron y Charlotte se giró hacia los papeles, llenos de árboles genealógicos y diferentes pentagramas dibujados—. Ahora cuéntame más sobre esto.

Endora se inclinó hacia delante, y su aroma impregnó las fosas nasales de su acompañante.

—Los círculos de invocación tienen sus pasos, sus reglas. —Lottie asintió, tenía toda su atención puesta en Endora—. Tal vez en alguno de esos pasos podamos hacer una leve alteración. Lo suficiente para añadir más protección al círculo.

Solo se oía la chimenea, que seguía crepitando en el fondo de la sala, y el leve maullido de los gatos que les hacían compañía.

—¿Estamos hablando de algún hechizo, alguna palabra clave o más bien algún ingrediente?

—Todo ello. Lo que sea que pueda asegurarnos que tanto Ovidia como nosotros estaremos bien. —Endora bostezó con ganas, tapándose la boca ante el gesto—. Disculpa. No he dormido muy bien.

—¿Pesadillas?

—No, no —aclaró la bruja—. Solo que me cuesta conciliar el sueño antes de crear un pentagrama. He de admitir que son intimidantes.

En ese instante, un recuerdo empezó a abrirse paso por la mente de Charlotte, como si saliese con timidez de una caja olvidada y polvorienta.

—¿Tienes atrapasueños?

—En todas las habitaciones —asintió Endora. Charlotte se preguntó dónde estaría el suyo entonces; más tarde lo buscaría—. ¿Se te ha ocurrido algo?

—Mi abuela me contó de pequeña que, durante la Primera Generación, las Brujas de la Tierra solían hacer una especie de elixir protector que ponían en las entradas o accesos a las casas. El círculo es como un portal, ¿no? —Endora asintió—. Tal vez podríamos poner un atrapasueños mirando al norte, y rociar el círculo con ese elixir. Además de buscar algunos hechizos extras de protección.

—¿Qué necesitas para prepararlo?

—Los ingredientes son complicados de encontrar. —El entusiasmo en la voz de la chica pareció disiparse—. Y la receta original lleva uno que nadie ha podido encontrar desde hace siglos.

—¿Qué necesitas? —recalcó Endora, cruzándose de brazos.

Charlotte se tomó un momento para pensar. No. Era imposible que Endora tuviese ese ingrediente. Su especial fascinación por las artes prohibidas le había llevado a coleccionar todos esos tesoros, pero llegar a encontrar eso…

—Necesitaré romero, albahaca, helecho, hierbabuena y mucha cantidad de ruda.

—¿Ese es el ingrediente especial?

—El ingrediente especial es polvo de hada.

Endora abrió los ojos de tal manera que Charlotte tuvo que contener la risa, que amenazaba con salir de ella.

—¿Polvo? ¿De hadas?

La Bruja de la Tierra asintió.

Fue Endora quien explotó en una estruendosa carcajada, para seguidamente dirigirse hacia el fondo de la estancia. Abrió una cortina que Charlotte no había visto antes y entró en lo que pareció otra habitación, pero la chica no se atrevió a moverse, ahora ella también riendo por lo bajo.

La madame volvió un instante después, y acercándose a la otra bruja, le cogió la mano y depositó algo en ella.

Charlotte sintió algo duro, como vidrio. Se miró la mano derecha y vio un pequeño tarro de cristal lleno hasta la mitad de una sustancia dorada.

Imposible.

—No puede…

Charlotte sintió la mano de Endora en la barbilla, y levantando la cara, ambas brujas se miraron.

—Me encanta cuando te sorprendes, Lottie. No sabes cuánto.

—¿Cómo? ¿Dónde?

Endora le colocó un mechón de pelo tras la oreja y, a apenas unos centímetros de su rostro, murmuró:

—Llama a Ovidia. Será mejor si trabajamos las tres. Trabajo femenino en equipo.

Charlotte asintió, y recogiéndose las faldas, salió con rapidez de la biblioteca y se dirigió escaleras abajo. Mientras tanto, Endora se encendió otro cigarrillo, observando como uno de sus gatos seguía a Charlotte fuera de la habitación.

La Bruja de la Noche sonrió ampliamente sin poder evitarlo.

Durante el resto de la mañana, Endora y Ovidia siguieron las instrucciones de cómo realizar el encantamiento; las palabras que debían pronunciar, la posición del atrapasueños, el lugar, el pentagrama…

Junto a la chimenea, Charlotte, equipada con su maletín particular, preparaba el elixir con una habilidad que denotaba experiencia.

Todo se estaba llevando a cabo minuciosamente.

Aunque Ovidia había intentado estar lo más concentrada posible en disponer todo el encantamiento como era debido y, sobre todo, prepararse ella misma para aquello a lo que se iba a enfrentar, el recuerdo de Noam y sus dolidos ojos ante la discusión de aquella noche no la abandonaban.

Y por un momento, cuando él le preguntaba sin cesar qué había hecho mal, ella no supo qué responder, pero ahora sí lo sabía. Esta vez Noam no había hecho nada malo, sino todo lo contrario.

Ovidia intentó que lo que había sucedido hacía años no resurgiese. Que el dolor, la traición y el orgullo que le inundaban el alma mientras volvía envuelta en desolación a su hogar aquel día, el día que apareció Vane, se desvanecieran. Que los oscuros recuerdos fueran sustituidos por la calidez y la bondad que Noam había mostrado con ella esas últimas semanas.

Quiso que los actos del presente fueran más fuertes que los sucesos del pasado.

Aun así, no solo fue el recuerdo de aquel día, sino de los meses siguientes a este, llenos de miradas cuando la gente se percató de que el cortejo se había detenido. Escuchó como aquella misma noche Noam se presentó en su hogar, después de lo que había dicho, y Theodore lo despachó como pudo.

Su padre no le preguntó jamás qué había ocurrido. Y Ovidia solo le contó: «Hemos decidido detener lo que estaba sucediendo entre nosotros. Es lo mejor».

Él la había abrazado, y ella había reprimido las lágrimas. Vane y Feste, mientras tanto, estaban en la habitación, ocultos a los ojos de todos.

Menos de ella.

Pero eso era el pasado.

Y ahora, en su presente, tenían algo mucho más importante entre manos.

Y peligroso.

Aterradoramente peligroso.

Poco antes de medianoche, los cinco bajaron al sótano del sótano, donde Endora había preparado todo para la invocación.

Ovidia lo haría sola.

Harvey cerró la puerta de la oscura estancia con encantamientos, y la joven fue directa hacia el centro de esta.

Poniéndose dentro del pentagrama, arrojó más sal a su alrededor y se cubrió las manos y el cuello con ella.

Sal negra, la más protectora ante cualquier tipo de amenaza que pudiese surgir.

Cuando se realizaba una invocación, se abrían portales, puertas a otros mundos que debían permanecer cerradas.

Pero esta invocación sería sencilla y rápida. O al menos eso se estuvo diciendo la joven a sí misma durante toda la tarde. Solo necesitaba buscar el anclaje a los tesoros. Y eso sería todo.

Así que Ovidia echó un rápido vistazo a sus compañeros, haciéndoles saber que estaba lista.

Charlotte vertió alrededor del círculo el elixir que había preparado, y posicionó el atrapasueños en el punto que marcaba el norte. Ovidia se giró, quedando de cara al este.

Noam y Harvey crearon el escudo protector, y finalmente la Bruja Negra quedó aislada de todos, y sola.

Sus tres sombras la rodearon con los ojos fijos en ella.

—¿No sabéis dónde están?

No, hermana. Se perdieron hace mucho tiempo, explicó Feste a su derecha.

Es un milagro que tu padre tuviese uno, añadió Vane a su izquierda. *Ten cuidado. Estaremos aquí.*

La bruja asintió. Entonces levantó los brazos, y el anillo empezó a brillar.

—*Tenebrae, venite ad me. Tenebrae, hic sum* —musitó.

El pentagrama se iluminó, pero Ovidia mantuvo la concentración.

Puede que esa fuese la única oportunidad que tuviera de encontrar los otros objetos. Debía actuar con precisión.

Las velas empezaron a titilar, y Charlotte se puso al lado de Endora con los ojos fijos completamente en su amiga.

Pero la Bruja de la Tierra no pudo evitar aferrarse al brazo de la Bruja de la Noche.

Endora la miró y agarró la mano de Charlotte, ofreciéndole una sonrisa comprensiva.

—Es de armas tomar —dijo Endora—. El elixir la protegerá. Lo hemos hecho bien. Estará bien.

—Lo sé. Lo sé.

Charlotte dirigió su mirada a Noam, que estaba un paso por delante de los demás, todo él atento a Ovidia.

La Bruja de la Tierra sabía que, si pudiese, se hubiese introducido en aquel círculo con ella. Sin pensarlo.

Volvió a mirar a Ovidia, que seguía murmurando aquellas palabras, el anillo brillando frente a ella.

Y segundos después, las hiedras salieron del cuerpo de la Bruja Negra, rodeándola de tal manera que se les hizo imposible divisar a Ovidia tras tanta oscuridad.

Noam dio un paso adelante, pero Endora intervino:

—Ha empezado. Que nadie se mueva. Ahora todo depende de ella.

Y el silencio que siguió a aquellas palabras pareció convertirse en otro testigo más de todo aquello.

Ovidia cayó. Cayó como si hubiese saltado un acantilado y el mar a sus pies no llegase nunca.

El estómago se le revolvió, su sencilla falda se le subió hasta casi taparle la cara y luchó por poder ver lo que la esperaba más abajo.

Más y más abajo.

Pero en aquel lugar no había luz.

El descenso se detuvo de repente, y Ovidia tuvo que respirar hondo para recuperarse.

El anillo estaba frente a ella, a varios metros de distancia. Como si esperase. Como si aquello fuese un juego para él.

Era la única luz del lugar.

Tras ella, sintió como sus sombras se manifestaban, y una leve luz dorada le hizo saber que no estaba sola.

«Bien», se dijo a sí misma. «Sé lista, Ovidia. No dejes que te utilice».

La joven, decidida, intentó acercarse al anillo. Moverse en aquel lugar era como flotar en medio de la nada. Como cuando había nadado de pequeña en los lagos cercanos a Winchester. Era lento, difícil, y pesado.

Muy pesado.

Se preguntó si eso era lo que Noam y Harvey vieron el día del rastreo. Ese limbo, esa nada donde tan solo se encontraba aquel diminuto pero poderoso objeto.

Ovidia llegó al anillo, que ahora rotaba de una manera que le hizo pensar a la bruja si no tendría conciencia propia.

Entonces sintió el escudo que había a su alrededor, como este vibraba y protegía la joya con un poder tan primitivo que ni los Sensibles más poderosos se habrían atrevido a experimentar con él.

La magia que había caminado por la Tierra hacía miles de años, la que los egipcios, griegos y romanos tal vez conocieron antes de que los Sensibles de la época la llevasen a su fin, era diferente.

Había sido más poderosa, más primitiva.

Y el poder que rodeaba al anillo era exactamente ese tipo de magia.

Ovidia sintió la vibración que emitía como el abrazo invisible de una ráfaga de viento.

Supo que era ahora o nunca. No tenía mucho tiempo. Su cuerpo no resistiría tanto.

Poco a poco, levantó una mano hacia el anillo.

Y cuando lo rodeó por completo, vio como esa aura que había sentido, el escudo protector, cobraba vida con un destello rojo escarlata, el mismo color del rubí que decoraba la diminuta joya.

Entonces supo que había llegado más lejos que los Videntes.

Ovidia se lo acercó al rostro, y sintió la constante vigilancia de sus sombras. No habían salido, pero ella sabía que, si algo iba mal, saltarían sin duda alguna.

—Mi nombre es Ovidia Winterson. Soy descendiente de Angelica. Nuestro poder está en peligro —dijo al aire.

La luz roja aumentó en respuesta.

En la oscuridad, Ovidia sintió como si miles de ojos la mirasen.

Y entonces empezaron los murmullos.

De seres tan antiguos como los primeros días de este mundo.

«Concéntrate. No dejes que te intimiden».

—No sé qué es lo que hay dentro de ti. Pero creo que tus… hermanos están en peligro. Los tesoros.

Las voces aumentaron. A Ovidia le pareció escuchar incluso risas.

Sujetó el anillo en la palma de la mano.

—Por favor. Has de llamarlos. Yo os protegeré.

El anillo vibró de nuevo y la esfera roja empezó a disminuir, como si el escudo estuviese cediendo.

El corazón de la bruja latía tan rápido que parecía que iba a estallar.

—Sé que sabes que mis sombras están conmigo. Sabes que tengo el poder. Sabes que… no haré nada malo.

»Sentí tus vibraciones desde el momento en que te puse en mi dedo —prosiguió, escogiendo sus palabras sabiamente—. Sentía que estabas de alguna manera vivo. Aunque me negaba a aceptar que era así.

El anillo pareció quedarse quieto, esperando algo.

Esperando una ofrenda.

Ovidia sabía que algo así podría pasar.

No lo había comentado con ninguno de los demás, y era algo que se llevaría a la tumba.

—Mi sangre. Tómala también. Como promesa.

«Como pacto».

Fue entonces cuando sintió que varias garras la sujetaban y, alarmada, se giró para ver como sus tres sombras habían aparecido allí.

Hermana. La voz de Vane era diferente en aquel lugar. Casi de ultratumba. Ovidia sintió un escalofrío perturbador. *No te muevas*.

Ovidia asintió y volvió la mirada al anillo, la única luz en aquel fosco lugar.

El anillo empezó a girar sobre sí mismo, cada vez más y más rápido, hasta que se volvió un borrón de luz roja.

La energía, las vibraciones, aumentaron hasta que Ovidia tuvo que apartar las manos, asustada.

Hermana.

La advertencia de Vane la obligó a concentrarse.

Y entonces llegó el calvario.

Ovidia se retorció de dolor al sentir el pinchazo en el centro del pecho, como si algo la desgarrase desde dentro.

Las risas en la oscuridad aumentaron, y esas mismas voces empezaron a corear:

—*Sanguis familia est. Sanguinis fides est. Sanguis potestas est.*

Las garras de sus sombras la sujetaron, pero Ovidia siguió gritando.

Fue entonces cuando del anillo salió un pequeño hilo rojo que apuntaba a ese punto en el pecho de la joven que parecía desgarrarla.

Y cuando la luz la acarició, no pudo evitar gritar por el agudo dolor que la invadió.

—*Nostrum. Nostrum. Nostrum.*

Ovidia se miró el pecho, y justo donde la luz penetraba, una herida en forma de rombo empezó a abrírsele. Y su propia sangre fue hacia el anillo, sellando así la promesa.

Entre el dolor, el olor a sangre y la inmovilidad, Ovidia consiguió balbucear:

—Cumple con tu pacto.

El anillo pareció ronronear en respuesta.

Y Ovidia cayó en la oscuridad una vez más.

Lo siguiente que sintió después fue el duro y frío suelo en la espalda. Las luces de las velas se apagaron, y las terribles risas, esas mismas que habían acechado en aquel lúgubre lugar, se fueron desvaneciendo poco a poco.

A los pocos segundos sintió unas manos cálidas abrazándola, gritando su nombre con desesperación.

—¡Mírame! ¡Ovidia, por favor!

La joven abrió los ojos lentamente, parpadeando varias veces. Hasta que se encontró con el rostro de Noam frente a ella.

Había estado llorando.

No, estaba llorando ahora.

Ovidia le miró anonadada y oyó como alguien gritaba que fuesen a por paños.

Extrañada, la joven intentó incorporarse, pero Noam la mantuvo en sus brazos.

—No. Estás sangrando.

La bruja se miró a sí misma, y vio la sangre en su pecho.

Pero había algo más. Algo más pesado y frío.

Algo le rodeaba el cuello. Una cadena.

—Los has encontrado —musitó Noam, mirándola con sorpresa.

Fue entonces cuando Charlotte llegó con los paños. Le limpió la herida y obligó a Ovidia a beber un brebaje que no sabía demasiado bien.

Y en ese momento todos vieron que en el pecho de la Bruja Negra descansaba un colgante con un rubí idéntico al del anillo aún con restos de sangre.

Y nada más.

—¿Todo esto por un colgante? —espetó Charlotte, indignada.

—A mi despacho —ordenó Endora mientras empezaba a limpiar el lugar. Sal. Olía muchísimo a sal—. Tengo que cerrar todo esto. Quiero asegurarme de que todo lo que hayas podido abrir esté cerrado.

Harvey abrió la puerta de la estancia, y Noam cogió a Ovidia en brazos sin pensárselo dos veces. Charlotte los siguió.

Pero la Bruja Negra no les prestó atención, pues no podía apartar la vista del anillo, que descansaba en el dedo corazón de su mano derecha, y del colgante.

Parecían estar vivos. Porque, ahora, su propia sangre también descansaba en ellos.

Pero entonces lo supo: el anillo solo le había cedido uno de los tesoros, y tendrían que encontrar el tercero lo más pronto posible.

Una vez reunidos en el despacho de Endora, Ovidia les explicó todo lo sucedido, pero decidió guardarse la parte donde ofreció su sangre para realizar el pacto. Detalló cómo tuvo que luchar con el anillo y que, finalmente, este cedió.

Y que aquel colgante era lo que le había ofrecido.

Todo supieron entonces que quedaba todavía un último intento. El tercero parecía resistirse a salir.

—Lo buscaremos después de la fiesta —explicó Endora mientras se soltaba el pelo en una oscura cascada.

—¿Qué fiesta? —quiso saber Ovidia, sentada en uno de los sillones frente al escritorio de la madame.

—He organizado una fiesta con el resto de los Desertores de Londres y alrededores para presentarte en sociedad.

Todos quedaron en silencio.

—¿Cómo que presentarme en sociedad? —exigió saber Ovidia.

—No sabemos adónde nos llevará todo esto —explicó Endora despacio—. Sería mentir si te dijese que fue una decisión fácil de tomar. Y es arriesgada. Soy consciente de los peligros a los que te expongo.

»Hace un tiempo conseguí una casa de campo que arreglé para que fuese un lugar de encuentro para los marginados de la Sociedad. Llevo un par de semanas organizando esta fiesta, he invitado a la mayoría de los Desertores de Londres y los alrededores. Algunos vienen incluso del extremo norte del país...

—¿La vas a exponer como un premio de feria? —exclamó Noam, claramente enfadado.

Endora suspiró, pero mantuvo la mirada en la joven Bruja Negra.

—Es una táctica meramente política. Que la gente te vea como ellos te sienten: diferente. Que vean en ti a una igual, alguien cercano y para nada peligroso.

—Lo haré —respondió con firmeza Ovidia, lo que provocó un silencio inmediato. Los ojos de la bruja estaban fijos en Endora.

—Ovidia... —empezó a decir Noam, pero la chica prosiguió hablando:

—He dicho que lo haré. Es peligroso y algo descabellado, pero esta fiesta puede ser una gran oportunidad para conseguir algo que mis perseguidores tienen y nosotros no. Y eso son aliados.

—Exacto —recalcó Endora—. Los Desertores que estarán allí me conocen desde casi el momento que decidí salir de la Sociedad. Algunos incluso de antes.

—Quien diga que no tuviste influencias externas cuando decidiste salir de la comunidad... —murmuró Harvey, de brazos cruzados y conteniendo una mueca de diversión.

—Con más razón. Confío en ellos.

—No tiene la más mínima importancia si yo confío en ellos o no. —Ovidia se inclinó hacia delante, y las hiedras a su alrededor se movieron con ella—. Estamos desesperados. Es así. Y si esta fiesta hace que consigamos aliados, gente que nos pueda apoyar, entonces adelante.

—¿Esto va en serio? —exclamó Charlotte.

—Lo mismo digo. —Esta vez fue el turno de Noam para hablar. Endora y Ovidia los ignoraron por completo.

—Quiero que vean que eres una bruja más. Quiero que se den cuenta de que sí, tienes un poder distinto, pero ¿y qué? La mayoría de los Desertores han querido algo diferente a la Sociedad desde siempre. Tú podrías ser la chispa que encendiese de nuevo las esperanzas de ese nuevo futuro.

Todos se quedaron en silencio, como si estuviesen asimilando las palabras de Endora poco a poco. Esta suspiró, y fue a encenderse un cigarrillo cuando Ovidia masculló:

—Eres una gran lideresa. Es tu esencia. Todo tu ser.

—Palabras demasiado grandes para lo que realmente soy.

—Siempre digo las cosas porque creo en ellas.

—Lo que sí puedo asegurarte es que soy la mejor anfitriona que una fiesta puede tener, y en esta tú serás la estrella.

—Lo digo completamente en serio. —Ovidia se inclinó hacia delante, y todos los ojos de la sala estuvieron puestos en ella—. Estoy segura de que cada uno de ellos piensa lo mismo, a pesar de que probablemente intentarán convencerte de que canceles esta fiesta. Cómo te mueves y te expresas. La forma en que entras en una habitación y captas la atención de todos. Eso es algo que no todo el mundo tiene y que muchos matarían por poder afinar, domar y controlar. Liderazgo, Endora. Esa es tu esencia.

—Agradezco tus palabras, Ovidia. De verdad. Pero con total sinceridad… has leído demasiadas de esas novelas tuyas.

Ovidia rio suavemente, relajando los hombros. El cansancio le estaba haciendo mella.

—Palabras justas de una bruja justa.

—Salud por eso. Y ahora, id a descansar. La fiesta será mañana.

—¿Mañana? ¿Tan pronto?

—Si lo que te preocupa es la vestimenta, Charlotte, tengo una gran cantidad de vestidos que puedes probarte. Y ahora, todos fuera de mi despacho. Tengo trabajo que hacer.

—Quieres montar una rebelión —musitó la Bruja de la Tierra, llevándose una mano al pecho—. En un baile.

—Todo contacto, decisión política o romance extramatrimonial ha empezado en un baile, dulce Lottie —afirmó Endora, guiñándole un ojo seductoramente.

—Es peligroso —objetó Charlotte—. Y si alguien…

—Confía un poco en mí, Lottie. —Endora se levantó del sillón y, mientras rodeaba el escritorio, dijo—: Sé con quién estoy tratando. Harvey, quédate. Tenemos que ultimar los preparativos.

Este se limitó a asentir, y permaneció sentado.

Ovidia observó como su mejor amiga suspiraba y, antes de que Endora pudiese acercarse más, se recogió las faldas, mustió un «buenas noches», y desapareció escaleras arriba.

En ese instante, la Bruja Negra vio como Noam se ponía a su lado y la tensión de lo que había pasado entre los dos cayó sobre ella como una helada cascada de invierno.

Él le tendió la mano, y algo se retorció en el pecho de Ovidia.

Fue a levantarse cuando un repentino mareo la sorprendió, y Noam tuvo que agarrarla, alarmando también a Harvey y Endora.

—Estoy bien —aclaró rápidamente la chica—. Un leve mareo. Solo necesito descansar.

Sintió que una suave mano le levantaba el rostro, y se encontró cara a cara con el de Noam. Sus ojos y la mueca de sus labios mostraban preocupación. Estaba recién afeitado.

Ovidia se preguntó cómo le quedaría a Noam una barba bien poblada.

—De eso nada —exclamó Endora, rompiendo el momento—. Si queréis volver a montar un espectáculo como el de la primera vez, idos a vuestra habitación. Tenéis incienso en…

—Estamos bien. —La voz de Noam era un leve murmullo. No dejó de mirar a Ovidia ni un instante, y mientras rodeaba la cintura de la chica, aferrándola bien a él, claudicó—: ¿Podrías mandar preparar un baño para Ovidia, Endora? Lo necesita más que nadie.

Salieron del despacho de la madame, que les prometió que lo tendrían listo enseguida.

Y fue de camino a la habitación cuando Ovidia sintió como ese repentino cansancio iba disipándose poco a poco, siendo más consciente de la fuerza de Noam, el aroma y la respiración del chico. Extrañamente, y a pesar del leve mareo que la había acometido, se encontraba bien.

Mejor que bien.

No se atrevió a mirarle. Recordaba perfectamente cómo estaban las cosas entre ellos.

Al final, Ovidia se atrevió a echar un rápido vistazo al perfil del brujo, toda su atención puesta en él. Su olor la embriagó, y tuvo que mirar al frente de nuevo para que él no viera como la muchacha se mordía el labio. Fue tal el escalofrío de placer que la atravesó cuando llegaron a la entrada de la habitación que sus hiedras desaparecieron al instante.

Si el brujo se percató de aquello, decidió obviarlo por completo. Cerró la puerta tras ellos y quedaron finalmente a solas.

Noam dejó a Ovidia sentada en el borde de la cama, mientras comprobaba que hubiese todo lo necesario en la habitación.

La bañera ya se estaba llenando con agua caliente.

—Pondré más leña en la chimenea. Estaré de espaldas. Así podrás entrar en la bañera.

Ovidia asintió, echó un vistazo a la bañera, y empezó a deshacerse los nudos del corsé. Al oírla, Noam se mantuvo en la misma posición y no se giró para nada, centrado en su tarea de avivar el fuego. Mientras Ovidia se desvestía, iba dejando la ropa sucia en el suelo y asegurándose de no tener ningún tipo de rasguño. Por suerte, tan solo tenía un par de heridas en los brazos. Todo estaba bien.

Vio como Noam, aún de espaldas, giraba un poco la cabeza para que le escuchase mejor. Su mirada no fue en su dirección en ningún momento. Respetó su privacidad, tal como le había prometido.

—Puedes meterte. Vigilaré la chimenea—le anunció Noam.

Ovidia decidió dejarse el collar, caliente ahora contra su pecho. Caminó hasta la bañera y poco a poco se metió en la ardiente agua, notando cómo esta amortiguaba el malestar general de su cuerpo. Soltó un suspiro mientras dejaba que el agua la cubriese hasta el pecho, y apoyó la cabeza en el borde de la bañera.

Miró al chico entonces, que seguía de espaldas a ella, con los ojos fijos en el fuego. Había puesto agua en el aguamanil que compartían y Noam se limpiaba los antebrazos, las manos y la cara, además de mojarse ligeramente el pelo.

Ovidia miró los antebrazos del chico, y tuvo que meterse debajo del agua para apagar lo que fuera que estaba creciendo en su interior.

Aún le costaba creer que se encontrara desnuda con Noam a apenas tres metros de ella.

Cuando sacó la cabeza de nuevo, vio que el agua estaba muy sucia, y apoyándose en el borde de la bañera, susurró:

—Necesito el jabón.

Noam cogió aire, y sus hombros acompañaron el movimiento.

—Estás desnuda, Ovidia.

—Muy observador. Normalmente, las personas se bañan desnudas, Clearheart. ¿Te da miedo verme? Estoy segura de que no soy la primera mujer a la que ves desnuda.

Noam se giró despacio y soltó un suspiro que Ovidia oyó a la perfección. No podía ver más que los hombros y la cabeza de la chica, y esta estiró el brazo derecho mientras con el izquierdo se sostenía contra el borde de la bañera.

—¿Jabón, por favor?

Noam la miró a los ojos, y Ovidia notó como las pupilas del chico se dilataban. El fuego que había a su derecha alumbraba lo suficiente para ver como sus ojos ahora estaban casi tan oscuros como los de ella.

El chico le tendió el jabón y sus dedos se rozaron, lo que lanzó chispas por la piel de Ovidia. Noam se apartó lentamente y murmuró, girándose de nuevo hacia la chimenea:

—Voy a calentar más agua por si acaso. Date prisa o cogerás frío.

Ella metió el jabón en el agua para hacer espuma y se lavó con rapidez. Cuando estuvo lo suficientemente limpia, se pasó el jabón también por el pelo. Luego se sumergió en el agua una vez más para aclararse.

Cuando salió, Noam seguía frente al fuego, pero ahora sin su chaqué. Tan solo la blanca camisa interior le cubría el tronco.

Ovidia se deleitó observando los músculos de su dorso, las mechas más oscuras de su castaño pelo, y lo ancha que era su espalda respecto de hacía cuatro años.

Noam ya no era el chico del que se había enamorado. Era todo un hombre.

Y, presuntamente, para los Londinenses, su marido.

Cierto era que había probado sus labios. Y no había dejado de pensar en aquel momento.

«¿Quieres que pare, Ovi?».

Observó al chico un instante más, y cogiendo aire, salió de la bañera. Cogió las toallas que había en el tocador, al lado de la cama.

Se secó rápidamente, con los ojos fijos en la espada de Noam, que estaba totalmente centrado en su tarea. Odiaba la tensión que había entre ellos. Detestaba no poder tener una conversación como la habían tenido días antes.

Le dijo que lo sentía. No era justo que tuviese que soportar todo eso. Porque, en el fondo, todo eso, su matrimonio, era una completa mentira.

Pero sí fue real el deseo primario de Noam aquel día, en aquel beso. Ovidia había visto cómo la miraba, había sentido sus manos en ella.

Un ardiente deseo creció en ella, y pudo escuchar el murmullo de sus sombras.

Hermana, ¿te encuentras bien? La voz de Vane inundó su mente.

«—Idos —dijo sin hablar—. Ocultaos en la noche hasta que os vuelva a llamar. Procurad que no os vean».

Sí, hermana, murmuraron Feste y Vane. Un instante después salieron de ella, Albion incluido, y lo hicieron de forma tan silenciosa que Noam ni se percató. Atravesaron la pared que daba a la calle, no sin antes girarse para mirarla. Ovidia asintió y las sombras desaparecieron, dejando a los dos Sensibles finalmente a solas.

Supo que hablar con él no funcionaría. Y ahora, tan solo con su toalla y el ávido fuego, Ovidia supo lo que quería, aunque no fuese lo más inteligente. Después de tantas semanas de investigación y entrenamientos, de un cansancio emocional y físico que habían podido con ella, necesitaba eso.

Necesitaba dicha distracción.

Y Noam podía ofrecerle lo que buscaba.

Envuelta en la toalla, Ovidia se acercó a él, que justo estaba dejando una olla en la chimenea, agachado y listo para calentar más agua.

La chica le puso una mano en el hombro y Noam se giró, pensando que la joven ya estaría vestida. Al verla solo con la toalla, abrió los ojos como platos, le había pillado con la guardia baja. Pero, para deleite de Ovidia, no apartó la vista de ella.

—Deberías vestirte —consiguió decir Noam, con una voz tan ronca y un tono tan bajo que algo despertó en Ovidia. Se acarició los muslos, lo que hizo que Noam tuviera que coger aire—. Vas a resfriarte.

—Sabes perfectamente que no me resfriaré. —Ovidia esbozó una media sonrisa.

Y entonces, el deseo la invadió. Un deseo que, en un lugar como ese, no resultaba extraño.

Así que empezó por el primer paso.

Se deshizo de la toalla y se la entregó a Noam, quedando desnuda ante él.

La chimenea seguía ardiendo, calentándolos a ambos, y el suelo crujió igual que la madera en el hogar cuando Ovidia cambió el peso de su cuerpo de una pierna a la otra.

Dejó que pasasen varios segundos, examinando la reacción del chico.

Noam, atónito, no fue capaz de coger la toalla, que cayó en el pequeño espacio que había entre ellos.

Con una mirada triunfante, Ovidia se giró lentamente, dejando que Noam se deleitase en ella, y echó a caminar muy despacio hacia el borde de la cama.

—Puedes utilizar mi toalla, Clearheart. Está algo mojada —dijo Ovidia, y se giró para observarle. La joven tuvo que reprimir una carcajada al ver cómo el chico la miraba de arriba abajo. Varias veces—. Pero estoy segura de que te servirá.

—Ovidia.

—¿Mmm? —musitó la chica, sentándose en el borde de la cama, el pelo, aún mojado, cayéndole por la espalda. Tenía el vello de las piernas erizado.

—¿Qué estás haciendo? —balbuceó él, y dijo esas palabras despacio, con un cuidado extraordinario que deleitó a la joven.

—¿No lo ves? —preguntó, agachándose lentamente a por el camisón limpio que le habían dejado sobre la cama—. Vestirme.

—¿Te estás riendo de mí?

Esta vez Ovidia le miró, y pudo ver como una expresión de dolor cruzó el rostro del chico.

—Ayer te dije todo aquello porque prometimos no sobrepasar los límites. Y no me parecía justo que tuviésemos que sufrir de esta manera tan estúpida estando juntos. Pero creo que es evidente el deseo que sentimos el uno por el otro.

»Somos adultos, Noam. Y podemos lidiar con las consecuencias de nuestros actos. Además, esto es lo que te perdiste en su día . por escoger el camino equivocado. Esto es lo que te perderás ahora —Ovidia hizo una breve pausa y soltó el camisón de nuevo, ahora tan solo vestida con el collar y el anillo de su madre, que brillaban con fuerza—, si quieres, por supuesto.

Algo oscuro ocupó el rostro de Noam y el chico se empezó a acercar a ella, a cuatro patas, como un animal, lo cual hizo que el estómago de Ovidia se contrajese.

—Creía que habíamos acordado que no daríamos el beneficio del matrimonio a esta… relación.

—Creo que ese acuerdo se rompió hace días. Y hemos luchado por no caer de nuevo desde ese mismo momento.

Noam quedó a pocos centímetros de ella, y poco a poco se puso en pie, haciendo que Ovidia tuviese que levantar el rostro.

—¿Hemos? ¿Eso te incluye a ti también?

Ella se encogió de hombros y el collar se movió.

—No lo niego.

—Ayer mismo me dijiste que no podías con esto, con lo que hay entre nosotros.

—Dije que no podía con nada de carácter sentimental. —Una expresión que Ovidia no supo leer cruzó las facciones de Noam. Dolor tal vez. Pero ella siguió hablando—: Pero, como he dicho, los placeres carnales no tienen por qué intervenir en los quehaceres del amor, el cual, por supuesto, brilla por su ausencia.

Noam se deshizo poco a poco de la camisa, dejando su torso al descubierto. Ovidia le miró, deleitándose en él.

—¿Qué quieres de mí, Winterson?

—¿Qué me puedes ofrecer? —ronroneó la chica.

La mano de Noam rozó las facciones de ella y le levantó aún más el rostro sin dejar de mirarse a los ojos.

—Déjame mostrártelo.

Ovidia sintió como un cosquilleo había empezado a invadirla desde que Noam le tocó la barbilla, y una imagen le vino a la mente.

Se quedó quieta durante un instante, hasta que se percató de lo que ocurría: Noam estaba usando sus poderes para mostrarle lo que quería hacerle.

En su mente, Ovidia veía esa misma habitación, con la misma cama, pero desde otra perspectiva. Pudo sentir a Noam con ella y ambos observaron la situación, ella particularmente asombrada. Él estaba arrodillado ante ella, con la cabeza entre sus piernas, mientras la joven se aferraba a él y sus gemidos inundaban la habitación.

Esa intimidad que había sentido desapareció por completo y Ovidia volvió a la realidad, sentada de nuevo en la cama, con Noam frente a ella.

—¿Qué ha sido…?

—Los Videntes lo llamamos «transmisión». Es cuando ofrecemos un pensamiento a otra persona para que lo vea igual que lo vemos nosotros.

—¿Así que eso es lo que querías que viese?

Noam asintió.

—¿Y bien? —dijo unos segundos después con un gruñido bajo. Ovidia comenzó a respirar agitadamente.

Poco a poco, deleitándose en la anticipación, la joven se tumbó sobre la cama y abrió las piernas con las manos apoyadas en sus suaves muslos.

Noam cayó de rodillas frente a ella, empapándose en la imagen que tenía delante. Su sexo brillante de humedad, listo para ser devorado, para deleitarse infinitamente.

Sus ojos se encontraron, fuego contra fuego.

—No me lo muestres, Noam —gimió Ovidia sin vergüenza alguna. Bajó una mano hasta sus partes íntimas y se acarició levemente la zona. No pudo evitar suspirar antes de murmurar—: Házmelo.

—Mi Ovidia… —El deseo en el tono del chico hizo que sus partes íntimas palpitasen, y Noam lo vio, sonriendo victorioso—. ¿Esto es lo que quieres?

Mordiéndose el labio, Ovidia asintió.

—Dímelo —exigió Noam.

—Lo quiero —le obedeció ella.

—Dime qué quieres.

—Te deseo a ti. Tu boca en mí. Ahora. —Y no lo pronunció como una súplica, sino como una orden incontestable.

—Como desees, mi Bruja Negra —murmuró Noam ante tal sometimiento.

De un momento a otro, las manos del joven estaban agarrando los muslos de Ovidia, manteniéndole las piernas abiertas, y sin perder un solo segundo más, su lengua lamió la parte exterior de su intimidad.

Ovidia arqueó la espalda, aferrándose a las sábanas mientras la lengua del chico se movía en círculos en aquel preciso punto y sus labios lo succionaban, con una experiencia que en otro momento habría generado preguntas y dudas a la joven.

Pero en aquel momento, le importó bien poco. Solo quería que se perdiese en ella.

Ovidia movió las caderas, deseosa de más, gimiendo con fuerza. Noam usó una mano para inmovilizarla, poniéndola sobre su abdomen y anclándola a la cama. Un sonido entre quejido y gemido salió de su garganta, y Noam hundió despacio la lengua en ella.

—¡Sí! —gritó Ovidia, perdiendo toda la cordura que le quedaba.

—Qué comunicativa… —ronroneó Noam antes de volver a besar su zona más sensible, lo que aumentó los gemidos de la joven.

No era la primera vez que alguien la probaba, pero con Noam era diferente. Mil veces mejor.

Ovidia escuchó al chico gruñir sobre sus partes, y su aliento le hizo cosquillas. Luego siguió saboreándola.

—Sabes tan jodidamente bien… —Noam arrastró levemente a Ovidia por la cama, acercándola más a él, y esta se agarró a su cabello, pegando su sexo a él. No había espacio entre los labios de ella y los de él mientras el chico la succionaba con sonidos indecentes—. ¿Así?

Un grito de placer le ofreció respuesta suficiente. Sonriendo sobre ella, Noam apartó la boca y se tumbó sobre ella. La obligó a mirarle.

Ovidia supo lo que iba a hacer.

Y no dejó de mirarle mientras introducía un largo y grueso dedo en ella.

—¿Estás bien? —le preguntó tras unos segundos. Ovidia asintió y agarrando su rostro, le devoró la boca, saboreándose a sí misma y a él, una mezcla que bien podría haber sido una droga de la cual jamás podría desengancharse—. Eres preciosa, Ovidia, maldita sea.

Noam se movió, su dedo corazón aún en ella y su pulgar en el centro de placer de Ovidia. Ella lo besó con ímpetu, y luego le miró, gimiendo su nombre una y otra vez.

—Eso es, preciosa. Quiero que te deshagas frente a mí.

Ovidia arqueó la espalda, sintiendo como las piernas le temblaban cada vez más.

—Voy a…

Un segundo dedo entró en ella y la joven pareció fundirse por dentro, lo que hizo que tuviese que aferrarse a Noam. Sus movimientos provocaron que la chica se mordiese los labios con fuerza y él se percató.

—¿Así? —Lo repitió despacio, una vez más, y Ovidia jadeó aún más rápido.

—Sí. —Otro gemido. Y otro—: Sigue… no pares.

Un beso apagó las súplicas de Ovidia y se devoraron el uno al otro. Los dedos de Noam se siguieron moviendo tal como ella le había pedido.

Y mientras sus lenguas bailaban y sus gemidos se entremezclaban con el sonido que provocaban los fluidos de Ovidia, esta se contrajo en un orgasmo que explotó en ella como ningún otro.

Noam sintió como su mano se empapaba aún más, pero no detuvo sus movimientos, deleitándose de esa Ovidia que jamás había imaginado ni en sus más oscuros sueños.

—¡Noam!

Entonces él, que sintió cómo se contraían las paredes de su sexo y cómo palpitaban sus labios íntimos, salió de ella despacio, levantando la mano entre ambos para que Ovidia viera lo que había hecho. Sus dedos empapados de ella.

Aún perdida por la obnubilación del éxtasis, Ovidia, con los labios hinchados y las pupilas dilatadas, se quitó el pelo de la cara. Se fijó en la excitación de Noam y, sonriendo, se apartó de él cruelmente y fue a por su camisón.

No le dejaría ir más lejos.

Noam, confuso, vio como se vestía y, tras abrir su lado de la cama, se hacía una rápida trenza mientras él seguía inclinado en la misma posición, con la mano empapada aún en el aire.

—Ha sido entretenido, pero yo que tú me daría prisa en bañarme —comentó Ovidia señalando la ya fría bañera—. El agua debe de estar helada. —Y, tapándose con las sábanas, miró una última vez a Noam y dijo—: Y no hagas mucho ruido. Aunque siento que no tardaré mucho en dormirme. Me encuentro extrañamente exhausta.

Se giró hacia la pared, dejando a un Noam confuso y perplejo. Pasó un minuto hasta que sintió como la cama se hacía más ligera, cuando el peso del chico la abandonó. Y luego el ruido del agua al ser pasada de un recipiente a otro inundó la habitación. Con las partes íntimas aún palpitando y su propio sabor y el de Noam en la boca, Ovidia tardó en dormirse.

Aun así, cuando lo hizo, tras un largo rato, Noam seguía en la bañera, sin intención alguna de moverse. Y antes de caer rendida, Ovidia pensó que el agua fría sí que le sería útil en cierta forma.

17 de diciembre de 1843. Londres, Inglaterra

Noam había abandonado la habitación tras su baño y no había vuelto en toda la noche. Tampoco comieron juntos al día siguiente y Endora no sabía dónde se encontraba.

La Bruja de la Noche lo había visto salir, algo atormentado, hacia las calles de Londres con un escudo visual para pasar desapercibido. Aun así, Endora le había dejado claro a Ovidia que toda la casa había sido testigo de lo bien que se le daba a Noam darle placer a su Bruja Negra.

La joven ignoró las palabras de la madame y, terminándose su té, analizó el collar con suma atención, intentando averiguar si tenía algún tipo de poder.

No consiguió nada en toda la mañana, a pesar de la ayuda que recibió por parte de todos.

Noam no regresó al atardecer tampoco.

Y Ovidia empezó a preocuparse.

Aun así, tenían que prepararse para el baile de aquella noche. No siempre se asistía a una celebración de ese calibre, y sin duda Ovidia y Charlotte estaban nerviosas.

Los pequeños bailes de Winchester no tenían nada que ver con las grandes fiestas de la capital, pero la culpa de Ovidia no le permitió disfrutar de aquel entusiasmo del todo.

La habitación se encontraba iluminada por decenas de velas, y plantas de toda clase decoraban la estancia de una forma que hizo que Londres no le pareciese tan frío.

Todo era obra de Charlotte, que había dejado varias macetas por doquier, de donde crecieron flores de todo tipo.

Ahora, la Bruja de la Tierra estaba de pie tras Ovidia, terminando de peinarla con una concentración que hizo sonreír a la Bruja Negra.

—Sigo sin creer que estés aquí.

Charlotte la miró rápidamente a través del espejo, esbozando una media sonrisa.

—Tuve que resistirme a venir antes —confesó mientras dejaba caer un tirabuzón por la espalda de Ovidia—. La situación en Winchester está fuera de control. Además, han estado vigilando los movimientos de tu padre y los de mi familia al milímetro. Por no hablar de…

La Bruja de la Tierra hizo una breve pausa y detuvo sus movimientos, dejando el peinado de Ovidia a medias. Esta sintió que Charlotte se tensaba, lo vio en los músculos de su largo cuello. Pero también lo sintió en la energía de su amiga, las vibraciones que desprendía.

Algo grave ocurría.

Ovidia se giró con una mezcla de curiosidad y preocupación por lo que había callado su amiga.

—¿Lottie?

Esta suspiró y obligó a Ovidia a volverse para continuar con el peinado. Aquello la ayudó a aclarar la mente antes de explicarle todo a su amiga.

—Desde que te fuiste, la gente se ha vuelto más… extraña de lo normal.

—Explícate.

—Hemos proseguido con las clases de la Academia, y créeme, he tenido que sufrir las miradas de odio, desprecio y miedo de los demás. Debo decirte que no te preocupes, no me podrían importar lo más mínimo. Entiendo qué los lleva a actuar así, pero en lo único en lo que podía pensar era en cómo escapar de Winchester.

—Tus padres lo saben, ¿verdad? Todo esto.

Charlotte asintió, cogiendo otro mechón.

—Ellos me ayudaron a salir de la ciudad cuando recibí tu carta. Tío Galus sigue empeñado en encontrarte. No se tomó muy bien que hicieses desaparecer sus enredaderas delante de toda la Sociedad aquella noche.

—No sé cómo lo hice —confesó Ovidia, con la mirada perdida, como si hubiese vuelto a aquella trágica noche una vez más. Un escalofrío le recorrió el cuerpo. Charlotte se dio cuenta—. Quería liberarme y… lo hice.

La Bruja de la Tierra terminó el peinado de Ovidia y se inclinó hacia delante, sus caras ahora una al lado de la otra mirándose en el espejo.

—Tal vez sea parte de tu poder —susurró con comprensión—. Pero hay otra cosa que ha sucedido. Lo que quería contarte. —Charlotte fue a por una de las sillas y se sentó junto a Ovidia, que la miraba con ojos impacientes.

La Bruja de la Tierra respiró hondo. Muy hondo. Su escote se marcó aún más en el ya apretado corsé.

—Tengo la sensación de que la magia se está debilitando —confesó Charlotte en voz baja—. Yo lo he sentido. Mis padres también. Tu padre me dijo que también sentía que su poder se estaba debilitando.

»Pero ha sido tras escaparme y venir aquí, a Londres, cuando he sentido que mi poder volvía.

Inconscientemente, Ovidia empezó a mover de forma nerviosa el anillo de su madre, que descansaba en su mano derecha.

—No entiendo adónde quieres llegar —confesó la joven.

—Desde que te fuiste, Ovidia, nuestra magia ha ido desvaneciéndose. Y cuando he vuelto, cuando he estado de nuevo cerca de ti, ha sido como... como si volviese a tener fuerzas. —A Charlotte se le encogió el pecho al ver como la angustia ocupaba el rostro de su amiga, de su hermana—. Solo es una teoría, pero ya sabes que no me gusta guardarme nada. Contigo no.

—¿Quieres decir que... mi magia, la magia negra, está afectando a todo lo demás?

Charlotte asintió, y entreabrió los labios como si quisiera decir algo. Pero Ovidia supo que su amiga se había quedado sin palabras.

Si la hipótesis de Charlotte era cierta, otro problema se añadía a la investigación.

Pero, aun así, esa noche no era el momento para darle vueltas a aquella artimaña. Todos habían decidido tomarse un respiro hasta el siguiente amanecer.

Así que, en lugar de seguir con la conversación, Ovidia hizo lo mejor que sabía hacer: cambiar de tema.

—¿Crees que es buena idea lo de la fiesta?

Charlotte supo los motivos que llevaron a su amiga a preguntar esto. Había visto como su expresión abierta se cerraba en una mueca de preocupación a medida que iba confesando sus sospechas. Pero se habían prometido contarse siempre la verdad. Y es lo que había hecho. Aunque fuese difícil de asimilar.

—Lo he estado pensando y... necesitamos esto, Ovidia —declaró Charlotte, cuyos ojos brillaban con fuerza—. Ya no solo para buscar aliados, como tú misma dijiste. Una distracción nos vendrá bien. Bailar un poco. Conocer gente nueva. Ver cómo son los Desertores.

—Como tú y como yo, Lottie. No hay diferencia alguna.

—Lo sé, lo sé. Es solo que... bueno, tras pensarlo mucho, me parece una aventura atrayente.

Ovidia se tomó un momento para mirar a su amiga. El azul de su vestido contrastaba con el de sus ojos y resaltaba su pálida piel y el castaño claro de su pelo.

Estaba hermosa.

—Siempre has querido ir a un baile como este, ¿verdad? Sin reglas —dijo al fin Ovidia—. Vestidos, bailes, grandes salones, música... pero sin reglas establecidas. Te brillan los ojos, Lottie.

La Bruja de la Tierra se puso colorada.

—Oh, Ovidia, basta.

—Aunque estoy segura de que esta noche no te fijarás en los caballeros, ¿me equivoco?

Un silencio se hizo entre ambas hasta que Charlotte lo rompió, con un tono que mostraba determinación:

—Ciertamente no lo haré.

—No tienes que darme explicación alguna —le aseguró Ovidia, cogiendo las delicadas manos de Charlotte, cubiertas con guantes del mismo tono azul que su vestido—. Si es así como te sientes...

—Como soy —le explicó, con un brillo inaudito en la mirada—. Soy así. Desde siempre.

Ovidia sonrió con dulzura, y apretó la mano de su amiga.

—Si es así como eres, adelante. No sé qué es lo que... ha surgido tan repentinamente entre tú y Endora, pero yo no soy quién para juzgarte. Ese beso...

—Oh, Ovidia, basta, he dicho.

—Lo digo en serio —insistió la Bruja Negra—. Os estabais besando de una manera que me hizo cuestionarme si yo he conocido tal pasión.

Aunque lo había hecho, sin duda. Sobre el lecho que estaba a pocos metros de ellas, hacía apenas unas horas.

—Simplemente surgió —explicó con algo de vergüenza Charlotte—. Llegué temprano, la vi hermosa y noté que yo también había llamado su atención. Quise besarla y ella a mí. Ya está. Solo eso.

—¿Solo eso? —inquirió Ovidia reprimiendo una sonrisa.

—Yo también podría preguntarte acerca de lo que está pasando entre tú y Noam —contraatacó la chica—. Aunque es algo que parece que aún debéis averiguar vosotros, ¿verdad?

Ovidia asintió, incapaz de hablar. Charlotte sabía por qué. Cuando Ovidia se encontraba con tanto que decir prefería el silencio, al menos hasta que averiguara qué era lo que realmente quería contar.

Así que, sonriendo, se levantó y empezó a recoger todo lo del tocador.

—Es la hora. Debemos irnos. Nos están esperando.

Ovidia se miró por última vez al espejo. Charlotte era impecable arreglando a los demás y con ella se había esmerado sobremanera.

Se sorprendió al verse tan deslumbrante. Observó su vestido y su peinado, recogido en un elaborado tocado y tan solo un par de mechones cayéndole por el hombro izquierdo.

El rojo de sus labios resaltaba y hacía juego con el color de su vestido, de un tono carmesí casi igual.

Charlotte y ella salieron de la habitación, apagando todas las velas con un movimiento de manos. Con cuidado, bajaron hasta el piso de abajo, donde Endora, Harvey y Noam hablaban animadamente.

A Ovidia le dio un vuelco el corazón al verle allí, sonriendo a los otros dos Sensibles como si no hubiese ocurrido nada. Estaba vestido con su traje de gala, y la chica tuvo que recordarse a sí misma que mirar descaradamente a la gente era de mala educación.

Tragó saliva. Noam estaba muy atractivo. Seductor.

Hermoso.

Aun así, cuando este se giró y la encontró mirándole, Ovidia vio como volvía la expresión seria al rostro del chico y ella no pudo evitar sentirse tremendamente culpable.

Con Charlotte al frente, bajaron las escaleras para encontrarse con ellos, el rojo carmesí del vestido de Ovidia hacía resaltar sus rasgos.

Sin duda, era su color.

Endora fue la primera en verlas. Iba ataviada con una levita con pajarita. Llevaba el pelo recogido en un simple moño, y su maquillaje era sencillo, pero acentuaba sus rasgos.

—Sabía que había acertado con estos vestidos. Estáis encantadoras, las dos.

Ovidia fue a darle las gracias, pero vio que los ojos de Endora miraban con devoción a Charlotte.

La Bruja Negra reprimió una sonrisa, que se desvaneció por entero al ver la expresión de Noam esperándola.

Si no le hubiese dado miedo reconocerlo, Ovidia habría jurado que la misma mirada de Endora estaba ahora en los ojos de Noam, dulces y suaves, fijos en ella.

Harvey fue el primero en salir hacia el carruaje, y Endora y Charlotte salieron juntas del edificio, manteniendo una distancia prudencial.

Ovidia bajó las escaleras del todo y se detuvo en el último escalón, quedando un poco más arriba que Noam. El chico la seguía contemplando y ella sintió como algo parecido a la timidez se adueñaba por completo de ella.

Irónico cuando hacía apenas unas horas había estado completamente desnuda frente a él. Con sus labios en los suyos. Con su experta mano en…

—Nos esperan. —Noam le ofreció el brazo, pero sus ojos no encontraron los de ella entonces. Su mirada se tornó distante.

Pero, en ese momento, la naturaleza de su timidez cambió a la de vergüenza absoluta.

Supo que Noam estaba enfadado, o incluso peor, decepcionado.

Pero ella lo había estado durante cuatro años. Y su reputación se había visto mancillada.

Aun así, la culpa no le desapareció del pecho.

Aceptando su brazo, ambos salieron del hogar de Endora para percatarse de que había dos carruajes. El cochero les indicó que el suyo era el segundo, y cuando Ovidia vio que estaba vacío, maldijo a Endora por dejarlos a solas.

Ella fue la primera en entrar y segundos después lo hizo Noam, que cerró la puerta tras él.

La joven quiso hablar con él, saber cómo estaba, pero Noam se sentó en el extremo más alejado del carruaje y Ovidia supo que, esta vez, el silencio sería la mejor elección posible.

Y también supo otra cosa: aquel viaje sería el más largo desde que habían llegado a Londres.

Tardaron al menos una hora en llegar al lugar de la fiesta. Se encontraba a las afueras de Londres, en una zona que Ovidia identificó como una de las más apartadas de la ciudad. Cuando el carruaje se detuvo, y el cochero los ayudó a salir, la joven se quedó sin aliento, estupefacta ante lo que tenía frente a ella.

El lugar era extremadamente hermoso. La casa de campo era inmensa, con unos jardines delanteros que, según Endora, no tenían nada que envidiar a los traseros, donde una gran explanada desaparecía hasta conectar con la siguiente mansión, separada por una pequeña arboleda.

Endora ofreció los brazos a Harvey y Charlotte, y los tres subieron las escaleras del edificio para encontrarse con la fila de invitados que esperaban en la entrada mientras dos hombres con la lista de invitados preguntaban por sus nombres.

Ovidia observó el lugar con más atención y no pudo evitar sonreír.

En ese momento Noam la miró, y aunque el tumulto de sentimientos que le llenaban la cabeza y el corazón todavía le decían que apartase la mirada, que no ayudaría, se encontró completamente hechizado por Ovidia. Por aquel vestido rojo. Por las luces de la gran mansión reflejadas en sus ojos, iluminando todo su rostro.

Ella al fin sintió que Noam la miraba, y él, con cortesía, le ofreció el brazo sin decir una palabra.

Ambos subieron las escaleras, y una vez que estuvieron dentro del gran vestíbulo, donde decenas de voces se entremezclaban, Endora dejó a Harvey y Charlotte a solas y miró a Ovidia con decisión.

—Primero presentaciones, algo rápido. Y luego, eres libre de hacer lo que quieras. ¿Sí?

Ovidia asintió y se giró para despedirse de Noam, pero ya no estaba allí.

Si no quería saber nada después de lo que había ocurrido, era totalmente comprensible. Y lo respetaría sin duda.

Volviendo su atención a Endora, le ofreció una sonrisa, y se dirigieron al salón de baile seguidas por Charlotte y Harvey.

Todos los Desertores dieron la bienvenida a la madame. Uno a uno, esta fue saludándolos a la vez que iba presentando a Ovidia, cuyo nombre hizo que varios reconociesen quién era.

Sin duda, las noticias corrían como la pólvora.

La confianza que le profesaban a Endora debía de ser de tal magnitud que escucharon la versión de esta sobre lo ocurrido. Muchos explicaron sus historias y Ovidia se conmovió al comprender los motivos que los habían llevado a seguir esta vida.

La Bruja Negra fue precavida con lo que decía, y dejó que Endora llevase las riendas de la situación. Tras ella, Charlotte y Harvey los seguían, sonriendo cortésmente.

Entre presentaciones y saludos, una orquesta formada también por Desertores empezó a tocar y la gente fue hacia la pista de baile, pero Ovidia siguió junto a Endora. Hasta que llegaron los últimos invitados y la Bruja de la Noche le indicó que era libre de disfrutar de la velada.

—Ha ido bien —le hizo saber—. Muy bien, créeme. Ahora, disfrutemos de la velada. Habla con quien desees. Sé tú misma. Lo notarán y lo apreciarán.

La joven asintió y Endora desapareció entre la multitud. Harvey se puso a la izquierda de Ovidia y Charlotte, a la derecha, pero sus ojos estaban perdidos en la Bruja de la Noche.

La joven no dijo nada al respecto.

Los tres comentaron el ambiente, la gente y los diferentes estilos que había en la gran sala. Un camarero les ofreció una copa de lo que parecía ser una bebida burbujeante, y brindaron por la agradable noche junto a un grupo de Sensibles que se encontraba cerca.

—Os queda precioso ese vestido —le dijo uno de ellos a Ovidia—. Sin duda, el rojo es vuestro color.

Ella sonrió, agradeciéndole el cumplido.

Aquello llevó a una conversación más larga, y la noche fue avanzando mientras la agradable velada los envolvía de forma cálida.

Aun así, todavía no había rastro de Noam.

Llevaban ya casi cuatro horas en la fiesta, y la música anunció el siguiente baile. Harvey sacó a Charlotte a la pista. Endora, que hablaba con un grupo de brujos, había seguido con la mirada a la pareja. Ovidia pudo ver el leve y fugaz reflejo de dolor y envidia en aquel gesto.

Y no fue la única. Vio como algunos comentaban entre sí, pero Ovidia no notó desprecio en sus expresiones, sino más bien pena.

Esta gente la conocía por el poder que tenía en Londres, tanto en la sociedad Sensible como en la No Sensible. Tal vez tanto poder te privaba de otras cosas. Pero lo que seguía sorprendiendo a Ovidia era cómo, en tan solo un lustro, Endora había conseguido tener a Londres en la palma de su mano.

Esbozó una media sonrisa ante la idea de que una ciudad tan imponente estuviese a los pies de Endora. A los pies de una madame.

Observó como todo el mundo se ponía en posición para bailar, y la joven pensó en escabullirse para tomar algo de aire fresco, cuando vio que un hombre se acercaba a ella, apuesto y con una sonrisa de oreja a oreja.

—Disculpe —dijo cuando estuvo frente a ella—, ¿le importaría concederme este baile?

Ovidia se quedó paralizada, sin saber qué hacer. Conocía el baile, los pasos, pero, aun así, esperaba que el primero fuese con…

—Me temo que tendrá que esperar al siguiente, caballero.

Una vibración electrizante atravesó por completo a Ovidia, y se giró rápidamente, con el rostro brillante.

Noam se encontraba tras ella, impecable, sus ojos puestos en el hombre.

—Mi esposa y yo prometimos compartir el primer baile de ambos esta noche.

Y entonces, al fin, Noam la miró.

La vio.

Le tendió la mano y en apenas un susurro preguntó:

—¿Querida?

Ovidia asintió, y disculpó al hombre, el cual se inclinó mostrando sus respetos, y dejó que la pareja saliese a la pista de baile.

Noam apretaba con firmeza la enguantada mano de Ovidia, y esta no apartó los ojos del muchacho en ningún momento. Se posicionaron el uno frente al otro, y él hizo la primera reverencia. Luego ella le siguió.

Puso las manos sobre los hombros de él, y notó sus poderosos músculos bajo estas. Instantes después sintió la fuerte, grande y cálida mano de Noam en su cadera. Un escalofrío le recorrió el cuerpo e hizo todo lo posible por concentrarse en la música, una mezcla de piano, arpa y violines que la transportó a lo que pareció ser un escenario de pura fantasía.

Sus pies se movieron, y Noam y Ovidia bailaron por el gran salón, sin apartar los ojos del otro. Ella observó el rostro de aquel hombre que la sujetaba, toda su atención estaba puesta en ella, como si estuviese asimilando que el hecho de bailar con ella era una realidad y no un mero sueño.

Poco a poco detuvieron sus movimientos, siguiendo los pasos del baile, Noam pasó un brazo por la cintura de Ovidia, y ella se echó hacia atrás, exponiendo todo el cuerpo de forma sensual y bella.

Noam tragó saliva con dificultad, y subió a Ovidia de nuevo para retomar el baile. Sus cuerpos volvieron a unirse, cada vez estaban más cerca. Entonces Ovidia giró sobre sí misma, sujetando con firmeza la mano de Noam, y su vestido la hizo deslumbrar en la magnífica estancia.

El joven Vidente se deleitó con aquella visión, con la idea de que todos vieran que, al menos en aquel momento, ella era de él.

Y que él era de ella.

Ovidia volvió a Noam, y ambos siguieron bailando al ritmo de la música, que iba aumentando, así como también lo hacían sus pasos.

Y entonces, la chica sintió que todo a su alrededor desaparecía. Tal vez fuese una descripción demasiado ordinaria y común para expresar cómo se sentía en aquel preciso instante, bailando junto al hombre que... Con el que había compartido tanto.

No pudo evitar sonreír. Sonreír de una forma tan honesta como no había hecho en mucho tiempo. Y un pequeño brillo, un resplandor de pura sorpresa, golpeó a Noam. Ovidia lo vio en aquellos ojos tan conocidos, lo vio.

Siguieron bailando y luego, estirando los brazos y con las manos entrelazadas, empezaron a girar, con los ojos fijos en el otro, incapaces de apartar la mirada. Como si haberla apartado hubiese sido un error.

Noam giró a Ovidia sobre sí misma y, siguiendo los pasos de baile, de repente la detuvo, lo que hizo que la espalda de esta le golpeara el pecho delicadamente. Sus cuerpos se rozaron, y Ovidia pudo sentir el calor que emanaba de Noam. Inhaló su olor y aquello la distrajo un pequeño instante. La llevó a pensar en cosas poco decorosas.

En el beso.

En Noam devorándola y deleitándose con sus gemidos.

Se esforzó por centrarse de nuevo en el baile, contando los pasos y sus respiraciones.

Girándose del todo, quedaron frente a frente de nuevo, y Ovidia y Noam levantaron el brazo derecho y mantuvieron las manos en paralelo, sin tocarse.

Ovidia fijó los ojos en las manos y contó los pasos, incapaz de mirarle tras tales pensamientos. Tras tales recuerdos.

Y fue cuando lo escuchó en su mente.

«Ovidia».

La voz de Noam. Ella lo miró alarmada, y rápidamente le habló en alto:

—Mírame. Solo mírame.

El baile estaba llegando a su fin. Cambiaron el sentido de las manos, ahora ambos brazos izquierdos en paralelo y los derechos tras la espalda. Giraron sin dejar de mirarse, con toda su atención puesta en el otro.

Ovidia se olvidó de todo.

Y le pareció que aquel sería el primer recuerdo de muchos.

Ella y Noam, bailando bajo la cálida y acogedora luz de los candelabros.

—Te miro —dijo Ovidia sin dejar de bailar—. Te veo.

Noam la cogió de la mano y la hizo girar, para volver rápidamente al pecho de él un segundo después.

Ambos sonrieron y, entrelazando las manos, la de Noam en su cintura, siguieron bailando y girando por la pista de baile con las demás parejas. Aunque les parecía que solo estaban ellos y la música.

Sin orquesta.

Como si la melodía saliese directa de sus corazones, como un eco puro y renovador.

Finalmente, la música se detuvo y sus cuerpos con ella, a pesar de que los latidos de sus corazones parecían haberse quedado en el ritmo de aquel baile. En aquel momento.

Noam y Ovidia se inclinaron como lo hicieron las otras parejas, ambos respirando con dificultad.

Y cuando ella levantó la mirada, preparada para encontrarse con la de Noam, vio como este se daba media vuelta y desaparecía de la pista de baile, dejándola sola.

Ya no había música y el baile había finalizado, pero algo la paralizó en el sitio. Quiso ir tras Noam, pero este desapareció segundos después por las puertas principales de la sala. Escuchó leves murmullos y sintió las miradas de curiosidad. Entonces escuchó que la música del siguiente baile empezaba, y quiso salir de la pista.

Pero la estupefacción pudo con ella.

Fue entonces cuando sintió unas manos agarrándola, y al levantar la mirada vio a Harvey, con rostro consternado.

—¿A qué ha venido eso? —murmuró.

Ovidia volvió su mirada a la puerta, al fantasma que había dejado Noam en la pista de baile.

—No… no lo sé.

Harvey vio el dolor en los ojos de la joven y, poniéndose frente a ella, dijo:

—¿Me concede el próximo baile?

Ovidia supo que estaba intentando controlar la situación, que la gente no sacase conclusiones demasiado precipitadas, así que asintió y dejó que Harvey la llevase de nuevo a la pista. Charlotte había vuelto junto a Endora.

La música inundó de nuevo la estancia.

Y Harvey y Ovidia bailaron una melodía que a la Bruja Negra le pareció demasiado lúgubre.

La fiesta seguía en pleno apogeo dentro de la gran mansión, la música sonando sin pausa alguna, los invitados tomando la pista del gran salón de baile una y otra vez. El frío de diciembre fue como un golpe para Ovidia, que ahora se apoyaba en la gruesa barandilla del gigantesco porche frente a los jardines traseros. Estos eran inmensos, y pequeñas farolas iluminaban sus múltiples caminos, que desaparecían en un laberinto del que ni Teseo habría podido escapar.

Y allí, justo bajo la farola más cercana, estaba él, con la mirada perdida en el firmamento. Ovidia respiró hondo, luchando contra la avalancha de imágenes que empezaban a ocuparle de nuevo la cabeza. Durante el baile, Ovidia vio en los ojos de Noam todo lo que este pensaba, lo que sentía, lo que mostraba al mundo aquel hombre.

Y aunque habían llegado a compartir más que simples miradas, hubo alguna cosa en aquel baile que había removido algo en Ovidia. Y ahora, viendo a Noam ocultándose de todos en las sombras, supo que lo más sensato sería dejarle en su soledad. Él lo había decidido así. Pero ella no podía marcharse.

Con cuidado, se agarró las faldas del vestido y, apoyándose en la barandilla de la escalera para no tropezar con el resbaladizo material, se dirigió al chico con una determinación que hasta a ella le sorprendió.

No sabía muy bien lo que iba a decirle, cómo se acercaría a él o empezaría la conversación, pero prosiguió su camino.

El frío viento de aquella noche de diciembre le caló los huesos de una manera que la tendría que haber hecho tiritar. Pero las brujas no tiritaban.

Extrañamente, su cuerpo se fue calmando a medida que Noam Clearheart se encontraba cada vez más cerca de ella.

Podría haber fingido una llegada casual, como si no pretendiese encontrarse con él en aquel punto del jardín. Pero Ovidia sabía que Noam ya la había oído acercarse.

Los pasos de la joven se detuvieron justo en el borde donde la farola llegaba a iluminar, y Noam giró el rostro para mirarla, con la expresión de antes, una mezcla de tristeza, nostalgia y deseo.

El chico se encontraba apoyado en la farola, completamente negra y de una construcción que a Ovidia se le antojó compleja. Decidió quedarse allí, en el umbral de la oscuridad.

—No sabía que bailabas tan bien.

Noam la miró, con los labios apretados con fuerza.

—Nunca habíamos bailado antes. ¿Cómo podías saberlo?

Seguía molesto. Muy molesto.

Pero, aun así, Ovidia no se arrepentía, al menos no del todo, de lo que había pasado entre ellos. Y, en el fondo, no le desagradaba la farsa que era su matrimonio.

—Sé que sigues molesto —habló ella de nuevo, acercándose tan solo un paso. Noam no rompió su silencio, como si esperase lo que ella tuviese que decir—. Sé que tal vez me sobrepasé anoche, pero quiero recordarte que, cuando todo esto acabe, serás libre.

—Libre. —Noam repitió la palabra con una falta de sentimiento que sorprendió a Ovidia—. Asumes que eso es lo que deseo. Nunca te has parado a preguntarme. Nunca te has molestado en hacerlo.

Y no lo haría. No preguntaría. Ovidia temía demasiado las respuestas que pudiese darle.

—Noam…

En aquel momento, la joven percibió que el chico apretaba algo entre sus manos, y no pudo evitar mirar para ver de qué se trataba.

Noam se percató al instante de la curiosa mirada de Ovidia.

Pero era demasiado tarde para ocultar lo que había en sus manos, pues ella había visto de qué se trataba.

El rostro de Ovidia se tornó en consternación y esta vez, recogiéndose las faldas, fue con decisión hacia él, aunque le temblaba todo el cuerpo.

—¿Qué haces con eso?

Noam siguió los ojos de Ovidia hasta su propia mano, al guante blanco que descansaba en esta. El chico lo escondió en el interior de su chaqueta a la vez que murmuraba:

—Jamás preguntaste por él.

—¿Es… mi guante? El que te di como promesa.

Noam asintió, sin ningún ápice de vergüenza.

—Devuélvemelo.

Una brisa los sacudió y agitó las flores que los rodeaban, así como los altos arbustos que decoraban el imponente jardín.

Noam siguió sin moverse.

—Te lo di como promesa de algo que ya no existe. Devuélvemelo, Clearheart —espetó Ovidia, con más dureza y dolor que antes.

Él se negó a contestar, a moverse. Sus brazos descansaban a cada lado de él, mostrando una figura que se antojaba desolada.

—Noam.

Exigencia. Urgencia. Desesperanza. Ultimátum.

—Tú rompiste parte de tu promesa. Yo nunca lo hice.

—¿Que nunca lo hiciste? —exclamó Ovidia, un profundo enfado empezaba a invadirla—. Yo no fui la que, poco antes de llevar a la mujer que estaba cortejando frente a su padre, le dijo que tenían que dejar de verse, que aquello no podía seguir adelante.

—No tenía intención de que fuera para siempre —respondió con frustración Noam—. No me expresé bien, y para cuando quise darme cuenta, fue demasiado tarde.

—Sigues siendo tan ambiguo como siempre, Noam. Sigues siendo un cobarde.

—¿Yo? ¿Un cobarde?

—¡Admite que lo hiciste mal! Admite que sabías de sobra que me romperías el corazón. Enmienda lo que hiciste aquella tarde y explícate de una vez por todas. Merezco saber la verdad. —La voz de Ovidia se quebró tras aquella última palabra—. ¡Admite por qué lo hiciste!

—¡LO HICE PARA PROTEGERTE!

Jamás le había oído gritar así, con una mezcla de rabia, dolor y desesperación que hizo que la joven no respondiese.

El Vidente sujetó el guante con fuerza, tenía los ojos entrecerrados mientras miraban a la Bruja Negra.

—¿De qué podrías estar protegiéndome? —bramó esta.

—De la reputación de mi familia. De mí. Y esto… —Levantó la mano que sujetaba el guante de encaje blanco—. Esto lo he llevado conmigo desde el día en que me lo diste.

«Habla. Di algo. Exígele la verdad de nuevo», se dijo a sí misma Ovidia. Pero la joven no pudo pronunciar palabra, su respiración era cada vez más dura y el temblor, casi incontrolable.

—Lo he llevado aquí, en el bolsillo interior de mi chaqué siempre. —Noam señaló justo por encima de su corazón—. Intenté devolvértelo y sabía que era lo que debía hacer, pero si lo hacía, sería verdad que lo nuestro, lo que estaba naciendo entre nosotros, se había esfumado para siempre. Y no podía enfrentarme a eso. No cuando mis sentimientos siguen siendo los mismos.

Ovidia se tambaleó, y sintió que acababan de alcanzarla con una flecha.

Intentó hablar. Se esforzó por buscar las palabras correctas para tal declaración.

Aun así, a pesar de la mirada que ahora Noam dirigía hacia ella, deseosa de respuestas, Ovidia se encontró desarmada.

Él asintió, entendiendo lo que significaba su silencio.

—Esta será la última vez que te haré esta pregunta —dijo el muchacho, frunciendo los labios un instante—. Si decides no ofrecerme respuesta alguna… lo respetaré. Y cuando todo esto termine de una vez, me iré de tu vida. Para siempre.

Los labios de Ovidia temblaban incontrolablemente. Su corazón latía con fuerza. Las manos le sudaban, y el pecho, repleto de dolor, amenazaba con estallar.

Se limitó, por ello, a asentir.

—¿No queda nada de lo que alguna vez sentiste por mí? —Una pregunta a primera vista simple, pero una puñalada para Ovidia—. ¿Tan fácil fue olvidarme?

Sabía que algún día sucedería esto. Había imaginado muchas veces cómo se enfrentaría a la situación. Pero último que se esperaba era aquellas palabras.

—¿Realmente tienes el descaro de hacerme tal pregunta? —fue lo primero que pudo decir Ovidia.

Noam se tensó, y ella lo notó.

—Necesito saberlo. Necesito dejar de torturarme, Ovi.

Ovidia soltó un suspiro de sorpresa absoluta, su boca ligeramente entreabierta ante la desfachatez de Noam.

—¿No lo entiendes? —expresó finalmente, con una dureza que Noam jamás había visto ella—. Creo que fue bastante difícil para mí asimilar que habías detenido nuestro cortejo, ¡y para colmo te veo abrazando a otra mujer días después delante de todo Winchester!

Ovidia sentía que el corazón, lleno de dolor, le latía con fuerza. Y ese nudo tan desgarradoramente familiar se le formó en la garganta, amenazante.

—¿Otra mujer?

—Me rompiste el corazón —balbuceó una dolorida Ovidia, entre lágrimas que le caían por su ahora frío rostro. Las hiedras salieron sin control alguno—. Me sentí engañada, usada, ultrajada… Temí por mi reputación. No solo los Sensibles nos vieron. Todo Winchester lo sabía, Noam.

Y de repente, como si la realidad le golpease, el rostro del joven se transformó en sorpresa absoluta, y comprensión, y luego en desesperación.

—Por los Dioses, Ovidia, no es… ¡no fue así!

—Te di ese guante como promesa de que aquello llegaría a ser algo más, algo más duradero. Y lo tiraste todo por la borda por tu reputación. Supongo que es lo único que siempre te ha preocupado. —El corsé le volvía a apretar, y le costaba respirar. Tenía que salir de allí—. Te deseo lo mejor…

—Ovidia, mírame. —No era una orden. Era una súplica.

La joven negó con la cabeza, incapaz de contener el dolor que le subía por el pecho y la garganta y amenazaba con ahogarla. Hizo ademán de marcharse, pero Noam se interpuso en su camino, ambos debajo de la luz de la farola.

—Déjame mostrártelo —rogó él. Ovidia no le miró, pero vio que movía los brazos y las manos con nerviosismo, al tratar de explicarse. Ella cerró los ojos y lo único que percibió de él fue su voz—. Déjame mostrarte por qué hice lo que hice. —Noam dio otro paso, ahora totalmente frente a ella, apenas un suspiro entre los dos. Y sus palabras se tornaron en un susurro—: Déjame mostrártelo. Por favor.

Sus fríos dedos acariciaron la barbilla de Ovidia y esta dejó que le levantará el rostro, al fin abriendo los ojos.

El gesto hizo que las lágrimas le corrieran por las rojas mejillas.

Noam tomó aire repentinamente ante la imagen de Ovidia, y con delicadeza, acunó el rostro de la joven.

Esta vio cómo invocaba su poder, los ojos le brillaban con aquel gris que rodeaba sus iris. Aun así, el tono miel jamás desaparecía.

Y de repente se vio envuelta en otra realidad. El jardín desapareció y reconoció el nuevo escenario. Reconoció las calles de Winchester. Y el lugar le pareció tan real que por un momento creyó estar de vuelta allí. Pero había algo en la transmisión de Noam que le hacía saber que no era del todo real. Tan solo aquello en lo que se enfocaba el recuerdo se veía de forma nítida, lo demás era un pequeño borrón, más una idea de lo que podía haber alrededor.

Estaban en aquel callejón, y se encontraban los dos detrás del Noam de hacía cuatro años. Ovidia se sorprendió al ver lo joven que se veía este en aquel recuerdo, tenía la cara más redonda y el cuerpo menos musculado, pero, aun así, la misma altura.

El Noam del presente se encontraba a su lado, y Ovidia le miró. Los ojos de él se fijaron en ella, y tan solo pronunció una palabra:

—Mira.

Y Ovidia lo hizo.

Volvió su atención al recuerdo, justo en el momento en que el Noam del pasado llegaba junto a una joven cubierta con una capa, que se bajó cuando el chico estuvo frente a ella.

Endora.

Ovidia no podía ni parpadear. Temía que si lo hiciese, la imagen que tenía frente a ella se desvanecería como las palabras en el viento.

—No deberías haber venido sola.

—Dudo que alguien quiera vérselas con una Desertora.

—Te traeré yo mismo las cosas esta noche —le insistió Noam—. Pero es demasiado peligroso que te vean.

—Quería pedirte perdón. Después de que se fuese tu madre… No quería parecer egoísta. Pero no podía más. Debía…

—Escúchame, Endora. —Noam la cogió por los hombros, intentando calmarla—. Yo me encargaré de todo esto. Esta noche, antes del último tren, nos veremos en la estación. Te llevaré lo necesario, no temas. Tú procura llegar bien a Londres, yo iré a verte en cuanto pueda, cuando las cosas se hayan calmado.

»Ahora ve a algún lugar donde nadie pueda verte. Y ten cuidado. He de irme.

—¿Vas a ver a la Bruja Gris?

Noam se detuvo en seco, con la mandíbula tensa.

Endora lo vio.

—¿Qué ocurre?

—Detuve el cortejo.

—¿Cómo?

—Fue hace unos días. La gente descubrió que la ausencia de mi madre no se debía a una larga enfermedad. Saben que es una

Desertora, Endora. Y… las noticias volaron. Hubo pérdidas en el negocio. Mi padre no estaba bien. Tuve que responsabilizarme de nuestro negocio. Nuestra reputación estaba dañada y debía enmendarla. No quería que esto le salpicase a ella, así que hice lo que tenía que hacer. Detuve lo nuestro para protegerla.

—Esto afectará a su reputación quieras o no, Noam —musitó horrorizada Endora—. Debes seguir el cortejo. Será peor si…

—Me encargaré de que su reputación quede intacta —declaró el muchacho con un tono duro—. Si eso significa destruir la mía propia en el camino. Pero salvaré el nombre de mi familia y el de Ovidia. Y guardaré bajo llave lo que siento por ella.

—No tiene por qué ser así. Ella es lo único que te hace feliz.

Noam le mostró el guante a Endora y esta exhaló impresionada.

—Me lo dio como promesa de lo nuestro. Ahora es lo único que me recuerda que fue real. Solo espero que algún día me perdone.

El recuerdo se desvaneció en apenas unos segundos, y Noam y Ovidia volvieron a estar en el inmenso y solitario jardín. Justo bajo la luz de la farola.

—No sabes lo… culpable que me sentí —explicó el chico mientras la miraba con ojos desnudos—. Tardé meses en conseguir que la reputación de mi familia y las noticias de que Endora también se había marchado de la Sociedad fuesen disipándose. Luché también para que los escándalos no te salpicasen a ti. Aun así, no supe evitarte el dolor que te causé. Y eso fue enteramente culpa mía. —Ante el silencio de la joven, que se encontraba estupefacta, Noam siguió hablando—: Cuando las cosas se calmaron, intenté buscar una manera de volver a hablar contigo, pero supuse que ignorarías por completo lo ocurrido, y desistí. Dejé de buscarte, de insistirte, porque no solo veía rechazo en ti, sino que podía ver el dolor en tus ojos. Y saber que había provocado tal dolor me estaba consumiendo por dentro. Quería enmendarlo todo. Lo digo de corazón.

Desarmada. Ovidia se encontraba completa y totalmente desarmada.

Todo lo que había creído, todo en lo que había basado sus sentimientos hacia Noam desde hacía años... había sido una ilusión.

Una mentira.

La crueldad que había asociado a Noam no existía.

—Ovi. —Volvió a hablar Noam ante el silencio de ella, que miraba más allá de ellos, a un lugar que el chico sabía que no podría acceder—. Di algo, por favor.

Sus palabras fueron como un tirón, como un empujón que la devolvió a la realidad. Parpadeó una vez, lentamente, y sacudió la cabeza para aclarar las ideas.

Ovidia no se había dado cuenta de que estaba llorando. No se había dado cuenta de que estaba temblando.

Pero finalmente, dentro de aquel estado de estupefacción, la Bruja Negra recobró su voz y las palabras:

—Lo siento tanto... —Sus labios temblaban de forma descontrolada, al igual que su voz.

—No. No te disculpes. Soy yo el que...

—Siento haber pensado tan mal de ti. —Las palabras de la joven llegaron como un torbellino incontrolable—. Sentí... sentí que lo único bueno que había pasado desde la muerte de mi madre, que lo único que me animaba a salir de la cama cada mañana, se había desvanecido de mi vida. Por eso desaparecí hasta el curso siguiente. Por eso no volví a la Academia. Jamás un verano había sido tan cruel.

»Y ahora siento que todo lo que sentí... no es real. Que ese corazón roto era de mentira.

—No, no lo era —se apresuró a decir Noam—. No invalides tus sentimientos. Rompí tu corazón. Eso es un hecho. A pesar de que lo único que intenté hacer fue protegerte. Lo que sentiste está completamente justificado, Ovidia. Y yo... siento haberte causado tanto dolor.

Ella tuvo que apartarse de él, de su compasión. Las hiedras la rodearon de inmediato, creando casi una sombra como sus hermanas. El jardín no desapareció a su alrededor, pero en aquel momento de vulnerabilidad la oscuridad era lo único que la reconfortaba.

—No puedo mirarte —musitó ella—. No sin...

«No sin sentirme completamente avergonzada», terminó la frase para sí misma.

Escuchó los pasos de él acercarse.

En la oscuridad de las hiedras, escuchó como Vane la hablaba: *No te ocultes, hermana. No huyas de esto.*

«Noam no es santo de tu devoción, Vane», le dijo a su sombra.

A Ovidia le pareció que Vane reía por lo bajo.

Pero puedo ver la honestidad en las personas. Y Noam lo está siendo. No ocultes más lo que sientes por él. Te está consumiendo.

La presencia de Vane desapareció tras aquellas palabras.

Sintió a Noam ante sí. Pasó a través de las hiedras, y se plantó frente a ella.

—Te lo dije. No te tengo miedo. Jamás te lo he tenido y jamás te lo tendré.

Ovidia levantó el rostro para mirarle, y no pudo evitar decir:

—Pero sí temías *por* mí.

Durante un breve instante, le pareció ver al Noam de hacía cuatro años en el de ahora. Pero el hombre que tenía frente a ella no desapareció. Al contrario, nunca lo había sentido tan real.

—Desde que regresé de mi viaje y te volví a ver, he tenido que convivir con el temor de que pueda pasarte algo.

Un peso invisible se desvaneció del pecho de Ovidia y la joven mostró una leve sonrisa.

—Guardaste el guante. Siempre.

Asintiendo, Noam sonrió como jamás antes lo había hecho.

Se acercó a ella y ambos se miraron sin poder apartar sus ojos el uno del otro. Lentamente, las hiedras fueron desapareciendo, hasta que se encontraron rodeados tan solo del frío y solitario jardín.

—No tenías por qué hacerlo —susurró Ovidia, sonriéndole.

—Estás temblando. —Ambos sabían que ninguno de los dos tenía frío en realidad—. Deberíamos volver.

—Sí. Deberíamos.

De fondo, la fiesta seguía su curso, y la música era una apagada prueba de que, en efecto, los empezarían a echar en falta. Que deberían volver. Pero ninguno se movió o hizo ademán de marchar.

Y entonces Noam se quitó la chaqueta y la puso alrededor de Ovidia, que siguió mirándole, y mirándole, y mirándole.

Sintió la presión de las manos de Noam en los brazos y que este acortaba el espacio entre ambos aún más, como si tuviese el oscuro deseo de sentirla cerca, de tenerla cerca.

—No… no hace falta…

—Winterson. —Noam acunó el rostro de Ovidia con las manos y esta cerró los ojos ante el contacto de piel con piel—. Déjame cuidarte.

—Ya lo haces. Lo has hecho siempre —susurró Ovidia, ahora sonriendo. Y exhaló una gran nube de vaho. Noam sonrió en respuesta y unió su frente con la de Ovidia, ambos con los ojos cerrados.

Segundos después se apartaron un poco, tan solo unos centímetros, y volvieron a mirarse antes de que Noam hablase.

El chico respiró hondo, y Ovidia pudo sentir su temblor, su nerviosismo.

—Estoy tan enamorado de ti que a veces me anega el pánico. —Las palabras del chico, escritas en el decembrino y blando vaho, eran un susurro, y le temblaban las manos en el rostro de Ovidia—. Pero has de saberlo, y te lo haré saber, que antepondría vivir toda mi vida atemorizado a no sentir nada en absoluto. Preferiría morir de miedo sabiendo que te he amado a perecer en calma sin haber conocido el poder de tu existencia y la presencia de tu persona en mi pecaminosa alma. A perecer sin haberte dado mi completo corazón.

—No merezco ser admirada de tal manera. No…

—Mereces ser admirada. Mereces mi devoción y mi fidelidad. Todo lo que soy, todo lo que siento, es tuyo Ovidia. Es…

—Noam, mírame.

Esta vez fue el turno de Ovidia. La chica cogió el rostro de Noam y, sonriendo de oreja a oreja, musitó:

—Sin duda, eres el más melodramático de los dos.

Ovidia se acercó a él y sus labios se encontraron bajo el frío manto de diciembre.

Ambos cogieron aire despacio, sin moverse, al darse cuenta de lo que aquello significaba. De lo que sus palabras y sus acciones implicaban.

Noam la besó lentamente y la abrazó. La abrazó como nunca antes, sintiendo el calor que emanaba de ella, el dulce sabor de sus labios, los suspiros que emitía cada vez que sus bocas se volvían a encontrar, ansiosas, deseosas, imparables.

Ovidia ladeó más la cabeza y sintió que el beso se volvía más profundo, y no pudo evitar atraerle más hacia sí, agarrándole del traje con un ímpetu que hizo que Noam le gimiese en la boca.

El joven Vidente bajó hasta el cuello de la chica, aferrándola a él, y le pasó la lengua desde la base de los pechos hasta el lóbulo de la oreja, que mordió levemente.

Ovidia no pudo evitar gemir. El poder que tenía Noam sobre ella era indescriptible.

Conocía sus puntos débiles. Sabía llevarla al extremo para luego hacerla volver.

Era adictivo.

La joven rompió el beso. Su frente aún rozaba la de él, hasta que empezó a alejarse poco a poco.

Necesitaba más de Noam. Quería más que un simple beso.

Y un jardín en pleno diciembre no era el lugar más idóneo para llevar más lejos su deseo.

Noam se percató de lo que iba a hacer y sonrió con malicia.

—Te doy una ventaja de diez segundos, Winterson. Pero cuando te atrape, no te soltaré. Serás mía.

Ovidia se mordió el labio, ardiendo de deseo, y corrió hacia la casa. Fue hacia la izquierda y subió por unas escaleras que llevaban a otra de las grandes salas del edificio.

Cuando pasaron los diez segundos, Ovidia se giró y vio como Noam empezaba a perseguirle, acercándose a ella.

La chica rio y entró en la gran mansión, perdiéndose por los oscuros y grandes pasillos del lugar, con Noam tras ella, cada vez más cerca.

La distancia entre ellos se estrechaba cada vez más y más.

Y más.

Charlotte siempre había sido experta en escabullirse sin ser vista.

Lo había hecho múltiples noches para hacer los rituales nocturnos con Ovidia, o tan solo para buscar plantas en lugares en los cuales sus padres le habían prohibido expresamente ir, o para bañarse de noche en el río, sin nadie que la molestase.

Siempre había preferido la compañía de la naturaleza a la de las personas.

Charlotte no pudo evitar sacar uno de los ejemplares de la inmensa estantería.

Haber encontrado la biblioteca había sido una tremenda suerte y leyó, embelesada, el libro que tanto había llamado su atención.

—Fascinante… —murmuró ante la descripción de unas plantas exóticas de las Américas.

—¿Hablas de mí, Lottie?

La voz la sobresaltó y se giró sobre sí misma para ver la fuente de esta.

—¡Endora!

La Bruja de la Noche, envuelta en un aura púrpura, apretó los labios, claramente disfrutando de haber asustado a Charlotte.

—Lottie.

Mantuvieron una distancia prudente, las manos de la Bruja de la Tierra en el pecho en un intento de calmar su agitada respiración. Su agitado corazón.

—¿Cómo me has encontrado? —preguntó con sorpresa. Nunca la habían pillado. Aquello era nuevo para ella.

—Es difícil no seguir tu olor. Una combinación bastante peculiar, he de añadir.

No habían estado las dos solas desde la búsqueda del grimorio en la biblioteca privada de Endora. Y en ese momento, Charlotte recordó cuando se conocieron, cuando la madame la recibió en su despacho… La chispa que surgió al instante entre ellas.

Recordaba la mirada de sorpresa de Endora al verla por primera vez; cómo sus aires de suficiencia y liderazgo parecían haberse tornado en algo completamente distinto y la madame se había levantado muy despacio de su asiento. Tanto sus gatos como ella se habían acercado con curiosidad a Charlotte. Todos a la vez, sin miedo a la Bruja de la Tierra.

«Tú debes de ser Endora. Soy Charlotte, la amiga de Ovidia. Recibí tu carta hace unos días».

Endora había parecido despertar entonces, al oír la voz de Charlotte.

Minutos después ambas se habían lanzado a los labios de la otra, incapaces de detenerse.

—Deberíamos ir a buscar a Noam y Ovidia —musitó Charlotte volviendo al presente. Su corazón seguía latiendo con fuerza—. Hace rato que…

—Estarán bien —comentó la Bruja de la Noche—. Creo que han aprendido a disfrutar de la compañía del otro. No sé si me explico.

Charlotte hizo un gran esfuerzo en ocultar una mueca.

A la Bruja de Tierra no le importaban las relaciones íntimas que cualquier Sensible pudiese tener. Es más, le había pedido a Ovidia que le contase las suyas con sumo detalle.

Pero, en este caso, a Ovidia y Noam los perseguía un pasado complicado.

—En realidad... —empezó a decir Endora. Se la veía nerviosa y Charlotte enarcó una ceja, atónita—. Quería hablar contigo. A solas.

—Podrías haberlo hecho en cualquier momento. ¿Por qué aquí?

—No quiero crear recuerdos que se podrían tornar en dolorosos en el sitio que será para siempre mi hogar.

Charlotte murmuró un «oh» apenas audible. Dejando el libro que tenía entre las manos de nuevo en la estantería, volvió a girarse parar mirar a Endora.

—¿Y bien?

—Ese beso significó algo para mí. No... no sé qué me ocurrió. Antes de dar tal paso suelo cortejar a la mujer con la que me encuentro...

—¿Solo mujeres? —la interrumpió Charlotte, dominada por completo por su curiosidad.

—Solo mujeres —asintió Endora con una media sonrisa.

La seguridad y el orgullo en la voz de la madame hicieron que una pequeña chispa naciese en Charlotte.

—Nunca llega a nada más —añadió la Bruja de la Noche tras unos segundos—. No puede.

Endora empezó a caminar de aquí para allá, como perdida en sus propios pensamientos. Charlotte abandonó la oscuridad de las estanterías para dirigirse a la parte más abierta de la biblioteca, y se detuvo frente a dos grandes ventanales que iban del suelo al techo y daban a los jardines traseros.

—Siempre son mujeres casadas. Vienen durante el día porque sus maridos vienen durante la noche —continuó Endora—. Con algunas son solo besos, con otras es más. Pero siempre son encuentros meramente físicos.

—¿Hay alguien especial en tu corazón? —preguntó Charlotte, iluminada por la luz nocturna que entraba por los ventanales.

A pocos metros, Endora ocupaba el rayo de luz de la ventana paralela.

—No. Nunca lo ha habido. Siempre estuve muy volcada en mis estudios en la Academia, pero no podía evitar que los ojos se me fueran hacia las chicas. A veces tenía que controlarlo.

—Jamás te vi por allí —comentó Charlotte, los músculos de su largo cuello se le marcaron aún más.

Endora sonrió con melancolía, descansaba las manos en los bolsillos del pantalón.

—Me fui un año antes de acabar la Academia. Y eso fue hace cinco años.

—Espera. —La voz de Charlotte fue de total sorpresa—. ¿Cuántos años tienes?

—El 31 de diciembre cumpliré veinticuatro. Así que ten cuidado con esta capricornio, querida.

Charlotte rio ante tal comentario y ambas se sostuvieron la mirada.

—¿Y tú? —Endora empezó a recorrer la distancia entre ambas, como si le doliese estar separadas—. ¿Hay alguien especial en tu corazón?

—Lo único que consigue derretirme el corazón son las plantas y los ungüentos medicinales.

—Entiendo. —Endora se detuvo en seco, y Charlotte lo vio—. ¿No hay… nadie entonces?

—No. No hay ninguna mujer en mi vida, Endora.

—Entiendo —repitió, como si decir aquella palabra una y otra vez la ayudase realmente a entender la situación.

Charlotte fue hacia el gran ventanal, mirando hacia el inmenso jardín, que se encontraba alumbrada por farolas colocadas aleatoriamente.

A lo lejos, una Londres humeante y levemente iluminada le recordó por qué estaban allí. Oyó los pasos de Endora, sus tacones haciendo eco en la inmensa estancia. La Bruja de la Noche se posicionó en la otra ventana, a pocos metros de Charlotte, con la mirada perdida en el firmamento. En la luna, que brillaba con fuerza en el cielo.

—Cuando todo esto termine… —se atrevió a decir en voz alta Endora—, ¿volverás a Winchester?

Charlotte la miró, sorprendida, pero asintió con decisión.

—Esa es mi intención. Londres siempre me ha parecido… demasiado para alguien como yo.

Endora recorrió la distancia entre ellas y, emergiendo de la sombra que proyectaba el trozo de pared sin ventanas entre estas, llegó a su misma altura. Las jóvenes se miraron, respirando a la par.

—Hasta que eso suceda, hasta que todo este asunto se arregle… —Endora cogió la mano de Charlotte entre las suyas, los suaves guantes azules en su desnuda piel—. ¿Querrías…?

No supo cómo expresar la idea que tenía sobre su relación con palabras. Charlotte tenía su rostro completamente abierto hacia ella, y Endora tuvo que tragar saliva ante la hipnótica belleza de la Bruja de la Tierra.

—¿Sí? —se atrevió a insistir esta, inclinándose hacia delante cada vez más, como si la distancia que había entre ellas doliese.

Endora respiró hondo, extrañamente nerviosa. Nunca se había encontrado así.

¿Acaso Charlotte no se daba cuenta del poder que tenía sobre ella?

—Si para ti aquel beso no fue suficiente, puedo ofrecerte más. Más besos, más caricias. Más, mucho más. Lo que me pidas. —Las palabras salieron de Endora como un torbellino.

—Endora.

—Hasta que te vayas —insistió la Bruja de la Noche, con toda la atención de sus ojos grises puestos en ella—. Soy tuya hasta que desaparezcas de Londres.

A diferencia de los ojos de Charlotte, un azul parecido a las oscuras aguas del más profundo océano, los de Endora eran de un gris tan claro que a primera vista podría resultar intimidante.

A Charlotte le recordaban a las nubes que decoraban el cielo inglés la mayor parte del año. Le traían la calma que viene después de un día de lluvia, pero también le evocaban lo gris que se volvía todo en una tormenta.

Una tormenta fuerte, de las que arrasaban, que dejan huella.

Charlotte dirigió la mirada a las manos de Endora, que sujetaban las suyas propias, y sintió que temblaban.

Sin pensarlo, liberó la mano derecha y con un ligero movimiento hizo que una flor apareciese sobre ella. Se la ofreció a Endora, que la cogió con clara confusión en el rostro. La Bruja de la Tierra tuvo que reprimir la risa.

—Flor de luna —explicó Charlotte, cuya mano izquierda aún sujetaba la derecha de Endora—. Es conocida por florecer solo de noche, que es cuando más brilla, cuando más admirada es.

»Pero eso no significa que ese sea el único momento en que puede ser apreciada —continuó Charlotte, con los ojos puestos en Endora, y los de Endora puestos en la flor—, o el único momento donde se luzca. O que no deba ser cuidada como se merece.

Charlotte se inclinó apenas un poco, pues su altura era la misma que la de la Bruja de la Noche, y rozó ligeramente sus labios con los de ella. Endora cerró los ojos y echó la cabeza hacia delante, apretando aún más el beso.

Se separaron y Charlotte abrió los ojos. Endora aún los tenía cerrados, y las comisuras de sus labios formaban una sonrisa. El corazón se le desbocó ante la manifiesta expresión de la mujer que tenía delante.

Dios, era preciosa.

La Bruja de la Noche abrió los ojos, cuyas pupilas estaban tan dilatadas que el gris que las rodeaba casi había desaparecido.

—¿Eso es un sí? —preguntó al fin Endora.

Charlotte sonrió y, abrazándola, la atrajo hacia ella, giró ligeramente la cabeza y la besó profundamente.

Ambas brujas sellaron aquel pacto con sus labios. Fue dulce, atento y cuidadoso. Endora le devolvió el abrazo, murmurando su nombre una y otra vez.

Y Charlotte también murmuraba el suyo. Como si sus nombres, fusionados, fueran la más dulce de las realidades.

Ovidia se sujetó las faldas con fuerza, corría a toda velocidad mientras escuchaba la risa de Noam tras ella.

Se giró una vez más, y vio que este la estaba alcanzando en el inmenso pasillo.

—¡Te creía más rápido, Clearheart!

Vio como este aumentaba su velocidad, y Ovidia corrió hacia aquella ala de la casa que estaba desierta. La joven bruja había usado sus poderes para abrir una gran puerta que se encontraba cerrada con llave.

Había oído que Noam la cerraba tras él, y supo lo que tenía en mente.

Lo que ambos tenían en mente.

Ovidia se giró para ver que el chico ya no corría, pues sabía que la chica no tenía escapatoria. Así que esta entró en la última habitación y dejó la puerta medio abierta.

Invitándole.

La habitación era gigantesca, había pinturas seráficas en el techo y obras de arte romántico que hipnotizaron a Ovidia. En la pared frente a la entrada, varios metros más allá, unas puertas de cristal llevaban a un balcón enorme y espacioso.

Ovidia se adentró aún más en la estancia con el eco de sus zapatos. A su derecha había una gran chimenea, ahora apagada, rodeada de estanterías llenas de estatuas y libros.

Muchos libros.

La joven bruja oyó los pasos de Noam tras ella. Poco a poco el muchacho se iba acercando, y su particular olor, el que Ovidia se había negado a recordar pero que reconocía en cuanto este entraba en una estancia, la invadió como un sueño de verano.

Los brazos de Noam la rodearon, despacio, como si se recrease en la tela de su vestido, del ajustado corpiño, que resaltaba sus voluminosos senos.

Ovidia cerró los ojos, deleitándose en aquel íntimo tacto. En lo que quería decirle.

En lo que deseaba que llegase.

—¿Ya no tratas de huir, Winterson? —Ovidia negó con un pequeño y gutural gemido, y Noam apartó el pelo de la chica, dejándolo caer por su espalda—. ¿Sabes en lo que no he podido dejar de pensar? —dijo con un ronroneo, un sonido tan profundo que Ovidia, inconscientemente, apretó las piernas aún más.

Ante el gesto, Noam rio, y su aliento fue una leve brisa en el cuello de la joven.

—¿En qué?

Noam inhaló profundamente el aroma de Ovidia, desde la base de su cuello hasta el lóbulo de su oreja. Ella suspiró ante el gesto, y aferró con sus manos las de Noam, que aún le rodeaban la cintura.

—En cómo te abriste para mí en aquella cama. —Noam dejó un dulce beso en el lóbulo de Ovidia, y esta tuvo que concentrarse para no gemir—. En cómo lo que me había permitido tan solo imaginar cuando estaba a solas, en la oscuridad de la noche, se hacía realidad frente a mí.

—¿Con que habías soñado exactamente? —preguntó Ovidia, dispuesta a seguirle el juego.

—Con demasiadas cosas que harían enloquecer a cualquiera que las escuchase.

Ovidia se giró poco a poco hacia Noam, sin separar el contacto entre ambos en ningún momento. Las pupilas del chico estaban completamente dilatadas.

—Tienes dos opciones, Clearheart —dijo Ovidia, subiendo las manos por el pecho del chico, cuyos músculos se tensaron bajo la caricia, muerto de deseo por ella—. Contarme lo que soñaste... —la chica se puso de puntillas, y rozó sus labios con los de él— o hacérmelo.

Noam levantó una mano y de un chasquido el fuego ardió en la chimenea, iluminando la estancia con fuerza. Ovidia le miró sorprendida, y él le dio un rápido beso en los labios, para después decir:

—Si voy a hacerte todo lo que he imaginado, necesitaremos horas. Muchas horas. Lo mejor será que la estancia esté lo suficientemente... cálida. —«Respira, Ovidia. Respira. Respira»—. Pero... —Noam se apartó levemente de ella, recorriendo con la mirada todo el cuerpo de Ovidia—, no haré nada a menos que tú me lo pidas.

—¿Quieres que ruegue? ¿Es eso lo que te gusta, Noam? —Ovidia empezó a deshacerse el peinado, sacando los múltiples alfileres que Charlotte había puesto cuidadosamente. El recogido empezó a caer, uniéndose al resto de su cabellera. Una vez que terminó, la joven fue hacia Noam y empezó a desabrocharle los botones del traje, poco a poco, muy concentrada en su tarea—. ¿No harás nada hasta que yo lo diga?

Noam asintió y Ovidia, con una media sonrisa, le echó un rápido vistazo.

Ahora ella estaba al mando.

Y cuánto le encantaba eso.

Noam se sacó el chaqué y luego la camisa, hasta que su torso quedó expuesto totalmente para Ovidia.

Siempre había sido de complexión delgada, más incluso hacía cuatro años. Pero ahora podía ver un hombre en aquel cuerpo. Su pecho, su abdomen, la curva que llevaba más abajo, hacia sus pantalones...; todo le gritaba desesperadamente que siguiese explorando, que se perdiese en él.

Ovidia se inclinó hacia delante, le dio un beso en el pecho y levantó el rostro para mirarle.

—Noam.

—Ovidia.

Sus nombres una plegaria, una súplica. Una promesa.

—Soy tuya —murmuró al fin la Bruja Negra.

Noam gruñó de placer, y Ovidia pudo ver que todo lo que había imaginado con ella se reflejaba en sus ojos.

—Aunque me encante ese maldito vestido... me gusta más lo que hay debajo.

Noam se lanzó hacia ella, le dio la vuelta y empezó a desabrocharle el corsé con una facilidad que dejó sin habla a la joven.

—He soñado demasiadas veces que te arrancaba este corsé mientras suspirabas mi nombre. Y míranos ahora.

Sus partes íntimas palpitaron, expectantes. Ovidia tuvo que morderse el labio, luchando contra el placer que la estaba inundando.

Sintió como la prenda estaba cada vez menos ceñida y respirar se volvía más fácil. Noam cogió el corsé y se deshizo de él, tirándolo al suelo.

Ella se apartó, aprovechando la oportunidad. Y como hizo la otra noche, se desnudó frente a él, despacio, y se abrió de piernas. Su humedad iba incrementándose por momentos, y su sexo palpitaba con ansia.

Se quedó tan solo con el rubí, que le brillaba en el cuello, y el anillo, en la mano derecha. También con los guantes, blancos y hasta los codos.

Noam se acercó a ella y, con lentitud, cogió el brazo izquierdo de Ovidia sin dejar de mirarla en ningún momento. Poco a poco, tiró del guante, y la piel de la chica fue quedando expuesta cada vez más a la luz de la chimenea.

El chico dejó caer el guante al suelo junto al vestido rojo e hizo lo mismo con el guante derecho.

Y, finalmente, la chica quedó completamente desnuda frente a él, solo las dos joyas acariciando su blanca piel.

Ovidia no pudo evitar fijarse en el pantalón de Noam, y la inflamación que se adivinaba bajo el mismo, deseoso de ella. Tuvo que tragar saliva y reunir todas sus fuerzas para mirarle a los ojos. Ahora el chico estaba frente a ella, imponente como una torre, a pesar de no ser mucho más alto que ella.

Fue entonces cuando Noam se sacó algo del bolsillo: el guante de encaje blanco.

La prueba de su promesa.

Ovidia le miró extrañada y sintió como Noam le agarraba la mano izquierda y se lo colocaba con cuidado.

—¿Te importa? —dijo el chico mientras terminaba de ajustarlo.

Ovidia supo a qué se refería. La fantasía que tenía en mente Noam. Poseerla con el guante puesto.

Hubiese mentido si le hubiese dicho que no quería aquello, que le desagradaba la idea.

Respiró profundamente. Tenía los pezones erectos. Noam tuvo que esforzarse por terminar su tarea.

—No. —Ovidia pudo decir aquellas palabras antes de que Noam la devorase como si su boca fuese el último manjar de aquel mundo. Ella le abrazó, hundiendo las manos en aquel sedoso y castaño cabello, y se dejó llevar.

Sus bocas se exploraron como nunca. Sus labios, sus lenguas y sus dientes se encontraron de nuevo. Ovidia sintió cómo Noam le acariciaba la espalda, cómo bajaba las manos hasta llegar a su desnudo trasero y lo aferraba con fuerza. Entonces rompió el beso, mordiéndose el labio para sofocar un gemido de placer. Noam se percató, y le dio un suave golpe en la nalga, lo que hizo que Ovidia curvase los pies, sumida en el deseo.

Esta vez, el gemido se escapó e hizo eco en la estancia.

—Vaya, vaya, Ovi… Sí que me estás enseñando cosas.

No dejaría que ganase. No dejaría que él fuese el único que disfrutase de aquel momento.

La chica deslizó una mano hasta los pantalones del chico, y apretó la erección de Noam, lo que hizo que este se aferrase más a ella, marcando sus grandes manos en el trasero de Ovidia.

—Yo también soy buena jugadora, Clearheart.

Este soltó una risa profunda, primitiva, desde lo más profundo de su garganta, y de un rápido movimiento la cogió en brazos, obligándola a rodearle la cintura con las piernas.

Ambos se miraron y durante un breve instante el mundo se detuvo.

Y rieron, juntando sus narices en un gesto dulce entre toda aquella sensualidad.

—Eres un sueño. Eres preciosa, Ovidia.

—Me gustaría decir lo mismo… pero tu pantalón me lo impide.

Noam se miró el pantalón y luego la entrepierna de Ovidia, y lo vio. Vio lo húmeda que estaba.

—Puede que no te permita ver… —El chico se inclinó hacia delante y lamió el pezón de Ovidia, que se aferró más a él—. Pero sí que puede hacerte sentir.

De un empujón rápido, Noam se restregó contra ella, entrepierna contra entrepierna, a la vez que mordía el ya húmedo pezón de la chica.

Ovidia iba a matarlo.

Se aferró con manos y uñas a la espalda de Noam, y supo que aquello le dejaría marca. Lo sabía bien.

Y Noam simplemente buscó su boca de nuevo, mientras los llevaba a ambos a la inmensa cama que los esperaba, un lugar donde poder perderse el uno en el otro.

Ovidia sintió el colchón en la espalda mientras seguía besando al chico, y notó el peso de este sobre ella, mientras sus hábiles manos le iban acariciando todo el cuerpo. Noam rompió el beso y la observó durante un instante. El colgante de rubí brillaba sobre su desnudo pecho, que subía y bajaba a causa de su agitada respiración, y tenía los labios hinchados y las pupilas dilatadas. El cabello estaba esparcido como un manto castaño oscuro que estaba a punto de conducir a la locura a Noam.

Ovidia se llevó las manos a los pechos, y los agarró mientras apretaba las piernas, deseosa de más.

Noam le dio otro profundo beso, y segundos después se apartó de ella para ponerse a los pies de la cama.

Entonces empezó a quitarse el pantalón.

Ovidia se puso de rodillas, expectante, anhelante.

Instantes después, Noam se deshizo del pantalón, y quedó también desnudo al fin.

Y ella se empapó de él, de su erecto miembro, grande y deseoso de ella.

¿Cuántas veces había soñado con aquello?

Ovidia se arrastró poco a poco hasta el borde de la cama, y Noam la cogió de la barbilla, obligándola a mirarle.

—Si en algún momento no quieres hacer algo o quieres hacer algo concreto, dímelo —le dijo en un susurro—. Yo haré lo mismo.

Ella asintió, y dirigiendo la mirada a la entrepierna del chico, murmuró:

—Entonces, dime, ¿qué quieres, Noam? Sé específico.

—Quiero sentir tu boca.

Ovidia sonrió, rozando con sus delicados dedos el erecto miembro del chico.

Había olvidado lo duros y suaves que podían llegar a ser.

—Cómo he dicho… soy tuya.

Cerró la mano sobre su pene, y empezó a moverla de arriba abajo, y Noam tuvo que sujetarse a los postes que decoraban la cama, respirando con dificultad.

—Ov…

Antes de que dijese su nombre, Ovidia se introdujo el miembro en la boca.

Solo la punta.

Pero fue suficiente para hundirle en un gran abismo.

Sintió el característico sabor salado en la boca. Mientras movía la lengua habilidosamente sobre la punta, con la otra mano masajeaba los testículos del chico.

Hasta que, poco a poco, se introdujo todo el miembro hasta la garganta.

Los sonidos que producía Ovidia eran demasiado. La chica gimió, y ahora que tenía las manos libres, no pudo evitar llevarse una a la entrepierna y estimularse también a ella misma.

Noam pasó una mano por el pelo de Ovidia, apartando la cabellera que le caía por la cara, y dejó su rostro a la vista.

—Mírame, Ovi.

Esta obedeció, apretando los labios alrededor del miembro mientras lo sacaba del todo.

—Esta no es la primera vez que lo haces, ¿verdad? —se atrevió a preguntar Noam.

Ovidia soltó una suave risa, y lamiendo el miembro de la base hasta la punta, negó con ojos inocentes.

—Déjame demostrártelo, Clearheart.

Y esta vez, Ovidia fue en serio, dejando todo juego atrás.

Agarró las caderas de Noam, se introdujo el pene por completo en la boca y empezó a moverse con agilidad.

Él gimió con fuerza, y sujetó la cabeza de Ovidia mientras subía y bajaba las caderas, ayudándola en su tarea. Se hundió por completo en ella, y la bruja gimió en su boca desde la garganta, mientras volvía a estimularse a sí misma. Noam dominaba la situación por completo.

—Ovidia… voy a…

Sintió como los dedos de Noam se hundían aún más en su pelo y Ovidia lo quería.

Quería que terminase en ella. Y lo quería ya.

El chico tuvo que volver a sujetarse a los postes de la cama, y ella le agarró de nuevo las caderas y fue aumentando la velocidad.

Noam lo supo. Con aquello le estaba haciendo saber lo que quería.

E instantes después la explosión llegó a él, derritiéndose por completo dentro de ella.

Ovidia se quedó quieta, saboreándole, mientras se llevaba una mano de nuevo a las partes íntimas, gimiendo de placer.

Finalmente, despacio, se sacó el miembro de la boca y, tragando lentamente, lamió con ímpetu la suave piel. Noam la miraba con los ojos desorbitados.

—¿Qué más vas a mostrarme, Noam?

Este, lanzándola contra la cama, rio con ganas, maravillado ante la espectacular mujer que tenía entre sus brazos.

Que ocupaba su corazón.

Y que lo llevaba a la más dulce de las locuras.

—Ahora lo verás, Ovi. No eres la única con experiencia. Y… tengo que compensarte, ¿no crees?

Había una oscura promesa en las palabras de Noam. Y Ovidia deseaba saber qué ocultaban.

Él se puso sobre ella y empezó a pasarle las manos por todo el cuerpo. El leve roce hizo que todo el vello corporal de Ovidia se erizase.

Noam se deleitó en aquella vista, en cómo la chica luchaba por controlar su respiración. La acarició, pasándole una mano por el cuello, luego por el hueco entre sus pechos, y finalmente bajando por su abdomen, blando y cómodo, sobre el cual había querido dormir en los brazos desde hacía mucho tiempo.

Pero ahora dormir era lo que menos quería.

Bajó la mano más abajo, y más, y Ovidia se preparó para sentir sus dedos en ella.

Pero Noam sonrió con malicia y, con rapidez, dirigió ahora las dos manos hasta sus muslos y fue subiendo por los costados, por las caderas. Aquel dulce roce hizo que Ovidia suspirara de placer.

—Cómo te gusta el control —murmuró ella.

Él emitió una risa grave, desde lo más profundo de su pecho, e inclinándose, apoyó las manos a ambos lados de la cabeza de Ovidia, acercando el rostro cada vez más al de ella.

El chico bajó la cabeza aún más, y rozó con los dientes el pecho de la joven, hasta que encontró con la lengua su erecto pezón, y lo lamió despacio haciendo pequeños círculos.

Ella se inclinó ante el contacto.

Entonces Noam le abrió las piernas y le restregó el miembro con ímpetu en su húmedo rincón.

Ovidia subió las caderas, deseando más, y Noam ronroneó, inclinándose para besarla.

—Impaciente.

Este agarró la lengua de la chica con los labios, y succionó levemente, haciendo que los labios íntimos de Ovidia se contrajesen. Lo sintió sobre el miembro.

Sonrió victorioso, apartándose de ella y lamiéndose sus propios labios. Apoyó los brazos a ambos lados de la cabeza de ella, sin dejar de mirar los oscuros ojos de la chica.

Ovidia miró el espacio que quedaba entre ambos, toda la dureza de Noam sobre su expectante sexo, y jadeó, volviendo los ojos al hombre que estaba a punto de poseerla.

—Eres mío. Solo mío —murmuró sobre sus labios.

—Y tú eres solo mía.

—Siempre.

Una promesa.

Ovidia puso las manos en el rostro de Noam, cuando una sola palabra salió de los jugosos labios de él:

—Mía.

Y lentamente, Noam entró en ella, ambos empapándose el uno del otro.

La conexión que había entre ellos era algo inexplicable. Ovidia había compartido cama con otros hombres, pero con Noam parecía algo natural.

Como debía ser.

El chico se detuvo, con la intención de volver a hablar, pero Ovidia murmuró:

—Sigue.

Y cuando quiso repetir aquellas palabras, los músculos de sus brazos se flexionaron y de un último empujón estuvo por completo dentro de ella. Solo se oyó el sonido húmedo de sus genitales al encontrarse.

El chico empezó a moverse, y los gemidos de ambos empezaron a inundar la habitación.

Una y otra vez, Noam se introdujo en ella.

Y Ovidia sintió que iba a explotar.

Subiendo las manos por el impecable pecho del chico, le introdujo un dedo en la boca, que él lamió con ímpetu mientras seguía entrando en ella.

—Mío —murmuró ahora Ovidia.

Noam gruñó, y giró sobre sí mismo, arrastrándola con él para que quedara encima, con las manos apoyadas en el pecho del chico.

Este levantó las caderas, y Ovidia se dejó empapar de él, de la longitud de su miembro, saboreándola por completo.

Entonces le miró, y le clavó las uñas en el pecho, lo que hizo que Noam produjese un sonido entre gruñido y gemido.

La Bruja Negra no tardó en empezar a moverse. Se apartó el pelo hacia atrás y le ofreció una más que espectacular vista al hombre que amaba.

Y entonces se dio cuenta.

Nunca se lo había dicho.

Noam la agarró por las caderas, ella se inclinó hacia delante, permitiéndole bajar aún más las manos, hasta su generoso trasero,

341

donde hundió los dedos. Ovidia vio como las venas de sus antebrazos se marcaron con el gesto.

La chica fue hacia su boca, y le besó sin dejar de mover las caderas un segundo.

Le amaba a todo él.

Su risa. Su preocupación. Su dominación. Su comprensión.

Todo él. Lo amaba.

Por los Dioses de este mundo, *lo amaba*.

Rompiendo el beso, miró a aquel hombre a los ojos. Y con una sinceridad que jamás había portado en ella, murmuró:

—Te quiero.

Noam se detuvo por completo.

La chica seguía apoyada en su pecho, pero él parecía haber visto una aparición.

Y entonces, para sorpresa de Ovidia, rio. Echó la cabeza hacia atrás, riendo y riendo.

Instantes después, Noam se incorporó, obligando a Ovidia a hacer lo mismo.

Ahora, sentados, con sus cuerpos unidos, se miraron durante unos instantes.

Y entonces Ovidia volvió a sentir las manos de él en las caderas.

Se movió dentro de ella, poco a poco. La joven se recolocó, gimiendo.

Él se inclinó hacia delante, besó el pecho de la chica, y fue subiendo y subiendo, sus dientes rozaron la piel hasta llegar al cuello, donde le dio un leve mordisco.

Ovidia se sujetó a sus musculosos hombros y Noam la miró con una intensidad que le quitó la respiración.

—Yo también. Maldita sea, yo también te amo, Winterson.

Ambos rieron y se fundieron en un beso ardiente sin dejar de moverse.

Ovidia le cogió el rostro. Quería mirarle mientras ambos llegaban al éxtasis.

Y entonces lo sintió. Sus energías aumentaron y las vibraciones la alcanzaron como el vendaval de una gran tormenta.

En ese mismo momento, una luz blanca salió de Noam e inundó los ojos del chico.

—Oh, Dioses —murmuró la joven, que movía las caderas una y otra vez.

—Mírate.

Ovidia se miró a sí misma, y entonces vio que sus hiedras habían salido, fusionándose con la luz blanca de una forma hipnotizante.

Su colgante y su anillo empezaron a brillar con más fuerza, a medida que el placer iba más y más en aumento.

Noam se inclinó y lamió los rosados pezones de Ovidia con ímpetu, como si fuese el mayor de los festines. Lamió, succionó y mordió. Una y otra vez mientras la chica le clavaba las uñas.

El miembro de Noam se contrajo en ella y Ovidia apretó las piernas con más fuerza.

—Dámelo. Solo para mí, Noam.

Este gruñó. La besó. Y un orgasmo explotó entre ambos, haciendo que la luz y la oscuridad que los rodeaban se fusionasen en un brillantísimo resplandor, como si el inicio de los tiempos estuviese teniendo lugar.

Noam dormía plácidamente sobre la inmensa cama, con el pelo ahora revuelto y cayéndole sobre el rostro.

Ovidia le apartó un mechón ondulado de la cara para verle mejor. Se encontraba entre los brazos de él, que parecía no querer soltarla ni en sueños.

Jamás había visto tanta belleza frente a ella.

La fiesta parecía haberse apaciguado, pero aún seguía en marcha. No sabía qué hora podía ser, pero todavía quedaba mucho para el amanecer, de eso estaba segura.

Ovidia miró los dos cuerpos desnudos entrelazados, las marcas de sus propias uñas en el cuerpo de Noam, los rastros que sus absorbentes besos le habían dejado por todo el cuerpo.

Se sumergió en sus propios pensamientos, en el hecho de que no habían dejado de amarse una y otra vez durante aquella larga noche.

En cómo, hacía unos instantes, Noam la había tomado por detrás salvajemente, anclándola a la cama mientras se hundía una y otra vez en ella.

Y cómo ella le había rogado que siguiese. Porque era suya.

Sintiendo que ese familiar ardor volvía a ella, decidió que lo mejor sería tomar un poco el aire.

Tapó a Noam con las sábanas, y fue a por la camisola que había llevado bajo el vestido.

Los ropajes de ambos estaban esparcidos por el suelo, y cuando vio el corsé, la joven no pudo evitar sonreír al recordar el fervor con el que Noam se lo había quitado.

«He soñado demasiadas veces que te arrancaba este corsé mientras suspirabas mi nombre. Y míranos ahora».

Luchando contra el deseo de despertar a Noam y fundirse con él de nuevo, Ovidia decidió salir al balcón, y cerró la puerta tras ella con cuidado. La fiesta seguía su curso, ya en la madrugada, y la gente bailaba y reía a lo lejos, como un sueño remoto.

Se abrazó a sí misma y observó la inmensidad de Londres. A pesar de estar a las afueras, la ciudad se extendía bajo el firmamento como una sombra que nunca parecía dormir.

Tras ella oyó que la puerta del balcón se abría, pero no se giró. Solo sonrió y musitó:

—Necesitaba un poco de aire fresco. Ahora vuelvo adentro.

Sintió como la abrazaban por detrás, pero no fue hasta unos segundos después cuando se percató de que la persona que la abrazaba era más grande, esbelta, mucho más que Noam.

—Eso no hará falta —escuchó que le decían, pero no tuvo tiempo de volverse.

Un pañuelo le cubrió la boca y un fuerte olor le inundó las fosas nasales y la garganta. Todo su ser.

Sintió la fuerza del desconocido sobre ella, aplacándola por completo. Intentó luchar, pero fue en vano. Notó que se desvanecía, y todo se fue volviendo un gran borrón. La oscuridad la envolvió, anulando todos sus sentidos, y cayó sobre los brazos del desconocido, que sonrió con suficiencia y desapareció sin ser visto en la fría noche londinense.

Remembranza VII

1543. Algún lugar remoto de Inglaterra

El olor a quemado se percibía desde lo profundo del bosque. Las personas que se encontraban dentro de la pequeña cabaña se dieron prisa en recoger lo imprescindible, listas para huir.

Una de las figuras corrió la cortina de una de las ventanas que flanqueaban la puerta principal.

—Madre, se están acercando —dijo sin apartar la mirada del exterior.

La mujer no perdió la calma mientras se posicionaba en el centro de la pequeña y apenas iluminada estancia.

—Venid los tres. Ahora.

El más alto de los hermanos, el mayor, salió del oscuro rincón con el semblante serio.

La segunda figura se apartó finalmente de la ventana con una expresión de dolor en el rostro.

El pequeño, aferrado a las faldas de su madre, se apartó de ella con dificultad.

Los tres se pusieron ante la mujer, esperando a que hablase.

Esperando sus últimas palabras.

Angelica se sorprendió de lo mucho que habían crecido. Todos tenían el pelo negro, como ella. Y sus característicos ojos marrones ahora brillaban con una extraña luz dorada.

«Ha salido bien», se dijo a sí misma.

—Quiero que me escuchéis atentamente por última vez —habló finalmente, encontrando su voz—. Lo que ha tenido lugar es fruto de las magias más peligrosas, pero lo hemos conseguido.

—Madre —empezó a decir una de las tres figuras. Una chica. En sus ojos se podía ver el dolor.

—Debéis huir de aquí. Y no hablo de esta aldea, no. Debéis huir de Inglaterra. Lejos. No me importa adónde, pero no podéis volver. ¿Tenéis cada uno lo que os corresponde? —la interrumpió la mujer, con las manos entrelazadas delante de ella.

Los tres hermanos se miraron entre sí, asintiendo.

—Albyn. El anillo.

El mayor de estos, de poco más de veinte años, mostró la sortija en su mano, silenciosa y delicada. Rápidamente volvió a esconderla en su bolsillo.

—Virgilia. El colgante.

La chica, la hermana mediana, mostró un colgante con un profundo rubí.

Después, la mujer se dirigió a su heredero más pequeño.

—Festus, cariño.

El joven fue a sacar algo que tenía en el bolsillo cuando un fuerte estruendo los sorprendió.

Alguien entró en la estancia, y los tres hijos fueron a proteger a su madre cuando se percataron de quién era.

—Tía Augusta —exclamó el pequeño Festus.

—Angelica —dijo esta mirando a su hermana.

Un reflejo la una de la otra, como si alguien hubiese hecho una copia exacta.

Gemelas.

—Lo has hecho. —Horrorizada, Augusta fue hacia su hermana, mirando atónita a sus sobrinos—. ¿Sois conscientes de las implicaciones que tiene esto?

—Fuimos nosotros quienes convencimos a madre y no al revés —anunció Albyn con su voz seria.

—Sabéis lo que significa un pacto de sangre. Estaréis condenados a vagar hasta que alguien lo rompa.

—Vienen a matarnos —espetó Virgilia con odio en los ojos—. Y todo por tu culpa. Sin nuestro poder, ya sabes lo que pasará.

»Si la magia negra no está presente o no es usada, nos volveremos locos poco a poco, y será un proceso lento. Los Sensibles empezarán a quedarse sin poderes, a perder el control de estos. Algunos tendrán un poder excesivo.

»Todo necesita un equilibrio. Por eso la magia os eligió a vosotras. Porque representáis la armonía necesaria. Una Bruja Blanca y una Bruja Negra puras. Hicisteis que los demás elegidos despertasen, que el resto de los Sensibles encontrasen su lugar.

—Y solo viste lo que quisiste ver —escupió Albyn junto a su hermana.

—Idos —ordenó su madre, con la mirada fija en su gemela—. Huid ahora mismo.

—No podéis —dijo Augusta consternada—. Sé que no debería haber dicho lo que dije, haber convencido a todos de que eras peligrosa, pero…

—Yo no maté a aquel campesino, Augusta —repitió por enésima vez Angelica después de tantos años—. Y lo sabes. Pero preferiste creer al miedo antes que a tu propia hermana.

Angelica sintió como Festus se aferraba a sus faldas de nuevo y al fin, apartando los ojos de Augusta, la primera Bruja Negra miró a sus hijos.

—Corred. Ahora.

Virgilia lloró desconsoladamente. Albyn, con el semblante serio, fue a por un Festus de apenas diez años que luchaba por no ser apartado de su madre. Lo cogió en brazos mientras Virgilia recogía lo poco que se podían llevar.

Los tres jóvenes miraron por última vez a su madre y desaparecieron por la puerta trasera de la pequeña casa, huyendo a las profundidades del bosque que había detrás.

Aun así, Angelica no pudo evitar sentir un escalofrío cuando escuchó los gritos de su pequeño, que no dejaba de llamarla.

Había sido valiente al hacer el pacto, pero, aun así, seguía siendo un niño.

—Será mejor que te vayas. No querrías que te viesen con el enemigo.

—Tú no eres mi enemiga, Angelica. Yo…

—Entonces explícamelo. ¿Por qué hiciste lo que hiciste?

En ese instante de silencio, Angelica se fijó en su hermana, un calco de ella, solo que con los ojos algo más claros que los suyos, que eran negros. Alrededor de estos se dibujaban ya arrugas, y alguna cana asomaba por su oscuro y castaño cabello.

—Solo la envidia puede definir cómo me sentí durante tantos años. Aunque supongo que lo divisarías alguna vez en mis ojos.

—Eso no justifica lo que has hecho. A lo que nos has condenado, tanto a mis hijos y a mí como al resto de las brujas.

Augusta dio un paso adelante, acortando la distancia entre las hermanas aún más.

—No, no lo justifica. Jamás podré enmendar lo que hice. Era tanta la admiración que sentía por ti que, en algún momento, dichos sentimientos se convirtieron en celos al ver que no podría ser nunca como tú, que mi magia no sería tan fascinante como la tuya. .

—Somos las primeras brujas desde la última generación, hace miles de años —respondió Angelica, estupefacta—. Fuimos elegidas. Magia blanca y magia negra, una para cada hermana. ¿Cómo podías no sentirte especial?

Augusta se limpió las amargas lágrimas que le caían por el rostro.

—Era un problema mío y lo pagué contigo, hermana. Y es una carga que llevaré siempre en el corazón, y no espero que me perdones.

—Nunca estuve lo suficientemente enfadada como para tener que sentir que debía perdonarte —susurró Angelica. La gente estaba llegando ya al linde del prado donde estaba la cabaña.

»Mi poder está en esos objetos, Augusta —explicó Angelica a su hermana—. Son irrompibles. Y ese poder también corre por las venas de mis hijos. Está protegido. —Augusta no tenía palabras, su rostro fue una mueca de horror puro al comprender lo que había hecho su hermana.

»Así que haz el favor de darle un final digno a tu hermana. —Angelica sacó una daga que tenía escondida en el pecho, bajo el corsé.

Como si volviese a la realidad de repente, Augusta miró la daga y de nuevo a su gemela.

—No entiendo —balbuceó. Aunque sí lo entendía.

—Mátame, Augusta. Mátame de forma digna. Prefiero morir a tus manos que a las de esos desagradecidos.

Angelica había esperado que su hermana empezase a tartamudear, a rogarle que no lo hiciese, pero su silencio fue una verdadera sorpresa.

La Bruja Blanca, al fin, habló:

—¿No me odias?

—Encárgate de controlar a esos Sensibles —se limitó a responder Angelica—. Yo ya me he encargado de que mi poder esté a salvo. Y ahora, mátame.

Augusta cogió la daga entre las manos, y en el rostro de su hermana no había duda alguna.

Quería esto. Lo haría para proteger a sus hijos.

Para proteger la magia negra.

—Augusta —murmuró Angelica, con compasión—. A diferencia de ti, yo nunca te he odiado.

—Nunca te odié. Nunca lo hice —musitó esta entre lágrimas. A pesar de las arrugas, de las canas, Angelica vio a la niña con la que se crio en aquel orfanato. En aquel infierno.

—Pues cumple mi último deseo. Mátame.

Oyeron los pasos de Sensibles y No Sensibles acercándose. El odio de los primeros había hecho que los no mágicos se uniesen a ellos ante el rumor de que había una bruja en la aldea.

Estaban a tan solo unos minutos.

Y Augusta clavó el cuchillo en el pecho de su hermana.

La sangre no tardó en brotar, cubriendo el vestido de Angelica y las manos de Augusta.

La Bruja Negra se quedó paralizada, luego cayó en los brazos de su hermana, y su mirada empezó a perderse.

—Vete —consiguió balbucear—. Pensarán que eres yo. Nos confundirán. —Augusta lloró desconsoladamente sobre el cuerpo de su hermana mientras esta le urgía—: Vete.

La Bruja Blanca sintió el calor de las antorchas y vio como estas iluminaban la estancia. Estaban ya allí.

Y en sus brazos, la energía que desprendía el cuerpo de su hermana, la que la había acompañado en aquel oscuro mundo, desaparecía para siempre.

Augusta ahogó un grito de dolor, de culpa, de rabia. Dejó el cuerpo de su hermana con cuidado en el suelo, y salió por la puerta de atrás a toda prisa.

Se ocultó entre las sombras del bosque hasta que escuchó como los aldeanos rompían la puerta, y entonces se detuvo, sin poder dejar de observar la situación.

Segundos después varios hombres cargaban el cadáver de su hermana, desprotegida, dispuestos a convertirlo en cenizas.

Augusta lloró desgarradoramente, hasta que escuchó un ruido detrás de ella. Al girarse, vio que tres sombras la observaban.

Tres sombras con tenebrosos ojos amarillos.

Sus sobrinos. El horrible resultado de un pacto de sangre.

Y la mediana, a la que Augusta reconoció como su sobrina Virgilia, dijo:

—El poder está a salvo. Pero tu conciencia jamás estará tranquila. Y eso es venganza suficiente para nosotros.

Tras aquello, las sombras desaparecieron.

Y Augusta se quedó sola en el linde del oscuro bosque.

TERCERA PARTE

El tesoro de la emperatriz

23

17 de diciembre de 1843. Inglaterra

No había rastro de Ovidia por ningún lado. Noam se había despertado poco después del amanecer y había visto que se encontraba solo en la gran habitación. El lado de Ovidia en la cama estaba frío, como si nadie hubiese dormido allí.

Poniéndose los pantalones, salió al balcón, pero tampoco se encontraba allí.

Volvió a entrar la habitación, y finalmente la llamó:

—¿Ovidia?

Nadie respondió.

Bajó al piso de abajo, esperando encontrársela desayunando con el resto de los Sensibles, pero tampoco estaba allí. Noam la buscó por todos los recovecos de la casa. Al final se topó con Endora, que estaba en la gran cocina de la casa junto a varios Desertores.

En cuanto el joven le explicó lo que ocurría, todos se pusieron a buscarla. Charlotte escuchó el ajetreo desde su habitación y se les unió tan pronto como se enteró, y durante una hora buscaron a la joven Bruja Negra, sin éxito alguno.

Endora pidió a los Desertores que se reunieran de nuevo en la cocina.

—Ovidia no se iría así como así —dijo Noam desesperado. Llevaba la camisa medio abierta y descuidada—. No después de…

Endora asintió, comprendiendo. Sujetó las manos de su primo, que temblaban descontroladamente.

Uno de los Desertores que acababa de entrar en la cocina se acercó despacio, inseguro.

—¿Qué ocurre, Richard? —exigió saber Endora, aproximándose a él.

—Creo… que tendríais que ver esto.

Se apresuraron a seguir al hombre, que los llevó al salón de baile principal, cuya puerta se encontraba cerrada con llave.

—Me ha extrañado verlo cerrado, por lo que he abierto para ver qué había y… bueno, entrad.

El hombre se apartó para dejar paso a Noam, Endora y Charlotte.

Un gemido de dolor subió por la garganta de esta última, que empezó a llorar horrorizada ante lo que tenían frente a sí.

Noam se arrodilló, tenía los ojos muy abiertos, y su expresión era imposible de leer.

Endora, en apenas un hilo de voz, musitó:

—Reunid a todos. ¡Ahora!

Obedeciendo, los Desertores salieron de la estancia y fueron a por el resto, que seguía buscando a Ovidia por los alrededores de la finca.

Endora se giró de nuevo hacia Noam y Charlotte, esta última entre sollozos profundos y desgarradores.

El sentimiento de culpabilidad golpeó a la madame como una bofetada.

Frente a un arrodillado Noam descansaba el vestido rojo de Ovidia, perfectamente doblado, con un objeto pequeño encima.

Los tres reconocieron al instante de qué se trataba.

Un abrecartas de plata con un extraño símbolo y bañado completamente en sangre.

El dolor fue lo primero que sintió nada más despertar. Y luego fue la sensación de no poder moverse. Algo le tiró del cuello y su voz luchó por escapar, pero tenía algún objeto en la boca, así que solo pudo emitir gruñidos desde lo más profundo de la garganta.

Le dolía la cabeza y un extraño olor le inundaba las fosas nasales, amenazando con asfixiarla.

Lo reconoció. Leves recuerdos volvieron a su mente, como pequeñas ráfagas, como pinceladas en un lienzo en blanco.

Ovidia abrió los ojos lentamente, temerosa de lo que pudiese encontrar a su alrededor, pero tan solo había oscuridad.

Supo que no era la Sombra. No, en aquella irrealidad, en aquel limbo que Angelica había creado, en aquel refugio, Ovidia era libre.

Allí estaba atrapada. En todos los sentidos.

Estaba de pie. Lo sentía. Pero sus pies estaban atados juntos con lo que le parecieron cadenas.

Ovidia intentó moverse, pero supo que no podría.

Estaba tratando de ver algo en aquella oscuridad cuando, segundos después, decenas de antorchas se encendieron a la vez, obligándola a cerrar los ojos ante la repentina luz. Oyó voces, pasos a través de lo que parecía ser piedra.

Piedra antigua y mágica.

Ovidia parpadeó con cuidado, y observó el lugar donde se encontraba.

Se trataba de una sala hecha de piedra que parecía ascender hasta el cielo. O el suelo. No estaba segura. Porque parecía estar bajo tierra, muy por debajo de la superficie.

Se fijó en una abertura grande que había frente a ella. El arco que la rematada dejaba ver unas escaleras que llevaban hacia los pisos de arriba. Vio que había diferentes niveles, con más arcos de entrada posicionados a través de la circular estancia.

Varias figuras emergieron de ellos.

Ovidia abrió los ojos como platos.

Oyó unos pasos bajando las escaleras que llevaban al arco que había a varios metros frente a ella, y se preparó, intentando apartarse.

Las cadenas, que estaban ancladas a las paredes de piedra, titilaron y Ovidia pudo tambalearse un par de metros, pero no mucho más.

El corazón empezó a latirle con fuerza, temiendo lo que pudiera aparecerse frente a ella.

Intentó llamar a sus sombras, a la magia en ella, pero la sintió dormida.

Las pisadas llegaron a la base de las escaleras, pero la oscuridad del umbral no permitía más que ver la silueta de una figura.

—Es inútil. Inténtalo todo lo que quieras.

La joven se tensó al oír la voz.

Sabía a quién pertenecía.

Las luces dejaron ver a la persona que se acercaba a ella, y Ovidia quiso que su memoria borrase aquel recuerdo.

—Ha sido más fácil de lo que pensaba, la verdad.

Nunca había visto los ojos de Noam tan crueles, tan fríos.

«No. No. No. No».

«NO».

—Sí que estás sorprendida, querida.

Ovidia intentó hablar, pero las lágrimas ahogaron su voz.

No era posible. No era posible que el hombre del que se había enamorado, que le había roto el corazón, y el mismo que lo había vuelto a reparar fuese su enemigo.

—Fue tan fácil convencerte de que te ayudaría —empezó a decir Noam, moviéndose sin rumbo fijo—, de que con Endora todo sería más fácil. Fue sencillo hacer que todos entrasen en mi juego. Y Charlotte fue tan inocente… Lo que más me sorprende fue lo rápido que entraste en mi cama. Los juegos de palabras…

Ovidia gruñó, llena de dolor. La risa de Noam resonó en toda la estancia a medida que se acercaba a ella.

No podía mirarle. No sin que el desconsuelo, la rabia y el odio estallasen en su pecho.

—Estás preciosa atada. Tan callada. Una pena que no pudiésemos llegar a esta parte anoche. No tuvimos tiempo.

Horror. Puro horror fue lo que sintió Ovidia ante el ser que había frente a ella.

Intentó apartarse de Noam, que le había cogido el rostro con ambas manos, apretándole las mejillas y obligándola a mirarle. Su olor era horrible. Para nada el que recordaba del chico. Llevaba un perfume tan fuerte que la joven bruja sintió arcadas.

Y entonces lo oyeron. Pasos de varias personas moviéndose por el inmenso espacio, voces indistinguibles que rebotaban en ecos sin fin en las robustas y gruesas paredes.

Noam chasqueó la lengua, decepcionado.

—Se acabó la diversión. Una pena. —Dicho esto, le soltó el rostro al fin y empezó a alejarse de ella, cruzándose de brazos mientras la miraba de arriba abajo—. Estaba pensando en el baile que compartimos. Fue una suerte que estuviese allí en el momento oportuno, ¿no crees?

Ovidia frunció el ceño, confundida.

De repente, Noam empezó a girar las manos y una neblina gris lo rodeó.

La joven reconoció inmediatamente el gesto como algo que solo los Videntes podían hacer.

Una ilusión.

Esta empezó a desvanecerse, y el rostro de Noam fue sustituido por uno más fino, con pómulos afilados, y su cuerpo por uno más alto y algo más delgado. Con cabellera rubia y ojos verdes.

El brujo levantó las manos en un gesto casi divertido, como si disfrutase de aquello.

Y Harvey le sonrió con una satisfacción que hizo que Ovidia gritara, lanzándose hacia delante. Las cadenas la retuvieron y sintió el dolor allí donde estas la sujetaban.

—Siempre funciona. Siempre.

—Déjalo ya, Cox.

También reconoció aquella voz. Su portadora apareció tras Harvey, y el líder de los brujos grises, Benjamin, la miró con las cejas enarcadas y los ojos llenos de ansia.

Llevaba esperando esto mucho tiempo. Ovidia lo percibió.

Benjamin se puso delante de ella, imponente como una torre, y la cogió del pelo, obligándola a levantar el rostro. Ovidia reprimió un grito de dolor, y las lágrimas le cayeron por las mejillas.

—Ha sido difícil atraparte, Bruja Negra. Pero hete aquí. Lista para nosotros.

Más pasos inundaron la estancia y Benjamin sonrió con malicia, inclinándose para que Ovidia pudiese ver de quiénes se trataba.

Eleonora.

Galus.

Alazne.

Los líderes se detuvieron junto a Harvey, que observaba la escena con deleite. Por el contrario, los ojos de los líderes estaban puestos con dureza en Ovidia.

Con odio.

Con repugnancia.

—Has enmendado tu trabajo —dijo Galus con aprobación.

Ovidia no podía creer que Charlotte compartiese su misma sangre.

—Moorhill fue pan comido —respondió Harvey.

El mundo se paralizó ante Ovidia cuando recordó la imagen de Elijah en sus brazos, su último aliento de vida.

La figura huyendo por la ventana.

Él.

Había sido él.

Ovidia pilló a Benjamin desprevenido y consiguió deshacerse de él, y fue con tal furia incontrolada a por Harvey que llegó a sorprender al chico.

Pero no llegó muy lejos.

Eleonora dio un paso hacia delante y puso una mano en el rostro de Ovidia, cegándola.

La joven gritó desesperada ante la luz que la deslumbraba, ante el ardor que amenazaba con quemarle los ojos.

—O te estás quieta o te ciego del todo —gruñó por lo bajo Eleonora—. Tú eliges, Brujita Negra.

Ovidia asintió entre guturales gemidos de dolor. Sintió como la mano de Eleonora desaparecía, y su luz cegadora se desvaneció al instante.

La chica cayó al suelo. Le quemaban los ojos, que lloraban sangre, pero fue recuperando poco a poco la visión. Sintió unas terribles ganas de vomitar, pero la tela que le cubría la boca se lo impedía.

Lo sabían.

Todos ellos lo habían sabido desde el principio.

Habían matado a Elijah y habían querido culparla.

Querían matarla. Querían hacer lo mismo que hicieron con Angelica.

Quemarla.

—Alazne, mañana será toda tuya —escupió Benjamin, pero la voz era un murmullo lejano.

Ovidia sintió en los latidos del corazón, fuertes y rápidos, cómo el miedo se apoderaba de ella.

Apretó fuertemente las manos y al tirar de las pesadas cadenas lo sintió.

El vacío en la mano derecha.

Su anillo y su colgante habían desaparecido.

Ovidia sintió el dedo y el cuello desnudos, y luchó con más fuerzas contra las pesadas y dolorosas cadenas que la ataban a la infernal estancia.

—Me pregunto cómo estará Clearheart ahora, desgarrándose al pensar en lo que podríamos hacerte. —La voz de Benjamin era un zumbido cruel—. Lo que te haremos.

—Disfruta de la estancia. Esta vez sí que no podrás escapar. Nos hemos asegurado bien. —Eleonora escupió las palabras con placer, la cegadora luz seguía brillando en una esfera en la palma de su mano.

Benjamin y Harvey fueron los primeros en irse, seguidos por Galus, que ni se dignó a mirarla. Eleonora fue la siguiente y Alazne fue la última en salir de la estancia. La miró sin apenas sentimiento en los ojos, se detuvo un instante y, tras soltar una risa de suficiencia, se marchó con rapidez. Sus tacones resonaron por la inmensa estancia.

Ovidia intentó calmar su respiración, ignorar el dolor que le provocaban las ataduras, que amenazaba con llevarla a la locura. Cerró los ojos, hundiéndose en sí misma.

Sabía lo que tenía que hacer. Podía acceder a su poder.

Lo sabía.

Intentando llegar a esa parte de ella donde se encontraba su magia, centró todas sus energías en sentir el familiar tirón.

Pero las hiedras no respondieron.

El hueco donde solía encontrarlas se hallaba vacío.

El silencio fue la única respuesta que obtuvo, y al abrir los ojos, Ovidia lo supo.

Estaba sola.

Completamente sola.

24

17 de diciembre de 1843. Londres, Inglaterra

La felicidad y el regocijo que había llenado la gran casa de campo de los Desertores hacía apenas unas horas se había convertido en angustia, desesperación y caos.

Todos los Desertores se encontraban en el salón principal, con los ojos fijos en Endora, que, con eficiencia, estaba dando instrucciones.

—Mandad patrullas a todos los barrios céntricos. Dividíos en grupos, y que en cada uno haya un brujo de cada clan. Quiero al menos a un mínimo de cinco grupos patrullando el centro de Londres y a otros cinco en las afueras. Estaciones de tren, sobre todo. Cualquier lugar que consideréis sospechoso o donde creáis que Ovidia podría estar. Anoche confié en vosotros al presentárosla. No me falléis ahora.

Endora estaba demostrando ser la auténtica lideresa de los Desertores de Londres.

Estos se dividieron y rápidamente decidieron a qué zona iría cada grupo.

Minutos después abandonaron la casa de campo con un cuervo cada uno, el cual avisaría a Endora en caso de que averiguasen algo.

Y mientras todo eso tenía lugar, en un rincón de la estancia, Noam Clearheart, con las manos en la cabeza, estaba a punto de perder el control.

Ovidia no dejaba de aparecer en su mente. En el baile, en el jardín, en los pasillos mientras la perseguía, fingiendo darle ventaja. Junto a la chimenea, besándola con fuerza. En la habitación, haciéndole el amor, fundiéndose con ella y gritando su nombre hasta que aquello los llevó a ambos a la perdición.

«Eres mío. Solo mío».

«Te amo. Nunca he dejado de hacerlo».

«Siempre. Para siempre».

El eco de su voz fue la puñalada final.

El Vidente se levantó con rapidez del sofá donde Endora le había obligado a sentarse y fue derecho al jardín, con una sola idea en mente. Salir a buscarla. La rastrearía hasta encontrarla.

Costara lo que costase.

Antes de que llegase a las puertas del balcón, Charlotte se interpuso en su camino. Unas profundas ojeras surcaban el delicado rostro de la bruja.

—Charlotte, apártate. —La voz de Noam era grave y amenazante.

Pero esto no pareció amedrentar a la joven.

—No resolverá nada. Ir tú solo es una locura.

—Tengo que salvarla.

—¡Es lo que estamos intentando hacer todos!

Noam, con lágrimas en el rostro, reunió las pocas fuerzas que le quedaban para mirarla.

Y el chico vio que estas también caían por las mejillas de la Bruja de la Tierra.

Y entonces, tras respirar hondo, muy hondo, Charlotte murmuró a Noam:

—Date cuenta de algo. No eres el único en esta sala que la quiere. —Unos pasos se acercaron a ellos y Endora se reunió con ambos. La joven siguió hablando—: Todos estamos desesperados, pero la impulsividad podría llevarte al mismo destino que a ella.

Endora puso una mano en el hombro del chico, que se giró y vio la preocupación en el rostro de su prima.

—Vamos a encontrarla. Te lo prometo.

Noam se pasó las manos por el rostro. Sus ojos estaban más apagados que nunca.

—Si algo le ha pasado… —Se restregó el pecho con una mano, como si le doliese—. Yo…

La Bruja de la Tierra miró al Vidente, y sin poder evitarlo le abrazó, dejando que llorase desconsoladamente.

—Le he fallado —musitó Noam en el hombro de Charlotte—. Le he vuelto a fallar.

—Todos. Hemos sido todos.

Endora negó con la cabeza. Su poder había empezado a salir a la superficie.

Charlotte y Noam rompieron su abrazo, y la Bruja de la Tierra se acercó con cuidado a la madame.

—Si ha sido Harvey, pagará por lo que le ha hecho a Ovidia. —Sus palabras fueron una promesa. Una peligrosa promesa de venganza—. No me tomo las traiciones a la ligera.

—Endora —dijo Charlotte, cogiendo el rostro de la Bruja de la Noche entre las manos—. Debes calmarte. Respira. Noam, ven aquí. —Su voz fue una orden pura, así que el joven obedeció, y la chica cogió a ambos Clearheart de las manos—. Le haremos pagar por todo, pero debemos actuar. No podemos depender del resto de los Desertores. Tenemos que hacer algo con nuestras propias manos, pues cada minuto que pasa es un minuto más en el que Ovidia está en peligro.

Endora maldijo y fue con paso decidido hacia los balcones que daban a los jardines traseros de la casa. Noam y Charlotte la siguieron.

Invocando su poder, la Bruja de la Noche empezó a nombrar palabras en latín tan bajo que los otros dos Sensibles no lograron entenderla.

Instantes después, un cuervo apareció y se posó en el brazo de Endora. Esta habló con el animal, que tras un pequeño graznido se elevó y fue con gran rapidez hacia Londres.

La Desertora se giró para enfrentar a Noam y Charlotte, y se dejó caer de forma pesada sobre la gruesa barandilla blanca.

—Perdóname. —La súplica pendió del aire unos momentos mientras Endora se recomponía, mientras buscaba las palabras correctas—. Fui yo quien la acercó a él. Harvey... llevaba años a mi lado. Confié en él. Juntos emprendimos el camino en este mundo tan cruel. Supongo que él lo era aún más.

—Tal vez lleva metido en esto más tiempo del que creíamos, Endora —saltó Charlotte, sin acercarse aún a la chica—. No te culpabilices.

—Es un rasgo Clearheart —musitó Noam, mirando fijamente a su prima—. No podrás hacer mucho contra ello.

—Me he percatado —respondió Charlotte en un susurro.

—Si le ha hecho algo... será culpa mía.

—Ahí lo tienes. —Noam recorrió la distancia que lo separaba de ella, negando con la cabeza—. Aquí la culpa la tienen aquellos que quieren herir a la mujer que amo.

—Endora. —Charlotte se acercó a ellos, y cogió la mano de la Bruja de la Noche—. Lo único que has hecho por Ovidia es ayudarla. Eso es lo único de lo que eres culpable.

»Y ahora debemos encontrarla. Antes de que sea demasiado tarde.

—Ya estoy en ello —dijo Endora—. Tengo ojos por toda la ciudad. En unas horas sabremos algo. Debemos ser pacientes. Pero —añadió cautelosamente la bruja—, si para medianoche no sabemos nada, volvemos a casa y planeamos qué hacer.

—¿Nos quedamos en casa entonces? —preguntó Charlotte.

Endora asintió.

Noam se apartó, intentando aclarar sus pensamientos. Se llevó una mano al pecho, donde un dolor que conocía bien se había ido abriendo paso lentamente, amenazando con quitarle el aire.

Le vino a la mente el recuerdo de yacer con Ovidia en el lecho tras hacer el amor, de acariciarla mientras reía y lo miraba con una sinceridad en los ojos que hizo susurrar a Noam una y otra vez cuánto la amaba.

—Si la hieren o… la matan —empezó a decir Noam con dificultad. No se giró para mirar a las brujas—, sean quienes sean, me encargaré de que su sangre manche mis manos.

»Si le han puesto un dedo encima… —Esta vez el joven sí se giró, y ambas brujas vieron como la habitual dulce mirada de Noam se había tornado en una amenaza que hizo que Charlotte se apartase inconscientemente de él—. Voy a torturarlos hasta que lo único que puedan hacer sea suplicar que los mate.

—Estaré encantada de acompañarte en dicha tarea —susurró Endora, y pasó un brazo por la cintura de Charlotte, que miraba a la Bruja de la Noche preocupada—. Pero ahora… debemos esperar. Confía en mí.

Noam asintió, y sin más, bajó las escaleras que llevaban al inmenso jardín y se esfumó entre los árboles.

Charlotte le observó hasta que la figura del chico desapareció de su vista, y fue entonces cuando acarició la mejilla de Endora, surcada por una lágrima.

—Les he fallado —murmuró la Bruja de la Noche.

—Les has ayudado. Semántica, Endora.

Esta hundió el rostro en el cuello de Charlotte. No lloró. Tan solo se quedó ahí, dejándose abrazar por la joven bruja en la fría mañana de diciembre.

Y mientras lo hacían, Charlotte cerró los ojos, rezando a las energías de la tierra por que Ovidia estuviese a salvo, por que no fuese demasiado tarde.

Nathalie Moorhill abrió la puerta de su hogar vestida completamente de negro.

Los líderes de la Sociedad y un joven desconocido se habían presentado en su puerta aquella madrugada, y ahora se encontraban en la gran sala de estar, alumbrada por apenas unas pocas velas encendidas.

—La hemos encontrado, Nathalie —anunció Galus, que estaba de brazos cruzados.

—No ha sido fácil —añadió Eleonora—, pero la tenemos a nuestro cargo.

Nathalie asintió, abrazándose a sí misma. Se encontraba junto a la chimenea, que había sido encendida por una de las criadas, pero su calor no era suficiente ante el frío que la envolvía, el mismo que la acompañaba en su lecho nupcial.

—Mañana informaremos a la Sociedad y en unos días será interrogada por Alazne delante de todos —explicó Benjamin, que se encontraba más cerca de la viuda. Esta miró a la líder Vidente, que asintió con su perenne frialdad visible en el rostro—. Y tras ser declarada culpable, seguiremos con el protocolo. Será quemada viva.

—¿Un juicio oficial? —preguntó Nathalie.

Benjamin asintió.

—También nos encargaremos de Theodore Winterson, y empezaremos las investigaciones sobre los Clearheart. Estaban compinchados con ella. Creemos que esto va mucho más allá de un simple asesinato.

Nathalie no respondió. Su mirada se posó en Harvey, que se había mantenido callado y al margen.

—¿Qué papel ha desempeñado él en toda esta investigación?

Fue entonces cuando el Vidente levantó la vista y miró directamente a Nathalie a los ojos.

—Señora Moorhill, yo encontré a la asesina de su marido —aseguró con la mayor de sus sonrisas.

Nathalie asintió, sin decir nada.

En ese momento, con el rabillo del ojo, la mujer vio como en el marco de la puerta principal su pequeña miraba con ojos abiertos a los invitados, incapaz de parpadear.

—Dioses, Dorothea. —Todos se giraron sorprendidos, pero la niña no miró a su madre: toda su atención estaba puesta en los líderes y en Harvey—. Es muy tarde, corazón. Ve a la cama, ahora mismo iré yo.

—No me iré sin ti —respondió ella sin mirar aún a su madre—. No me iré hasta que ellos no se vayan.

Nathalie frunció el ceño. Estos últimos dos meses habían sido un caos en su hogar, y Dorothea se había comportado de forma extraña. Sin nadie que la ayudase a controlar sus poderes, lo único que había podido hacer su madre había sido intentar llenar el vacío que Elijah había dejado.

—Está bien, cariño. Dame un momento, ¿vale? E iré contigo a la cama.

Dorothea asintió, con los ojos aún fijos en los invitados.

Nathalie se incorporó y, girándose hacia los líderes, dijo:

—Gracias por venir a informarme. Procedan como crean y esperaré las noticias oficiales que recibirán el resto de los miembros de la Sociedad. Ahora he de cuidar a mis hijos.

—Por supuesto. —Benjamin hizo una reverencia, y todos los demás le imitaron—. Todo sea por salvaguardar la memoria de nuestro querido amigo.

Nathalie asintió, atrayendo a Dorothea hacia sí.

La pequeña niña no dejó de mirar a los invitados mientras pasaban delante de ella y su madre, dirigiéndose hacia la puerta principal.

Una vez a solas, Nathalie tuvo que sentarse en un sillón cercano para controlar su agitada respiración. Por algún motivo sentía que algo iba mal.

—Mamá. —Dorothea cogió el rostro de su madre entre las manos, con los ojos llenos de preocupación—. ¿Ovidia está aquí, en Winchester?

Nathalie se puso en alerta ante aquellas palabras. Dorothea había cambiado tanto en tan poco tiempo que a veces la pillaba desprevenida.

—Sí, cariño. Ovidia... ha vuelto.

—No, mamá —negó Dorothea, cogiéndole un mechón de pelo—, no ha vuelto. La han traído. Dormida.

Los ojos de Nathalie volaron hacia los de su hija, que la miraba fijamente, con una determinación que le atravesó el alma.

—Dory, ¿a qué te refieres?

—Lo he visto. He visto cómo la traían.

—Eso es imposible, ¿cómo...? —Nathalie cogió aire repentinamente, las piezas del complicado rompecabezas encajaron en su cabeza—. Eres una Médium.

—Había un balcón —dijo la pequeña con el ceño fruncido, como si divagase en sus propios recuerdos e ignorando el calificativo—, y he visto a Ovidia de espaldas. Me acuerdo de su cabello. Era muy bonito. Pero... luego ha caído y estaba dormida. Había un vestido rojo en el suelo. —Se acercó a su madre, casi llorando—. El chico joven me ha dado mucho miedo, mamá.

—¿Quién, cielo? —preguntó Nathalie a pesar de saber a quién se refería.

—El rubio. Es como yo, pero... su luz es oscura. No como la tuya, la de la señora del cabello gris o la de Henry. Todas las demás luces eran muy oscuras.

Todos los sentidos de Nathalie se pusieron en alerta.

—Ven conmigo, cariño.

Nathalie le dio la mano a su hija y se dirigieron al despacho de Elijah, que estaba cerrado desde la muerte de este.

Con el candelabro en la mano derecha, Nathalie abrió las puertas y de un chasquido encendió todas las velas de la estancia.

—Si mis sospechas son ciertas y eres una Médium…

—¿Médium? —preguntó Dorothea.

Nathalie hizo una leve pausa, y mirando a su hija con aquellos ojos marrones, le explicó:

—Es una habilidad realmente extraña. Solo los Videntes la poseen. Normalmente, ven el aura de las personas, pero también pueden tener visiones del pasado, el futuro, o algo que está pasando en otro lugar. ¿Cuándo viste eso?

—Anoche, justo antes de irme a dormir. No… no quise contaros nada para no preocuparos.

—¿Te había pasado antes?

—La primera vez fue cuando Ovidia vino a casa.

Nathalie frunció el ceño, y con cuidado, preguntó:

—¿Qué viste?

—A ella. La vi a ella, mamá.

—No entiendo, Dory.

—Vi su magia, su poder. Vi todo. Vi a la Ovidia que había debajo del cuerpo que nos visitó ese día.

Nathalie no respondió y Dorothea siguió mirando a su madre.

La mujer se dirigió hacia el cuadro que había encima de la chimenea, justo detrás del gran escritorio, y lo descolgó, dándole la vuelta.

Detrás descansaba un gran sobre cerrado.

El recuerdo de Elijah la acorraló.

Justo la misma noche de Samhain.

«Si me pasara algo, detrás del cuadro de mi despacho hay un sobre. Ábrelo. Encontrarás todas las respuestas».

Nathalie respiró hondo y abrió el sobre.

La noche había vuelto a caer en Londres y todavía no había noticias de Ovidia ni de Harvey.

Los tres sensibles estaban reunidos junto a la chimenea cuando los ojos de Endora vieron algo más allá de Noam y Charlotte.

Apresurada, la madame fue hacia las puertas que llevaban al jardín levantando un brazo, y un cuervo tan negro como la noche se le posó encima.

El de aquella misma mañana.

—¿Qué ocurre? —preguntó Charlotte, ahora tras Endora.

Noam observó la escena desde la distancia y apreció varias cosas mientras la madame hablaba con su compañero animal. Primero, su prima se encontraba desolada, traicionada. Segundo, el guante que había traído el cuervo en el pico y que Charlotte sostenía ahora en sus delicadas manos era de Ovidia. Y tercero...

—No hay rastro de Harvey en todo Londres.

—Hay una forma de saber dónde está —musitó Noam, hablando por primera vez en horas—. Dame el guante.

Charlotte, ante la intimidante imagen del Vidente frente a ella, se lo tendió. Noam invocó su poder al instante mientras sujetaba el guante con fuerza entre las manos.

Como si temiese que fuese a desvanecerse frente a él. Burlándose de su raciocinio.

Endora observó a su primo, acercándose lentamente a Charlotte por detrás.

Ambas brujas entrelazaron las manos. Las dos temblaban, pero la Bruja de la Tierra intentó controlarlo.

Al menos una de ellas dos debía ser fuerte.

Instantes después, el joven abrió los ojos. Su poder estaba aún en pleno auge.

—Noam. —La voz de Endora era demandante, exigente. Necesitaba respuestas.

—Fue esa misma noche, pocas horas antes del amanecer. Harvey la secuestró delante de mis narices.

—Por la luna. —Endora se apartó de ambos, y su poder empezó a manifestarse, rodeándola con una letal aura violeta—. Voy a acabar con él. Me encargaré...

—¿Dónde está? — intervino Charlotte con determinación en la voz y una mirada intensa—. Noam, rastrea el recuerdo. Sé que puedes hacerlo.

—Seguro que ha sido lo bastante estúpido como para dejar alguna pista —escupió Endora.

La tierra tembló levemente bajo sus pies cuando Noam empezó a murmurar un conjuro que tanto Charlotte como Endora reconocieron. Uno de los prohibidos.

Pero a esas alturas, ¿qué importaba ya?

Noam volvió a cerrar los ojos, y el aura gris que le rodeaba aumentó, provocando un fuerte viento a su alrededor.

—Endora —dijo Charlotte—. Necesita…

—No, está bien. Déjale.

Ambas brujas siguieron observando a Noam, que parecía estar usando cada gota de su poder en descubrir adónde había podido ir Harvey.

Y adónde se habría llevado a Ovidia.

La tierra volvió a temblar, y toda la luz que había alrededor de Noam desapareció. El chico abrió los ojos, que seguían brillando con palpitaciones enervadas.

—¿Noam?

El joven dio un paso hacia delante, llevándose el guante que tenía en las manos a la boca. Lo besó con suavidad, pero lo sujetaba con una fuerza que ambas brujas temieron pudiera romperlo.

Tras unos instantes, dijo:

—He accedido al recuerdo del guante. Le tapó la boca, y Ovidia se desmayó. Se la llevó con el camisón y … —La voz de Noam se rompió, y el chico apretó los labios fuertemente—, el vestido rojo. El habérnoslo dejado es porque *quería* que supiésemos que había sido él.

—¿Adónde fue? —inquirió Charlotte—. ¿Adónde vamos a por ese mal nacido, Noam?

El poder de la Bruja de la Tierra se había activado, y un azul brillante mostraba el enfado de la joven.

—Winchester —respondió por él Endora—. A los líderes.

Noam asintió sin poder articular palabra. El poder de Charlotte aumentó a su alrededor y tuvo que apartarse ligeramente de los Clearheart, llevándose las manos a la cara.

—¿Cómo pudo huir tan rápido? —quiso saber Endora.

—No he podido ver más allá de cuando se la llevó de la habitación. Pero...

—¿Pero?

Noam miró a Endora y seguidamente a Charlotte, que se había girado ante las palabras de él. Dos pares de ojos impacientes por escucharle.

—Creo que ya sé cómo. Tenemos que ir a casa y buscar en uno de tus libros.

—¿Los grimorios?

Noam asintió.

—Estaré encantada —susurró Endora.

25

18 de diciembre de 1843. Inglaterra

Aquel lugar parecía estar en el mismísimo infierno. El milagroso y despejado cielo permitía que entrara algo de luz en la casi absoluta penumbra de aquella cárcel. Si es que eso es lo que era, como Ovidia suponía.

Se le había adormecido casi todo el cuerpo, en un intento de paralizar el dolor que las cadenas ejercían sobre su piel. Ovidia sabía que tanto sus muñecas como sus tobillos estarían sangrando. Llevaba casi un día sentada en el centro de la estancia, temblando de frío. Tan solo iba vestida con el camisón interior.

Hacía mucho frío.

Había planeado mil maneras de huir de allí. Intentó invocar su poder una y otra vez, pero supo que, como la noche de Samhain, cuando la habían encerrado en las mazmorras, su magia estaba bloqueada allí dentro.

Por lo que, tras agotar las pocas fuerzas que le quedaban, Ovidia se desplomó en el suelo, y se acurrucó. Lo siguiente que supo es que había caído rendida y la noche la acompañaba de nuevo.

Pensó en Noam. Pensó en él una y otra vez, hasta el punto de imaginarlo junto a ella, tumbado y mirándola con esos ojos que la seguían en sus más dulces sueños.

Se había imaginado sus caricias, sus besos, sus bromas.

Recordó como, hacía dos noches, apoyado en su abdomen, había murmurado: «Podría dormirme cada noche escuchando el latido de tu corazón».

Ovidia luchó contra las lágrimas y el dolor que la inundó. Un dolor totalmente distinto al que había sentido durante todos aquellos años ante el supuesto engaño de Noam.

Ahora, ese pesar era real. Mucho más real.

Pensó también en Charlotte, en lo preocupada que estaría. Pero también en lo traicionada que se sentiría Endora.

Harvey había jugado con todos ellos.

Cerrando los ojos, Ovidia susurró los nombres de sus sombras, esperando una respuesta.

Lo único que percibió fueron los sonidos de unas pisadas. Como el de unos tacones desgastados por el tiempo.

Alerta, la joven se puso en pie con dificultad, respirando agitadamente, mientras sus ojos se adaptaban a la oscuridad.

Una sombra apareció en el umbral por donde habían aparecido los líderes horas atrás, y Ovidia no pudo evitarlo y se apartó corriendo hacia la pared más alejada. Las cadenas sonaron como risas de ultratumba que rebotaron en las gruesas paredes de piedra.

Despacio, como si la temiera, la sombra salió a la poca luz que había en el lugar.

Y Ovidia supo que había llegado la hora.

La líder Alazne apareció bajo la luz nocturna, su característico cabello y ojos brillando como una amenaza silenciosa.

Ovidia recordó las lecciones de bloqueo mental, pero no servirían de nada si no podía acceder a su magia.

No tenía escapatoria.

Poco a poco, la líder se fue acercando más y la joven gritó, presa del pánico.

Esos serían sus últimos momentos de cordura mental.

Todo se acabó.

Justo antes de llegar a la Bruja Negra, Alazne se arrodilló frente a Ovidia y, para sorpresa de esta, le quitó el trapo de la boca.

La joven bruja respiró mejor y lo primero que hizo era algo que pareció hacer dudar a la Vidente.

Ovidia escupió a Alazne con los ojos llenos de odio.

La lideresa de los Videntes giró levemente la cara, y respirando hondo, se limpió con el reverso de la manga de su sencillo vestido negro la ofensa de Ovidia.

—Sois unos monstruos. Os prometo que os buscaré en el infierno.

Alazne no dijo nada. Simplemente la miró, la observó durante unos segundos que a Ovidia le parecieron siglos.

Y entonces vio que algo en la mirada gris de Alazne cambiaba.

—No te muevas —le dijo.

Para su sorpresa, Alazne levantó los brazos, y la luz gris de los Videntes la envolvió por completo.

De un tirón, como si le quitasen un peso de encima, Ovidia sintió como aquel bloqueo en su poder desaparecía.

Y en cuanto se liberó por completo, sus sombras salieron disparadas, formando un escudo escalofriante entre ella y Alazne.

La Vidente se apartó, asustada, y cayó de bruces al suelo varios metros más allá. Ovidia, aún atada, abrió los ojos aún más, alarmada ante las repentinas venas rojas que cubrían los cuerpos de sus sombras.

Algo había sucedido. Algo…

Hermana. Esta vez, Vane se molestó en hablar en voz alta, lo que sobresaltó a Alazne, que se apartó todavía más, temblando sin parar de puro terror. *Déjame acabar con ella. Con todos.*

Había una gran tentación en aquellas palabras, pero caer en ella solo traería más complicaciones. Nadie más que Ovidia deseaba justicia, pero si quería conseguirla, debía actuar con precaución.

Los demás se habrían percatado de su ausencia y de Harvey, y seguro que estarían buscándola.

Si quería ayudarlos, aunque fuese atada de manos y pies, debía escoger sus palabras debidamente.

—Convénceme para que no haga que mis sombras te torturen como me gustaría hacerlo a mí, Alazne.

—Elijah siempre tuvo sospechas. Pero veo que es verdad. —Los ojos de Alazne miraban a las sombras entre el miedo y la admiración—. ¿Cómo lo ocultaste tanto tiempo?

—Aprendí a ocultarlas de gente como vosotros.

—Querrás decir de gente como *ellos*. —La Vidente se puso en pie con algo de dificultad—. He venido a ayudarte, Ovidia. De verdad.

—La verdad es algo tan insustancial… ¿no creéis, chicos?

Las sombras de Ovidia sisearon y rieron en respuesta.

—Estoy de tu parte. Lo prometo.

—Es difícil creerte cuando me habéis encerrado como si fuese un monstruo que va a destruir a la humanidad y… ¡Oh! Tienes planeado someter mi mente mañana al amanecer.

—Voy a contarte lo que realmente tienen planeado para ti, Ovidia. —Los ojos de Alazne estaban fijos en ella, grises y letales—. Porque, técnicamente, esta iba a ser tu última noche viva.

Eso ya lo veremos, amenazó Feste, acercándose más a Alazne.

La Vidente se apartó aún más.

—Mañana por la mañana informarán a toda la Sociedad de tu captura. Será un juicio público, el día de Yule. Quieren que modifique tus recuerdos. Quieren que seas culpable.

—Menuda novedad.

—Pero Benjamin ha cambiado de planes.

—¿Benjamin?

Alazne asintió, y siguió con su confesión.

—Benjamin quiere exponer tus poderes, hacer ver que todo fue un accidente y entonces que te condenen a ser quemada viva.

Mientras Ovidia digería aquella información, llegó a una conclusión atemorizante:

—¿Porque con la acusación de asesinato` simplemente podrían borrarme la memoria… y quitarme el poder?

—Ahí está la cuestión, Ovidia. Tu poder no se puede eliminar.

Aquello sí que la pilló desprevenida. Miró a sus sombras, pero estas no hicieron ademán de otorgar explicación alguna, por lo que, volviendo la mirada de nuevo a Alazne, dijo:

—¿A qué te refieres?

—Así que no lo sabes… —Alazne respiró hondo, y al fin habló—: La magia ha sobrevivido todos estos siglos porque el equilibrio que Augusta y Angelica portaron con la magia blanca y la magia negra ha seguido adelante. No sabemos cómo, pero así ha sido. Eres el equilibrio, Ovidia.

«El pacto de sangre», pensó inmediatamente ella.

Aun así, no compartió tal conocimiento con Alazne.

Todo aquello podría ser una trampa.

Pero las declaraciones de la Vidente tenían sentido, demasiado sentido.

—El linaje de Angelica siguió vivo hasta ti. Eres la última, y si te matamos, la magia desaparecerá del mundo entero. Para siempre.

—¿Entonces…?

La realidad la golpeó de manera sobrenatural.

Los ojos de Ovidia se abrieron como platos, llenos de terror.

—No puede.

—Sí que puede y lo hará. Te quiere para él. Quiere buscar una manera de transmitir tu poder. Vas a ser una fuente de energía, Ovidia. Va a tenerte encerrada para siempre mientras todos creen que estás muerta.

»Así que lo único que te pido es que confíes en mí. Podemos hacer que los planes de Benjamin no salgan como él quiere. Pero debemos actuar con precaución.

—¿Quién me dice que no me quieres para ti? Como tú misma has dicho, soy la última.

—No estoy dispuesta a perder mis poderes por saber hasta dónde llegan los tuyos, Ovidia —explicó Alazne con determinación—. Quiero salvar a la Sociedad Sensible. Quiero que la magia perdure, y quiero que la magia negra siga con nosotros, pues también procedemos de ella.

—Bonito discurso —escupió la joven bruja, y Feste rio de una manera tan espeluznante que hizo retroceder aún más a Alazne—. ¿Qué sugieres?

—Él sabe que matarte no es posible, por lo que hará ver que estás muerta frente a todos. ¿Cómo? Eso sí que no lo sé. —Hizo una breve pausa antes de proseguir—: Luego será cuando llevará a cabo su plan de encerrarte y… experimentar contigo.

Un escalofrío recorrió el cuerpo de Ovidia. Moriría antes que acabar en las garras de aquel monstruo.

—¿Crees que él es el único que quiere utilizarme?

—Los otros líderes no quieren saber nada de ti. Solo quieren que te alejes de la Sociedad, quieren seguir teniendo el control. Llevan planeando todo esto desde hace muchos años, desde que descubrieron que tu madre… —Alazne no terminó la frase, y una expresión lo más parecida a la vergüenza le cubrió el rostro.

—Desde que descubristeis que mi madre era una Bruja Negra.

Alazne se limitó a asentir, otorgándole a Ovidia un tiempo para asimilar toda aquella información.

Los líderes llevaban años planeando aquella artimaña. Querían que todo rastro de magia negra desapareciese, pero al descubrir que esta debía existir para que el resto de la magia prosiguiese, tuvieron que cambiar de planes.

Ahora, con Minerva muerta y Ovidia como la única portadora de aquella primitiva magia, los líderes tan solo tenían una opción.

Quedar bien delante de la Sociedad incriminando a Ovidia, y llevársela para poder investigar más acerca de su naturaleza y de cómo habían sobrevivido sus poderes.

—No tenemos mucho tiempo. He de volver cuanto antes. Así que, si lo deseas, te compartiré el plan.

—No confío en ti, Alazne. Ni una sola gota de mí cree nada de esto, y lo sabes. Es curioso que quieras seguir con esta farsa. ¿Están fuera esperándome?

—Si te doy esto, ¿confiarías lo suficiente en mí?

En ese momento, de uno de los bolsillos de su larga y oscura falda, Alazne sacó un pañuelo blanco, y Ovidia supo qué había en él antes de verlo.

Su corazón parecía desesperado por llegar a lo que había en el pañuelo.

Alazne descubrió los objetos, y el anillo y el colgante de rubí brillaron con gran fuerza en la oscura y rocosa estancia.

—Dámelos —rugió Ovidia, corriendo hacia ellos. Las pesadas cadenas tintinearon con el movimiento y la joven sintió como tiraban de ella, haciendo que gruñese de dolor—. ¡Dámelos ahora!

Alazne hizo ademán de acercarse, pero Vane se interpuso en su camino, mostrando una sonrisa cuyos afilados dientes paralizaron a la Vidente.

Yo se los daré a mi hermana.

En ese momento, Vane extendió un largo y oscuro brazo acabado en unas espeluznantes garras afiladas.

Alazne pasó los ojos de Ovidia a la tenebrosa cara de Vane, y luego hasta la mano de este. Con cuidado depositó las joyas en ella, y la sombra se desvaneció. Apareció junto a Ovidia momentos después. La joven, desesperada, las cogió de las sombrías manos de su criatura, y se las puso.

Debes ocultarlas, hermana, susurró Vane en su mente. *Usa tu poder para hacerlo.*

Ovidia asintió, y la sombra volvió a su posición en aquella barrera protectora que tranquilizaba a la Bruja Negra.

—¿Es eso suficiente para que confíes en mí?

Las sombras se giraron hacia Ovidia, que tenía los ojos fijos en Alazne.

Ahora que había recuperado sus joyas, la evidencia del pacto de sangre, sintió que un vacío se llenaba en su interior, uno del cual no se había percatado hasta ahora.

Era peligroso, Ovidia lo sabía. Pero también reconfortante.

Pensó en las opciones que le quedaban. Si era cierto lo que decía, y Benjamín la quería para experimentar con su poder, no tenía otra que confiar en Alazne. Le había quitado el escudo a su magia, lo que podría haber hecho que muriera al instante si Ovidia hubiese querido, pero también podía ser una trampa.

Y le había devuelto las joyas. Todo apuntaba a que podía confiar en ella.

Además, estaba segura de que Noam, Endora y Charlotte ya la estarían buscando por todas partes. ¿Habrían averiguado dónde estaba?

Ni siquiera ella sabía su propio paradero.

—Antes que nada, responde a mi pregunta —exigió a Alazne, poniéndose en pie. Las cadenas tiraron de ella—. ¿Dónde estamos?

—En Winchester. Estamos bajo la laguna de la Academia.

—¿Las mazmorras? —La voz de Ovidia fue de sorpresa más que de horror.

La Vidente asintió, y el cabello le cayó en la cara con el movimiento.

«No puedo perder más tiempo», pensó Ovidia para sí. «Amanecerá dentro de poco y necesito al menos una posible escapatoria».

—Habla, entonces. —Las siguientes palabras que salieron de ella fueron una amenaza tan verdadera que hasta Ovidia se sorprendió—: Si mientes, encontraré una manera de matarte.

Vane, Albion y Feste sisearon en respuesta, deseosos de cometer tal acto. Ovidia lo sentía, y lo vio, pues las recientes venas rojas que cubrían casi toda su figura brillaban con una intensidad que notó en forma de vibración dentro de ella.

Alazne no se movió, pero sí que asintió.

Y Ovidia escuchó el plan que podría ser su salvavidas o su condena.

—No podemos entrar en la ciudad como si nada. Estará vigilada, eso no lo dudes. —Charlotte no paraba de moverse de un lado a otro en el despacho de Endora. Después de que el cuervo hubiese vuelto con el guante y de que Noam hubiese conseguido acceder al recuerdo de este, los tres habían regresado inmediatamente al club—. No podemos entrar por tierra, y por agua mucho menos —sopesó Lottie, deteniéndose frente a la chimenea—. No hay río lo bastante caudaloso como para que accedamos con barca.

—Y los hechizos de invisibilidad te agotarían, primo —añadió Endora, sentada en su sillón—. Debemos buscar otras alternativas.

El tiempo iba en su contra. Había transcurrido más de un día desde la desaparición de Ovidia y si no encontraban pronto una manera de llegar hasta ella, tal vez sería demasiado tarde.

—Si fuésemos el cuervo de Endora, sería fácil. Tan solo tendríamos que... —La voz de Charlotte se disipó mientras Noam buscaba algo en uno de los libros prohibidos que Endora había añadido a su colección particular durante los últimos años.

El chico nunca se había atrevido a preguntar cuándo, dónde ni cómo se había hecho con ellos.

—No tendremos alas, pero sí tenemos escobas.

Endora se reincorporó con una sonrisa peligrosa en el rostro. Charlotte miró a ambos primos, y supo a qué se referían.

—¿Volar?

—Lo que haga falta para salvarla —murmuró Noam con el libro aún en las manos.

—¿Y cómo nos ocultaremos? —espetó Charlotte, caminando hacia el centro de la estancia y dejando la chimenea atrás. Uno de los gatos negros de Endora la siguió, maullando—. Volar es la manera más peligrosa de llegar. No podemos presentarnos allí de una forma tan imprudente. El vuelo con escoba se prohibió tras la gran quemada de hace dos siglos. Nos expondremos, seremos un blanco fácil.

—Un hechizo de invisibilidad durante un camino de días me agotaría. —Noam dio el libro a Endora, que empezó a leer la página que el chico había marcado—. Pero durante unas cuantas horas no, Charlotte.

La Bruja de la Tierra sopesó sus palabras, y asintiendo, miró a la Bruja de la Noche.

—Tienes escobas, ¿verdad, Endora?

—Ofende la duda, bombón —respondió esta, guiñándole un ojo a la chica—. Tenemos que mantener la casa limpia.

—Estupendo —anunció Noam, cuyo poder ya le palpitaba en las venas—. Porque no las vamos a usar precisamente para limpiar.

—Y aquí es donde entran los grimorios —claudicó Charlotte mientras Endora salía en dirección hacia su biblioteca con rapidez.

Más tarde, con la luna aún en lo alto del cielo, Endora posicionó las escobas en el suelo de su despacho, y con el libro de hechizos en su mano, recitó en voz alta:

—Yo, Endora Clearheart, Bruja de la Noche, descendiente de la magia blanca, con el mayor respeto por las energías de la tierra y los Dioses que nos guardan, os doy vida para que nos acompañéis en este viaje.

Noam y Charlotte, que flanqueaban a Endora, levantaron las manos encima de la que sería su escoba y repitieron las palabras de la bruja, ajustándolas a su propia naturaleza.

Una luz azulada salió de Charlotte, una púrpura de Endora y una grisácea blanquecina de Noam, y envolvió las escobas, de manera que estas empezaron a levitar frente a ellos.

Antes de partir, Endora se llevó una mano a la boca e hizo un ruido peculiar. Noam y Charlotte vieron cómo, al cabo de unos instantes, varios cuervos de edificios cercanos aterrizaban en el muro que rodeaba el jardín de Endora.

—Parto para Winchester. Entregad a los grupos de Desertores esparcidos por la ciudad estas notas —pidió a las aves, y chasqueando los dedos frente a cada uno de los cuervos apareció una nota enrollada y cerrada con un lazo—. Daos prisa y sed discretos. Partid.

Los cuervos cogieron las notas con el pico y desaparecieron en la oscura noche.

Endora se giró hacia Noam y Charlotte, musitando:

—Si necesitamos ayuda, la tendremos. Confiad en mí.

Los Sensibles se miraron entre sí.

—No perdamos más tiempo. Nos vamos ya —sentenció Noam con determinación.

Para volar, los tres se habían decidido por ropajes de hombre, pues las faldas eran demasiado peligrosas para aquella tarea, y habían tomado una pócima cálida creada por Charlotte para evitar que la fría temperatura pudiese con ellos.

Casi era invierno. Noam no podía creer lo rápido que había pasado el tiempo.

Con cuidado, los tres se subieron a sus escobas, y Endora miró una vez más el mapa que había preparado antes de guardarlo en la pequeña bolsa que se había colgado al pecho y con todo lo necesario.

—Cuando lleguemos —dijo, mirando al frente, con el pelo recogido en un impecable moño como el de Charlotte—. Harvey es mío.

Noam no dijo nada. Tan solo pensaba en encargarse de quien fuera el responsable y el cabeza de toda esa trama contra la mujer que amaba. Contra su Ovidia.

Con cuidado, el muchacho se agarró fuerte a su escoba. Las tres eran iguales, de madera resistente y con el cepillo algo enmarañado.

Aun así, lo importante era que volasen hasta Winchester lo antes posible.

Los tres brujos invocaron su magia y poco a poco fueron elevándose del suelo.

Esa magia estaba prohibida, pues volar era demasiado peligroso para los Sensibles, ya que los poderes de invisibilidad solo los portaban los Videntes.

Era una suerte que tuvieran a Noam.

—Recordad —dijo Endora con autoridad—. Movimientos ligeros con el cuerpo. Manos en todo momento en el palo y, Charlotte, atenta a las ráfagas de viento. Noam, procura que no nos vea nadie, y yo me encargaré de abrirnos camino.

—Tus dones nocturnos nos servirán —afirmó la Bruja de la Tierra, cuyas palabras alteraron a Endora por completo.

Noam no pudo ver la cara de su prima, pero Charlotte se puso muy colorada.

Impaciente, el chico dijo:

—No tenemos tiempo.

—Vayamos, pues.

Endora cogió impulso con las piernas, dio un salto y se elevó hacia el cielo con una rapidez que sorprendió a los otros dos Sensibles. Asintieron mirándose entre sí, e imitando a Endora, se elevaron.

El viento golpeó a Noam de manera brutal, pero luchó para mantener la escoba a raya. Una vez que alcanzaron a Endora, no pudieron evitar observar cómo la ciudad se abría paso bajo ellos. Un nocturno Londres los observaba con curiosidad, preguntándose adónde irían aquellas criaturas.

—Concentración total. Silencio absoluto. Vamos. —Endora lideraba el grupo.

Los tres asintieron, y sin mirar atrás, avanzaron con velocidad, sintiendo el clima de Londres como mil espadas en el cuerpo. El frío incomodaba hasta cierto punto, pero parecía no estorbarles. La poción de Lottie había funcionado, sin duda.

Noam se aferró con fuerza a su escoba, con tan solo un pensamiento en la cabeza que le perseguía incansable: «No la vuelvas a perder».

La simple idea casi le rompió el corazón mientras surcaba los cielos, y dejaba atrás el Londres que los había protegido.

Una lista de nombres. Los primeros hicieron que el corazón de la mujer diese un vuelco.

Francis Clearheart.
Theodore Winterson.
Minerva Winterson.
Marianne Woodbreath.
Phillip Woodbreath.
Alazne Sharppelt.

Y más. Al menos dos decenas más de nombres que Nathalie Moorhill reconoció.

Sabía de qué se trataba: toda la gente que había compartido la causa de Elijah.

—Dorothea —susurró Nathalie sin dejar de leer los nombres—. ¿Has dicho que la luz de la mujer de pelo gris era diferente?

La pequeña asintió.

—¿Cómo era?

—No del todo blanca. Como gris. Pero no había nada malo en ella. —La voz de la pequeña era segura, firme. Como si viese ese tipo de cosas más de lo normal.

Nathalie le dio las gracias a su hija y leyó los puntos que su marido había escrito. Estaban divididos en años.

La primera anotación era del día que le habían nombrado líder de la Sociedad, hacía ocho años.

31 de octubre de 1835
Volver a unir a los Desertores con sus familias. Buscar aliados para la causa.

24 de febrero de 1836
Alazne y Francis se han unido a la causa. El resto de los líderes parecen demasiado retrógrados. Debo ser precavido.

5 de julio de 1838
Theodore y Minerva Winterson se unen a la causa.

21 de marzo de 1839
Magias debilitándose desde la muerte de Minerva, el pasado noviembre.

30 de abril de 1839
Endora Clearheart ha abandonado la Sociedad. Noam Clearheart me ha dejado saber que la está ayudando a instalarse en Londres. Se une a la causa, junto con su padre.

29 de mayo de 1839
Ovidia no asistirá a la Academia hasta el curso siguiente. Theodore dice que es acerca de sus poderes. Se rumorea que su cortejo con Noam Clearheart ha acabado. La magia ha parecido

coger fuerza, pero débilmente, lo siento yo y todos con los que he comentado el tema. Siempre con mucha precaución. ¿Podría haber algo más?

23 de septiembre de 1839
Ovidia ha vuelto a la Academia. La estamos ayudando con sus poderes. Theodore siempre presente. Poderes de Ovidia desconocidos aún.

16 de abril de 1840
Theodore me ha confesado que Ovidia ha manifestado su poder, pero que ha prometido no desvelar nada. Su hija se encargará de sí misma.

25 de octubre de 1843.
Dorothea ha dicho algo cuando ha visto a Ovidia: «No se puede ir. La necesitamos».

30 de octubre de 1843
¿Es Ovidia la última Bruja Negra?

La última anotación hizo que Nathalie soltase la carpeta, alarmada. Sabía que Elijah había reunido a gente para que la Sociedad avanzase. Conocía todos los nombres, algunos más familiares que otros, pero podía poner cara a todos y cada uno de ellos, pues habían estado en esa misma casa en varias ocasiones.

Se preguntó por qué Elijah no le había contado nada de eso. Repasó de nuevo los apuntes, y Dorothea, apoyada en el gran escritorio, musitó adormecida:

—Papá ha protegido muy bien ese sobre. Debía de quererlo mucho para protegerlo tanto como nos protegía a nosotros.

Nathalie levantó la mirada despacio, sus ojos observando el rostro de su pequeña.

Entonces lo entendió.

Elijah le había ocultado toda esa información para protegerla. Porque sabía que iba a morir. Sabía que esa noche le iban a matar. Y que inculparían a Ovidia por ello. Porque los líderes sospechaban también de su naturaleza.

Las palabras de su hija después de que los líderes partiesen se repitieron en su cabeza y Nathalie lo supo. Ovidia se encontraba en peligro. Estaba en Winchester y a manos de aquellos monstruos.

Volvió a guardar la carpeta en el sobre y cogió el candelabro.

—¿Mamá? —dijo Dorothea, confusa.

—Cariño, ve a despertar a Henry. Tenemos que irnos.

—¿Es por lo que he dicho? ¿Es malo?

Nathalie dejó la luz encima de un tocador y se agachó para mirar a su hija directamente a los ojos.

—No, mi amor. Has sido muy valiente. Y de gran ayuda. No sabes cuánto.

Minutos más tarde, Nathalie y sus hijos estaban listos para marchar.

No iba a dejar a sus pequeños solos. No esa noche.

Ayudada por una de las doncellas, vistieron rápidamente a los niños y prepararon el carruaje. Henry y Dorothea, algo adormecidos, se apoyaron en el cuerpo de su madre en el interior del coche, que se adentró en las calles de Winchester con rumbo fijo.

Nathalie abrazó a sus hijos, y con la carpeta en su regazo, supo que el destino de los Sensibles estaba en juego.

El de absolutamente todos.

Se escuchó un ruido extraño fuera de la casa. Theodore Winterson, medio dormido en la sala de estar, se levantó apresuradamente, con todos los sentidos en alerta.

Invocó su poder del sol, una luz poderosa y cegadora.

Intentaba localizar de dónde venía aquel particular sonido cuando alguien llamó a la puerta que daba a los jardines traseros.

Theodore se acercó con cuidado, y por un momento, el corazón le dio un vuelco al imaginarse que podría ser su pequeña, que su Ovidia había vuelto sana y salva.

Cuando abrió la puerta, lo que se encontró fue algo diferente.

Y sus alarmas saltaron por los aires.

Noam Clearheart dio un paso hacia delante, y dijo con semblante serio:

—La tienen ellos, señor Winterson. Hemos vuelto de Londres en cuanto hemos podido.

Theodore, confundido, miró más allá, a Charlotte y a la desconocida que había a la izquierda de la Bruja de la Tierra.

Ante la mirada de duda, Endora habló:

—Endora Clearheart, señor Winterson. Prima de Noam. Desertora. Hace cinco años que dejé la Sociedad.

—Señor. —Charlotte se adelantó, poniéndose al lado de Noam—. No tenemos mucho tiempo. Debemos ponernos en marcha.

El hombre habló por fin.

—Y también debemos llamar a los pocos aliados que tenemos. Tus padres —señaló, y Charlotte sonrió, orgullosa—, y a ciertos amigos más. Entrad. Vamos a salvar a mi hija de esos malnacidos.

Noam sonrió con malicia.

—Con gran placer.

El carruaje de los Moorhill se detuvo en una calle completamente vacía, tan solo una lejana farola iluminaba aquella parte del barrio.

Nathalie bajó con Henry y Dorothea, que se aferraban a sus faldas con fuerza. Rápidamente, llamó a la puerta de la casa, y fueron recibidos por una mujer algo mayor. Sin duda la doncella.

—Señora Moorhill —dijo sorprendida esta, y pasó la mirada de la madre a los pequeños—. No sé si…

—Jeanette, ¡déjalos pasar!

Esta se giró al escuchar la voz de su señor, y asintiendo, les permitió el paso.

Los tres Sensibles entraron en la acogedora casa. Junto al pasillo de entrada, se abría una sala de estar llena de gente esperándola alrededor de un fuego vivo.

Theodore Winterson se acercó a ella, sorprendido.

Pero la sorpresa se la llevó aún más Nathalie Moorhill al ver como Noam Clearheart, Endora Clearheart y Charlotte Woodbreath se encontraban también en la estancia, estas dos vestidas de hombre.

—Señora Moorhill —exclamó Charlotte.

—Dorothea —musitó Nathalie, mirando a su hija—, ¿cómo son sus luces?

La pequeña miró a su madre, y después a los demás Sensibles, con curiosidad. La pequeña sonrió.

—Como la tuya, mamá. Brillan mucho. Son buenas. Sobre todo la de él. La de él es blanca. Es la única que he visto blanca.
—La pequeña mano de Dorothea señaló a Noam, que la miró sorprendido.

Todos los miraron extrañados, pero el chico no se amedrentó.

Nathalie levantó el cuaderno delante de todos, y dijo con gesto serio:

—Lo sé. Todo. —Y miró a Theodore a los ojos, que estaba demacrado, como si hubiese envejecido años en tan solo unas semanas—. Hemos de salvarla.

—Lo haremos. —Noam cruzó la sala, poniéndose frente a Nathalie y sonriendo a sus hijos—. Pero hemos de proceder con precaución. ¿Se une a nosotros?

Nathalie asintió, y Theodore habló entonces:

—Jeanette, lleva a los hijos de la señora Moorhill a los aposentos de Ovidia. Que descansen allí. Nos espera una larga noche.

26

18 de diciembre de 1843. Winchester, Inglaterra

Por raro que pudiera parecer, hacía demasiado calor. Demasiado para estar en pleno diciembre. Aunque Noam Clearheart asumió que se debía a la cantidad de gente que había en aquella sala y la chimenea, cuyo fuego ganaba fuerza a medida que pasaban los minutos.

—Una Bruja Negra, Winterson. ¡Una Bruja Negra! —La voz de Nathalie irrumpió en la estancia, haciendo que toda conversación cesase.

Aquella noche estaba siendo una locura, y la poca paciencia que le quedaba a Noam pendía de un hilo.

La aventura de volar desde Londres hasta Winchester había sido agotadora, y estar reunidos ahora con el padre de Ovidia y que una recién llegada Nathalie estuviera teniendo un pequeño ataque de pánico tampoco ayudaba.

Aunque, quien decía pequeño, también podía decir grande.

—Si nos ponemos específicos y épicos, la última Bruja Negra —añadió Endora, sentada en uno de los sofás de la sala. Charlotte estaba a su lado, mirándola recriminatoriamente—. Y deberíamos estar planeando algo para librarla de las garras de nuestros estimados líderes en lugar de buscar explicaciones a años de conspiraciones.

Nathalie ignoró por completo a Endora, cruzó el salón y sus pasos se detuvieron frente a Noam y Theodore, este último completamente en alerta.

—¿Por qué no me contó nada?

—Y ahí está otra vez —se resignó Endora, pasando un brazo por la cintura de Charlotte.

—Sabía que estaba planeando algo —siguió diciendo la señora Moorhill, que volvió a ignorar a la Bruja de la Noche—. Me contó acerca de esa famosa lista el día que murió.

—Si estás sugiriendo que sabía que iba a morir aquella noche, no. Si lo hubiésemos sabido, él estaría aquí con nosotros.

—Elijah sabía que iba a morir. —Noam interrumpió las palabras de Theodore, y ambos Sensibles le miraron—. Al menos esa es mi hipótesis. No luchó contra su asesino. Sabía que alguien podría atacarle esa noche y que no tendría opciones.

—Y que tal vez morir era la única manera de que el cambio llegase al fin —añadió Charlotte a su derecha, aún sentada con Endora—. No es nada justo para usted, señora Moorhill, pero creo que Elijah no querría que su muerte fuese en vano.

—Si la hipótesis es cierta, supongamos —recalcó Nathalie—. ¿Por qué incriminar a Ovidia? Él sospechaba de su naturaleza.

—Todos los líderes sospecharon de la naturaleza de mi hija sin conocerla. Pero pensaban que mi Ovidia sería lo suficientemente estúpida como para mostrarla.

—¿Usted lo sabía? —La voz de Nathalie era pura sorpresa.

—Fui el primero en saberlo. Su poder se activó frente a mí. Y supe que la que corría peligro era ella, no el resto de la Sociedad, cuando tuve que consolarla durante horas por lo culpable que se sentía.

—¿Fue durante la época en la que no vino a la Academia?

A Noam le pudo la curiosidad. No había sabido por qué Ovidia había faltado todo un curso a clase, pero ahora muchas cosas cobraban sentido.

—Así es. No quisimos que volviese hasta que pudiese controlar sus habilidades.

—Yo fui la siguiente en saberlo —anunció Charlotte con orgullo—. Fue desconcertante, pero no imaginé que podría ser una Bruja Negra. Simplemente creí que sus sombras habían aparecido debido a su naturaleza mestiza.

—Mi hija nunca ha sido mestiza. —La voz de Theodore sonó dura por la convicción—. Siempre tuvo el poder de su madre. Yo sabía que sería así. Era lo natural, que todo siguiese su curso.

Noam se incorporó, y acercándose levemente a Theodore, murmuró:

—¿A qué se refiere con «todo»?

Theodore miró al joven, y después poco a poco a cada persona presente en la sala. Respiró hondo, pero antes de poder hablar, alguien llamó a la puerta.

Todos se pusieron en alerta, y Charlotte corrió a abrir.

En el jardín, bajo la pálida luz nocturna, Marianne Woodbreath se quitó la capucha, algo blanca debido a la repentina nieve que había empezado a caer.

—¡Mamá! —Charlotte abrazó a su progenitora con fuerza—. ¿Dónde se encuentra papá?

—Ha creído prudente permanecer en casa. Sería demasiado sospechoso que saliéramos los dos, y ahora aún más que tienen a…

La Sensible se detuvo en la entrada del salón, analizando la imagen que tenía frente a ella.

—Señora Moorhill. —Marianne se inclinó, mostrando respetos a la viuda—. ¿Qué…?

—Lo sabe todo, mamá —le explicó Charlotte—. No hace falta que te hagas la sorprendida.

—Veo que los nombres de la lista eran ciertos.

—Theodore. —Noam usó el nombre de pila del hombre a sabiendas. Este se giró, a punto de recriminar al joven Clearheart por el atrevimiento—. ¿Por qué sabía que Ovidia era una Bruja Negra?

—Porque para que la magia pueda perdurar, tanto la blanca como la negra han de coexistir. Puede que Augusta matase a su hermana, pero Angelica consiguió que su poder perdurase de alguna manera. No sabemos…

—Un pacto de sangre —le interrumpió Endora, al fin levantándose, su figura de repente pareció ocupar gran parte de la habitación—. Lo descubrimos durante la estancia de Ovidia y mi primo Noam en Londres.

—¡Por todas las Diosas terrestres! —exclamó Marianne, aferrándose a su hija—. ¡Habéis vuelto usando uno de los hechizos prohibidos!

—Sin él no estaríamos aquí, mamá —añadió Charlotte, que miró a Endora. Deseó ir a ella, abrazarla y hundir la cara en su cuello.

Vio el mismo deseo en la Bruja de la Noche, pero ambas se contuvieron.

—Eso implica que no quieren acabar con Ovidia. —Todos se giraron hacia Noam, cuya mirada se encontraba perdida. El joven irradiaba tal autoridad que todos se vieron atraídos por ella—. Perderían ellos, como todos nosotros, lo que nos une: nuestros poderes mágicos. Maquinan algo…

—… mucho peor —acabó Theodore por él—. Tenemos que descubrir sus planes y detenerlos. Salvar a mi hija y salvarnos a todos. Y debemos hacerlo antes de que sea demasiado tarde.

—¿Por dónde empezamos? —Noam dio un paso adelante. Le ardían las manos, deseosas de vengar a Ovidia y tocarla de nuevo.

—Según la señora Moorhill, tienen pensado anunciar que la han capturado en las próximas horas —musitó Theodore, pasándose una mano por el canoso cabello—. Será entonces cuando actuemos, y con precaución.

»Señora Moorhill, Jeanette la llevará con sus hijos. Descansen. Charlotte, Marianne, puedo ofreceros la habitación de invitados.

—No te preocupes, Theodore. Volveremos a casa. Será lo más sensato. Tengo el carruaje fuera. Vamos, Lottie.

Esta asintió, y echando un rápido vistazo a Endora, salió corriendo hacia ella y le dio un rápido beso delante de todos.

Antes de que nadie tuviera tiempo de decir nada, la Bruja de la Tierra desapareció por la puerta tras su madre.

Noam tuvo que contener la risa ante la cara de estupefacción de Endora.

Poca gente lograba sorprender a su prima.

Parecía que Charlotte era la única con tal poder.

Theodore ofreció a Endora otra de las habitaciones de invitados, pequeña y acogedora, mientras Noam y él se quedaban a solas.

Antes de marcharse, Alazne dio algo de comida y bebida a Ovidia, que se sintió ligeramente recuperada.

Ahora conocía el plan. Sabía lo que ocurriría. Y necesitaba estar preparada para ello.

Una vez que la Vidente se hubo marchado, Ovidia se acurrucó otra vez en el suelo, y mirando el anillo y el collar, se concentró en ellos.

Alazne no había devuelto el escudo que bloqueaba sus poderes, así que Ovidia tendría que ocultarlos. Era parte del plan, al fin y al cabo.

Sus sombras aparecieron frente a ella, e invocó a sus hiedras, que volvieron a envolverla, haciéndola sentir de nuevo completa. Cerró los ojos ante la repentina fuerza que la poseyó cuando su cuerpo se vio rodeado de estas y se concentró con fuerza en los dos objetos que descansaban en sus manos.

Se encontraba demasiado agotada, pero no podía permitir que cuando llegasen esos malnacidos al día siguiente viesen que había conseguido recuperarlos.

Los sostuvo en las manos y cerró los ojos, adentrándose en lo más profundo de su poder.

En ese momento, sintió como las garras de sus sombras la acariciaban y se aferraban a su hermana, como si de alguna manera quisieran anclarla al mundo real, pues Ovidia estaba yendo a un lugar que solo aparecía en sus peores pesadillas.

Segundos más tarde, cuando abrió los ojos, no se encontraba en la oscura mazmorra: estaba flotando en aquella negrura permanente.

Se encontraba en la Sombra, a la deriva.

Vane, Albion y Feste la sostuvieron, y Ovidia vio la torre donde estuvo la primera vez.

—Llevadme allí —ordenó a sus sombras, las cuales obedecieron al instante.

Era un lugar tan extraño… No había negrura absoluta, pues lo que se podía describir como cielo estaba cubierto con nubes de tormenta, tras las cuales la bruja percibió leves rayos de luz.

Sin duda, no era como el lugar que visitó en busca del colgante, donde miles de vocecillas rieron y el anillo jugó con ella.

No supo adónde había ido, y tampoco quiso preguntarse qué nombre tendría.

Pero Ovidia tenía sospechas. Y era mejor no confirmarlas.

Cuando sus pies tocaron la ya no tan derruida torre, sus sombras se quedaron flotando alrededor de ella. En las manos de la bruja, el colgante y el anillo brillaban con una intensa luz roja.

Instantes después, dos rayos salieron disparados al cielo, y la poca iluminación del lugar, que llegaba a través de las negras nubes, se tornó del mismo rojo que las joyas. Ovidia miró asombrada el paisaje, y no se sintió aterrorizada, como la primera vez que estuvo allí.

Algo había cambiado.

Fue entonces cuando lejos, muy lejos, un tercer rayo rojo iluminó el cielo, y su luz fue directa también a las nubes negras.

«El tercer objeto».

Ovidia intentó ir hacia él, pero sus sombras la detuvieron, negando con la cabeza.

No, hermana. No es seguro, dijo Feste, que estaba justo a sus pies.

La joven sopesó sus palabras, y decidió hacer caso a la pequeña sombra, volviendo a dirigir la mirada hacia aquella lejana luz roja.

Sabía que surgía del tercer objeto. No había otra explicación. Recordó, entonces, que la única vez que había estado allí, durante aquella pesadilla, acababa de recibir el anillo de su madre, el que tenía ahora junto al colgante.

Eso significaba que estaba cerca. Que el tercer objeto, fuera lo que fuese, estaba al alcance de su mano, pero aún demasiado lejos. Era como si el collar y el anillo lo estuvieran llamando, como si fueran dos hermanos en busca de un tercero perdido.

Pero no había ido a ese lugar para eso.

No.

Estaba ocurriendo como cuando vio por primera vez la luz del anillo. Y si era el tercer objeto, solo podía rezar para poder ir a por él una vez que fuese libre.

Pero no era el momento.

Abrió las manos, una joya en cada una, y se concentró en ellas. Sabía que no podía permanecer mucho tiempo allí, pues aquel no era su cuerpo real. Era una ilusión, así que la luz del tercer objeto también debía de serlo.

Respirando hondo, Ovidia murmuró:

—Sombras, oscuridad, ocultad estos objetos de la vista de todos. Permitid que tan solo yo los vea. Protegedlos, pues sin ellos todo esto perecerá. Escuchad mi demanda, y cumplidla. Es una orden.

De la parte más profunda de la torre, unas sombras con vetas rojas empezaron a subir. Eran parecidas a sus hiedras, pero no tan definidas. Aquella oscuridad era suya, y debía recordar no temerla. Era ella. Debía y podía domarla.

El número de sombras aumentó, y la luz roja iluminó sus facciones. Ahora la magia de Ovidia no era totalmente negra. Aquel rojo sangre decoraba su poder con serpenteantes hilos que parecían retorcerse y moverse dentro de la oscura neblina.

Ovidia aún sentía la presencia de sus tres compañeras tras ella, pero algo no era como antes. Las sombras siempre estaban junto a ella, sobre todo Vane y Feste, justo en la nuca de la joven, asegurándose de que todo fuese bien.

Pero ahora parecía que en aquel lugar, y mientras Ovidia invocaba su poder para proteger aquellos dos objetos que lo significaban todo, respetasen a la bruja como nunca antes.

Ovidia respiró hondo, y mientras los objetos flotaban frente a ella y la lejana luz roja desaparecía tras la imponente presencia de sombras a su alrededor, concentró todo su poder en ocultar las joyas.

Estas se elevaron por encima de ella, y empezaron a ser envueltas en una misma esfera de color rojo. Poco a poco, las venas que coloreaban a sus sombras resaltaron aún más y cubrieron los objetos.

Ovidia, con los brazos en el aire, las palmas de las manos giradas hacia la esfera y todo su poder concentrado, no apartó la mirada en ningún momento.

Y ahora, en la desnudez de sus brazos, vio como esa luz roja se reflejaba en sus venas y subía por ellas hasta alcanzar las manos.

—Ordeno a esta oscuridad que proteja lo que la ha mantenido viva durante trescientos años. Ocultad estos objetos. Os ofrezco mi cuerpo para ello.

Las sombras empezaron a envolver las dos joyas, creando una esfera con diferentes tonalidades negras y rojizas, y Ovidia mantuvo las manos firmes. Entonces escuchó el quejido de sus tres compañeras.

El siguiente provino de ella, cuando sintió un dolor repentino en el pecho.

Luchó contra él, concentrándose en la esfera que se estaba acabando de formar. La oscuridad no detuvo sus movimientos durante el proceso.

Algo tiró de su pecho una vez más, y Ovidia gimió de dolor con lágrimas cayéndole por el rostro.

Respiró hondo, con los labios temblando. Apoyó los pies con fuerza contra la torre, y tensó los músculos mientras la esfera se terminaba de cerrar.

Vane, Feste y Albion volvieron a gemir, así como Ovidia.

El dolor la cubrió por completo, y con el último atisbo de energía que quedaba en ella, gritó:

—¡Sucumbe a mi poder! ¡Sucumbe a mis palabras! ¡Protege esto! ¡Protege lo oscuro!

Las sombras parecieron menguar, hasta empezar a retorcerse dentro de la esfera. Segundos después, se desvanecieron como el humo, pero Ovidia lo escuchó: el murmullo de la oscuridad, de su propio poder.

Factum est, regina tenebris, le respondieron.

Ovidia ignoró el calificativo, dio un paso hacia delante y admiró la aparentemente impenetrable esfera que flotaba en el aire. Levantó la mano derecha y ordenó a las hiedras que le acercasen su creación. En el momento en el que la esfera estuvo frente a ella, pudo ver dentro al anillo y el colgante, protegidos.

Lo has hecho bien, hermana, dijo Vane, acercándose a ella.

—¿Habéis sentido lo mismo que yo? —preguntó Ovidia.

La oscuridad es caprichosa, y tiene deseos que ni nosotras mismas entendemos.

No quiso saber el significado de aquellas palabras, por lo que las ignoró y se limitó a hacer una mueca a sus sombras. Feste y Albion se habían acercado, pero ninguna de las dos había hecho ademán de hablar.

La Bruja Negra asintió y soltó la esfera, que se mantuvo levitando en el mismo punto, con los dos objetos en su interior, protegidos de todos, excepto de ella.

A lo lejos, la tercera luz roja seguía brillando con fuerza.

Fue lo último que Ovidia vio antes de caer sobre la piedra de la torre, sin fuerzas.

Ovidia abrió los ojos, cogiendo aire repentinamente. La luz matutina empezaba a penetrar en la mazmorra, e intentó levantarse, pero fue en vano.

Había agotado las pocas fuerzas que le quedaban en ocultar los objetos.

Se encontraba sola. Sus tres compañeras permanecían en la Sombra, al igual que el anillo y el colgante, que ahora nadie más encontraría.

Pues para ello tendrían que matarla.

Dorothea supo que no estaba soñando, pues podía oír los claros ronquidos de su madre y su hermano tras ella.

La habitación de Ovidia era bonita. Mucho más pequeña que la suya, pero a la niña le fascinó cómo estaba decorada. Le llamó sobre todo la atención la cantidad de libros que había por todas partes.

Se preguntó si de verdad la lectura era tan fascinante como parecía serlo para la Bruja Negra.

«Bruja Negra», pensó para sí misma. «Sin duda un nombre mucho más interesante que Bruja Vidente».

La pequeña reprimió una sonrisa ante tal pensamiento, y se distrajo con la leve luz que provenía de uno de los libros.

Fue entonces cuando lo vio sentado en la silla que había junto al escritorio de Ovidia.

Dorothea se incorporó, sonriendo de oreja a oreja.

Fue a hablar, pero la figura negó con la cabeza, señalándole a su madre y su hermano.

—Lo siento, papá.

El fantasma de Elijah Moorhill sonrió, y le indicó a Dorothea que se acercase.

La niña fue hacia él, con ganas de acariciarle, de abrazarle, de oír su voz de nuevo. Pero, desde que había muerto, Dorothea ahora debía conformarse con ver el fantasma de su primogenitor.

Elijah señaló el libro que brillaba con aquella tenue luz. Ella se puso de puntillas para verlo mejor y lo cogió con cuidado. Lo acercó a la ventana, a través de la cual la luz matutina se colaba en la habitación.

Un instante después, el libro pareció vibrar en sus manos. La pequeña se sorprendió, pero no lo dejó caer en ningún momento.

El fantasma de Elijah se inclinó a su lado, alentándola a que abriese el libro.

Parecía haber un marcapáginas donde Ovidia había dejado de leer la novela por última vez.

Dorothea lo abrió. Y en el momento en el que la página apareció frente a ella, esa pequeña luz se apagó. La niña frunció el ceño, confundida, y hojeó el resto de las páginas para ver si provenía de otro lugar.

Pero no. Estaba segura de que la luz provenía de ahí.

Dorothea miró a su padre, que ahora tenía los ojos fijos en algo tras la niña. Esta se giró y se sorprendió al ver a una mujer que no conocía.

Tenía una mirada amable, y el mismo cabello que Ovidia.

Es más, se parecía bastante a ella.

La mujer sonrió, y señalando el marcapáginas que había en la novela, le indicó a Dorothea que lo cogiera.

La pequeña no temía a la mujer. Era como su padre, inofensiva, pues su aura era de un tono negro pero brillante, como un cielo nocturno repleto de estrellas.

Exactamente igual a la que vio en Ovidia aquella vez que visitó su hogar, poco antes de la muerte de su padre.

—¿Quieres que me lo guarde?

La mujer miró a Elijah y, medio sonriendo, hizo una mueca de negación.

Dorothea miró a su padre, confundida.

—¿He de dárselo a Ovidia cuando la vea? —susurró, intentando no despertar a su madre ni a su hermano.

En ese momento ambos fantasmas negaron con la cabeza, y con un gesto le indicaron la puerta a la pequeña. Dorothea vio como Elijah se detenía junto a la cama, ante una durmiente Nathalie y le acariciaba el rostro con su fantasmal mano. Ella se estremeció, abrazando más a Henry contra su pecho. Elijah no habló ni movió los labios, solo la miró durante un instante más antes de seguir a Dorothea y la otra mujer fantasma.

Con cuidado, la pequeña siguió a la otra aparición escaleras abajo, hasta llegar al salón principal de la casa, donde el chico que era como ella había caído rendido en el sofá y dormía en una posición que a la niña le pareció bastante incómoda.

Dorothea miró a su padre, que miraba a su vez a la mujer, y la pequeña posó sus ojos en ella. La desconocida señaló al chico que estaba durmiendo y luego lo que la niña sostenía en las manos. El marcapáginas. La carta con una mujer en un trono.

La pequeña asintió, se acercó al muchacho poco a poco y le dio unos golpecitos que los despertaron al instante.

—¡Ovidia!

Dorothea se apartó, sorprendida. El joven enfocó los ojos hasta ver a la pequeña frente a él con el objeto en la mano.

—¿Dorothea?

La niña le tendió la carta.

—Esto es para ti. Has de dárselo a Ovidia.

El chico la miró confundido, pero cogió la carta, analizándola a conciencia.

Dorothea esperó que esta brillase de nuevo, o que pasase algo realmente mágico. Pero cuando los dedos de aquel chico tocaron el objeto, nada pasó.

La niña se giró para mirar a su padre, pero los dos fantasmas ya no se encontraban con ella.

El joven, aún medio dormido, con grandes ojeras y con una evidente confusión ante lo que Dorothea le había dado, susurró:

—¿Por qué he de dárselo a Ovidia, Dorothea? ¿Qué sabes?

Esta se encogió de hombros.

—Dáselo. Sé que eres buena persona.

Y, sin más, la pequeña desapareció de nuevo escaleras arriba, deseando volver a meterse bajo las sábanas y entre los brazos de su dormida madre.

27

19 de diciembre de 1843. Winchester, Inglaterra

El hogar de los Winterson se había vaciado en cuestión de minutos. Los Moorhill también partieron a su casa, pues sabían que permanecer allí más tiempo sería peligroso.

Theodore conversaba con Nathalie en el recibidor de la casa, mientras Noam observaba lo que Dorothea le había otorgado horas antes.

Sintió los ojos de su prima en la nuca, y Endora se apoyó en la mesa de la cocina, mirando el objeto con extrañeza.

—¿De dónde has sacado eso?

—Me lo entregó Dorothea, la pequeña de los Moorhill, esta madrugada. Dice que he de dárselo a Ovidia.

Endora levantó la mirada, frunciendo el ceño.

—¿De qué le serviría una carta de tarot a Ovidia?

Ese había sido el primer pensamiento que había cruzado la mente de Noam. Y cuanto más miraba la carta, más se preguntaba qué podría significar para la joven bruja.

Theodore Winterson apareció en la cocina, y apoyó las manos con evidente cansancio sobre la mesa. Jeanette había servido el desayuno, y se encontraba trabajando en los jardines, intentando distraerse.

Noam no había podido evitar fijarse en que sus ojos estaban rojos a consecuencia del llanto.

El señor Winterson se sentó y dio un largo sorbo al té que había servido frente a él.

—Vosotros ayudasteis a mi hija —dijo a los Clearheart sin mirarlos en ningún momento.

—Lo haremos hasta que esté sana y salva.

—Deberíamos haber actuado hace tiempo. Elijah tenía razón; esto se nos ha ido de las manos.

—Si no es mucho preguntar, señor... —Endora dio un paso adelante, con los ojos fijos en el Sensible del Día—. ¿Por qué no le contaron a Ovidia la verdad? ¿Por qué ocultarle toda esa información?

—Incluso a Nathalie Moorhill —intervino Noam, acariciando inconscientemente la carta de tarot—. ¿Por qué?

—Elijah quiso cambiar las cosas desde que se convirtió en el líder de la Sociedad. Supo que no sería un camino fácil, pero consiguió aliados. Prometimos no contar nada a nadie, y eso incluía a nuestros seres queridos. Sobre todo, a aquellos que nos importaban más. Temíamos que algo pudiese pasarles.

—Pero ¿usted sabía que su mujer era una Bruja Negra?

—Lo supe siempre —respondió Theodore, y a Noam le pareció que se había quitado un gran peso de encima—. Y fue cuando me casé con ella cuando entendí muchas cosas.

—Tenemos que salvar a Ovidia de las garras de esos monstruos —interrumpió Endora con voz dura mientras se cruzaba de brazos—. Antes de que...

—No la matarán —saltó Noam, se puso frente a Theodore, que vio una chispa de lealtad y determinación en los ojos del chico que le sorprendió—. No permitiré...

—No la matarán —convino el hombre. Los Clearheart se miraron entre sí, confundidos por la seguridad de Theodore, que siguió hablando—: Si la matan, toda la magia desaparecerá. Mi hija es el equilibrio. ¿Por qué creéis que le entregué el anillo cuando partisteis a Londres? Minerva me lo había contado todo. Angelica hizo ese pacto de sangre hace ya trescientos años y…

—Lo sabemos.

Theodore los miró desconcertado.

—¿Cómo?

—Su hija lo descubrió.

—Entonces sabréis que nuestros poderes nacieron cuando la magia blanca y la magia negra más puras escogieron a Angelica y Augusta, hace tres siglos, para volver a establecerse de nuevo entre la civilización. Minerva me dijo que ese anillo era parte importante del pacto de sangre, y que Ovidia debería tenerlo algún día. Que debía entregárselo. El motivo es algo que desconozco.

—¿Minerva no le dijo el porqué?

Theodore negó con los labios fruncidos.

—Ni ella misma lo sabía.

La carta le quemaba a Noam en las manos. Podría preguntar a Theodore por ella, pero si tan siquiera la madre de Ovidia había sabido de la importancia del anillo, ¿cómo podría él entender el significado de una simple carta?

En ese momento, alguien llamó a la puerta y todos supieron de quién se trataba.

—Idos —ordenó Theodore, levantándose a toda prisa—. Os…

—No —dijo con firmeza Noam—. Ellos tienen a Ovidia, y saben que la ayudamos a escapar.

—Ni se te ocurra —exclamó Endora antes de que pudiese acabar.

—Id a casa de Charlotte. Ahora.

—Noam…

—¡Ya!

Endora miró hacia la puerta, y luego de nuevo a su primo.

—Más vale que sepas lo que estás haciendo.

La Bruja de la Noche salió disparada hacia la puerta trasera, dejando a Theodore y Noam solos.

—Vas a entregarte —adivinó Theodore mientras el joven iba hacia la puerta.

—Será mejor que alguno de nosotros trabaje desde dentro, ¿no cree?

—Te matarán, muchacho.

Noam se detuvo justo cuando cerró la mano sobre el pomo de la puerta. Esbozó una media sonrisa, y mirando el anillo que tenía en la mano izquierda, declaró:

—Si eso consigue que ella sobreviva, lo consideraré una victoria.

Abrió la puerta de par en par y todos los líderes les sonrieron con suficiencia.

Noam se percató de que no había rastro de Harvey.

—Señorito Clearheart. Justo le estábamos buscando —dijo Galus con una sonrisa grotesca.

Noam se encogió de hombros, llevándose las manos a los bolsillos.

—Winterson, no sabía que estaba compinchado con uno de los sospechosos de...

—Ahórreselo —interrumpió Noam, girándose a Theodore para giñarle un ojo fugazmente—. El señor Winterson iba a entregarme. Pero veo que han sido más rápidos que él. Además, sé que mi belleza es digna de admirar, pero no esperaba tener tanto público.

—Alazne —espetó como una orden Benjamin, que se encontraba a la cabeza del grupo.

La Vidente fue hacia Noam, y mentalmente le envió un mensaje al chico: «Ovidia está bien».

El joven tuvo que ocultar su sorpresa. Y aquella simple frase le hizo saber que Alazne, como él, también estaba representando un papel. Y dijo para disimular:

—Estás preciosa cuando juegas el papel de mala, Alazne.

Esta esbozó una sonrisa retorcida.

—Lo mismo digo.

Y la Vidente entró en la mente del chico.

Esa mañana, Alazne había llegado más pronto de lo habitual y se había ido mucho más rápido. Le hizo saber que esta misma noche sería el juicio público y que debía estar preparada.

Lo que significaba que ese día era Yule. Que era 21 de diciembre. Y que llevaba casi una semana enterrada en aquella mazmorra.

Comió y bebió lo que Alazne le trajo, y la representante Vidente tan solo dijo antes de partir:

—Recuerda bien el plan, Ovidia.

La Bruja Negra había asentido, masticando el último bocado.

Después había dormido todo el día, despertando debido al sonido de unas pisadas.

Al principio pensó que estaba soñando. Parpadeó varias veces, separándose ligeramente de la pared, fría y mohosa. Y cuando su visión se aclaró, lo vio. La figura de Noam apoyado en la entrada de aquella cárcel circular.

Ovidia rio secamente.

—Buen intento, Harvey. Pero un truco así no suele funcionar dos veces en la misma persona.

—Ten cuidado con tus palabras, Ovidia. No soy yo el que está encadenado.

Esta le respondió con una sonrisa seca e indiferencia fingida.

Sentía a sus sombras listas para atacar, pero supo que no podía dejarle saber que había recuperado su poder y que podía usarlo.

—¿Qué harás? ¿Clavarme una daga y salir corriendo?

—No sería la primera vez que lo hago. Tengo experiencia.

—De eso estoy al tanto.

Harvey se había ido acercando a ella, volviendo a mostrar su verdadera forma mientras la imagen de Noam iba desvaneciéndose poco a poco. Su silueta absorbió cada vez más luz a medida que recortaba la distancia entre ambos.

Iba vestido con un traje tan inmaculado que Ovidia no pudo evitar pensar que aquella faceta tan regia le hacía aún más cruel. Tenía la melena recogida en una coleta que le caía por la espalda, y en su rostro no había ningún atisbo de cansancio o remordimiento. Ninguna ojera. Ningún rastro de dolor en los ojos.

Como si todo lo que había hecho no le importase en absoluto.

—¿Estás disfrutando de las vistas? —le retó Ovidia.

—Más bien preguntándome qué te hará Benjamin una vez que hayan fingido tu muerte.

—¿Así que estás al tanto de sus planes? Debéis de estar muy unidos.

Harvey no respondió. En su lugar, le ofreció una sonrisa tan amplia y espeluznante que el vello de Ovidia se erizó.

Se acercó aún más a ella y se arrodilló, ahora sus rostros a la misma altura.

—No podrás quejarte. Tu última noche de libertad fue algo para el recuerdo. El baile, ese momento tan íntimo en el jardín…

Ovidia le fulminó con la mirada. No le sorprendió que los hubiese estado espiando.

—Fue una declaración tan… romántica. Vaya malentendido más tonto, ¿no crees?

La joven luchó contra el grito que se había ido acumulando en sus pulmones y garganta.

—Y lo que vino después.

—Cállate —le ordenó Ovidia, furiosa.

—Debo decir que tus gemidos se escucharon en toda el ala de la casa…

No lo soportó más. Con ganas y verdadera repugnancia, escupió en la cara a Harvey.

Podría haber hecho algo más, pero debía ser paciente.

No podía desvelar su última carta.

Harvey soltó una risa seca, y se sacó un pañuelo del bolsillo interior del chaqué, con el que se limpió, despacio, con calma. Sin prisa alguna.

—¿Eso también se lo hiciste a Clearheart? —dijo al cabo de unos instantes—. Menudos gustos…

—Juro a las Diosas que, si alguna vez soy libre de nuevo, me encargaré personalmente de hacerte saber lo que significa sufrir.

Harvey fingió un escalofrío, moviendo los hombros como si aquello le pareciera cómico.

—Tú misma lo has dicho, querida. Si alguna vez lo eres.

Por la cantidad de pisadas que inundaron el lugar de repente, Ovidia lo supo. Estaban allí. No se molestó en levantarse. Harvey se dio la vuelta sin darle más importancia que a una rata de cloaca y se alejó de ella.

—¿Por qué? —se atrevió finalmente a preguntar Ovidia—. ¿Por qué lo hiciste?

El muchacho se giró para mirarla desde arriba, con suficiencia y superioridad.

—Has de saber una cosa, Ovidia. No todos nacemos en posiciones privilegiadas. Y tú, aunque no lo veas, eres una privilegiada.

»¿Por qué qué exactamente? ¿Por qué maté a Elijah? ¿Por qué fingí estar de vuestro lado? ¿Por qué pasé tanto tiempo junto a Endora? Verás, hay planes que requieren cierto tiempo para poder realizarse. Y aunque he tardado años, las cosas empiezan a dar frutos. La muerte de Elijah fue el principio y… tu «muerte» será el final. Cuando Benjamin te tenga para él, seguiré con mis planes.

—¿Qué planes?

—Un mago nunca desvela sus secretos.

»He de reconocer que cogí cierto cariño a Endora. Es una bruja extraordinaria, nunca le quitaré ese mérito. Pero tiene un corazón demasiado blando para ser una lideresa. Ya viste lo rápido que cayó ante los encantos de tu querida Charlotte. —Harvey miró hacia el techo, como si la conversación le aburriese—. Piénsalo de esta manera, Ovidia. Unos saldremos beneficiados de esto y otros, no. Sé que es desafortunado estar en el lado perdedor, pero ¿qué le vamos a hacer? Es como todo en esta vida: unos ganan y otros pierden. Es un negocio. No te lo tomes como algo personal.

Ovidia contuvo las lágrimas ante la traición que debió de sentir Endora, ante el terror de Elijah al ver al monstruo que le mató.

El Vidente pronunció las siguientes palabras con una frialdad inexplicable:

—Ya que estamos compartiendo tanta información, te haré saber algo, dulce Ovidia: Elijah no fue el primero con el que mis manos se mancharon de sangre. Aunque fue un trabajo algo sucio. Una pena que fueras la primera en verlo. Habría hecho algo más profesional si hubiera tenido más margen de maniobra. —Fue entonces cuando las pisadas se oyeron de cerca. Harvey se encogió de hombros, sonriendo—. Una pena que no podamos charlar más, estaba siendo una conversación verdaderamente interesante.

—Psicópata —escupió Ovidia.

—Empresario. Puntos de vista distintos, qué le vamos a hacer.

Los líderes irrumpieron en la sala lentamente. Eleonora y Galus fueron hacia Ovidia, la levantaron del suelo con brusquedad y volvieron a taparle la boca.

—Llevadla a la otra sala. La gente no tardará en llegar.

Ovidia no miró a Alazne, no. Fijó la mirada en Benjamin y Harvey, que, aunque juntos, la observaban con intenciones distintas.

El Vidente con desdén.

El Sensible Gris con codicia.

—Pronto acabará todo, señorita Winterson —musitó Benjamin—. Sea paciente.

Alazne anuló sus sentidos, Ovidia notó que la desataban y la llevaron escaleras arriba, hasta llegar a una intersección de más de diez pasadizos.

Cogieron el segundo de la izquierda, apenas iluminado por unas cuantas antorchas. Y fueron hasta el final.

Una sala circular perfecta se abrió pasó frente a ellos, y en el centro destacaba sobre todo un círculo más pequeño. Pusieron allí a Ovidia, que seguía sin poder moverse.

Fue entonces cuando escuchó a Alazne en su cabeza: «Voy a parar. Disimula y no te muevas».

La joven percibió como el poder de la Bruja Vidente desaparecía y ella volvía a ser libre hasta cierto punto.

Se quedó en medio de la sala y moviendo tan solo los ojos, se percató de lo que había arriba del todo.

No era un techo. Era el fondo del lago de la Academia.

Pudo ver las plantas acuáticas y los peces que nadaban en sus profundidades. Vio la luz a lo lejos, que tan solo llegaba a pocos metros de la superficie.

Dirigiendo su mirada al frente, vio a todos los líderes en la entrada de la sala, observándola como si fuese tan solo rebaño.

—Nos vemos en la superficie, querida. Hoy se hará justicia.

Todos desaparecieron. La última en hacerlo fue Alazne, que le dirigió una mirada de apoyo.

El corazón de Ovidia se calmó, pues lo que le había contado la Vidente sobre lo que había planeado Benjamin para todo aquel espectáculo parecía ser cierto. Empezando por aquel oscuro y frío lago.

Ovidia miró hacia el agua que había sobre ella, preguntándose qué tipo de hechizo habrían usado los Sensibles de la Tierra para que no cayese. Por el aspecto de la sala en la que se encontraba, supo que este era el sitio donde habrían encerrado a más personas. Tal vez, incluso asesinado.

Ovidia pensó que los Sensibles no eran tan diferentes a los No Sensibles. Compartían sin duda ese instinto de supervivencia que llevaba a cometer actos que quitaban el sueño a uno durante el resto de sus días.

Las manos le dolían, pero no se atrevió a deshacer las cadenas. Todo formaba parte del plan.

Debía ser paciente.

Fue entonces cuando escuchó un grave sonido provenir del agua que había sobre ella. Vio como una especie de círculo se abría lentamente, y la cavidad se vació de todo líquido. Tuvo que cerrar los ojos ante la repentina luz que le llegó a los ojos, proveniente de la superficie.

Supo que Galus era el culpable.

Como en una especie de cilindro lo suficientemente ancho para que ella cupiese, la plataforma donde se encontraba empezó a subir.

Sorprendida, Ovidia intentó mantener la calma mientras ascendía hacia la superficie. Sintió como la oscuridad del lago la envolvía, pero también que esta la observaba con curiosidad.

Ovidia le devolvió la mirada. Su poder le recorría las venas, listo para lo que hiciese falta.

El final estaba cada vez más cerca.

El sonido de las voces fue cada vez más cercano, y la bruja tuvo que cerrar los ojos completamente cuando llegó arriba del todo.

Antes de que los abriese, unas hiedras la sujetaron con fuerza contra el suelo, lo que la obligó a ponerse de rodillas.

Y Ovidia miró la escena que había a su alrededor.

Endora había llegado al hogar de los Woodbreath en menos tiempo del que esperaba hacía dos días. Y, por su propia seguridad, había permanecido oculta allí desde entonces. Mientras dejaba atrás el hogar de los Winterson y se dirigía al hogar de Charlotte, pidió a las estrellas que la guiasen, y siguió el camino de las pocas que se podían ver aún en la mañana. Cuando llegó a la puerta de la acogedora casa, rodeada de un jardín que habría sido la envidia de muchos, una criada abrió la puerta y Endora habló con rapidez:

—¿Está la señorita de la casa? Soy…

—Déjala pasar. Es una amiga.

Charlotte apareció por el pasillo, con evidente preocupación en el rostro.

—¿Qué ocurre?

Endora entró, y Marianne y Phillip Woodbreath las miraron a ambas con sorpresa.

Charlotte hizo las presentaciones rápidamente, a pesar de que Marianne ya había visto a Endora en casa de los Winterson, y la Bruja de la Noche les contó todo lo que había sucedido.

El ambiente se puso más tenso de lo que ya lo era.

—Tenemos que hacer algo. Van a culpar a la pobre Ovidia y van a exponer sus poderes —declaró Marianne, caminando de lado a lado.

—Es ir contra un poder mayor. Pero debe de haber algo que podamos hacer… —musitó Charlotte, moviendo una pierna nerviosamente.

Endora tuvo que controlarse para no sentarse a su lado y cogerla de la mano.

Una criada llamó a la puerta del pequeño salón donde los cuatro se encontraban, y les indicó que había llegado un comunicado importante de los representantes.

Todos se miraron entre sí, pues sabían a qué se refería.

Phillip Woodbreath le dio las gracias, cerró la puerta, y leyó el comunicado en voz alta:

—«Juicio público contra Ovidia Winterson, acusada del asesinato de Elijah Moorhill, líder de la Sociedad inglesa. Todos los Sensibles cerca de Winchester están invitados a presenciar el juicio, que tendrá lugar a las cinco de la tarde del 21 de diciembre en la Academia».

Charlotte tuvo que sujetarse en el asiento más cercano, y Endora corrió a sostenerla para que no cayese.

—¿Qué podemos hacer? Si estamos de su parte, también nos ponemos en peligro a nosotros —murmuró Phillip.

—Estuvimos en peligro desde que os unisteis a la causa de Elijah, papá. Ahora no es momento de ser cobarde.

—¡Lottie! —la recriminó su madre.

—Noam Clearheart se ha entregado, tienen a Ovidia, y si cumplen sus planes, ¿quiénes creéis que serán los siguientes? —Charlotte dio un paso al frente, su poder azul le brillaba en los ojos—. Esto no es algo personal, es una causa común. Si encierran a Ovidia después de fingir su muerte, controlarán la magia.

—Si mi primo se ha entregado —se atrevió a interrumpir Endora, dando un paso al frente—, es porque tiene algún plan.

—¿Y si no lo tiene, señorita Clearheart?

Charlotte y Endora intercambiaron una mirada rápida.

La primera fue la que habló, concluyendo aquella conversación.

—Entonces, haced que me enorgullezca de vosotros y rebelaos hoy de verdad.

—Antes de ponernos en marcha —intervino Endora— necesito una chimenea que esté sin usar. Rápido.

Marianne la llevó hasta el salón principal y allí Endora se puso frente a la chimenea, encendió rápidamente un fuego púrpura y murmuró algo apenas audible a una pulsera que portaba en la muñeca.

—¿Qué está haciendo, Lottie? —preguntó su padre, observando fascinado a Endora.

—Creo que... buscar ayuda.

—En efecto, señor Woodbreath. Confíe en mí. —La Bruja de la Noche lanzó la pulsera al fuego, el cual, tras un instante, se apagó por completo sin dejar rastro de la pulsera—. Sé lo que me hago.

Dos días después, la tarde del 21 de diciembre, los Woodbreath se dirigieron a la Academia acompañados por Endora.

El frío de diciembre no era agradable. El cielo estaba algo encapotado, pero no demasiado, para sorpresa de la Bruja de la Noche, que llevaba una capa y unos guantes que Charlotte le había prestado. Aun así, todo indicaba que la última estación, el fin de un ciclo, había llegado de nuevo.

Claramente, la Sociedad tenía sus intereses puestos en lo que tendría lugar esa noche.

O tal vez los líderes utilizarían a Ovidia como entretenimiento.

Aquel pensamiento le provocó arcadas a Endora.

Una vez en la Academia, los cuatro fueron guiados por guardias hacia los jardines traseros y luego hacia la laguna que había tras la arboleda, en la parte oeste del terreno que ocupaba la casa de campo.

Se habían dispuesto gradas, como si fuese un teatro romano. Endora y Charlotte intercambiaron una mirada.

Encontraron a Theodore Winterson sentado en una de las primeras filas y Endora dio un respingo al ver a la persona que había a su lado.

Francis Clearheart se levantó al verla, conmocionado.

—Tío —exclamó, y fue hacia él, pero se detuvo a un metro de distancia—. Ha vuelto…

—¿Dónde está Noam?

—Francis. —Theodore se había levantado, cogiéndole el brazo—. Siéntate. La gente está mirando.

—¡Que miren! —espetó, y se volvió hacia Endora una vez más—. ¿Dónde está?

Su voz se rompió con estas últimas palabras.

—Theodore tiene razón —interrumpió Charlotte—. Señor Clearheart, siéntese. Estamos todos en el mismo bando.

Endora miró a su alrededor, incapaz de mirar a su tío a los ojos. A su derecha, a lo lejos, vio a Nathalie con Dorothea y Henry. La niña, sentada en los brazos de su madre, la estaba observando.

En ese momento, Charlotte cogió del brazo a Endora e hizo que se sentase a su lado, tras Theodore y Francis. Bajo las capas, consiguieron ocultar sus manos, ahora entrelazadas.

—Están haciendo un maldito espectáculo de todo esto —escupió por lo bajo Charlotte—. Y mi tío es partícipe.

—La familia no siempre ha de ser aquella de sangre, respecto de la cual, desgraciadamente, no tenemos elección alguna.

Charlotte la miró preocupada, y le apretó las manos.

—Tu familia… —empezó, pero su voz se vio interrumpida por el repentino encendido de una gran hoguera en la plataforma que habían improvisado en el centro del lago. A esta se llegaba tan solo por un puente que llevaba a las gradas.

Los líderes aparecieron por detrás de la hoguera. Benjamin iba a la cabeza y empezó un discurso que casi hizo saltar de la silla a Endora.

—Sabéis por qué estamos aquí. Esperamos acabar pronto para que podamos disfrutar de Yule como se merece. Pero… se ha de hacer justicia esta noche.

»Traed a la acusada.

Galus empezó a pronunciar un conjuro y en la plataforma se abrió un claustrofóbico agujero, pequeño y oscuro.

Y de allí, maniatada, con el cabello revuelto, cubierta apenas con un camisón blanco y descalza, Ovidia salió a la superficie y cayó de bruces sobre la plataforma, que crujió ante el peso muerto.

28

21 de diciembre de 1843. Winchester, Inglaterra

Toda la Sociedad la estaba observando.

O al menos la que había acudido al espectáculo.

Oyó la madera crepitar tras ella y sintió el intenso calor que provenía, probablemente, de una gigantesca hoguera.

Alazne no la había engañado, por lo que el plan seguía en marcha.

Parpadeó varias veces, mientras oía los murmullos de la gente.

Y en una de las primeras filas, los vio.

A su padre, que apretaba los puños fuertemente. Ovidia conocía el gesto. Se estaba conteniendo.

A Endora y Charlotte tras él, que la miraban horrorizadas.

Ovidia respiró hondo, aliviada. Estaban bien. Estaban a salvo.

Pero no encontró a aquel que era su principal preocupación ahora.

No había rastro de Noam.

—Con gran tristeza, hemos de llevar a cabo este tipo de juicios, pues la justicia ha de cumplirse. Y un asesinato no puede ser ignorado. Sobre todo, cuando se trata de nuestro líder.

Ovidia mantuvo la mirada al frente, no dejaría que la amedrentaran. Tenía que mantener la calma, y todo saldría como ella y Alazne habían planeado.

Galus estaba a su izquierda, controlando las gruesas hiedras que la anclaban al suelo. A su derecha, Benjamin seguía con el discurso, gesticulando con movimientos calculados, como si hubiese ensayado aquello cientos de veces.

Junto a este, Eleonora vigilaba las gradas, con los ojos fijos más allá y una pose regia. A la izquierda de Galus, Alazne adoptó la misma postura que la Bruja del Día, y transmitió un mensaje mentalmente a Ovidia: «Mantén la calma».

La joven volvió la mirada al frente, gimiendo ante las dolorosas sujeciones.

—En la noche de Samhain, Elijah Moorhill fue brutalmente asesinado, y Ovidia Winterson fue la única testigo. Al haber huido horas después de su acusación, evitando así la interrogación, las sospechas sobre la joven son más que evidentes. Pero, aun así, debemos respetar el protocolo oficial.

»Además, tenemos ciertas sospechas que queremos confirmar de manera pública. De ahí que todos estemos aquí esta noche.

Ahora.

Empezaba ahora.

Como Ovidia había esperado, Eleonora dio un paso hacia delante y se dirigió a los testigos de aquel espectáculo.

—Alazne procederá a entrar en la mente de la acusada para verificar una de nuestras sospechas. —La Bruja del Día hizo una pausa y Ovidia respiró hondo, con los ojos fijos al frente y la cabeza alta—. Y es que Ovidia Winterson es una Bruja Negra.

Exclamaciones de horror ascendieron por las gradas, y la gente empezó a alejarse. Algunos se miraron entre sí, confusos. Otros mantuvieron el silencio, tal vez estupefactos, tal vez incrédulos ante tal acusación.

—¡Calma, Sensibles! —gritó Benjamin, mientras Eleonora se ponía al lado de Ovidia, mirándola con desprecio. Pero la joven ignoró a la lideresa—. Estamos aquí para comprobarlo. En caso de Ovidia Winterson sea, efectivamente, una Bruja Negra, haremos lo que hizo nuestra salvadora, Augusta, con su hermana.

»Pero también debemos asegurarnos de si fue ella quien mató a Elijah Moorhill. Hay mucho por hacer, ¡así que calma!

Se lo estaban tomando como un simple trámite. La joven mantuvo la compostura y en el silencio sepulcral que se hizo tras las palabras de Benjamin, Eleonora preguntó en voz alta, para que todos la escuchasen.

—Responderás a estás dos preguntas, Ovidia. —Los pasos de Alazne se fueron acercando hasta que estuvo a su izquierda, y la joven bruja sintió la mano de la lideresa en su cabeza—. ¿Mataste a Elijah Moorhill la noche de Samhain? Y¿eres una Bruja Negra?

—Alazne, procede —indicó Benjamin.

Todos los líderes se apartaron, y la Vidente permaneció con Ovidia, en el centro del improvisado escenario.

Jugaron bien sus papeles. Alazne dejó que su poder saliese de ella y fingió entrar en la mente de Ovidia.

Esta, por su parte, mantuvo la cara impasible, como si estuviese en un sueño profundo. Sus oscuros ojos parpadeaban lentamente, exagerando el sometimiento de Alazne.

—Ovidia Winterson, responderás a mis preguntas con total sinceridad.

—Sí, lo haré —respondió esta.

—¿Es cierto que eres una Bruja Negra?

Ovidia se tragó el nerviosismo que despertó la pregunta y su respuesta fue rápida:

—Sí, lo soy.

La conmoción se esparció por el público velozmente. Ovidia sintió las miradas satisfechas de los líderes en ella, pero debía tener paciencia. Aquello no había acabado.

—Si es así, demuéstralo. —Alazne se giró hacia Galus y le dijo—: Desátala.

—¿Estás loca? —soltó este, consternado.

—La tengo controlada, Woodbreath. Suéltala.

Galus la liberó, aunque a regañadientes. Y Ovidia sintió que desaparecían las sujeciones. Tuvo que recuperar el equilibrio rápidamente, haciendo ver que no tenía control alguno sobre su propio cuerpo.

Y las dejó salir, despacio, como cuando abres las cortinas a primera hora de la mañana poco a poco porque no quieres que el sol te dé directamente en los ojos.

Las hiedras la fueron rodeando y los líderes se apartaron, asustados.

El público gritó consternado, algunos se levantaron y se alejaron todo lo posible de ella.

Charlotte hizo ademán de levantarse, y Endora la tuvo que sujetar. Ovidia lo vio. Fue rápido, pero lo vio.

La preocupación en el rostro de su padre no conocía límites, y se dijo a sí misma que todo saldría bien. Que debía ser paciente.

Pero no pudo evitar la punzada de dolor ante el horror que vio en los rostros de aquellas personas.

—¡Que no cunda el pánico! —gritó Alazne—. ¡La tengo bajo control! No hará nada.

Tardaron al menos dos minutos en apaciguar al público. Hubo gente que gritó palabras que Ovidia ya se esperaba.

«Monstruo». «Aberración». «Amenaza». «Peligrosa».

Cuando el silencio volvió a reinar en el lugar, Alazne respiró hondo y preguntó:

—Ovidia Winterson, ¿mataste tú a Elijah Moorhill?

Tras esa pregunta, la joven sabía lo que ocurriría.

La siguiente parte de su plan con Alazne empezaba.

—No. — La respuesta de Ovidia fue sencilla. La confusión en los ojos de los líderes fue inmediata. Todos se giraron hacia Alazne, que se mantuvo en su papel.

—¿Viste a quien lo hizo?

—No —respondió Ovidia—. Pero sé quién fue.

—¡Imposible! —gritó Eleonora, acercándose a ambas—. Fue la única que estuvo allí.

—¿Estás diciendo que mi poder ha fallado, Eleonora? —la retó Alazne, y Ovidia no se permitió moverse, siguió con la mirada al frente—. Al menos ha confesado algo, que en verdad es una Bruja Negra.

—Y será castigada por ello —declaró Benjamin, girándose una vez más a los Sensibles allí presentes—. La magia negra se prohibió por un buen motivo: proteger a nuestra comunidad de su corrupción y peligro. Augusta nos otorgó la magia blanca, un regalo para todos nosotros.

»Ovidia Winterson ha violado nuestras normas. Puede que, realmente, no haya sido la asesina de Elijah Moorhill, pero seguiremos buscando al culpable. —Benjamin hizo una pausa y señaló a Ovidia—. Ahora, Alazne, sal de su mente.

«Esconde las hiedras en tres segundos», le dijo la Vidente.

Ovidia recibió el pensamiento y cuando pasó el tiempo indicado, obedeció. Las hiedras volvieron a ella y se desplomó en el suelo, fingiendo agotamiento y aturdimiento.

Instantes después, los amarres de Galus la rodearon de nuevo, y esta vez su quejido fue real.

El dolor era mucho mayor que el de antes.

—Ovidia Winterson, has roto las reglas de la Sociedad al usar la magia negra, al convertirte en Bruja Negra.

—No me convertí —susurró la joven, mirando a Benjamin con desafío—. Soy una Bruja Negra. La magia negra ha encontrado cobijo en mí.

—Y esta misma noche encontrará su final. —El líder de los Grises volvió a girarse hacia los Sensibles allí reunidos—. La acusada será incinerada en la hoguera, y la amenaza que hay entre nosotros terminará. ¿Alguien se opone?

Todos mantuvieron silencio. A Ovidia le sorprendió que ni su padre, ni Charlotte, ni Endora, o cualquiera de los que estuviesen de su parte, se opusieran a tal locura.

Miró a Alazne, que parecía seguir interpretando su papel.

Hubo un leve rumor en las gradas, pero nadie se levantó para oponerse.

Tenía que pararlo. Ovidia tenía que hacer algo antes de que alguien estropeara sus planes.

Miró rápidamente a Alazne, que la observaba, ansiosa.

Y lo supo. Era ahora o nunca.

Ovidia dejó salir su poder, y se soltó rápidamente de sus sujeciones cuando Galus bajó la guardia.

Alargó los brazos en dirección al resto de los líderes, y estos se vieron acorralados por la oscuridad de Ovidia, que ató a Benjamin, Galus y Eleonora, obligándolos a arrodillarse.

El público reaccionó ante la escena y la joven tuvo que sujetarlos con fuerza, antes de girarse hacia Alazne.

—No me quedaba otra —se excusó, a lo que la Vidente asintió.

—Lo has hecho bien.

—Maldita traidora —escupió Eleonora, intentando zafarse—. ¡Que nos suelte!

—Cállate, Eleonora —espetó Alazne con asco—. Cállate o te juro que lo haré yo.

—Te dije que estaba de su parte —musitó Galus, más tranquilo de lo que Ovidia esperaba que estuviese—. Se te notaba demasiado, Alazne. Pero quisimos escuchar a esa pequeña gota de confianza que habíamos depositado en ti.

—No te tomaba por un dramático, Woodbreath —escupió Alazne en un tono que Ovidia jamás le había escuchado a la lideresa.

La joven bruja intentó ignorar el intercambio entre los líderes y se dirigió a los Sensibles, poniendo un pie en el camino que daba a ellos.

Muchos se alejaron, pero otros se quedaron quietos, y la Bruja Negra tuvo que pensar bien sus palabras.

—Decidme una cosa. —Su voz era firme y decidida; sus ojos brillaban con fuerza—. ¿Qué diferencia hay entre lo que Galus me ha hecho minutos antes y lo que yo estoy haciendo ahora? Mi magia no es peligrosa. Y sin ella estamos condenados.

No supo si fue la tensión o la adrenalina, o la curiosa mezcla de ambas, lo que le hizo decir la verdad; tal vez, la única solución a toda aquella locura.

—Si acabáis conmigo, acabaréis con todos. Las Brujas Negras somos imprescindibles. La magia vive del equilibrio entre la esencia blanca y la esencia negra. Si me matáis, no solo acabaréis con mi magia, sino también con la de todos.

»Hui de Winchester porque estaba atemorizada. Seguía conmocionada por la muerte de Elijah Moorhill y... por haber sostenido su cuerpo inerte entre mis manos. Podría haber hecho algo, y no fui capaz. Eso es lo único de lo que estoy realmente arrepentida.

»Estos meses, he estado en Londres investigando acerca de mi propio poder. Salió a la luz hace años, pero lo contuve dentro de mí por miedo a mí misma. No... no quería herir a nadie. Por lo que lo mantuve oculto. Para protegerme a mí y a todos vosotros. —Hizo una breve pausa, y escuchó los murmullos. No podía dejarlos hablar, no ahora que tenía toda su atención—. Descubrí lo que pasó entre Angelica y Augusta. —Aquello fue suficiente para apaciguar las voces—. Angelica consiguió preservar su poder gracias a sus tres hijos, y de ellos descendieron más Brujos Negros. Os preguntaréis si alguno de ellos queda vivo. Sé que cada clan nota y detecta a los suyos, pero yo jamás he sentido conexión alguna. Yo siempre he estado completamente sola. Soy la última. Y esto significa que estamos a un paso de que toda la magia desaparezca del mundo entero para siempre.

»Necesito que me creáis. Si no, estaremos perdidos y para cuando os deshagáis de mis cenizas será demasiado tarde. —Ovidia no se permitió parar. Si lo hacía, no habría vuelta atrás—. Ellos —añadió señalando a los líderes que tenía atados con sus hiedras— son los culpables de todo. Habéis… Hemos sido meros títeres en sus planes. Elijah vio sus intenciones hace años, cuando lo nombrasteis líder y, junto con Alazne, intentó detener los planes de Galus, Eleonora y Benjamin. Es curioso que el que iba en su contra muriese la misma noche que yo iba a anunciar el discurso de Samhain.

»Elijah era un líder que quería cambios para nuestra comunidad. Cambios que, sabía, muchos de vosotros y del resto de la Sociedad en general no aceptaríais de buenas a primeras. Él quería un cambio positivo. Ellos solo querían mantener su poder.

—¡Mentirosa! —Se escuchó entre el público. Eso la desconcertó por un momento. Ovidia intentó retomar su discurso, pero más voces se unieron para recriminarla.

—¡Embustera!

—¡Asesina!

—¡Suéltalos!

Ovidia se tambaleó. Fue leve, pero el público respondió ante aquel debilitamiento. Algunos de las filas más alejadas empezaron a bajar, con la intención de detenerla. Otros trataron de pararles los pies a estos, haciéndoles entrar en juicio. Y aun otros seguían estupefactos en sus asientos, sin saber adónde mirar. Ovidia sintió un tirón en las hiedras, y se giró para mirar a los líderes.

En sus caras había calma y satisfacción.

Sabían que esa sería la respuesta al discurso desesperado de Ovidia.

—Tú misma has cavado tu propia tumba, Winterson —escupió Galus maliciosamente.

La joven vio en sus ojos un odio tan profundo que supo que había algo más en aquel rechazo. El sonido de pasos tras ella la hizo girarse.

Varios de los Sensibles se acercaron al límite del lago, con intención de llegar a la plataforma donde estaba ella. El intento de otros por detenerlos fue en vano. Ovidia vio que algunos querían huir, y en las primeras filas estaban aquellos que trataban de detener a la multitud.

—¡Llevadla al fuego! —Se escuchó entre el público.

La idea que le vino a la cabeza tras escuchar aquellas palabras fue fugaz, pero brillante.

Debería haber sentido miedo ante tal implicación, pero tan solo aumentó su adrenalina.

Girándose de nuevo hacia los líderes, ordenó en apenas un susurro algo a las hiedras que los ataban.

Galus empezó a elevarse en el cielo, pataleando y gritando de puro terror.

Todos vieron lo que Ovidia pretendía.

Y fue bueno y malo a la vez.

Mientras acercaba el cuerpo del Brujo de la Tierra a las crecientes y vibrantes llamas de la hoguera que podrían suponer su tumba, los Sensibles llegaron al acceso, corriendo hacia la plataforma donde ella estaba.

Y fue en ese momento, con la desesperación en los ojos de los Sensibles, cuando Ovidia movió una mano y sumergió a Galus en las llamas.

Se escucharon gritos desgarradores. Los Sensibles en las gradas quisieron unirse a la muchedumbre, que estaba a solo unos metros de Ovidia. Y esta comprobó que la rabia que estaban sintiendo en ese momento los que estaban en el acceso a la plataforma no los dejaba percatarse de lo que estaba ocurriendo en realidad en el fuego.

El primero de todos estaba cerca, tanto que Ovidia veía la saliva que salía despedida de su boca con cada bramido.

Tan solo un poco más…

Y antes de que llegase a tan siquiera rozar las sombras que la rodeaban, antes de que Vane, Feste y Albion saliesen de la Sombra, pues podía sentir la desesperación de estos por defenderla, movió el brazo izquierdo. Con firmeza, sin dejar de mirar a los ojos a aquel hombre.

Y en un instante, un Galus intacto, sin ningún rasguño, quedó a un centímetro de la cara del súbdito.

La sorpresa fue tal que lo hizo tambalearse, y los que había tras él tuvieron que sujetarle antes de tropezar del todo y caer a las oscuras aguas.

Galus estaba quieto y jadeaba, y Ovidia notó la vergüenza que inundaba todo su ser.

No le hizo falta girarse para saber que Eleonora y Benjamin se habían dado cuenta de lo que Ovidia había pretendido.

De lo que había logrado.

Los gritos fueron apaciguándose, y la gente preguntó:

—¿Qué significa esto?

—Esto —dijo ella, y levantó más a Galus, que se mantuvo completamente en silencio— es un ejemplo perfecto de la farsa que tenéis ante vuestros ojos. Ese fuego está encantado para haceros creer que me iban a quemar. Pero en realidad no pretendían hacer eso.

La joven vio la incredulidad reflejada en los Sensibles frente a ella, que retrocedían, sorprendidos. Los rostros pasaron a ser de humillación cuando comprendieron la evidente farsa que iban a representar frente a sus ojos sin tan siquiera saberlo.

De entre la multitud, Ovidia vio como Nathalie Moorhill daba un paso hacia delante, sus hijos aferrándose a sus faldas, y miraba, más con sorpresa que con miedo, a Ovidia, cuyas hiedras la rodeaban y mantenían a raya a los líderes.

Lo que Ovidia no sabía era que Nathalie estaba mirando fijamente unos ojos marrones rodeados de un resplandor rojo.

—Has dicho que conoces al asesino de mi marido. ¿Quién es? ¿Está entre nosotros?

Ovidia miró a su alrededor, buscando aquella cabellera rubia tan característica.

Pero no había rastro de Harvey por ningún sitio.

Posiblemente, habría escapado de la ciudad.

—No está aquí. Pero sé su nombre.

Las facciones de Nathalie se endurecieron, y las siguientes palabras fueron difíciles de pronunciar:

—¿Quién fue, Ovidia? ¿Quién mató a mi marido?

Cuando la joven iba a decir el nombre del asesino, una voz la interrumpió en la incipiente noche:

—Qué poderosos son los nombres, ¿no creéis?

«No digáis nada».

Escuchó aquellas palabras en su cabeza después de que Benjamin preguntara si alguien se oponía a la condena de Ovidia.

Endora había estado a punto de saltar, por lo que tuvo que disimular cuando escuchó aquella voz en su cabeza. Charlotte se giró para mirarla.

—¿Has oído eso? —le murmuró.

Endora asintió, con los ojos fijos en Alazne.

—Está de nuestra parte —concluyó la Bruja de la Noche, sorprendida.

Delante de ella, Francis y Theodore se giraron también para mirarla. El último tenía el rostro tan repleto de dolor que Endora se aferró a la esperanza que había nacido en ella.

—Estemos atentos —dijo Charlotte, mirando al frente—. Creo que Ovidia y Alazne planean algo.

Y esperaron.

Hasta que Ovidia se liberó del todo.

El caos no tardó en llegar.

Fue Nathalie la que había dado un paso adelante, la que había preguntado.

Pero Ovidia no fue la que le ofreció la respuesta.

Todo se giraron hacia la izquierda, donde un relajado Harvey Cox salía de la arboleda llevando consigo a Noam Clearheart.

Ovidia se dio cuenta de que había dejado de respirar cuando le empezó a doler el pecho. Todo el mundo pareció quedarse estupefacto, sin palabras, cuando Harvey salió de la oscuridad que envolvía la densa arboleda alrededor del lago.

Y junto a él, un maniatado Noam buscó con la mirada a Ovidia.

Esta dio un paso hacia delante, olvidando a todos, sus ojos fijos en él.

—¡Suéltale! ¡Ahora!

Los ojos de Harvey se clavaron en los de ella, y el gesto de diversión que cruzó por su rostro le pareció a Ovidia el de un verdadero maniaco.

Noam no tenía ningún rasguño, pero no sirvió para que el temor de Ovidia se disipase.

Aquello no entraba en sus planes.

Y la dejaba desnuda ante el siguiente movimiento que realizar.

—Disculpad la intromisión, pero creo que falta un testigo altamente importante en este… juicio. Me he tomado la molestia de traer al señor Noam Clearheart yo mismo.

—¿Qué significa esto? —gritó Francis, cuyos ojos miraban a su hijo con un pánico que Ovidia conocía bien. Noam pareció confuso, escudriñó con la mirada la figura de su padre, como si le costase creer que estuviese allí—. ¡Suelta a mi hijo, desgraciado!

Harvey no apartó su atención de la Bruja Negra, pero esta solo observaba, angustiada, cómo Noam intentaba zafarse, sin éxito alguno, de su captor.

—Suéltale —exigió ella de nuevo.

—Suéltales tú primero. *Quid pro quo.*

Ovidia miró a Alazne, que negó con la cabeza, dando un paso hacia delante.

—Ahí tenéis al asesino que buscáis. —Las palabras de Ovidia fueron como una afilada cuchilla que cortó la fría ventisca decembrina.

—Pruébalo —dijo Harvey, y empezó a acercarse a ella.

El rostro del Vidente había sufrido una pequeña modificación, imperceptible a los ojos de los demás, pero Alazne se percató de ello. La calma que Harvey había conseguido mantener se empezaba a difuminar, pues aquello no entraba en sus planes. Y la lideresa de los Videntes sonrió, satisfecha.

Ovidia, sin embargo, seguía manteniendo los ojos fijos en Noam, que tenía toda su atención puesta en ella. Los ropajes que vestía eran sencillos, y supo que tenía frío. Estaba tiritando y cada vez más blanco.

«¿Estás bien?». El pensamiento fue claro en su mente.

Ovidia asintió, sonriendo, apretando los labios.

—Suéltale tú primero —dijo esta, finalmente enfrentándose a la mirada de Harvey—. Y me lo pensaré.

El muchacho rubio sonrió con suficiencia, y mirando a Alazne, luego a los Sensibles y finalmente a Noam, soltó un leve suspiro.

De un empujón seco y fuerte, lo lanzó al suelo, y el joven no dudó ni un instante y salió corriendo hacia Ovidia.

Esta se mantuvo en su lugar, girándose un momento para asegurarse de que todo estaba bajo control. Alazne estaba en el acceso a la plataforma, mientras que los líderes seguían atados por las hiedras, luchando por liberarse.

Volvió a girarse cuando escuchó los pasos de Noam más cerca de ella. Llegaba caminando por el acceso al lago.

Y en ese momento, cuando las nubes parecían difuminarse y la luz de la luna empezaba a iluminar la escena, un disparo rompió el silencio.

Noam se detuvo frente a Ovidia, y la cogió de las manos, comprobando que se encontrara bien.

Los gritos de los Sensibles en las gradas los obligaron a girarse, y lo primero que vio Ovidia fue a Alazne mirándola… con una mancha de sangre en el pecho.

Ovidia gritó su nombre, pero Alazne ya empezó a cerrar los ojos.

Y su cuerpo, inerte, cayó al oscuro y profundo lago.

Noam gimió, y cuando Ovidia se giró para mirarle, vio que el suelo alrededor del chico estaba ensangrentado. Algo lo había atravesado.

El joven cayó desplomado al suelo y Ovidia gritó desgarradoramente.

En el borde del lago, Harvey sonrió con suficiencia, y echando un último vistazo a una Ovidia destrozada, desapareció entre las sombras de la arboleda, ocultándose en la noche.

Los Sensibles huyeron despavoridos tras el disparo.

Confusa y asustada, Endora agarró a Charlotte, ayudándola contra la marabunta que huía hacia la Academia en busca de refugio.

Segundos después se escuchó el grito de Ovidia. Y cuando Endora levantó la mirada, el mundo se detuvo.

Frente a la Bruja Negra, Noam se estaba desangrando.

Endora oyó el grito de Francis, que luchaba contra la marea para llegar a su hijo, pero la gente se lo impedía.

El cadáver de Alazne se había hundido completamente en el lago.

Fue tal el caos que Endora respiró hondo, se acercó a Charlotte y le dijo por encima de los gritos:

—¡Lleva a tus padres a la Academia! Yo me encargo de ellos.

Charlotte asintió, y dándole un rápido apretón de manos, se separó, no sin dificultad, de la Bruja de la Noche.

Endora, tocando los hombros de unos desesperados Theodore y Francis, dijo con convicción:

—Hemos de huir de aquí. Harvey podría disparar en cualquier momento. A la Academia. ¡Ahora!

Había sangre, por todas partes.

Ovidia se inclinó. El cuello de Noam no paraba de sangrar. Con cuidado, comprobó si podía sacar el arma que tenía atravesada, pero se quedó paralizada cuando vio la nuca del chico.

Reconocía el objeto que lo había herido. Un abrecartas con un misterioso símbolo, el mismo que había usado Harvey en contadas ocasiones para abrir la correspondencia de Endora.

La joven se quedó paralizada durante un instante, luego se puso al chico en el regazo y le apartó el pelo de la cara.

Las lágrimas inundaron el rostro de la bruja.

Ovidia intentó incorporar a Noam.

Estaba frío. Demasiado.

—Noam. Noam, mi amor, mírame.

El chico abrió los ojos, e intentó hablar.

Su barbilla se llenó de sangre.

—No, no. No hables —le pidió Ovidia—. Tengo… Tenemos que parar la hemorragia. ¡AYUDA! —Se giró, mirando a su alrededor, desesperada—. ¡POR FAVOR!

La chica se volvió ante los gemidos de Noam.

—Estoy aquí. Estoy aquí.

Y algo ocurrió. Los ojos de Noam la miraron fijamente, y sus párpados empezaron a caer. De alguna forma, consiguió acariciar el rostro de la joven, sonriendo, sin dejar de mirarla.

—No me dejes… —La voz de Ovidia se quebró, y la joven apartó un mechón ensangrentado del rostro del chico.

Y entonces lo vio.

El brazo de Noam cayó a un costado.

El olor a sangre era cada vez mayor.

La energía de su cuerpo desaparecía.

Y sin dejar de mirarla en ningún momento, la miel de sus ojos se apagó.

Para siempre.

29

21 de diciembre de 1843. Winchester, Inglaterra

Lo estaba viviendo de nuevo. Ese sentimiento del que tanto había huido que daba la impresión de haberse encaprichado de ella.

La muerte había parecido encontrar cierta preferencia por los seres queridos de Ovidia, y aquella vez, consiguió romper algo completamente nuevo en ella.

La joven murmuró el nombre de Noam una y otra vez. Abrazó el cuerpo del hombre al que amaba contra su pecho, y cuando dejó de notar esa vibración de vida que había sentido en él siempre, Ovidia no gritó.

Cerró los ojos. Una tormenta se fraguaba dentro de ella.

Y cuando los abrió de nuevo, poco quedaba del dulce marrón que los había decorado siempre.

Con los iris completamente rojos y las córneas negras, Ovidia desató su más absoluto poder.

Pura oscuridad salió de su ser, rodeándola a ella y al cuerpo de Noam por completo. La tristeza se mezcló con la ira, y las hiedras emergieron hasta ocupar más allá de la superficie del lago. Llegaron a los asientos donde los pocos Sensibles que quedaban intentaban huir, ahora de aquella temible oscuridad.

Y Feste, Vane y Albion salieron a la luz, cubiertos por esa tonalidad rojiza por completo y con los ojos brillando como doradas luces tenebrosas.

Endora lo supo cuando lo vio.

Supo que su primo había muerto.

Y el poder de Ovidia les golpeó como un viento cortante y seco.

Los pocos Sensibles que quedaban allí cayeron al suelo tras el impacto, y trataron de huir de allí con más rapidez.

La Bruja de la Noche miró hacia el lago, pero no pudo avistar ni a Ovidia, ni a Noam ni a los líderes, que seguirían maniatados en aquella increpante oscuridad.

Endora corrió hacia Charlotte y juntas subieron la colina, atravesando la arboleda que separaba el lago y la Academia.

Sus manos no se soltaron en ningún momento.

La Bruja de la Noche, que se sujetaba las faldas y respiraba agitadamente, vio como todos los Sensibles corrían hacia la Academia, decenas de ellos amontonándose en las únicas escaleras que llevaban a la entrada trasera. Su tío Francis intentaba alcanzar a su hijo, pero Theodore Winterson le sujetó y se lo llevó consigo.

Tenían que hacer algo.

Alguien tenía que detener a Ovidia.

Todos se dirigieron hacia el edificio, por cuyas puertas traseras, que estaban abiertas de par en par, entraban a toda prisa todos los Sensibles. Y justo al pie de las escaleras, los vio, junto a Francis.

Endora vio a sus padres.

Y en ese instante, los ojos de ambos se posaron en los de Endora.

La Bruja de la Noche notó su conmoción, pero no era momento para distraerse con el pasado.

—¡Hay que crear un escudo! —gritó Endora a Charlotte—. Uno que proteja no solo la Academia, sino Winchester. Conozco un conjuro, de los grimorios. Es invisible a los ojos de los No Sensibles, pero es complejo y agotador.

—¿Podrás tú sola? —exclamó Charlotte.

Fue entonces cuando, en el cielo, en dirección norte, Endora los vio.

Iban directamente hacia allí y a una velocidad vertiginosa.

—¿Qué...? —Lottie siguió la mirada de la Bruja de la Noche, que observaba el oscuro y tenebroso cielo.

Montados sobre escobas, decenas de Desertores sobrevolaban Winchester en dirección a la Academia, al caos.

Se escucharon gritos de pánico ante tal visión, pues el asombro fue la reacción más común entre los brujos rezagados que corrían hacia la Academia en busca de refugio.

Charlotte se giró, encarando a Endora, con una expresión de absoluta sorpresa en el rostro.

—Los llamaste. Desde mi casa, el conjuro de la chimenea —adivinó. Endora asintió con el ceño fruncido. Se estaba preparando para recibirlos. Sabía lo que había provocado llevándolos allí—. Eres increíble.

—Agradezco el cumplido. Espero que tengas algunos más reservados para cuando acabe todo esto.

Ambas se giraron hacia los Desertores, que al fin aterrizaron frente a ellas.

Charlotte reconoció varias caras, y todos ellos fueron directos a Endora, dejando las escobas olvidadas en el suelo.

—Gracias por venir.

—¿Qué necesitas? —Una chica con rasgos indios era una de las que iba en cabeza. Charlotte la reconoció. Era una de las trabajadoras de Endora.

—Un escudo, Nadine. Conozco un conjuro, pero necesitaré toda vuestra magia.

—He oído lo de Harvey. Si hay…

Endora interrumpió a Nadine al instante:

—No hay tiempo para eso. Tenemos que ponernos todos formando un círculo. Todos. Cuanta más magia, más poderoso será el hechizo. Os compensaré por esto, de veras.

—Iré a asegurarme de que todos están dentro —musitó Charlotte, que no pudo evitar mirar tras ella, en dirección al lago.

El poder oscuro que rodeaba a Ovidia aumentaba por momentos.

Endora habría querido detener el dolor que albergaba el corazón de la Bruja de la Tierra, pero no había tiempo. Y escaseaba más a cada segundo que pasaba.

Determinada a dar las indicaciones necesarias para el conjuro, Endora se preparó para lo que se les venía encima.

Pero antes de que nadie pudiese reaccionar, un grito los devolvió al tumulto.

—¡Dorothea!

Todos se giraron ante el desgarrador chillido. Endora vio que provenía de Henry Moorhill, el hijo de Elijah y Nathalie.

La pequeña Dorothea, sujetándose las faldas, corría en dirección contraria. Hacia el lago.

Endora y Charlotte se miraron.

—¿Adónde va? —exclamó esta, consternada.

—¡DOROTHEA!

Endora vio como Nathalie había bajado los escalones, corriendo tras su hija. Charlotte fue la primera en actuar. Se lanzó hacia la mujer y la detuvo a tiempo.

—¡Debe volver! ¡Es demasiado peligroso!

—¡Es mi hija! —gritó desesperada.

Endora volvió a mirar a la niña, que estaba a punto de desaparecer por el camino que llegaba al lago, los árboles cada vez más grandes en comparación con su pequeño cuerpo.

—Iremos nosotras —aseguró la Bruja de la Noche, sin apartar los ojos de la niña—. Cuide de Henry, señora Moorhill. Charlotte y yo se la traeremos con vida. Pero debe mantener a los Sensibles dentro de la Academia.

—No hay tiempo —insistió Charlotte, empujando a Nathalie hacia las escaleras—. ¡La traeremos enseguida!

En ese momento, Marianne Woodbreath salió de la Academia.

—¡Charlotte!

—Endora —musitó la Bruja de la Tierra—. Encárgate del escudo. Yo me encargo de ella.

—Char…

—¡NO HAY TIEMPO! ¡Cread el escudo ya! —Las palabras iban dirigidas a todos los Desertores, casi como una orden. Todos quedaron a la espera de que Endora hablase.

—Ya la habéis oído —dijo esta al fin—. Cread el círculo uniendo vuestras manos e invocad vuestro poder al máximo.

Los Sensibles obedecieron, y formaron un círculo en apenas un instante.

La luz violeta salió disparada de Endora, y se unió a los Desertores.

—Repetid estas palabras conmigo. No dejéis de pronunciarlas en ningún momento. Hacedlo una y otra vez, y no os soltéis de las manos.

Todos siguieron las indicaciones de la Bruja de la Noche, y un escudo de color violeta empezó a formarse en el centro del círculo. Luego fue expandiéndose a gran velocidad no solo por la Academia, sino por todo Winchester.

Y, mientras los Desertores creaban aquella protección, Charlotte corría en dirección al lago para salvar a Dorothea.

Y a lo poco que quedaba de su mejor amiga.

Dorothea siguió corriendo. No tenía miedo de la oscuridad que la había rodeado cuando cruzó los árboles.

No. Tan solo seguía a la mujer que había delante de ella. A la mujer que tanto le recordaba a Ovidia y que le había indicado, con gesto preocupado, que la siguiese.

También seguía a su padre.

Y ahora, a un nuevo fantasma cuya visión le provocó un vuelco al corazón.

El fantasma de Noam Clearheart había acudido desesperado a ella.

Pero lo que más le sorprendió fue que el fantasma le hablara: «Ovidia. La carta».

Dorothea supo lo que tenía que hacer.

La pequeña solo había seguido sus instintos.

Había escuchado los gritos de Henry y de su madre, pero algo dentro de ella le decía que tenía que continuar.

Sintió una luz violeta tras ella, y girándose, vio que un gran muro se estaba levantando alrededor de la Academia.

Corriendo por el camino que ella misma pisaba, una chica de cabello castaño y ojos azules la seguía, llamándola.

—¡Dorothea!

La niña volvió a correr, decidida, en dirección al lago.

Ovidia supo que había perdido el control cuando todo lo que había dentro de ella, aquella oscuridad escondida en lo más profundo de su ser, se desató.

Pero tampoco quiso detenerlo.

Seguía sosteniendo el cuerpo sin vida de Noam, aferrándolo a su pecho.

Cuando levantó la mirada vio que sus sombras la observaban, sonrientes, como si hubiesen estado esperando ese momento.

El anillo y el collar brillaban con intensidad. Pero además vibraban. La sangre que había dentro de ellos se movía incontrolablemente.

Y también sintió lo mismo en el pecho de Noam.

Alarmada, volvió a dejar el cuerpo en el suelo, pero seguía mirando algo que Ovidia jamás alcanzaría.

—¿Qué... qué eres? —balbució Eleonora.

La joven se giró hacia los tres líderes, que la miraban horrorizados, también atrapados en aquel pequeño reino de sombras que Ovidia había creado.

Y ella, rodeada de aquel poder y con los ojos rojos y negros, dijo en apenas un murmullo escalofriante:

—Soy la oscuridad.

Y la Bruja Negra atacó.

Hermana, ¡no!

Ovidia tuvo que detener su ataque, pues sus tres sombras se interpusieron entre ella y los líderes.

—Apartaos. Es una orden.

No reconoció su propia voz. Y pareció que la ira que había dentro de ella hubiese estado alimentándose todo ese tiempo de aquellos sentimientos tan oscuros que albergaba en su interior. Vane fue quien habló:

Merecen castigo, hermana. Pero no te conviertas en lo que ellos dicen que eres. Debes calmarte y llevar el cuerpo de tu amado a un lugar seguro. Merece irse en paz.

La joven miró de nuevo a Noam, cuyo rostro estaba cada vez más pálido. De un tirón limpio, sacó el abrecartas, lo movió entre los dedos y lo analizó con determinación.

—Le atraparemos.

Sí, hermana.

—¡Ovidia!

Escuchó los gritos a través de la oscuridad, y haciendo levemente las sombras a un lado, la vio.

Dorothea Moorhill intentaba llegar al borde del lago.

—Que no entre. Es peligroso —pronunció de nuevo en aquel tono de voz.

—¡Ovidia, la carta! —gritó la pequeña.

La Bruja Negra se giró, sujetando fuertemente el cuerpo inerte de Noam en sus brazos.

—¿Qué...?

Entonces sintió una especie de vibración en el pecho de Noam.

Dirigió la mirada hacia él, con la mínima esperanza de que estuviese vivo, pero el chico no se movió.

Aun así, había algo dentro de su chaqué. Confusa, Ovidia lo abrió para ver que en el bolsillo interior izquierdo algo rojo brillaba.

Con curiosidad, lo extrajo.

Se quedó perpleja al ver de qué se trataba.

Su carta del tarot. La de la emperatriz. La que su madre le había regalado en su último cumpleaños, antes de morir.

La que usaba como marcapáginas en todos sus libros.

La carta comenzó a brillar, iluminando el rostro y parte del torso de Ovidia. Y algo vibró dentro, muy dentro de ella.

Las sospechas fueron aumentando.

¿Cómo podía ser? Era imposible.

Había sido imposible encontrarlo.

Tras ella sintió la presencia de sus sombras, que parecían de repente conmocionadas ante la presencia de aquel objeto.

Hermana. Lo has encontrado.

—El tercer objeto es... ¿una carta? ¿Es una broma?

Ovidia examinó el dibujo, y por un momento le pareció que la emperatriz la estaba mirando.

No.

Sí que la estaba mirando.

Y entonces se movió.

La emperatriz se levantó del trono y comenzó a bajar las escaleras que había a los pies del mismo.

El dibujo se estaba acercando a Ovidia cada vez más, como cuando te acercas a un espejo.

La emperatriz se fue haciendo más y más grande, hasta que ocupó casi todo el espacio de la carta. Y en ese momento parpadeó en dirección a la Bruja Negra, como si la viese de verdad.

—¿Puedes verme?

La emperatriz asintió, sonriendo.

Y lentamente, como si lo hiciese con precaución, alargó el brazo derecho, donde portaba el cetro.

Lo fue acercando aún más, hasta que la superficie de la carta comenzó a partirse, y el brazo de la emperatriz salió de ella.

Ovidia se apartó levemente cuando una mano pálida que sujetaba con firmeza un cetro de intenso color rojo cobró vida.

En cierto momento, la mano de la emperatriz se detuvo, y tan solo parte del cetro había salido al mundo real.

Ovidia no podía ver el rostro de la mujer, pues su brazo ocupaba casi toda la carta ahora, y con cuidado cogió el cetro, que tenía un tamaño considerable. Lo fue sacando hasta que lo sostuvo por completo en las manos.

Volvió a mirar la carta, pero la emperatriz había vuelto a su trono, y permanecía quieta, con la misma expresión serena y regia que había portado antes de cobrar vida.

Algo dentro de Ovidia se removió, y tras dejar a Noam en el suelo con cuidado, se levantó mientras se ponía la mano izquierda sobre el pecho y pronunciaba las palabras clave para recuperar las joyas.

Una luz se formó en su pecho, y de ella salieron, aún protegidos por la esfera roja, el colgante y el anillo. Con cuidado, dejó que le cayesen sobre la mano derecha y se los puso, el anillo en el dedo anular derecho y el colgante de rubí en el pecho.

Sintió la vida que emanaba de los tres objetos, como su sangre y la de Angelica y la de los hijos de esta vibraba en su interior de una manera que embriagó a Ovidia. Estaban conectados entre sí.

Cerró los ojos durante un momento, y sintió que la oscuridad la seguía rodeando, pero que ella y los objetos eran ahora la luz en esta.

Cuando los volvió a abrir, de un simple movimiento de mano levantó el cuerpo de Noam y lo hizo levitar frente a ella.

Los líderes gritaron, alejándose de ella como pudieron, pero Ovidia los ignoró por completo.

Frente a ella, más allá de Noam, Charlotte había aparecido en la orilla del lago junto a Endora, y ambas estaban sujetando a una Dorothea que no apartaba los ojos de ella.

Ninguna de las chicas la dejó de mirar, y Ovidia se dirigió a sus sombras, que la rodeaban.

—Si hay alguna forma de salvarle, alguna forma de traerle de vuelta, hacédmelo saber.

No importaba lo que tuviese que hacer, lo que tuviese que sacrificar para salvarle. Aguantó las lágrimas al mirar los ojos sin vida de Noam, perdidos en el más allá.

Hermana. Esta vez fue Albion, a su izquierda, el que habló, y esperanzada, Ovidia le miró. La intimidante sombra se puso a su lado y se arrodilló para estar a su altura. *La hay.*

—Entonces hagámoslo. Ahora. Sin más preámbulos.

Albion miró a sus compañeros, y Vane y Feste se acercaron lentamente.

Ovidia. Esta observó a Vane con sorpresa, pues era la primera vez que decía su nombre. *Hay una manera. Pero todo… tiene un precio.*

—¡Dejad de darle vueltas al tema! —gritó exasperada—. Decídmelo. Debo salvarle.

Danos los objetos. Uno a cada uno.

Albion extendió una gigantesca mano ante la luz rojiza y señaló con la garra el anillo. Ovidia miró el objeto, y con cuidado lo depositó en la mano de la sombra. Feste, a su derecha, cogió el cetro, y Vane, rozando la piel del cuello de Ovidia, el colgante.

Las tres sombras se apartaron de ella, y crearon un triángulo perfecto que rodeaba a Noam.

Entonces empezaron a hablar en aquel idioma extraño, y los objetos brillaron uno enfrente de cada sombra, hasta que estas empezaron a disiparse.

Ovidia observó cómo se iban transformando en algo más perfilado.

En algo más… humano.

Se tambaleó hacia atrás cuando vio como sus sombras se habían convertido en dos muchachos y una chica que abrieron los ojos lentamente.

Se parecían a ella. Los tres tenían los ojos marrones, pero el cabello negro como la noche, mucho más oscuro que el castaño de la joven. Tenían la tez pálida, y no más de veinte años.

—Ovidia. —Esta miró a la chica que había enfrente de ella, y supo que esas sombras, ahora humanoides, no eran una alucinación, ni una fantasía.

Eran reales. Y le estaban hablando.

—Nosotros hicimos el pacto —continuó la joven—. Llevamos trescientos años esperando este momento que nos permitirá reunirnos con nuestra madre.

—No… no entiendo. —Ovidia se tambaleó hacia atrás, y tuvo que mantener el equilibrio, sin alejarse del cuerpo de Noam, que seguía flotando en el aire.

A su derecha, el más joven, apenas un niño, habló:

—Conseguimos vivir durante muchos años, antes de morir por vejez. Tuvimos herederos. Y de ellos procedes tú. Pero ahora, aparecemos ante ti en la forma en la cual hicimos el pacto con madre. El día en que murió.

—Estamos atados a estos objetos. Llevan nuestra sangre, un trozo de nuestra alma. Con ellos, podemos salvarle —explicó la

445

muchacha, que no perdió la amable sonrisa en ningún momento—. Pero para salvar un alma… se requiere otra.

—Con tres —prosiguió el chico que había a su izquierda— podrás salvarle y liberarnos.

—¿Liberaros?

—De la condena del pacto de sangre. Si aceptas liberar nuestras almas, utilizaremos el último atisbo de poder que nos queda para salvarle —dijo la chica—. Dar nuestras almas a Noam le salvará. Y a nosotros también.

Ovidia miró a Noam y a sus sombras… No, a aquellos tres jóvenes, los hijos de Angelica.

Y entonces se dio cuenta de lo que ocurriría tras todo eso.

—Os iréis para siempre.

—Todo tiene un precio —repitió la chica, que llevaba el collar colgado al cuello.

Ovidia se acercó a Noam y acarició su frío rostro. La herida seguía sangrando. Cerró los ojos, sabía que se estaban quedando sin tiempo.

—Me habéis acompañado durante todos estos años… ¿lo sabíais?

—Hemos vagado como espectros en la Sombra durante más de doscientos años. Fue poco después de morir tu madre cuando esa parte humana volvió a despertar en nosotros. La magia negra nos estaba llamando. También a ti.

—El día que apareciste —murmuró Ovidia, mirando a Feste.

—La magia negra estaba en ti, y eras la única que podía salvarla —prosiguió la muchacha y los ojos de Ovidia volvieron a ella—. Nosotros… solo estábamos esperando el momento para ayudarte.

»Sálvale, Ovidia. Libéranos, y volverás a estar con él. Todavía no era su hora.

La Bruja Negra dejó que las lágrimas cayesen. Liberarlos significaría salvar a Noam, traerle de vuelta, pero también perder a Albion, Feste y Vane para siempre.

Sus fieles compañeras.

Una parte de sí misma.

Cerró los ojos, y asintiendo, murmuró:

—Pentagrama, yo te invoco.

Ovidia dio varios pasos hacia atrás, y la figura comenzó a formarse, mientras ella y los hijos de Angelica empezaban a levitar junto con el cuerpo de Noam.

Miró a los tres muchachos, y dijo:

—Oscuridad… yo, portadora de tu poder, elegida por las energías cósmicas, te ordeno que destruyas este pacto de sangre. Libera a las almas atadas a él. Permite que descansen. La tarea de protegerte es ahora mía.

Los tres objetos empezaron a vibrar y a agitarse, y tres luces rojas salieron de cada uno y se unieron en un solo punto en el centro del pentagrama, justo por encima de Noam.

Del pecho de Ovidia salió una cuarta luz, pues ella también había dado parte de su sangre en la búsqueda de los objetos.

Al conectar con el resto, la joven bruja sintió una pesadez en el pecho, y levantando las manos, con las palmas al aire, gritó:

—¡Yo, Ovidia Winterson, libero a estas almas condenadas a cambio de la vida de Noam Clearheart! ¡Una vida por otra!

Todas las venas de su cuerpo se tornaron rojas y de ella surgió una energía que pulverizó los tres objetos.

Las luces que salían de los cuatro desaparecieron, y tan solo quedó una pequeña esfera rojiza encima de Noam.

Ovidia no se movió. Pero los que fueron Albion, Vane y Feste levitaron hasta la esfera, pusieron las manos alrededor de esta, cerraron los ojos y murmuraron algo en aquel extraño idioma.

Y esta vez, Ovidia les entendió. No supo cómo ni por qué, pero así fue.

«Nos liberamos de esta carga. Y con el último atisbo de poder, salvamos el alma de este hijo de la magia blanca. Salvamos la vida de Noam Clearheart».

La esfera entró en Noam y un aura entre rojiza y blanquecina le rodeó durante un instante.

Y de repente notó el golpe en el fondo del pecho. Ovidia sintió que se ahogaba ante el repentino vacío que la acometió.

El lugar que habían ocupado sus sombras dentro de ella ya no estaba. Todavía flotando en el aire, vio como estas se empezaban a desvanecer mientras miraban algo sobre ella que la joven no pudo ver.

—Antes de iros… —murmuró entre jadeos—. Vuestros nombres. Decidme vuestros nombres. En el registro no ponía nada.

Los tres jóvenes flotaron hacia Ovidia, que no pudo evitar llorar cuando los tuvo enfrente. No hablaron, pero escuchó la respuesta en su mente.

Sus nombres, uno a uno.

Y sonrió ante lo parecidos que eran a los que ella les puso.

Se habían desvanecido casi por completo, pero los tres se inclinaron hacia ella y la abrazaron. Y esta vez pudo sentirlos. No fue lo mismo que abrazar a una persona, pero sintió la firmeza y el cariño de su gesto.

—Jamás te olvidaremos, Ovidia —dijeron los tres a la vez.

Y cuando el abrazo se rompió y ella los volvió a mirar, los tres tenían extendidas las manos al aire, hacia algo que había tras la joven.

Ovidia sintió una mano cálida en el hombro, y supo de quién se trataba, pero no se giró para mirar.

Tan solo escuchó su «gracias».

Sus sombras desaparecieron.

El pentagrama se apagó, y poco a poco, ella y Noam fueron cayendo al suelo.

La oscuridad se dispersó alrededor de Ovidia, y la noche los rodeó una vez más.

Y se hizo de nuevo el silencio.

Dorothea se vio rodeada por Charlotte y Endora en un momento, y supo que lo más sensato sería quedarse con ellas.

Las jóvenes miraban cómo una Ovidia totalmente transformada llevaba a cabo algo que estaba prohibido por completo.

Burlar a la mismísima muerte.

Deshacer su trabajo.

A su izquierda, el fantasma de Noam se inclinó y le dijo a la pequeña: «Lo está consiguiendo».

Dorothea asintió, sin dejar de mirar a Ovidia.

No sintió miedo en absoluto.

Observó maravillada aquella magia, como si una parte de ella la hubiese extrañado, a pesar de haberle sido completamente desconocida hasta ese momento.

Fue la primera vez que vio a Ovidia en su casa cuando sintió lo importante que era la bruja en todo aquello. Pero no fue hasta ese momento cuando comprendió su verdadero valor.

—Lo está consiguiendo —murmuró Dorothea, lo que captó la atención de Charlotte y Endora.

—¿Cómo lo sabes?

Dorothea miró a Noam y este asintió.

—Noam me lo ha dicho. Está aquí. —Acto seguido extendió una mano y el fantasma del joven se la cogió en agradecimiento.

—¿De qué hablas, Dorothea?

—Es una Médium —murmuró Endora, anonadada—. Es una habilidad de los Videntes. Tan solo han existido otras tres como ella. Es... una auténtica rareza.

»¿Noam? ¿Estás aquí? —La voz de Endora se rompió y Dorothea vio como la expresión del chico se volvía en una sonrisa dulce.

«Dile que nos vemos pronto».

Dorothea se lo dijo y Endora rio, con lágrimas en los ojos.

El fantasma de Noam fue hacia Ovidia y se puso a su lado, justo cuando la esfera roja entraba en él. Entonces se desvaneció, sin dejar de mirar a la Bruja Negra ni un instante.

Y a la derecha de Dorothea, el fantasma de la desconocida se inclinó y le dio un beso en la mejilla. Y la pequeña supo entonces que aquella mujer era la madre de Ovidia.

Tras aquel beso, desapareció, pero no fue como en otras ocasiones, sino que su figura se fue desvaneciendo, y con una sonrisa en el rostro, dejó aquel mundo.

A su derecha, su padre le sonreía, mientras se desvanecía también.

—Papá —murmuró la pequeña, alejándose de las dos muchachas.

Estas se miraron entre sí, y poniéndose en pie, vigilaron a la niña. Charlotte tuvo que contener las lágrimas.

El fantasma de Elijah se puso de rodillas y abrió los brazos. Dorothea corrió hacia él y le abrazó fuertemente, sabiendo que esa sería la última vez que le vería.

Sintió la calidez de su abrazo.

Y algo en ella se removió cuando escuchó su voz, una que se prometió jamás olvidaría.

—Os quiero. A ti, a mamá y a Henry. Estoy orgulloso de ser vuestro padre. Orgulloso de ser el marido de tu madre.

Dorothea rompió el abrazo y miró a los ojos a su padre, tan azules como los suyos.

—¿Volveremos a vernos?

Elijah asintió, desvanecido casi por completo.

—Algún día. Pero hasta que ese momento llegue, cuidaos los unos a los otros. Siempre estaré aquí dentro —dijo poniendo una mano en el pecho de su hija.

Y con la mirada de orgullo más grande que Dorothea jamás había visto en él, la pequeña vio cómo su padre se desvanecía frente a ella para siempre.

Al menos, hasta que se volvieran a encontrar.

La calma duró apenas un instante. Ovidia corrió hacia Noam y vio que en su cuello tan solo quedaba una pequeña cicatriz de la gran herida que había habido antes.

Oyó unos pasos que iban hacia ella, y vio con el rabillo del ojo que Charlotte, Endora y Dorothea llegaban, pero las ignoró.

Cogió el rostro de Noam, temblando, rezando para que el conjuro hubiese funcionado.

Tragó despacio, y humedeciéndose los labios, se atrevió a llamarlo.

—¿Noam?

Una brisa invernal los sacudió, y movió unos mechones del pelo del muchacho.

Un instante después, Ovidia lo sintió de nuevo.

Aquella maravillosa vibración única.

Cogió aire repentinamente, al tiempo que lo hacía Noam.

El muchacho, poco a poco, abrió los ojos.

30

25 de diciembre de 1843. Winchester, Inglaterra

Al fin había empezado a nevar. Los copos se acumulaban en las estatuas que había en los jardines del hogar de Noam, que se vaciaba con rapidez de los pocos criados que trabajaban en el exterior. Ovidia, ataviada con un vestido azul oscuro, se abrazó a sí misma mientras miraba a través de uno de los grandes ventanales del comedor principal de la casa. Las hiedras, que la rodeaban por completo, se movían lentamente de una manera tenebrosa.

Ya no tenía que ocultarse.

Tampoco quería hacerlo.

Aquellos días habían sido atemporales. Como si el tiempo no hubiese transcurrido de la misma forma desde Yule.

Tras el despertar de Noam, todo fue un torbellino de emociones. Ovidia llevó flotando el cuerpo del joven hasta la Academia. Ayudada por Endora y Charlotte, y seguidas las tres por los Desertores que habían acudido ante la llamada de socorro de la Bruja de la Noche, consiguió hacer entrar en razón a los Sensibles y varias Brujas de la Tierra se ofrecieron a examinar a Noam. Poco después de abrir los ojos, ya vivo, el joven había perdido el conocimiento, exhausto.

Después de aquello, Ovidia se dirigió hacia el lago, sola, y sacó el cuerpo de Alazne de las profundidades. La bala seguía en su pecho, pero Ovidia intentó ignorarla mientras llevaba el cuerpo inerte del lago a la Academia. Este fue colocado improvisadamente en una pequeña sala de la Academia, donde lo taparon con una tela blanca y lo rodearon de velas en forma de respeto.

La incinerarían al día siguiente. Y, como homenaje, igual que pasó con su madre, se crearía una tumba para ella en el cementerio de Winchester.

Alazne no había tenido familiares cercanos. Todos habían sido Desertores, y hacía años que no se sabía nada de ellos.

Ovidia se prometió dejarle flores cada mes. Sin falta alguna.

Mientras se llevaban el cuerpo de la Vidente, y Noam era examinado, la joven bruja vio como su padre corría hacia ella, y sin miramiento alguno, la abrazó fuertemente, llorando desconsolado.

Se permitió aquella momentánea paz, mientras Theodore no dejaba de murmurar «Mi niña» una y otra vez.

Durante el amanecer, los Sensibles se habían reunido en la sala principal de la Academia, atemorizados, pero también curiosos por Ovidia.

Algunos Sensibles no habían vuelto, y probablemente ya habrían abandonado la ciudad.

La voz correría pronto. Y no solo por Inglaterra, sino por todo el mundo donde hubiese Sensibles.

Los líderes fueron llevados a aquella misma sala, y decidir qué hacer con ellos requirió un largo debate.

Durante todo el encuentro, los Desertores habían permanecido en silencio tras Endora, mientras observaban la escena con curiosidad. La Bruja de la Noche tampoco había intervenido. No hasta que algunos de los Sensibles más mayores comentaron:

—¿Y qué pasa con los líderes y representantes de otros países? Sería conveniente avisarlos de primera mano, antes de que se enteren por rumores.

—Yo los avisaré —se ofreció Endora, dando un paso adelante. Hubo algunos murmullos ante la presencia de la chica, pero no la amedrentaron—. Tengo varios cuervos a mi disposición y están entrenados para recorrer largas distancias. Podríamos enviarlos en el transcurso de la próxima hora.

—Yo voto que sí —dijo Nathalie, cuyos hijos estaban abrazados a sus faldas. La mujer miraba con convicción a Endora, la cual le ofreció una sonrisa.

—Si la viuda de nuestro líder lo considera oportuno, que así sea —sentenció Theodore, sin soltar a Ovidia ni un instante.

Pero había otro problema: el verdadero asesino de Elijah, y ahora de Alazne y Noam, a pesar de la resurrección de este, seguía desaparecido.

Harvey Cox había huido habilidosamente del lugar sin ser visto.

Podría haber escapado de Winchester, y estar ahora a kilómetros de allí.

Pero también podría seguir por las calles de la ciudad.

O incluso en las sombras de la Academia.

Una patrulla de Sensibles, entre ellos todos los Desertores, se ofrecieron a realizar una búsqueda exhaustiva por la ciudad durante los próximos dos días. Endora prometió que se uniría a ellos una vez que hubiese enviado las misivas a los líderes de todo el continente, y Charlotte fue a ayudarla a toda prisa.

Y en cuanto a los representantes, Ovidia sintió una plena satisfacción cuando se dio cuenta de que los rostros en aquella sala habían pasado de devoción a repulsión absoluta al descubrirse la verdad.

Los Videntes que se encontraban allí entraron en sus mentes. Nadie sintió pena, pero los niños, entre ellos Dorothea y Henry, fueron llevados a una sala apartada para no tener que presenciar tal escena.

Los gritos de los líderes inundaron el lugar, pero los padres de Charlotte miraron impasibles a Galus. Y cuando los Videntes que había allí vieron todo lo que habían planeado este, Benjamin y Eleonora confirmaron la verdad al resto de los presentes.

Una vez que se los hubieron llevado, todos los ojos fueron a Ovidia y llegaron las disculpas.

Levantándose, dijo que se las ahorrasen, pues lo importante era encontrar a Harvey, ofrecerle un adiós digno a Alazne y decidir qué pasaría con el liderazgo de la Sociedad.

Al acabar la reunión, Ovidia salió de allí, agotada, y con cierto pesar por el vacío en ella, se dirigió hacia la sala donde tenían a Noam. Cuando estaba acercándose a la puerta vio como Francis Clearheart salía de la habitación limpiándose las lágrimas. Ovidia se detuvo por completo, y le hizo una leve reverencia mostrando sus respetos.

El hombre asintió, y le dijo que el chico aún seguía dormido.

Ovidia le dio las gracias y se apresuró a entrar en la sala. Una vez con Noam, finalmente cayó dormida sobre la mesa donde lo habían dejado descansando, con una manta y una almohada improvisadas, mientras la luz matinal entraba por los inmensos ventanales de la sala que en otro tiempo había sido la sala de lectura de la Academia.

Al día siguiente Francis se llevó a Noam a su hogar, y Ovidia fue con ellos.

Había dormido en la mansión de los Clearheart desde entonces, incapaz de volver a casa. Incapaz de abandonar a Noam.

El señor Clearheart había invitado a Theodore a que se quedase también, mientras las patrullas buscaban a Harvey, sin éxito alguno. Tras el segundo día, la batida concluyó, pero Ovidia supo que Endora no se detendría ahí. No después de tal traición.

Hubo noticias de los líderes de varios países del continente, que exigían una reunión inmediata, así que Francis y Theodore se ofrecieron como representantes provisionales ante el vacío de poder que había quedado. Los líderes se encontraban encerrados en las mazmorras, vigilados a todas horas, y su destino se decidiría en unos días.

Y, por supuesto, las noticias de los poderes de Ovidia, lo que implicaban estos, provocaron que aquellos líderes llegasen en apenas dos días.

La urgencia de la situación los llevó a usar escobas.

Ovidia no pudo evitar pensar en que la prohibición de ciertas cosas no se aplicaba a algunos, y la hipocresía de todo aquello la frustró sobremanera.

Pero no era momento para descontrolarse, no con todo lo que estaba teniendo lugar.

Por fin, había llegado la mañana de la reunión, cuatro días después de aquel fatal amanecer.

Quedaban apenas unos minutos, y Ovidia se encontraba terriblemente agotada.

Oyó voces a sus espaldas y varias personas entraron en la estancia. Primero fue su padre, acompañado por Francis Clearheart, que se detuvo al verla. Theodore fue hacia su hija y la examinó de arriba abajo.

—Estoy bien, papá. ¿Noam…?

—Estable. Sigue dormido, pero estable. Tiene mejor color —le explicó su padre. Ovidia oyó los pasos de Francis mientras se acercaba—. El señor Clearheart quiere hablar contigo.

La joven frunció el ceño.

—Por supuesto. —Y se giró para mirar al hombre, ahora frente a ellos—. ¿Señor?

—Iré a ver si la sala de reuniones está preparada —se despidió su padre.

Francis asintió, y Theodore se fue de la sala, no sin darle un beso en la sien a su hija antes de partir.

—Es curiosa la relación que tiene con mi hijo —empezó a decir Francis, caminando hacia las ventanas. Ovidia le siguió, manteniendo cierta distancia.

Noam y él tenían la misma estatura, lo que la sorprendió por un instante. El perfil de su rostro era el mismo, pero Francis tenía el característico cabello negro y ojos claros de los Clearheart. El cálido color miel de los ojos de Noam lo había heredado de su madre, sin duda alguna.

Ovidia siempre se había preguntado cómo habría sido la mujer.

—No entiendo a qué se refiere, señor.

—Asumí hace años que mi hijo estaba enamorado de usted, señorita Winterson. Acepté el cortejo a pesar de lo jóvenes que eran. Noam fue muy insistente, he de añadir.

Ovidia se tragó el dolor que le subió por la garganta y se limitó a asentir, mirando hacia el exterior y entrelazando las manos frente a ella con fuerza.

El gesto no pasó desapercibido para Francis.

—Me sorprendió que todo se detuviese de forma tan repentina. Pero respeté la decisión de ambos. Aun así, debe saber que mi hijo la seguía amando.

—Lo sé, señor. Él mismo me lo confesó.

Francis dio un paso hacia ella, lo que obligó a Ovidia a mirarle.

—¿Y usted?

Las hiedras se detuvieron y cuando Ovidia se giró, estas se mantuvieron en la misma fija posición, en alerta. Francis advirtió el movimiento y vaciló.

—¿Está preguntándome si estoy enamorada de su hijo?

—Veo que empieza a entender la naturaleza de esta conversación, señorita Winterson.

Ovidia dio un paso hacia delante, y una mezcla de adrenalina, rabia e ira la inundaron tras las palabras de Francis.

—Hace menos de cinco días salvé la vida de su hijo. Le traje de vuelta de entre los muertos. Di parte de mí para que volviese. Si eso no le parece prueba de amor suficiente, señor Clearheart, creo que tiene unos estándares románticos demasiado altos para este mundo.

Algo cambió en el rostro de Francis. Una sonrisa empezó a formarse en sus finos labios, y asintió más para sí mismo que para ella.

—Y le estoy eternamente agradecido por ello. Espero que cuide bien de él cuando despierte.

Ovidia se quedó sin palabras, y antes de que pudiese volver a hablar, su padre volvió a entrar en el salón con rapidez.

—Todo listo.

—Llevabas razón, Winterson. Mucha razón.

Francis le ofreció su brazo a Ovidia y esta lo aceptó, mientras los tres salían de la sala. Theodore le lanzó una mirada llena de preguntas.

Ovidia simplemente negó con la cabeza, haciéndole saber que se lo contaría más tarde.

La discusión parecía no tener final. Ovidia miró a todos los presentes, cada uno levantando más la voz, discutiendo acerca de si sería lo mejor que la Sociedad inglesa se quedase sin líderes.

—¡Eso llevará a que otras Sociedades se lo replanteen! —gritó el líder de Irlanda, Callum, dando un golpe en la mesa.

—No veo nada de malo en ello —respondió Ewan, el líder de Escocia, con seguridad.

Los representantes Sensibles de todo el mundo se habían enterado de la situación, pero muchos aún no habían podido escribir sus respuestas. Los más cercanos a Inglaterra ya habían decidido incluso viajar hasta Winchester para discutir qué ocurriría no solo con la Sociedad inglesa, sino con el futuro de la magia.

Todos se quedaron sorprendidos al ver a Ovidia, pero esta no mostró atisbo de vergüenza. Los saludó con la cabeza alta, y todos se sentaron para dar paso a una reunión… verdaderamente larga.

Habían servido ya tres rondas de té. Y Ovidia había tenido que pedir algo para comer, pues ya entraba la tarde, y los líderes seguían sin llegar a un acuerdo.

No todos los líderes del continente estaban allí. Tan solo Irlanda, Escocia, Francia, España e Italia habían podido llegar a tiempo a la reunión.

Aunque Ovidia supo que los otros no tardarían en presentarse, si es que se dignaban a aparecer.

—Nos hemos regido por esas reglas desde hace tres siglos, ¡y hemos de respetarlas! —exclamó enfurecido Callum una vez más.

—Dioses, dadme paciencia.

Ovidia se giró ante las desconocidas palabras, pero reconoció el idioma. Castellano.

La líder de España, Mercedes, una mujer de cabello negro y ojos marrones, observaba a los hombres con evidente molestia. Luego, habló en voz alta:

—Apoyo la moción de Inglaterra. —Ovidia notó el acento en su voz, pero su forma de hablar era firme y regia—. No somos quién para imponer qué sistema de Gobierno han de seguir. Si deciden dejar atrás los representantes y el líder, que así sea.

—Creo que deberíamos tomarnos un pequeño descanso… —intervino Francis Clearheart, a cuya propuesta se sumó Theodore.

Ovidia tomó aquella oportunidad para escabullirse y dejar atrás la ajetreada sala.

Caminó por los interminables pasillos y habitaciones del hogar de los Clearheart.

Nunca antes había estado allí, pero ahora podía entender por qué Noam le había dicho que no necesitaba que le devolviese cada penique que había gastado en Londres.

Aquel hogar rezumaba riqueza.

La finca de los Clearheart era extremadamente grande, y Ovidia no había podido contar con exactitud la cantidad de habitaciones que había.

Varios criados la vieron pasar y, sorprendidos, se inclinaron para mostrarle sus respetos.

Todo miembro de la Sociedad sabía quién era Ovidia. Pasar desapercibida sería complicado ya, y más cuando aquellas hiedras la rodeaban constantemente.

No las había hecho desaparecer en ningún momento desde aquel día.

En ese instante, llegó al final de un pasillo y avistó una sala lo suficientemente pequeña y solitaria como para recomponerse un poco.

La chimenea estaba encendida y la joven observó de pronto que la estancia estaba llena de libros en estanterías que iban del suelo hasta el techo, así como de varios instrumentos. Un pianoforte, dos violines, algunas flautas y un arpa.

El aula de música.

Cerró la puerta tras de sí y se apoyó en ella. El silencio de la estancia la abrazó y fue hacia uno de los grandes ventanales con decisión, y se sentó en la repisa.

Esta daba a los grandiosos jardines traseros, donde criados los regaban y adonde salían ahora los líderes para tomar algo de aire fresco. Ovidia apartó la mirada, incapaz de deshacerse de toda la tensión que ahora la rodeaba. En su lugar, observó su reflejo en el cristal, y vio como sus hiedras la rodeaban y sonrió ante la imagen. Ante su tenebrosidad y el miedo que podía causar.

En su cabeza no dejaban de repetirse las mismas imágenes. Vane, Albion y Feste, las almas de los hijos de Angelica, entregando su esencia vital, lo que los había atado al pacto de sangre, a Noam. Y cómo estas se desvanecían lentamente.

Un tirón en lo más profundo de Ovidia le recordó que sus sombras ya no estarían con ella.

Jamás.

Llevándose una mano al pecho se inclinó hacia delante, y las hiedras aumentaron hasta formar casi un escudo completo en Ovidia.

Supo que aquel día había perdido mucho. Cuando Noam despertó, cuando volvió a sentirle en aquel mundo, la culpabilidad la azotó.

La culpabilidad por no haber podido hacer nada más. Por no haber conseguido que él volviese y que sus sombras se quedasen.

Fue como revivir la noche del asesinato de Elijah, pero mucho peor. Porque en aquella ocasión, con el cuerpo de Noam en los brazos, supo que podría haber hecho algo más.

Y aunque Noam ahora estaba vivo y que sus sombras, su poder, le habían salvado, la culpabilidad la seguía acompañando.

Hubo algo que se prometió a sí misma. Y fue que jamás olvidaría los nombres de los hijos de Angelica. De sus sombras. De sus protectores.

Albyn. Virgilia. Festus.

En gran parte, los consideró sus hermanos.

Parte de ella.

Se prometió hacer saber al mundo quiénes habían sido y lo que habían sacrificado por todos ellos.

Lo importantes que habían sido para la causa mágica.

Se prometió contar su historia algún día.

La de los niños que dieron todo para salvar a todos.

Su mirada fue al pianoforte, donde había una partitura abierta y la tapa del instrumento se encontraba abierta, como si alguien hubiese estado tocando. Con curiosidad, se acercó a él, y sentándose en el pequeño sillón, pasó las manos por las teclas y produjo sonidos que iban de más agudo a más grave.

—¿Sabes que nadie más que yo ha tocado ese piano?

Ovidia se puso rígida. Su mano se detuvo en una última nota, el sonido pendiendo en el aire.

Hasta que sintió unos pasos, algo pesados, acercarse a ella.

Sus manos empezaron a temblar, pero no se movió. No tuvo el valor de hacerlo.

Aun así, reuniendo fuerzas y todavía sin girarse, Ovidia dijo:

—¿Vas a castigarme?

Un segundo después sintió el aliento del chico en su oreja. Se había inclinado, y sus delicadas manos se posaron sobre las de ella, llevándolas de vuelta a las teclas. Ovidia sintió que el dolor le subía por el pecho ante el calor que emanaba de él. Ante la vida que había en él.

—¿Castigarte? Me sacaste de las garras de la muerte, mi Bruja Negra.

Ovidia se giró para mirarle.

Noam la miraba sonriente. Profundas ojeras cubrían sus ojos, su pelo estaba enmarañado y una descuidada perilla de varios días cubría su rostro.

Los labios de Ovidia temblaron y las lágrimas no tardaron en llegar.

Noam, acunando el rostro de la joven, murmuró:

—Mi amor.

—Noam —dijo ella en apenas un murmullo.

—Estoy aquí. Soy yo, Ovi. Soy yo.

—Sentí cómo tu corazón se detenía bajo mis manos —se atrevió a decir en voz alta, sin parpadear, observando cada gesto de Noam, como si temiera que al volver a cerrar los ojos él fuese un espectro, que se tratase de tan solo un doloroso recuerdo de alguien que se había ido.

—Estoy aquí —le susurró el Vidente—. Estoy aquí, Ovi.

—Había tanta sangre —tartamudeó ella, aferrándose a la camisa del chico. Noam notó la fuerza, la desesperación. El miedo de la mujer que amaba cobró vida, y las hiedras alrededor de ella envolvieron al chico, como si le estuvieran protegiendo—. Y después sentí cómo toda tu energía se desvanecía, y se marchaba de este mundo.

»Sentí tu último aliento en el rostro. Como si tu alma quisiera dejar un recuerdo de tu existencia en este oscuro mundo. Vi como tus ojos perdían la luz. Vi como morías.

Lágrimas empezaron a caer por el rostro de la joven, y Noam se inclinó para limpiarlas con sus labios.

—Y ahí es cuando lo supe. Lo que estaba dispuesta a hacer para traerte de vuelta. —Los ojos de Ovidia estaban en otro lugar,

Noam lo sabía. Esos ojos castaños no estaban con él—. En lo que me permitiría convertirme con tal de tenerte de nuevo a mi lado. Lo dispuesta que estaba a sucumbir a la corrupción de mi alma...

Ovidia sacudió la cabeza, cerrando los ojos e intentando recuperar el control sobre sí misma. Noam la atrajo hacia sí, abrazándola fuertemente contra su pecho, donde ella lloró desconsoladamente.

—¿Quieres que te confiese un secreto?

Ella se apartó levemente del chico para poder mirarle de nuevo. Noam volvió a limpiar aquellas lágrimas, y sus largos dedos se empaparon del dolor de su amada.

—Estaba dispuesto a hacer lo mismo cuando Harvey te secuestró. Te lo dije. Mancharía mis manos de sangre por ti. No soy el ser de luz que crees que soy, Ovidia.

—Yo tampoco lo soy, Clearheart —le aclaró Ovidia, entrelazando su mano con la de él—. Y no me avergüenzo de ello.

El chico le ofreció una de las sonrisas más sinceras que Ovidia había visto jamás en él, y llevó su mano libre al pecho del chico, cerrando los ojos y sonriendo al ver que había encontrado lo que buscaba.

Bum, bum.

Bum, bum.

Sonrió ante la rapidez de los latidos de su corazón.

Estos le atravesaron el brazo hasta llegar a su propio corazón, y dejó que las lágrimas cayesen una vez más.

—¿Nervioso de tenerme tan cerca, Clearheart?

Él notó la picardía en su voz. A pesar del dolor y las lágrimas, su Ovidia seguía ahí.

—Si alguien puede matarme, esa eres tú, Ovidia.

—¿De un ataque al corazón?

—De lo loco que me vuelves. Pero sí, de eso también.

La joven rio con un sonido tan gozoso que contagió a Noam. Ambos rieron y el joven la atrajo hacia sí, la abrazó y giró con ella en los aires.

Cuando se detuvo y dejó a Ovidia en el suelo de nuevo, ambos se miraron. Y el tiempo pareció detenerse.

—Mi diosa de la oscuridad. Mi emperatriz —murmuró Noam, acunando el rostro de Ovidia en sus manos—. Sucumbir a ti es mi destino y mi deseo. Todo mi ser es tuyo. Haz con él lo que desees. No huiré.

La Bruja Negra sintió un cosquilleo desde los pies hasta la cabeza. Había algo en la forma en la que Noam se entregaba a Ovidia que una parte de ella codiciaba el control que le otorgaba.

Pero, por otro lado, quería que él sintiese lo mismo. Que todo lo que ella era, todo lo que deseaba, amaba y odiaba, era de él.

Y que él era de ella.

—Mis labios son tuyos.

Noam gruñó, y tras suspirar de satisfacción, le dio un profundo beso. Ovidia cerró los ojos y se aferró a la camisa de él. Sus labios se fundieron como lo hacen dos riachuelos al separarse y encontrarse de nuevo en el camino.

Y entre esos besos, Noam murmuró una y otra vez, como si quisiera dejarlo sellado en los labios de Ovidia para siempre.

«Te amo».

«Te amo».

«Te amo».

31

31 de diciembre de 1843. Winchester, Inglaterra

Los líderes de cada país volvieron a sus hogares. Habían pasado días desde la reunión, y aunque todavía no se había llegado a un acuerdo en cuanto a la forma de liderazgo que se implementaría en la Sociedad inglesa, se tomó la decisión de notificar a toda familia Sensible de Inglaterra las dos opciones que había: escoger un nuevo líder y representantes, o buscar una alternativa.

Los brujos y brujas ingleses decidirían lo mejor para la Sociedad.

Pero en algo sí que se estuvo de acuerdo: los Desertores podrían seguir en contacto con sus familiares si así lo deseaban y participar en las festividades que ellos quisieran.

La Sociedad se convertiría, una vez más, en una comunidad donde todo Sensible sería bienvenido y donde ideas sectarias no romperían familias enteras.

Y ese día, en el hogar de Ovidia, una sensación de paz que hacía tiempo no sentía invadía el espíritu de la joven. La víspera del Año Nuevo cristiano se acercaba, y aunque Winchester seguía siendo un ajetreo, parecía que los Sensibles iban a dar una tregua a toda la situación durante al menos un par de días.

Jeanette iba de un lado para otro, preparando todo lo que llevarían a la cena que tendría lugar aquella noche en el hogar de los Clearheart.

Francis los había invitado a celebrar un tardío Yule, puesto que el día que debió haberse celebrado habían estado a punto de perder a Noam.

Intentando apartar aquel horrible recuerdo de su mente, la joven se miró al espejo una vez más, ya lista para partir a la mansión de los Clearheart.

No tardaron en llegar, y Ovidia bajó con cuidado del carruaje, viendo cómo brillaba el hogar de los Clearheart, repleto de luces. Se oía música de fondo, y la joven bruja, del brazo de su padre, subió las escaleras hasta la entrada principal. Allí, apoyada en el marco de la puerta, les dio la bienvenida una Endora con un vestido azul marino simple, pero que resaltaba su larga y delgada figura.

Ovidia no pudo evitarlo, y fue hacia ella y la abrazó con fuerza.

—Yo también me alegro de verte, Winterson —murmuró Endora, devolviéndole el abrazo con fuerza—. Señor Winterson.

—Buenas noches, señorita Clearheart.

—Por la luna —respondió Endora, algo horrorizada—. Llámeme Endora.

Theodore se limitó a asentir y esperó a Jeanette, que iba tras ellos, subiéndose las faldas del vestido. El señor Winterson le ofreció el brazo, y la sirvienta se lo agradeció. Así, los cuatro se dirigieron hacia el salón principal, donde los invitados esperaban.

Ovidia miró maravillada el lugar, los cientos de velas que iluminaban el gran salón, los músicos, los camareros con bebidas en vasos demasiado caros…

De repente sintió como Endora se detenía en seco, y Ovidia la miró con curiosidad por saber qué había provocado tal acción. Siguió la mirada de la Bruja de la Noche, hasta que vio a Charlotte hablando con sus padres en un rincón de la estancia. Iba vestida con un espectacular vestido gris que acentuaba sus rasgos, y su madre reía ante algún comentario de la muchacha.

Ovidia entendió la dubitación de Endora, y le apretó una mano con fuerza.

No sabía exactamente lo que ocurría entre su mejor amiga y la Bruja de la Noche, pero conocía esa mirada, la tensión de su cuerpo.

El dolor.

—Si te consuela —murmuró Ovidia—. Tenéis todo mi apoyo.

—Me consolaría más tener las agallas de pedirle un baile. O cogerla de la mano… —Fue entonces cuando Endora la miró, y algo en Ovidia se rompió al ver el desconsuelo en sus ojos—. Es un privilegio lo que tú y mi primo tenéis. Algo que jamás tendremos nosotras.

La joven Bruja Negra no supo qué decir. Jamás había visto a aquella mujer tan vulnerable.

Tan impotente.

Y entonces algo le pasó por la mente.

Poniéndose frente a la madame, se inclinó ante ella y dijo en voz alta:

—Endora Clearheart, ¿me concedes este baile?

Alarmada, esta la miró con ojos anonadados. Varios Sensibles se giraron para ver la escena, y Ovidia sintió los ojos de su padre fijos en ellas. No se volvió para comprobar si aprobaba o desaprobaba el gesto.

La Bruja de la Noche, sonriendo, asintió, y ambas fueron a la pista de baile.

La música no se detuvo, y aunque las miradas de todas las parejas estaban puestas en ellas, Ovidia y Endora bailaron, hablando animadamente mientras lo hacían.

A pesar de que Endora fuese algo más alta que Ovidia, esta fue la que guiaba y sintió la risa de la Bruja de la Noche vibrar en sus propias venas.

Una vez que el baile hubo terminado, esta murmuró un «gracias», y de repente sus ojos se abrieron como platos.

—Endora.

Ovidia no tuvo que girarse para reconocer la voz. Charlotte apareció a su lado, y con cierta dubitación, murmuró:

—¿Me concedes el siguiente…?

Endora se la llevó a la pista de baile antes de que la muchacha acabase de formular la pregunta. Ovidia, ahora a un lado, tuvo que ocultar su evidente sorpresa, pero rio con ganas al ver como Charlotte se sonrojaba cuando Endora le rodeó la cintura y empezaron a bailar.

Entonces algo captó su atención. Y allí estaba él, tras la multitud, apoyado en el marco de una de las grandes puertas.

Ataviado con un traje que acentuaba su ya evidente belleza, Noam Clearheart la miraba de una forma que hizo que su corazón diese un vuelco.

Agarrándose las faldas, Ovidia corrió hacia él, y Noam la recibió con los brazos abiertos. En el pasillo adyacente al salón de baile, se abrazaron fuertemente, para justo después fundirse en un profundo beso.

Oyeron que varios criados pasaban junto a ellos, pero no les importó lo más mínimo.

Al fin y al cabo, no era la primera vez que tenían público mientras se besaban.

Noam se apartó de ella, pero no la soltó ni un instante.

—Estás…

—¿Sí?

—Podría usar decenas de calificativos, pero ninguno haría justicia para describir lo poderosa y preciosa que estás.

Ovidia abrió exageradamente los ojos y la boca, y Noam sonrió con suficiencia.

—¿Me he explicado bien?

—En realidad… no. ¿Podrías ser más específico?

El chico arqueó una ceja, y mirando a su alrededor, la arrastró hacia el final del pasillo. Luego subieron unas escaleras hasta llegar a una pequeña habitación que parecía de invitados, pero a Ovidia no le importó.

Mucho menos cuando Noam la empujó poco a poco contra la pared junto a la puerta, y entonces este le ofreció sus pensamientos.

Y Ovidia vio lo que estaba pensando, lo que quería hacer.

Vio a ambos en la sala de música, Noam le arrancaba aquel vestido con una fuerza y un deseo que humedecieron a la chica.

Él ronroneó en el cuello de la joven mientras lo besaba con ímpetu.

La imagen avanzó en su mente y ahora, desnudos, Noam empujaba a Ovidia sobre el pianoforte, que producía sonidos estridentes y desafinados mientras él se hundía en ella profundamente, y los gemidos y gritos de Ovidia hacían eco en las paredes.

La joven gimió en la realidad y Noam la calló con un beso, todo eso mientras la erótica imagen la invadía. Sus lenguas bailaron, y el pensamiento de Noam se desvaneció, dejándolos por completo en aquella deseosa realidad.

—¿Ahora lo entiendes? —gimió Noam entre besos. Ovidia se aferró a él, mordiéndose el labio. Sus cuerpos se unieron, y sintieron el calor de ambos a pesar de las capas de ropa—. Ese es el poder que tienes sobre mí. Eso es lo preciosa que eres. Así es como es mi esposa.

Ante tal palabra ambos se quedaron helados.

Noam detuvo sus movimientos y Ovidia le miró a los ojos, intentando controlar la respiración.

La joven no pudo evitar romper a reír a carcajada limpia.

Noam rio también, incrédulo, maravillado.

—Menuda proposición —consiguió balbucear la bruja.

—Algún día —Noam susurró, moviendo los labios cerca de los de Ovidia, pero sin llegar a tocarla—. Algún día te lo pediré apropiadamente. Y entonces sí que serás mía, por completo.

Ovidia no pudo evitar soltar un suspiro profundo, y susurró con las manos hundidas en el pelo de él:

—Ya soy tuya.

—Mi reina.

—Sí.

—Mi diosa.

—Sí.

—Mi mujer.

—Mi hombre.

Noam sonrió y, abrazándola, respondió:

—Tuyo. En esta vida y en todas donde mi alma pueda encontrarte. Siempre tuyo.

Oyeron que la música era mucho más alta que antes en el piso de abajo, y sonriéndose el uno al otro, unieron sus narices en un dulce e íntimo gesto.

—¿Bailas conmigo?

Ovidia asintió, dejándose llevar de nuevo al salón principal.

Llegaron agarrados del brazo, sintiendo que todos los miraban y susurraban.

No era secreto que algo había entre ellos.

Y en el momento en que se fundieron en otro baile, sin apartar los ojos el uno del otro, Ovidia lo supo.

No importaba cuánto tuviese que esperar, ni los obstáculos que se pusieran en el camino. Aquel hombre tenía su corazón por completo.

Se casaría con él. Se uniría en cuerpo y alma a él y pasaría el resto de sus mortales días a su lado.

Pero, ahora, lo único que importaba era bailar junto a él. Demostrarle cuánto lo amaba con sus gestos, con sus miradas, con sus respiraciones, con sus sonrisas y con sus discretos roces, que demostraban el deseo y el amor que se profesaban.

Noam rodeó la cintura de la joven con un brazo, y con la mano libre agarró con fuerza la de Ovidia.

No lo dijo en voz alta, pero lo leyó en sus labios con claridad: «Te quiero».

Ovidia sonrió e, imitándole, respondió: «Y yo a ti».

Entonces se acercó a besarla.

Pero un repentino ruido y un destello los interrumpió.

Fuera, en el jardín, los fuegos artificiales empezaron a iluminar el cielo, y todos los invitados salieron al gran balcón que daba a los jardines traseros. Noam y Ovidia dejaron de bailar, y cogidos de la mano siguieron a la multitud. La muchacha vio a su padre con Jeanette un poco más adelante, comentando los fuegos con gran ánimo junto a Francis Clearheart y los padres de Charlotte, Phillip y Marianne.

Ovidia buscó con la mirada a Charlotte y Endora, y las vio a lo lejos, en la dirección contraria. En la oscuridad podían esconderse, pero Ovidia vio como la Bruja de la Noche rodeaba a su amiga por la cintura y, mirando a su alrededor con precaución, la besaba breve, pero intensamente.

Se percató de que Noam también las observaba y le sonrió. Una vez que sus ojos se encontraron, Ovidia sintió que todo a su alrededor desaparecía.

Y no pudo creer que tuviera a aquel hombre frente a ella, mirándola, rodeándola con un brazo para acercarla a él.

Recordó la noche que la rescató, cuando escaparon a Londres.

Recordó su primer beso.

La incertidumbre ante lo que sentían.

La primera vez que la tocó.

Recordó cada uno de los momentos en aquellos dos meses que había vivido junto a él.

Y lo vio. En aquel momento, lo vio.

Frente a ella no solo tenía al amor de su vida, sino a su mejor amigo.

A su alma gemela.

—¿Cielo, que ocurre? —preguntó Noam al sentir que no dejaba de mirarle.

Ovidia apoyó su cabeza en el hombro de él y sus oscuros ojos brillaron con intensidad. El brujo Vidente la agarró por la cintura en un gesto de intimidad que la hizo sonreír.

A medias.

—Pensar que esta paz es momentánea…

—Eh. —Noam la obligó a mirarle, y sus ojos la consolaron—. No pienses en ello ahora. Habrá días para enfrentarnos a los que se nos viene. Dejémoslo a un lado al menos por unas horas. Ahora solo importamos tú y yo.

Noam se inclinó para besarla. Un beso dulce que prometía demasiadas cosas, las mismas que Ovidia ansiaba vivir junto a él.

Junto a su alma gemela.

La joven sonrió sobre los labios del chico y asintió, murmurando:

—Tú y yo. Suena bien.

Los fuegos artificiales siguieron decorando el cielo, y atrás quedaron, al menos durante unas horas, los horrores y la oscuridad.

Y aunque el futuro no auguraba algo mejor, Ovidia deseó que la oscuridad que la acompañaría a partir de entonces fuese distinta, y supo que sería así.

Y que no se enfrentaría sola a ella.

Jamás volvería a estarlo.

Y sonrió ante tal perspectiva.

Epílogo

17 de abril de 1844. Londres, Inglaterra

Aún no se conocía del todo aquella parte de la ciudad, pero no le disgustaba el cambio.

Después de haber vivido durante cinco años en Camden Town, mudarse a uno de los barrios más prestigiosos de Londres era algo que Endora Clearheart había deseado y necesitado.

Su negocio había terminado… Bueno, no realmente.

Empecemos por el principio.

El día de su vigesimoquinto cumpleaños, Endora Clearheart y todos los Desertores de Inglaterra dejaron de ser marginados por abandonar la Sociedad. La noticia llegó a los pocos días con la ayuda de aves mensajeras, pero todavía no se había podido informar a todos los Desertores, pues, como había dictaminado una de las reglas de la Sociedad, no podían tener ningún tipo de contacto con sus familiares.

Pero todo lo acontecido hacía meses había cambiado esto, y ahora eran libres de vivir en la Sociedad una vez más.

Por lo que una de las primeras decisiones que tomó Endora fue la de cerrar su negocio. Habló con los Sensibles que trabajaban para ella y les explicó todo lo que había acaecido en Winchester. Para su sorpresa, la mayoría se quedaron con ella. Otros se fueron, no sin despedirse, y el negocio que Endora regentaba cerró. Si aquello iba a ser un nuevo comienzo, empezaría apropiadamente.

Habían sido meses de papeleo, ajetreo y búsqueda, pero ya tenía un nuevo hogar donde empezar. Pues cada vez que paseaba por los pasillos de la antigua casa, los recuerdos la abrumaban. Y la traición de Harvey seguía fresca.

Muy fresca.

Endora había abandonado Winchester días después de su cumpleaños, y Londres le dio la bienvenida con los brazos abiertos. Había sido extraño volver al que había sido su hogar durante casi toda su vida, pero Londres era el lugar donde Endora podía ser completamente fiel a sí misma.

Había ido a visitar a sus padres, y el reencuentro había sido agridulce. Lágrimas por parte de su padre, y reticencia en los ojos de su madre, iguales que los de ella, grises, fríos y calculadores.

Su padre tenía los ojos verdes, parecidos a los de su tío Francis. Noam había heredado la mirada dulce de su desaparecida madre.

Endora se preguntó si estaría al tanto de la nueva situación. O si tan siquiera seguía viva.

Visitó a sus padres la mañana que volvía a Londres. Noam la había acompañado para darle un apoyo que, sin él, habría hecho que la Bruja de la Noche hubiese huido despavorida del lugar.

La recibió una de las criadas y, al verla, no pudo contener su sorpresa.

—Hola de…

—¡Señor! ¡Señora! ¡La señorita Endora ha vuelto!

Endora tuvo que mantener la compostura mientras aquella mujer gritaba a voces por toda la casa que la «señorita» había vuelto y la mayoría de las sirvientas se asomaban al pasillo que daba a la entrada principal, ocultando la llegada de sus progenitores.

Fue una visita corta e incómoda. Endora se fijó en que la decoración apenas había cambiado, excepto por algunos detalles. Sirvieron té en la sala de estar, pero la joven no tomó. Su padre intentó establecer una conversación mientras su madre la miraba sin parar.

—¿Dónde has estado todos estos años?

—Londres.

—Cariño. —Herbert Clearheart cogió la mano de su hija, y Endora tuvo que contener las lágrimas—. ¿Cómo has sobrevivido?

—Noam me ayudó al principio. Luego fue cuestión de manejarme por mi cuenta.

—¡Podrías haberme dicho algo! —regañó el señor a su sobrino—. Esa maldita norma…

—Esa norma estaba para cumplirla. —Era la primera vez que la madre de Endora rompía su silencio, también ella una Bruja de la Noche.

Herbert Clearheart, Brujo de la Tierra por parte de madre, la abuela de Noam y Endora, miró a su mujer con preocupación.

Endora cogió aire y la fulminó con la mirada.

—Podrías dignarte a saludarme, madre. Muestra un poco de educación.

Noam se atragantó con su té. Simone Clearheart miró a su hija sonriendo con suficiencia.

—Sigues siendo igual de impertinente.

—Querida… —intervino Herbert. Pero fue en vano.

—Seamos honestos. Simplemente he venido a visitaros por educación.

—Habéis demostrado durante todos estos años que la Sociedad os importaba más que vuestra propia hija. Y lo entiendo, a todos nos han lavado el cerebro alguna vez —escupió Endora.

Simone dejó caer la taza de té sobre su platillo con gran fuerza.

—Tía Simone, escúchela —insistió Noam, inclinándose hacia delante.

—No tengo que escuchar las palabras de una desagradecida que ha echado por la borda su vida.

Endora se levantó, alisándose la falda de su vestido, verde claro.

—He escuchado suficiente.

—Huye, como siempre haces —escupió Simone, aferrándose a los brazos de su asiento—. En eso los Clearheart sois unos expertos.

—¡Simone! —exclamó Herbert, ahora realmente enfadado.

Endora se giró poco a poco hacia su madre, mientras cogía la chaqueta que una criada le había llevado.

—Ser cobarde me otorgó libertad. Lo que pretendías hacer tú era llevarme a una cárcel directamente.

Simone se levantó del sofá, y Noam se vio en la obligación de ponerse tras su prima, vigilando a ambas mujeres. Herbert hizo lo propio con su esposa.

—¿Cómo te atreves…?

—Jamás iba a convertirme en lo que tú deseabas —escupió Endora con rabia, envuelta en su magia violeta. Sus padres se apartaron, pero estaban alerta—. Y me alegro de haberme ido. Volvería a pasar por todo lo que pasé antes que someterme a tus imposiciones.

»Te enviaré mi dirección personal, padre, por si deseas visitarme. —Este asintió, pero los ojos de Endora seguían posados en Simone—. En cuanto a ti, madre, tendrás que hacer mucho para conseguir mi perdón. Agradece que te he dejado esa puerta abierta.

Tras aquel duro intercambio, Noam y Endora salieron de la casa de los Clearheart, y se dirigieron hacia la estación de Winchester, donde la Bruja de la Noche cogería el tren hasta Londres.

Hubo tan solo un tema de conversación en aquel carruaje, de camino a la estación.

—¿Qué ocurrirá con Charlotte, Endora?

Esta simplemente contestó:

—Como le dije, nuestra relación se mantendría hasta que ella regresase a Winchester. Yo vuelvo a Londres, así que no veo conveniente seguir con algo que no llegará a ningún lado. Hemos decidido dejarlo en una bonita amistad.

Noam asintió. Hasta llegar a la estación Endora no le dirigió la mirada, que mantuvo fija en el paisaje fuera del carruaje.

Volvió a Londres, y preparó todo para iniciar su nuevo negocio: un club para mujeres. En un principio dudó si funcionaría, pero ahora tenía clientas fijas, y dejaban grandes propinas. Algunas de su otro negocio se habían insinuado a Endora, pero esta había dejado claro que aquello ya no seguiría adelante. Unas no volvieron y otras aceptaron sus deseos.

La Bruja de la Noche había encontrado otro negocio donde tanto ella como los Sensibles que habían estado a su cargo podrían trabajar y seguir subsistiendo en una sociedad tan difícil e imposible como la inglesa. Y eso le bastaba.

Cada uno de sus empleados vivía por su cuenta, y al fin Endora había podido adquirir su propia casa en el barrio de Belgravia, en el centro de la ciudad y de la clase alta.

El miércoles 17 de abril, Endora estaba volviendo a casa después de trabajar cuando se encontró a la persona que menos esperaba de pie frente a su puerta.

La Bruja de la Noche se detuvo frente a los escalones que subían a la entrada principal, sin poder hablar.

Charlotte Woodbreath se giró, ofreciéndole la mayor de sus sonrisas.

Nota de la autora

Escribir esta novela ha sido una montaña rusa de emociones. Supongo que estarás pensando: «Aquí viene la típica despedida», pero ¿acaso puedes culparme?

Creo que cada escritor tiene una relación distinta con su novela, y doy fe de que nos comemos la cabeza con las escaletas, dudamos constantemente de si nuestra historia es buena, y dejamos un pedazo de nosotros mismos entre las páginas de cada libro.

Porque todo esto me ha ocurrido durante los meses que estuve escribiendo *Anhelo de sombras*. Empecé en noviembre de 2021, hace más de un año, y ahora, querido lector, confesaré ciertas cosas, si me lo permites.

He dudado durante todo el camino. Sabía que esta novela vería el mundo, y que estaría con vosotros, en vuestras estanterías, lo cual me alegró en un principio. Fue una noticia que mi corazón abrazó al instante, pero luego vino el terror. El terror de una autora novel, ese que no deja de susurrarte que hay gente mucho mejor que tú, que esto será lo único que el mundo verá de ti. Poco a poco me di cuenta de que lo peor que podía hacer era dejar que aquello me afectase. Esta novela vería la luz, era un hecho, y ya solo por eso debía sentirme agradecida.

Habrá personas que conecten con ella, que lloren con los personajes y que, cuando lleguen a la última página, se lleven la novela al pecho y sientan que acaban de encontrar un nuevo hogar. Y habrá otras que simplemente pasarán de largo y olvidarán esta historia.

Pero, aun así, me parece emocionante. Porque todas ellas habrán entrado en estas páginas, y habrán dedicado una parte de su tiempo, de su vida, a leer lo que yo escribí durante tantos meses en un documento de Word del cual hacía *muchísimas* (y nunca suficientes) copias de seguridad. Muchos lectores se habrán sorprendido —espero— con los *plot twist* y se habrán dicho el mítico: «Venga, solo un capítulo más». Y al llegar al final, muchos otros se habrán preguntado qué ocurrirá después.

Anhelo de sombras ha sido un reto en muchos sentidos. Jamás había escrito fantasía urbana histórica, y me ha sorprendido lo mucho que he aprendido al trabajar con este subgénero. Pero, sobre todo, esta novela me ha dado la oportunidad de conocerme mejor como escritora. Fue duro despedirme de Ovidia y Noam. No podía evitar preguntarme, mientras escribía las últimas páginas, qué les pasaría. Por supuesto, yo sé lo que ocurre después, pero hay cosas que una escritora debe guardarse.

Mientras escribo esta despedida, siento que Ovidia y Noam están junto a mí, sonriéndome y susurrándome que todo irá bien. Dándome las gracias por contar su historia. Deseando que el resto de los personajes y mundos que he creado vean la luz tan pronto como lo ha hecho el suyo.

Espero que la magia que os inunde cada vez que recordéis esta novela no desaparezca nunca. Desde lo más profundo de mi corazón, gracias.

Nos leemos en la segunda parte de Reino de Brujas.

Niloa

Agradecimientos

Millones de gracias a todo el equipo de Alfaguara Infantil & Juvenil por el cariño que han puesto en la novela. A Laia, por confiar en mí como escritora novel y recibirme con los brazos abiertos desde el primer día. A Marta, mi editora, por enamorarse de la historia nada más leerla y «fangirlear» tanto como yo (o más). Gracias por los consejos y por leer cada uno de mis e-mails. Eres un ángel.

Gracias a Manuel por el increíble diseño de la portada, y a Inma por su simpatía y pasión al trabajar. Sin duda, estoy en las mejores manos.

A Camino, que fue la primera en ver lo especial que era esta historia, gracias por todo.

A mi querida Carla. Mi bruja cocinera. Fuiste la primera en conocer toda la historia de principio a fin, la que me escuchaba cada vez que tenía una crisis, la fan número uno de este relato. Cada vez que dudaba, estabas ahí para animarme. *Ets la Holly de la meva Cassandra. La meva germana d'escriptura. Moltes gràcies per tot, tresor. Sense tu, aquest llibre no seria el que és.*

A mi alocada Alicia. Sabes lo que hiciste, y te estaré siempre agradecida por ello. Por más viajes juntas para ver a Cassandra, y más ediciones por coleccionar. Y a Sergio y Ángel por ser, junto con Alicia, mi grupo de genuinos favoritos. En Madrid, vosotros sois mi hogar.

Mireia, *my darling*. Escribo esto a más de dos mil kilómetros de distancia de ti, que estás perdida en los campos irlandeses. Gracias por soportar mis lágrimas y por estar ahí, siempre pendiente del teléfono. Gracias por tu sinceridad, porque a veces, a pesar de que la verdad duele, es lo que una necesita oír. Gracias por acompañarme a todos los eventos y ser ese hombro en el que siempre puedo llorar. Gracias por ser la mejor amiga del mundo.

Espe. Una década de amistad, y como tú bien dices, al fin estamos viendo los primeros frutos. Tu constante apoyo y tu sincera amistad, además de tu noble corazón, es algo que hace muchísima falta en este mundo. Con osadía, te confieso que eres admirable. Gracias por todo, preciosa. (Incluidas las sesiones nocturnas de escritura conjunta).

Josu. *I did it!* Siempre te he considerado un mentor, aunque nunca te lo haya confesado. *Cazadores* nos juntó y «golismear» nos unió, y así nuestra amistad perduró. Gracias por los consejos, por animarme a no rendirme y a luchar por lo que merezco, y por confiar en mí. Y ya sabes… ¡dos copas en Sitges siempre me rentan!

Sheila. Mi *pitxin*. Has sido la mejor compañera de piso que he podido tener y la que me ha visto llorar y llorar y desesperarme, la que nunca me decía que no a ver una peli, a hacer un bizcocho y a golismear y jugar al *Mario Kart*. En definitiva, una amiga que cuidaré toda la vida. *Eskerrik asko!*

También a mis *wild kittens*: Sara, Crispi y Andrea. Nos veremos de uvas a peras, pero sois mis uvas y mis peras. A Mónica, cuya energía es extremadamente contagiosa. Cada vez que te veo no puedo evitar pensar en *The Office*.

Eli i Laia, la de vegades que vaig parlar dels meus llibres a la uni i del desig de publicar. I mireu-me. Sou el millor que em va donar la uni de Barcelona. Love you, gals!

A Chiquins. Ya sabes quién eres. Gracias por los cafés, las bravas y la amistad. ¡De bachillerato al mundo!

A Patri y Lole por ser las mejores moderadoras y fangirleadoras de los avances que les iba pasando. A Raphe, mi nefilim mexicano favorito. Sigue viviendo las historias como lo haces siempre. No pierdas esa intensidad jamás.

A Hugo, Michelle y Javi. Mi equipo de confianza. Empezamos este camino juntos y mirad dónde nos ha llevado. Por más viajes juntos. Os quiero mucho.

A Evyn, por hacer que mis personajes cobren vida de manera espectacular. Tienes un talento que el mundo ha de ver y apreciar. Eres la dibujante más guay de toda Extremadura.

To Cassie Clare and Holly Black. Thank you for the support across seas. Hopefully, one day you'll be able to read this book and enjoy it as much as I enjoy your stories. And to Traci, the best assistant I've ever known! (Also thank you for the cat pics).

A toda la comunidad Reylo, la cual fue crucial en mi vida hace unos años. Y, sobre todo, a Sag, mi favorita entre todos.

A mamá. Creo que eres de las personas más fuertes que he conocido nunca. A pesar de lo difícil que te lo ha puesto la vida estos últimos años, siempre tienes una sonrisa para aquel que lo necesite. Gracias por tu incansable apoyo y por acompañarme a las firmas de mis autores favoritos y, ahora, por venir conmigo a mis lecturas. Gracias por comprarme aquella cámara que te pedí con diecisiete años para mi canal de YouTube. Recuerdo tu mirada de sorpresa, y la manera en que dices «Bueno, vale» después de mi insistencia. Te alegrabas por mí cada vez que conseguía algo y siempre me decías «Ten paciencia, que todo llegará». Y así ha sido.

A papá. Me inculcaste lo importante que es esforzarse para conseguir lo que uno desea, y que «quien algo quiere, algo le cuesta». Esa es tu frase estrella, y una que siempre me he tomado al pie de la letra. Después de muchos años de esfuerzo, aquí estoy. Sé que la lectura no es lo tuyo, pero, aun así, gracias por apoyarme y por soportar mis gritos por casa cada vez que me emociono. Y por la mudanza a Madrid y la paciencia que tuviste. Por cierto, con esta novela he ido *¡al ataqueerrl!* sin duda.

A Laura. Sé que esta hermana mayor que tienes te ha dado mucha guerra. Gracias por aguantarme durante veintiún años. Espero que lo sigas haciendo. Te quiero, tata.

A Gloria y Miguel por ser los tíos más molones del mundo y también acompañarme a todos lados, así como por recomendarme a todas las personas que conocéis. A Fifa y Tono por las comidas cada sábado durante mi año en Madrid. Ismael, primo, gracias por llevarme a la Sierra, aún te debo una comida.

A mis abuelos Gloria y Rafael. Que ya no estéis en este mundo no significa que hayáis abandonado también mi corazón. Me acuerdo de vosotros cada día, y lamento que no podáis ver a vuestra nieta triunfar. Allá donde estéis, espero que estéis orgullosos de mí. Os quiero con toda mi alma.

A mi abuela Josefa. Escribo estas palabras en 2023 y aún sigues con nosotros, pero tus noventa y ocho años me aterran, no lo negaré. Espero que cuando esta novela salga pueda darte un ejemplar en persona y dedicártelo. Gracias por todo el amor y cariño que me has dado durante toda mi vida y por darme, de manera no tan disimulada como creías, ese dinerito que tenías guardado tanto para mí como para Laura. *¡Ere' la mejo'!*

A mis gatas, Yami y Yuki. Que vuestros maullidos me acompañen muchos años más.

Y, finalmente, gracias a todos mis lectores. Sin vosotros no estaría aquí. Tampoco sin vuestro apoyo incondicional, esas ganas y esa energía que me transmitís tanto en mi tierra como al otro lado del mar. Jamás perdáis la pasión que tenéis en vuestros corazones ni las ganas de vivir. Y que el amor que sentís por la lectura y por mis libros me acompañe durante toda mi carrera, dure lo que dure.

Se lo agradecería a mi marido, pero Cassian parece que aún no sale de entre las páginas.

¡Nos vemos en el próximo mundo!

Este libro se terminó de imprimir
en el mes de mayo de 2023.